En 2018, Harlequin ░░░░░░░░░ *!*

Chère lectrice ░░░░

Comme vous le ░░░░░░░░ *2018 est une année très importante pour les Éditions Harlequin qui célèbrent leur quarantième anniversaire. Quarante années placées sous le signe de l'amour, de l'évasion et du rêve... Mais surtout quarante années extraordinaires passées à vos côtés ! Azur, Blanche, Passions, Black Rose, Les Historiques, Victoria mais aussi HQN, &H et bien d'autres encore : autant de collections que vous avez vu naître, grandir et évoluer, avec un seul objectif pour toutes – vous offrir chaque mois le meilleur de la romance. Alors merci à vous, chère lectrice, pour votre fidélité. Merci d'avoir vécu cette formidable aventure avec nous.*

Brûlante tentation

Dans les yeux de son ennemie

CHRISTY JEFFRIES

Brûlante tentation

Traduction française de
MARION BOCLET

Passions

H HARLEQUIN

Collection : PASSIONS

Titre original :
THE MAKEOVER PRESCRIPTION

HARPERCOLLINS FRANCE
83-85, boulevard Vincent-Auriol, 75646 PARIS CEDEX 13
Service Lectrices — Tél. : 01 45 82 47 47
www.harlequin.fr
ISBN 978-2-2803-8304-2 — ISSN 1950-2761

- 1 -

Le capitaine Julia Calhoun Fitzgerald n'avait aucune difficulté à diriger une équipe chirurgicale lors d'une craniectomie, mais elle n'arrivait pas à attirer l'attention de qui que ce soit au Cowgirl Up Café, et elle n'aurait pas réussi davantage si elle s'était tenue toute nue sur le comptoir et qu'elle avait parlé dans un porte-voix.

— Je pourrais avoir…

Elle ne termina pas sa phrase ; la serveuse qui avait posé sans cérémonie son assiette devant elle, sur le comptoir, s'était déjà retournée, sans prendre la peine de lui demander si elle avait besoin de quoi que ce soit.

Elle regarda autour d'elle et vit un set de table et des couverts propres, à deux places de la sienne sur le comptoir. Elle pouvait soit rester assise là à attendre qu'on la remarque, sachant qu'il avait déjà fallu vingt minutes à la serveuse pour prendre sa commande, soit prendre ces couverts et la serviette en papier qui les accompagnait. Elle décida de faire plutôt cela.

Après avoir étalé sa serviette sur ses genoux, elle coupa son burrito en deux avec une précision chirurgicale, mais elle serra les lèvres en voyant la saucisse qu'il contenait. Ce n'était pas ce qu'elle avait commandé. Elle leva la tête et regarda de nouveau autour d'elle, espérant attirer l'attention de l'unique serveuse, qui passait en coup de vent entre les tables, griffonnait les commandes des clients sur son bloc-notes, récupérait les assiettes sales sur les tables libres.

Y avait-il toujours autant de monde au Cowgirl Up Café ? Depuis qu'elle avait pris ses fonctions à l'hôpital militaire de Shadowview, un mois plus tôt, elle n'était venue que deux fois au restaurant de sa tante, et les deux fois cela avait été le soir, juste avant la fermeture de l'établissement, à l'heure où presque tout fermait dans la petite ville de Sugar Falls.

D'ailleurs, où pouvait bien être sa tante Freckles ? Julia aurait juré que le calendrier de son nouveau smartphone ultra-sophistiqué indiquait qu'elle était censée la retrouver au Cowgirl Up Café à 8 heures ce matin-là.

Elle jeta un coup d'œil à sa montre en or, l'une des choses les plus modestes qu'elle avait héritées de sa mère, et s'aperçut qu'il ne lui restait qu'un quart d'heure avant son rendez-vous avec l'entrepreneur devant sa nouvelle maison.

Elle se servit de son couteau et de sa fourchette pour inspecter le contenu de la tortilla de farine de blé dans son assiette, puis elle se pencha en avant pour sentir la saucisse enrobée de panure. Non, décidément, ce n'était pas ce qu'elle avait commandé !

Elle reposa ses couverts de chaque côté de son assiette et but une gorgée de jus d'orange tout en observant les autres clients, s'efforçant de ne pas écouter la conversation intense des hommes attablés à sa gauche.

— Les Colorado Rockies ne vont jamais se qualifier pour les championnats cette année, disait un cow-boy d'un certain âge en tapant du poing sur la table, faisant trembler la salière et la poivrière posées devant lui, tandis que l'autre cow-boy assis à côté de lui acquiesçait d'un hochement de tête. Et si tu essayes de me dire que leurs lanceurs sont meilleurs que ceux des Rangers, tu racontes n'importe quoi !

Elle se tortilla sur son tabouret, essayant de ne pas écouter la discussion animée mais incapable de détourner les yeux.

— Calme-toi, Jonesy, dit l'homme plus jeune assis sur la banquette en face des deux cow-boys.

Il levait les deux mains, et les manches retroussées de sa chemise de flanelle révélaient des avant-bras musclés et bronzés qui devaient être le résultat d'années de travail physique au grand air. Ses cheveux courts, auburn, étaient ébouriffés, sans doute à cause de la casquette verte posée en équilibre instable sur son genou, et sa mâchoire carrée ainsi que son sourire moqueur ne donnaient certainement pas envie à Julia de se « calmer ». Cependant, par chance, sa voix grave ou son imposante carrure eut l'effet escompté sur Jonesy, qui inspira profondément et hocha la tête.

— Personne n'a parlé de leurs lanceurs, reprit Chemise de Flanelle Sexy. Tout ce que je dis, c'est que...

Du coin de l'œil, elle vit la serveuse approcher et se détourna pour agiter la main et attirer l'attention de Monica. Du moins, il lui semblait que c'était le prénom écrit sur le badge de la serveuse, mais elle n'en était pas sûre car la jeune femme passait toujours à côté d'elle à toute vitesse, sans même un regard dans sa direction.

— Excusez-moi...

Julia l'interpella encore lorsqu'elle repassa de son côté du comptoir, tenant en équilibre trois assiettes pleines, une cafetière et une bouteille de sirop d'érable, mais la serveuse ne fit pas davantage attention à elle.

Résignée, Julia soupira et décida de manger ce qu'elle pouvait de son assiette. Elle détestait être en retard, et étant donné que l'entrepreneur était un ami de sa tante, elle tenait à faire bonne impression. Elle prit sa fourchette et commença à manger les pommes de terre sautées, qui, elle devait l'admettre, étaient délicieuses, même si elle n'avait pas l'habitude de manger quoi que ce soit d'aussi gras au petit déjeuner. Alors qu'elle avalait la dernière, elle entendit quelqu'un s'étrangler, à la table de gauche, et se retourna vivement.

Chemise de Flanelle Sexy se couvrait la bouche d'une main. Aussitôt sur le qui-vive, elle s'empressa d'aller à sa rescousse. En quatre enjambées, elle l'avait tiré de sa banquette, avait passé les bras autour de son torse et les avait refermés juste au-dessus de son abdomen. Il faillit lui donner un coup de menton dans le front quand il tourna brusquement la tête pour la regarder.

— Ça va aller, dit-elle de sa voix la plus autoritaire. Essayez de garder votre calme.

— Je garderais beaucoup plus facilement mon calme si je savais pourquoi vous vous cramponnez à moi comme ça ! répliqua-t-il.

Oh ! non ! S'il était capable de parler, il était capable de respirer.

Au comble de l'embarras, elle se redressa de toute sa hauteur et le libéra lentement de son étreinte, sentant sous ses doigts la douceur de sa chemise et la contraction de ses muscles. De toute évidence, tous ses sens étaient en éveil à cause de l'adrénaline que l'on sécrétait dans les situations d'urgence, même s'il s'agissait en l'occurrence d'une fausse alerte.

Elle joignit ses mains trop sensibles derrière son dos.

— Je suis désolée, dit-elle à l'homme à la chemise de flanelle et aux deux cow-boys, qui la regardaient maintenant avec de grands yeux. Je croyais que vous étiez en train de vous étrangler.

— Je le croyais aussi… Mais, en fait, j'étais juste en train de m'empoisonner avec ce qu'il y avait dans mon burrito.

Il montra du doigt son assiette, et elle comprit soudain où avait fini le petit déjeuner qu'elle avait commandé.

— Apparemment, on vous a donné mon burrito aux œufs et aux légumes.

Elle prit son assiette, se dirigea vers l'endroit où elle s'était assise, au comptoir, et revint avec l'autre burrito.

— Je crois que l'on m'a donné le vôtre par erreur.

— Où sont passées mes pommes de terre sautées ? demanda-t-il en regardant l'assiette entamée.

Elle sentit le rouge lui monter aux joues.

— Je, euh… Je les ai mangées quand je me suis rendu compte que ce n'était pas le burrito que j'avais demandé.

Il esquissa un sourire, comme s'il trouvait l'explication hilarante.

— La plupart des gens renvoient leur assiette en cuisine quand on ne leur apporte pas ce qu'ils ont commandé.

Oh ! vraiment ? avait-elle envie de lui demander. *Ils ne font pas mine de s'étouffer et d'avoir été empoisonnés ?*

Cependant, elle ne connaissait pas cet homme, pas encore, et le reste des habitants de cette ville non plus, et elle ne voulait pas partir sur de mauvaises bases avec eux.

Hélas, étant donné que, dans le restaurant soudain silencieux, tous les regards, y compris celui de la serveuse, cette fois, étaient tournés vers elle, elle craignait d'avoir déjà fait forte impression.

Elle se sentait oppressée, et il lui semblait que c'était elle qui étouffait, tant elle était gênée. Elle retourna à sa place, ramassa sa sacoche, posée au pied de son tabouret, et en sortit son portefeuille avant de rejoindre l'homme.

— Tenez, cela devrait couvrir le prix de votre petit déjeuner, dit-elle d'une voix mal assurée, en posant un billet de vingt dollars sur la table.

Puis, alors même qu'elle s'apprêtait à s'en aller, elle décida qu'il valait mieux que quelqu'un lui dise la vérité.

— Et il faut que vous sachiez que vous avez un morceau d'épinard entre les dents.

Sur ces mots, elle évita la serveuse et son plateau chargé d'assiettes et sortit alors que plusieurs personnes éclataient de rire, dans le restaurant, mais elle ne se retourna pas pour voir qui se moquait d'elle. Elle redressa les épaules et remonta Snowflake Boulevard, la rue principale, bordée de commerces, se demandant combien de temps il faudrait pour que tout le monde soit au courant de la scène embarrassante qui venait d'avoir lieu.

C'était pour cela qu'elle se sentait mieux à l'arrière-plan, à l'écart, ignorée.

Elle venait de monter dans sa voiture quand son téléphone sonna. Voyant le nom de sa tante s'afficher sur l'écran, elle s'empressa de décrocher.

— Où es-tu, mon chou ? lui demanda Freckles.

— Je viens de quitter le restaurant…

Inutile de lui raconter qu'elle avait accosté l'un des nombreux clients en pratiquant à tort la méthode de Heimlich. Sa tante l'apprendrait bien assez tôt de toute façon.

— Que fais-tu là-bas ?

— Je croyais que nous devions nous y retrouver à 8 heures.

— Non, nous devions nous retrouver à la boulangerie. Pourquoi est-ce que je t'aurais donné rendez-vous au restaurant alors que je ne travaille pas ce matin ?

Eh bien ! Cela expliquait pourquoi la serveuse semblait débordée.

Comment Julia avait-elle pu se tromper de lieu de rendez-vous ? Elle essaya d'ouvrir l'application correspondant au calendrier, pour vérifier qu'elle n'avait pas fait deux erreurs en une seule matinée, mais elle raccrocha accidentellement.

Bon sang ! Contrariée, elle serra le portable dans sa main, puis elle prit une profonde inspiration pour se calmer et se dit qu'elle était plus intelligente que cela. Elle essaya de trouver le numéro de Freckles pour la rappeler mais, avant qu'elle n'y soit parvenue, un message de cette dernière apparut à l'écran. Sa tante lui demandait de la retrouver devant sa nouvelle maison, et Julia prit donc la route.

Quand elle s'engagea dans sa rue, elle leva les yeux vers la vieille maison de l'époque victorienne qui se dressait au bout de l'impasse de Pinecone Court, et elle sourit fièrement, oubliant presque l'embarras dans lequel elle avait été plongée à peine quelques minutes plus tôt. Si l'on ne comptait pas la demeure de Georgetown, le cottage d'été sur l'île de Chincoteague, en Virginie, et les nombreux biens immobiliers de la fiducie des Fitzgerald, elle n'avait encore jamais eu sa propre maison.

Elle se gara dans l'allée, regarda à travers le pare-brise et, se mordant la lèvre, songea à toutes les possibilités qui s'offraient à elle. Cette maison n'était ni pratique ni discrète, mais ses cent mètres carrés de surface habitable lui appartenaient désormais.

Aucun décorateur d'intérieur ne lui montrerait des palettes de tons de beige ni ne lui proposerait des œuvres d'art modernes à un prix exorbitant, aucune femme de chambre ne se précipiterait pour faire son lit dès qu'elle se lèverait, ce qu'elle ne ferait pas comme un robot à 5 h 30 du matin pour jouer du violoncelle, aucun professeur particulier ne l'attendrait dans le petit salon, comme cela avait été le cas à la résidence de Georgetown, le grand salon ayant toujours été réservé aux invités de sa mère, des collègues de l'université. Après tout, il fallait bien s'assurer qu'elle aurait son examen d'entrée en faculté de médecine, même si elle n'était pas assez âgée pour acheter de l'alcool ou pour disséquer un cadavre dans le but de rechercher les effets à long terme d'une maladie du foie. Il n'y aurait pas non plus dans cette maison de cuisinière pour lui dire que ses parents avaient déjà décidé des menus de la semaine et qu'elle ne mangerait pas de féculents au dîner, même si ses amis se gavaient tous de pizza et de boissons énergisantes pendant leurs révisions.

Un coup de klaxon l'arracha à ses pensées. Elle se retourna et vit Freckles au volant d'un vieux 4x4 qu'elle ne connaissait pas. Freckles était en fait sa grand-tante paternelle, et même si elle n'avait eu que des contacts occasionnels avec elle jusqu'aux funérailles de ses parents, quelques années plus tôt, il ne fallait pas être supérieurement intelligent pour comprendre pourquoi la tapageuse serveuse s'était éloignée de leur famille d'intellectuels conservateurs.

— Bonjour, mon chou ! lui cria Freckles d'un ton

enjoué, en tapotant du plat de la main le cheval peint sur la portière, côté passager. Ce n'est pas une petite merveille ? Mon deuxième mari, Earl Larry, avait exactement le même en 73… Nous y avions remorqué une caravane, et nous avions traversé tout le Mexique !

Julia déposa un baiser sur la joue de sa tante, qui la serra étroitement dans ses bras, menaçant de lui fêler plusieurs côtes. Elle n'était pas encore habituée à ses démonstrations d'affection enthousiastes.

— Qu'est-il arrivé à Earl Larry ? demanda-t-elle, toujours curieuse de connaître les détails des relations passées de sa tante.

— Son grand-père est mort et lui a laissé l'entreprise familiale. Earl Larry est devenu un vrai businessman… Quand il a fait la couverture de *Forbes*, je lui ai dit que je n'étais pas faite pour ce genre de vie. Je ne pouvais pas supporter d'être mariée à complet-veston guindé.

Il était difficile d'imaginer un homme appelé Earl Larry, en complet-veston, à la tête d'un empire financier hérité de son grand-père et figurant dans un magazine économique comme *Forbes*. Bien sûr, il était tout aussi difficile d'imaginer Eugenia Josephine Brighton Fitzgerald, de Virginie, âgée de soixante-dix-huit ans, vêtue d'un pantalon en élasthanne zébré, d'un haut sans bretelles turquoise sur lequel étaient écrits les mots « Cowgirl Up Café », et de santiags orange.

— À qui est cette voiture ? demanda Julia.

— À Kane. Je l'ai vu arrêté sur Snowflake Boulevard, il m'a dit qu'il avait mangé quelque chose qui ne lui réussissait pas. Je lui ai répondu qu'il avait juste besoin d'un peu d'air frais et, comme j'avais envie de faire un tour au volant de son 4x4 depuis un bon moment, il m'a laissée le conduire jusqu'ici pour faire le reste de la route à pied ! Il devrait être là d'une minute à l'autre.

Julia n'avait pas encore rencontré Kane Chatterson, l'entrepreneur que Freckles lui avait conseillé d'engager pour remettre sa maison à neuf, mais si cette épave était révélatrice de ses talents de réparateur, cela n'augurait rien de bon pour sa maison victorienne, autrefois majestueuse.

— Tu veux voir l'intérieur de la maison ? demanda-t-elle à sa tante.

— Un peu ! répondit Freckles de sa voix légèrement traînante.

— Je dois être à l'hôpital dans une heure, alors je te demanderai peut-être de faire faire le tour du propriétaire à M. Chatterson s'il n'arrive pas très bientôt. Je pourrai lui envoyer mes notes et suggestions plus tard, par e-mail.

Julia se garda bien d'avouer qu'elle aurait en fait préféré éviter cette rencontre formelle et les présentations dont elle s'accompagnerait, surtout après la façon désastreuse dont la matinée avait commencé.

Freckles secoua la tête.

— Kane est un bon petit gars, on peut compter sur lui. Il sera là à l'heure. En plus, j'ai son bébé en otage ! dit-elle en agitant les clés du 4x4. Les hommes sont anormalement attachés à leur voiture… Tu t'en rendras compte par toi-même, si tu prends un jour le temps de sortir avec l'un d'entre eux !

Julia leva les yeux au ciel. Elle n'aurait jamais osé en faire autant en présence de ses parents, mais tout de même : Freckles parlait de tout homme de moins de soixante ans comme d'un « petit gars », et elle ne laissait jamais passer une occasion de lui faire remarquer qu'elle ne sortait pas assez, du moins d'après ses critères. Freckles aimait les hommes presque autant qu'elle aimait les paillettes et la nourriture grasse.

— J'ai des journées chargées, au travail, et quand j'ai un peu de temps libre, entre deux opérations, je le passe à la piscine, à faire des longueurs, ou à dormir au quartier des officiers.

— Tu travailles trop, mon chou, dit Freckles en lui frottant l'épaule avec tendresse.

Julia, qui essayait d'habitude de se montrer réservée, eut du mal à résister à l'envie de s'abandonner à ce geste réconfortant.

— Et il faut que tu manges, un peu ! On dirait qu'il n'y a rien sous cette tenue d'hôpital et ce gilet… Il n'y a pas un gentil docteur ou amiral avec lequel tu pourrais aller dîner ?

— Je n'ai pas besoin d'un homme pour dîner.

Freckles émit un grognement traduisant son scepticisme.

— Hum ! Je ne sais pas si je t'en ai déjà parlé, mais la ville de Sugar Falls organise un grand gala à la fin de l'année pour collecter des fonds au profit de l'hôpital et, puisque tu es chirurgienne là-bas et que tu viens d'arriver ici, les membres du comité vont s'attendre à ce que tu y assistes en tant qu'invitée d'honneur… avec un cavalier, si tu vois ce que je veux dire.

Invitée d'honneur ? Un cavalier ? Julia sentit son ventre se nouer et son front devenir moite, malgré la fraîcheur de l'air en ce début de mois de novembre. Sa tante lui suggérait de trouver un homme pour l'accompagner à ce gala, ce qui était plus facile à dire qu'à faire. Par ailleurs, elle n'avait pas du tout envie de se montrer à nouveau en public à Sugar Falls après ce qui s'était passé au Cowgirl Up Café.

— Tiens, regarde ! continua Freckles. Voilà justement Kane… Souris, et essaye de ne pas avoir l'air aussi sérieuse !

Julia se retourna pour voir l'entrepreneur qui se chargerait des travaux de rénovation de sa nouvelle maison, si son devis s'avérait raisonnable. Son cœur sombra lorsqu'elle reconnut l'homme à la chemise de flanelle.

Oh ! non ! non, par pitié… C'est impossible !

L'homme ne lui avait pas paru aussi grand au Cowgirl Up Café, mais ses larges épaules et son torse lui semblaient aussi musclés qu'un quart d'heure plus tôt. Il avançait vers elle et sa tante d'un pas décidé, à grandes enjambées et, l'espace d'un instant, elle fut tentée d'aller à sa rencontre pour

16

le supplier de ne rien raconter de l'incident à Freckles, ou de se cacher dans le massif de rhododendrons à proximité.

En fin de compte, pétrifiée, elle ne fit ni l'un ni l'autre. Sa tante fit signe à l'homme de remonter l'allée pour les rejoindre sur le porche.

— Kane, je te présente ma petite-nièce préférée, le docteur et capitaine Julia Fitzgerald.

La fierté dans la voix de sa tante alla droit au cœur de Julia, qui en aurait presque oublié son humiliation.

— Je suis ta seule petite-nièce, dit-elle, essayant de détendre l'atmosphère avec une plaisanterie, mais parvenant seulement à se rendre encore plus nerveuse. Nous ne nous sommes pas formellement présentés, tout à l'heure, ajouta-t-elle après s'être éclairci la gorge, regardant Kane.

Seigneur ! Elle espérait de tout cœur qu'il ne dirait rien à sa tante de ce qui s'était passé. Elle ne voyait pas ses yeux à cause de ses lunettes de soleil mais, en tout cas, il ne souriait plus. Elle n'aurait pas su dire s'il était contrarié, amusé, ou s'il attendait simplement le départ de Freckles pour lui dire qu'elle et le travail qu'elle lui proposait ne l'intéressaient pas.

Cependant, Kane Chatterson se contenta de la saluer d'un bref hochement de tête.

— Dois-je vous appeler docteur ou capitaine ?

— Appelez-moi simplement Julia, je vous en prie…

Elle lui tendit la main, et il la serra brièvement dans la sienne. Elle fut parcourue d'un frisson qu'elle ne pouvait expliquer en tant que médecin, mais qu'elle expliquait en tant que femme par le fait que sa tante venait de lui conseiller de sortir, et par le fait qu'elle n'avait jamais éprouvé pour aucun homme l'attirance qu'elle éprouvait pour Kane Chatterson.

— Simplement Julia, répéta-t-il, toujours sans sourire.

Elle jeta un coup d'œil à sa montre. Elle n'avait que dix minutes devant elle. Elle devait tout de même pouvoir faire semblant d'être une jeune femme normale pendant dix minutes.

— Comment ça, vous ne vous êtes pas formellement présentés, tout à l'heure ?

Bon sang ! Rien n'échappait à Freckles.

— Nous, euh… Nous avons échangé quelques mots au Cowgirl Up Café, tout à l'heure, quand nos commandes ont été interverties, répondit Kane.

À cause de sa barbe naissante, cuivrée, il était difficile de dire s'il rougissait.

— Oui, je me doutais que ma nouvelle serveuse n'était pas prête à se débrouiller toute seule, dit Freckles.

Elle se tourna vers sa nièce et lui fit un clin d'œil.

— Apparemment, tu n'es pas la seule à te tromper, ce matin…

— Regarde ! dit Julia en lui tendant son téléphone pour lui prouver qu'elle ne s'était pas trompée, du moins pas sur le lieu de leur rendez-vous. C'est écrit ici, sur ce calendrier, que nous devions nous retrouver au restaurant.

Profitant de ce que sa tante regardait son portable et de ce que Kane Chatterson examinait la peinture jaune écaillée de la façade, elle se risqua à observer le visage sévère de l'entrepreneur. Elle avait essayé de lui sauver la vie, au Cowgirl Up Café. Il ne pouvait tout de même pas lui en vouloir, à moins que les rires qu'elle avait entendus en sortant du restaurant aient été dirigés contre lui. Peut-être avait-il été blessé dans son orgueil. Ou peut-être était-il fatigué parce qu'il était venu à pied.

Elle baissa les yeux sur ses santiags. Non, ses bottes abîmées mais robustes semblaient avoir beaucoup servi. Sa raideur ne s'expliquait vraisemblablement pas par la fatigue. Elle laissa son regard passer sur ses jambes, sur sa chemise, sortie de son jean, sur sa casquette verte, sur laquelle étaient brodés en lettres jaunes les mots *Patterson's Dairy*.

Cette fois encore, elle eut un étrange frisson.

Que lui arrivait-il ? Elle n'avait pas pour habitude d'observer les hommes quand ils ne la regardaient pas, ni ne se laisser troubler de la sorte, même s'ils étaient beaux et séduisants.

Elle porta une main à ses cheveux et resserra l'élastique qui retenait sa queue-de-cheval, espérant ne pas être surprise en train de l'admirer.

— Mon chou, dit Freckles en lui montrant son smartphone, je ne sais pas comment tu as fait, mais tu as réussi à programmer le Cowgirl Up Café comme lieu de tous tes rendez-vous du mois, y compris cinq opérations, deux réunions du personnel, un séminaire sur les troubles neurologiques, et un concert du Quintette à cordes du Philharmonique de Boise.

— Oh… Eh bien, je n'ai pas eu le temps de regarder comment fonctionnait cette application… pour le moment.

Julia écarta le problème d'un geste de la main, avant de ranger son portable. Ce n'était pas une vraie erreur. Elle avait des choses plus importantes à faire que de s'intéresser à une application ridicule, comme en finir avec ce rendez-vous si elle voulait arriver au travail à l'heure.

Elle sortit une clé de la poche de son gilet, dont sa tante disait qu'il ne mettait en valeur ni son teint ni sa silhouette.

— Voulez-vous que je vous fasse visiter ? demanda-t-elle à Kane.

— Je pourrais sûrement me débrouiller tout seul, répondit-il en raclant la semelle de ses bottes sur la dernière marche du porche pendant qu'elle déverrouillait la porte d'entrée, mais vous pouvez toujours me faire part de quelques-unes de vos idées.

Eh bien, quelle magnanimité !

— Ne devriez-vous pas prendre un carnet ? lui demanda-t-elle en indiquant d'un geste vague son vieux 4x4.

— Pourquoi ?

— Pour prendre des notes.

— Ce n'est pas la peine.

— Et les mesures ? Vous n'allez tout de même pas vous souvenir de toutes les mesures…

— Non, mademoiselle, probablement pas. D'ailleurs, il y a probablement beaucoup de choses dont je ne me souviendrai pas, mais je me ferai une idée de ce dont la maison a besoin et qu'aucun mètre pliant ne pourrait m'indiquer.

— Mais comment allez-vous pouvoir me faire un devis ?

— Si j'accepte ce travail, dit-il en regardant les grands arbres, dont la cime s'approchait du toit, qui avait sans doute besoin d'être refait, je reviendrai, je prendrai des mesures et je les noterai soigneusement pour vous.

— Mon chou, intervint Freckles à voix basse, comme en aparté, Kane sait ce qu'il fait… Il ne vient pas en salle d'opération pour te dire comment découper ou comment triturer le cerveau de tes patients.

Puis, comme pour atténuer la remarque, elle se tourna vers le taciturne entrepreneur et ajouta :

— Julia est neurochirurgienne dans l'armée. Elle est très intelligente, ma petite-nièce ! Je l'ai déjà dit ?

— Je crois que oui… On y va ? demanda Kane avant de se passer une main sur la bouche.

Sans attendre de réponse, il passa la porte comme s'il se moquait éperdument du travail de Julia et de son intelligence. Elle ne cherchait pas à attirer son attention et ne s'attendait pas à ce qu'il soit en admiration devant elle, mais il était rare que quelqu'un ne soit pas impressionné par sa situation.

Il traversa l'entrée comme si la maison lui appartenait. Son assurance la contrariait presque autant que l'attirance qu'elle éprouvait pour lui. Cependant, c'était lui l'expert, et elle avait assez de bon sens pour savoir que cette maison avait besoin de ses talents.

Ils passèrent tous les trois de pièce en pièce, et elle dut dire un nombre incalculable de fois à sa tante qu'elle n'aimait pas particulièrement l'idée de peinture pailletée sur les murs ou celle d'un petit bar à chaque étage.

Quand ils arrivèrent dans la cuisine, elle avait déjà dix minutes de retard. Malheureusement, elle craignait que sa tante ne suggère quelque chose de saugrenu en son absence.

— Tu devrais acheter des appareils électroménagers rétro de couleur turquoise, repeindre tous ces meubles en rose et blanc, dit justement Freckles en agitant les bras comme un aiguilleur du ciel, et mettre un carrelage en damier noir et blanc… Ça ferait un style années 1950 ! Si tu fais tomber ce mur, la cuisine donnera directement sur le séjour.

— Quelle pièce est le séjour, déjà ? demanda Julia en se frottant les tempes avant de resserrer, une fois de plus, sa queue-de-cheval.

— Il me semble que c'est celle que vous avez appelée l'« étude », répondit Kane avec un petit sourire narquois qui lui laissait à penser qu'il se moquait encore d'elle, pour une raison ou pour une autre. À moins que ce soit le « petit salon » ?

— Quoi qu'il en soit, je ne veux pas d'un thème années 1950 chez moi, et la rénovation de la cuisine est le cadet de mes soucis.

Freckles eut le souffle coupé.

— Non, non, non, mon chou ! La cuisine est le cœur de la maison ! C'est la première pièce sur laquelle Kane devrait travailler ! Comment vas-tu cuisiner ou manger si tu n'as pas une cuisine digne de ce nom ?

— Je n'ai pas l'intention de faire beaucoup de cuisine ici, je prends la plupart de mes repas à l'hôpital, et du moment que j'ai un réfrigérateur pour conserver tous les restes que tu me donnes, ça ira très bien.

Freckles inclina la tête en arrière et se frotta les yeux d'un air accablé. Julia craignait qu'elle n'étale son fard à paupières violet.

— C'est juste que c'est bientôt la Pumpkin Pie Parade

et la saison de ski, alors je vais être très occupée, au restaurant. J'ai peur que tu sois toute seule, que tu ne manges rien et que tu te ratatines !

— Je tiens bien trop à ma santé pour me laisser me ratatiner, mais je sais que tu t'inquiètes pour moi et, si cela peut te rassurer, je m'achèterai un livre de cuisine et j'apprendrai quelques recettes de base. Après tout, cela ne peut pas être si difficile !

— Je sais que beaucoup de choses sont faciles pour toi, dit sa tante en lui passant un bras autour de la taille, mais dans la vie, il y a des tas de choses qui ne s'apprennent pas dans les livres…

Hélas, Julia était bien placée pour savoir que c'était exact. Freckles était sa dernière parente encore en vie, et c'était pour se rapprocher d'elle qu'elle avait changé de poste et était venue s'installer dans l'Idaho. Si cela tranquillisait sa tante de savoir qu'elle avait une cuisine fonctionnelle, alors elle donnerait à Kane Chatterson le feu vert pour retirer les vieux meubles aujourd'hui même.

Elle se laissa aller contre Freckles. Elle n'avait même pas besoin du devis de l'entrepreneur : même si ses tarifs étaient prohibitifs, elle l'engagerait pour faire plaisir à son affectueuse tante.

— Très bien, dit-elle, mais chaque chose en son temps : d'abord, il faut que ma chambre soit remise à neuf. Ensuite, M. Chatterson pourra s'occuper de la cuisine… Mais je ne veux pas d'appareils électroménagers turquoise ou de carrelage noir et blanc ! Je dois donner mon approbation à toute idée de décoration.

— Bien sûr, mon chou.

— Maintenant, il faut vraiment que j'aille à l'hôpital, dit Julia en jetant un énième coup d'œil à sa montre. Prenez votre temps pour faire le tour de la maison.

— Vous voulez que je ferme en partant ? demanda Kane tandis qu'elle embrassait sa tante.

— Ce serait parfait, si cela ne vous dérange pas. Dois-je signer quelque chose ?

— Pas avant que je vous aie envoyé un devis. Comme je vous le disais, je ne sais pas encore si je vais pouvoir caser ce chantier dans mon emploi du temps.

Elle retourna dans l'entrée, ramassa sa sacoche et regarda, par la fenêtre, la vieille voiture de Kane Chatterson, garée dans l'allée.

Son emploi du temps devait être chargé de rendez-vous impliquant des sourires narquois et des silences dédaigneux. Malheureusement pour elle, ce genre de rendez-vous ne payait pas les factures, ce qui signifiait vraisemblablement qu'il allait être son entrepreneur et qu'elle allait devoir se persuader qu'elle pouvait aisément gérer son attirance inattendue pour lui.

Kane poussa un profond soupir, se libérant ainsi d'une partie de la tension qui l'habitait. C'était exactement le genre de travail qu'il aimait : prendre une maison délabrée et lui redonner sa splendeur d'autrefois. En revanche, le docteur et capitaine Julia Fitzgerald était exactement le genre de cliente qu'il n'aimait pas du tout.

Il avait tout de suite remarqué la jeune femme blonde quand elle s'était assise au comptoir du Cowgirl Up Café. Il aurait été difficile de ne pas remarquer un joli minois comme le sien, même si elle ne semblait pas très sociable et qu'elle n'avait parlé à personne. Lui-même ne s'était pas montré très sociable non plus au cours de ces deux dernières années. Cependant, elle s'était soudain levée, avait passé ses bras autour de lui et plaqué ses petits seins fermes contre son dos, et il en avait été profondément troublé.

Sa réaction avait été si brusque qu'il avait failli lui donner un coup de tête en se tournant vers elle, et il n'aurait pas su dire ce qu'ils s'étaient dit après cela. Elle avait rougi, visiblement gênée, et lui avait montré qu'il avait quelque chose entre les dents. Tout le monde autour d'eux avait éclaté de rire, et elle avait quitté le restaurant avant qu'il n'ait pu découvrir qui elle était.

Une heure plus tard, il ne s'était toujours pas remis du choc que cela lui avait fait de voir la même jeune femme l'attendre aux côtés de Freckles, sous le porche de la maison qu'elle voulait remettre à neuf. Il n'avait pas pu s'empêcher de se passer nerveusement une main sur la bouche et de vérifier qu'il n'avait rien entre les dents chaque fois qu'il était passé devant une surface réfléchissante. Il s'était efforcé de faire bonne figure quand Freckles avait fait les présentations, mais il avait été aussi mal à l'aise que Julia avait semblé l'être en sa présence.

— Tu es sûre que c'est ta nièce ? demanda-t-il à Freckles maintenant.

Il jeta un coup d'œil, par la fenêtre, au Dr Bêcheuse, assise au volant de sa voiture. Elle regardait son téléphone portable, les sourcils froncés.

Il avait compris le message : la jeune femme était médecin. Elle sauvait des vies quotidiennement. Apparemment, elle essayait même d'en sauver à l'heure du petit déjeuner. Il n'avait pas besoin d'un diplôme universitaire pour voir qu'elle était très belle, et qu'elle ne le trouvait pas assez bien pour elle.

— Quoi ? Tu ne vois pas la ressemblance familiale ? lui demanda Freckles.

Il regarda la propriétaire du Cowgirl Up Café, et remarqua que son fard à paupières était exactement de la même couleur que le foulard qui retenait ses cheveux. *Simplement Julia*, quant à elle, n'était pas maquillée, et elle ne portait qu'un horrible gilet beige sur sa tenue d'hôpital, à laquelle il n'avait pas prêté attention au restaurant, un peu plus tôt.

— Eh bien, elle est presque aussi jolie que toi, mais elle me fait penser à l'un des personnages de Lego que j'avais quand j'étais enfant, dit-il avec un sourire qui se voulait charmeur.

Ses propos et ses opinions lui avaient souvent attiré des ennuis, par le passé, et il espérait que Freckles ne lui reprocherait pas son honnêteté.

L'impertinente vieille dame eut un sourire en coin, et elle le rejoignit à la fenêtre.

— Oui, elle est un peu crispée et protocolaire, mais ça ira mieux quand je me serai occupée de son look.

À vrai dire, il aurait plutôt employé les mots « froide » et « inexpressive » pour décrire Julia. Elle était exactement comme les snobs de l'Academic Decathlon qu'il évitait quand il était au lycée, ceux qui étaient distants et qui le méprisaient parce qu'il n'était qu'un stupide sportif. Indépendamment du fait qu'elle l'avait pris de haut, au restaurant, elle ne lui avait dit que quelques mots pendant la visite de la maison, adressant la plupart de ses remarques à sa tante.

— Que fait-elle à ce pauvre téléphone ? demanda-t-il quand elle secoua son portable dans sa main avant de le jeter négligemment sur le tableau de bord et de démarrer.

Freckles soupira.

— La pauvrette n'est pas très douée avec la technologie… Mais ne lui répète surtout pas que j'ai dit ça ! Elle a l'habitude d'être la meilleure dans tout ce qu'elle entreprend de faire.

— Je parie que ça ne l'aide pas beaucoup pour ce qui est des relations humaines.

— Tu peux parler, Kane Chatterson ! répliqua Freckles d'un ton désapprobateur.

Un sentiment de remords l'envahit aussitôt. Comme d'habitude, il avait dit ce qui lui passait par la tête, sans s'apercevoir que ses paroles pouvaient être blessantes. Il était toujours trop rapide, trop impulsif.

— Nous avons tous nos défauts, mon grand…

Il n'avait pas envie de penser aux raisons qui l'avaient poussé à se réfugier à Sugar Falls, quelques mois plus tôt. Il se contenta donc de regarder Freckles avec un grand sourire et d'agiter les sourcils de façon comique.

— Et quels sont les tiens ?

— Ce ne sont pas tes affaires, petit charmeur ! répondit-elle en lui donnant par jeu une petite tape sur le bras.

Ce geste espiègle le rassura un peu.

— En parlant de charme, ne t'avise pas de jouer de

ton célèbre pouvoir de séduction sur ma petite-nièce, tu m'entends ?

Il se força à rire.

— Ha ! Quel célèbre pouvoir de séduction ?

— Julia manque parfois de jugeote avec les gens, surtout en affaires et en amour. Elle est trop confiante. Elle a besoin de gens expérimentés comme nous pour la protéger.

— J'ai l'impression que tu la protèges très bien…

Il n'osa pas ajouter « toute seule ». Il plaignait l'homme qui serait assez idiot pour s'aliéner Freckles, et pas seulement parce qu'elle le bannirait de son restaurant.

— N'oublie pas ça : Julia n'a rien de commun avec les groupies qui te couraient après quand tu faisais du base-ball.

Il se retint de lever les yeux au ciel. Comment pouvait-il oublier son passé tristement célèbre si on le lui rappelait à tout bout de champ ?

La plupart des habitants de Sugar Falls savaient qu'ils avaient intérêt à ne pas mentionner sa carrière de lanceur à Chicago et le scandale dans lequel il avait été impliqué s'ils voulaient que la conversation dure cinq minutes.

D'ailleurs, il était rare qu'il discute avec qui que ce soit plus de cinq minutes, ce qui signifiait que ce bavardage avec Freckles n'avait que trop duré.

— Ne t'inquiète pas, je proposerai à ta nièce un devis raisonnable, et je n'ai absolument pas l'intention de « jouer de mon pouvoir de séduction ».

Il sortit sa montre gousset de la poche de son jean, en ouvrit et en referma le couvercle plusieurs fois de suite.

— Allez, viens… Je te raccompagne au restaurant pour que tu puisses me faire un autre burrito !

— D'accord, mais tu le payeras plein tarif !

Elle soupira et le suivit jusqu'au 4x4, dans lequel elle monta avec agilité.

— Alors, tu essayes de me dire que ma nièce n'est pas assez attirante ou pas assez intelligente pour toi ?

— Ce n'est pas du tout ce que j'ai dit, et tu le sais très bien.

Il claqua la portière un peu trop violemment, désireux de couper court à toute conversation sur ce sujet. N'importe qui aurait pu voir que Julia était superbe, même si elle cachait sa beauté classique sous ses horribles vêtements d'hôpital et sous des dehors distants. Il n'allait toutefois pas avouer à Freckles, ou à qui que ce soit d'autre, que tous les muscles de son corps s'étaient contractés quand elle lui avait serré la main.

Cela ne faisait pas très longtemps qu'il remettait des maisons à neuf, mais il s'était déjà fixé quelques règles.

Règle n° 1. Il travaillait seul.

Règle n° 2. Il prévoyait toujours un sandwich au cas où il ne verrait pas passer le temps et où il serait encore sur un chantier à l'heure du dîner, ce qui lui arrivait presque tous les jours.

Règle n° 3. Il ne travaillerait jamais pour un client qui n'avait pas la même vision des choses que lui concernant le résultat des travaux de rénovation.

Certaines personnes estimeraient sans doute qu'il n'avait pas le sens des affaires, mais ce n'était pas comme s'il faisait ce travail pour l'argent. Il ne voulait pas travailler bénévolement, mais le salaire qu'il touchait quand il était joueur de base-ball professionnel et les bons investissements qu'il avait faits lui auraient permis de ne plus jamais travailler si c'était ce qu'il avait souhaité. Il s'était lancé dans cette affaire parce qu'il aimait construire et voir ses idées prendre vie.

Aujourd'hui, il ajouterait la règle n° 4. Il ne sortirait jamais avec une cliente, même s'il éprouvait pour elle une vive attirance. Ce serait une règle facile à suivre. Contrairement à *Simplement Julia*, son cœur n'avait pas besoin d'être protégé ; il était à la retraite, de même que son gant de lanceur.

— Alors, qu'imagines-tu pour la maison ? demanda-t-il à la tante de Julia en s'installant au volant du vieux 4x4, qu'il retapait dans son temps libre.

Tandis qu'il prenait la direction du centre-ville, il écouta Freckles lui faire part de ses impressions, et remarqua que ses suggestions allaient toutes à l'encontre de ce que sa nièce voulait. Il n'aurait aucun mal à respecter la règle n° 3, car *Simplement Julia* et lui étaient d'accord pour préserver les caractéristiques principales de la vieille demeure et se contenter de réparer ou de remettre en état ce qu'il fallait pour lui rendre sa splendeur d'antan.

Il s'engagea sur Snowflake Boulevard, et s'arrêta devant le Cowgirl Up Café pour déposer Freckles. La tension lui avait coupé l'appétit, et il lui promit donc de passer plutôt pour le déjeuner.

Il salua plusieurs personnes d'un signe de la main, gardant sa casquette sur sa tête au cas où il y aurait des touristes susceptibles de reconnaître l'insaisissable *Légendaire Chatterson*.

Seigneur ! Il détestait ce surnom, et il avait fini par détester aussi la célébrité qui l'accompagnait.

En revanche, il aimait le rythme de vie plus lent de la petite ville, ainsi que le refuge et l'anonymat qu'elle lui avait offerts. Du moins, jusqu'à présent.

Le scandale lié à son nom commençait enfin à se tasser, et il ne voulait pas tenter le diable en sortant de sa cachette trop tôt. De plus, même si le base-ball lui manquait, il était heureux de ne plus être sous le feu des projecteurs. Il recevait un coup de téléphone de son agent et de ses anciens coachs de temps en temps mais, en dehors de cela, il était libre de faire ce qu'il voulait, comme bricoler sa voiture et rénover de vieilles maisons.

Or, il y avait maintenant une maison de l'époque victorienne sur Pinecone Court qui avait besoin de lui.

Tandis qu'il retournait dans sa direction, il sortit un bloc-notes de dessous son siège. Peut-être n'avait-il pas été parfaitement honnête quand il avait prétendu ne pas en avoir besoin.

Il se gara, et prit un mètre pliant dans sa boîte à outils, sur la banquette arrière. Il avait du mal à se concentrer et avait tendance à se laisser absorber par son travail au point d'oublier tout ce qui l'entourait ; il préférait que cela n'arrive pas en présence de clients potentiels, qui auraient pu croire qu'il perdait la tête.

Comme il n'avait pas encore rendu la clé de Julia à Freckles, il allait pouvoir passer un moment tout seul dans la maison, pour en explorer chaque recoin et prendre des notes.

Il espérait simplement ne pas faire de fautes d'orthographe ni d'erreurs de calcul quand il établirait le devis accompagné de ces notes pour l'envoyer à Julia.

Il aurait préféré qu'une foule de paparazzi débarque à Sugar Falls plutôt que de voir *Simplement Julia* le regarder de haut.

Quand il trouva une place sur le parking réservé aux visiteurs de l'hôpital militaire de Shadowview, le deuxième jeudi du mois de novembre, Kane avait déjà cinq minutes de retard pour sa séance de thérapie de groupe ou, plus précisément, pour la séance de thérapie de groupe encadrée par son beau-frère, Drew.

Il passa par le kiosque Starbucks dans le hall et s'acheta un Frappuccino, parce qu'il détestait assister à ces réunions les mains vides, sans rien à faire, sans rien pour se donner une contenance.

Incapable d'attendre, il glissa le bout de sa langue dans le petit trou du couvercle en plastique du gobelet pour goûter la crème fouettée, tout en traversant le hall. Il remonta plusieurs couloirs en direction du service de psychologie, qui se trouvait juste à côté du service de kinésithérapie.

Le Dr Drew Gregson avait expliqué qu'il voulait que

ses patients souffrant de stress post-traumatique sachent que leur thérapie n'était pas différente de celle que suivait quelqu'un qui réapprenait à marcher après avoir perdu un membre.

Aujourd'hui, il recevait un nouveau groupe, dans une pièce qui ressemblait à une salle de classe. Kane n'aimait pas du tout ce genre d'endroits, mais heureusement, lors des séances suivantes, ils se retrouveraient en salle de musculation et sur différents terrains de sport.

Quand il faisait de la rééducation, après son opération de l'épaule, sa sœur Kylie l'avait convaincu de venir faire de la musculation à l'hôpital.

Drew cherchait alors des idées novatrices pour aider ses patients à se rétablir, et, avec l'aide de sa femme, il l'avait persuadé de faire de l'exercice avec eux pour motiver ceux qui voyaient le sport comme un exutoire. De plus, la plupart des séances se terminaient par un défi qui permettait aux patients de se mesurer au *Légendaire Chatterson* et de s'en vanter après coup.

Heureusement que son ego pouvait le supporter. Être à Shadowview, voir le monde à travers les yeux de soldats blessés et des médecins qui les aidaient, l'aidait à remettre les choses en perspective. Ces gens-là avaient frôlé la mort. Son ancienne carrière, son attirance pour sa cliente actuelle, rien de tout cela ne semblait important par comparaison avec les obstacles que ces patients devaient surmonter.

Il regarda le numéro qu'il avait écrit sur sa main pour ne pas se tromper de salle. Ce faisant, il ne vit la belle blonde qui sortait de la salle de sport que lorsqu'ils se heurtèrent l'un à l'autre.

— Désolé, chérie, dit-il sans réfléchir.

Le terme d'affection, qu'il utilisait autrefois pour flirter, lui parut éculé. Il fut tenté d'arracher la citrouille en papier épinglée au tableau d'affichage accroché au mur et de s'en servir pour se cacher le visage. Soudain, il reconnut les grands yeux verts.

Holà ! Il porta machinalement une main à sa bouche pour s'assurer qu'il n'avait pas de crème fouettée sur les lèvres. Il ne l'avait pas croisée depuis qu'elle avait accepté son devis et qu'il avait commencé les travaux chez elle, quelques jours après l'avoir rencontrée, et il ne l'avait encore jamais vue aussi rouge, aussi féminine, aussi… sexy qu'elle l'était maintenant.

Bien sûr, il avait pleinement conscience qu'elle était très attirante, mais la tenue d'hôpital que portait *Simplement Julia* d'habitude lui rappelait qu'elle était médecin, qu'elle avait fait de longues études et qu'elle était supérieurement intelligente. Dans sa tenue de sport, elle ressemblait à une femme qu'il aurait pu rencontrer dans le bar d'un hôtel où serait descendue son équipe de base-ball et qui aurait flirté avec lui autour d'un verre.

— Monsieur Chatterson ? s'étonna-t-elle.

Il s'efforça de ne pas regarder les bretelles de son soutien-gorge de sport et fit passer nerveusement son Frappuccino d'une main à l'autre.

— Je suis désolé. Je ne vous avais pas reconnue, habillée comme…

Habillée comme quoi ? Comme une danseuse profes-sionnelle ? À ce stade, il ne pouvait rien dire qui lui évite de passer pour un idiot.

— Enfin, je ne m'attendais pas à vous croiser ici.

— Je suis désolée de vous être rentrée dedans, dit-elle avant de lui montrer son portable, je ne regardais pas où j'allais. J'ai une nouvelle application de fitness mais j'ai dû me tromper en la programmant, elle me dit que je n'ai brûlé que trente calories et que mon cœur bat à cinq cent quarante-trois pulsations par minute. Du coup, j'essayais de la supprimer carrément parce que, de toute façon, je sais prendre mon pouls et calculer… Pardon. Ce n'est pas intéressant.

Quand elle tapa plus fort sur l'écran du téléphone, il le lui prit des mains.

— Laissez-moi faire.

Elle se pencha vers lui pour le regarder fermer l'application et la supprimer. Il n'avait pas le cœur de lui faire remarquer que les écrans tactiles semblaient ne pas être son fort. Il se garda également de lui dire que la proximité de sa peau moite lui faisait penser à une autre sorte d'exercice physique, dans lequel il aurait bien aimé se lancer avec elle.

Il lui rendit son portable, chassant de son esprit ces pensées déplacées.

— Que faites-vous ici, d'ailleurs ?

— Eh bien, je travaille ici…

— Vous travaillez, là ?

Il s'autorisa enfin à jeter un coup d'œil au débardeur moulant qui mettait en valeur sa taille fine, puis il but une gorgée de café frappé pour soulager sa gorge soudain sèche.

— J'ai été en salle d'opération toute la matinée, et j'avais besoin de me détendre un peu avant de m'attaquer aux rapports postopératoires. En temps normal, je vais à la piscine pour faire des longueurs, mais il y avait un cours d'aquagym, alors je me suis dit que j'allais faire un peu de cardio à la place, mais je me suis trompée en programmant la machine et… Attendez un peu ! Pourquoi est-ce que je vous raconte tout ça ?

— Parce que j'ai le genre de tête qui donne envie aux gens de se confier ?

Pourquoi s'acharnait-il à flirter ? Il n'avait pas pu retenir la stupide suggestion. Elle l'avait pris au dépourvu, dans cette tenue, et puis, elle était beaucoup plus attachante quand elle parlait pour ne rien dire.

— Votre tête est parfaite, ce sont vos yeux qui poussent les gens à tout vous dire.

C'était une révélation intéressante. La rendait-il nerveuse ?

— Alors comme ça, vous aimez ma tête ?

Il esquissa un geste pour frotter sa barbe si caractéristique, mais se rappela aussitôt qu'il l'avait rasée quelques mois plus tôt, à son arrivée à Sugar Falls. Sa mâchoire était maintenant râpeuse comme du papier de verre.

— Je ne répondrai pas à cette question.

À en juger par le rouge qui lui montait aux joues, son apparence physique lui plaisait plus qu'elle n'avait envie de l'admettre. Une sonnette d'alarme se déclencha dans sa tête. Comme si elle entendait le même avertissement, elle se redressa et croisa les bras sur sa poitrine. Son air hautain le remit efficacement à sa place.

— Et vous, que faites-vous ici ?

— Je suis là pour...

Il s'interrompit. Il ne pouvait décemment pas lui dire qu'il aidait le Dr Gregson à remonter le moral des troupes ; cela aurait trahi sa célébrité.

— Je suis là pour une réunion, dit-il enfin, changeant à nouveau son gobelet de main, espérant qu'elle ne regarderait pas le panneau sur lequel étaient écrits les mots « Service Psychologie », derrière lui.

Hélas, elle le regarda, et écarquilla légèrement les yeux.

— Suivre une thérapie n'a rien de honteux, dit-elle.

La remarque le surprit, mais il était d'accord avec elle. La seule chose qui l'embarrassait, c'était qu'il avait appelé cette jeune femme intelligente et collet monté « chérie », et qu'il craignait qu'elle découvre qui il était vraiment, si ce n'était pas déjà fait.

Il profita de sa méprise pour détourner son attention.

— Ah, vraiment ? Vous en suivez une, vous ?

— Eh bien, justement, ma tante m'a conseillé de parler à un professionnel de mon... Enfin, cela n'a aucun rapport.

Ça alors ! Elle avait donc un secret, un autre secret que les formes ravissantes qu'elle cachait sous ses hideux gilets et tenues de travail. Maintenant, il était curieux de savoir ce qu'elle pouvait bien cacher d'autre.

— Je voulais vous appeler pour savoir où en étaient les travaux de la chambre, dit-elle, changeant radicalement de sujet.

La chambre, la chambre. Il s'efforça de ne pas penser au fait que cette jeune femme vêtue de Lycra, terriblement séduisante, venait de prononcer le mot « chambre ».

— Où en sont les travaux ? Le parquet est posé dans deux des chambres et dans le couloir, et l'escalier devrait être terminé mercredi. J'attends que vous me disiez ce que vous avez choisi comme carrelage pour m'attaquer à la salle de bains attenante à la chambre principale. Pourquoi ?

— Avec l'hiver qui approche, j'aimerais emménager le plus tôt possible pour rassurer ma tante. Elle a peur que je n'aie pas de vie sociale parce que je vis si près du travail… Désolée, je radote.

— Vous voulez dire que vous voulez emménager avant que les travaux ne soient finis ?

— Je vous promets de ne pas vous déranger… En général, je passe mes journées à l'hôpital, et je me cantonnerai à l'une des chambres, à l'étage.

— Arrêtez de dire « chambre », marmonna-t-il.

— Pardon ?

— Je disais, à propos des chambres… Je dois encore mettre une couche de peinture sur les murs. Il me faudra encore une semaine au moins pour m'occuper de la salle de bains quand j'aurai commandé le carrelage, et je n'ai pas encore commencé les travaux de la cuisine… Votre tante tenait à ce qu'elle soit prête avant que vous vous installiez dans la maison.

Elle soupira.

— Tante Freckles veut beaucoup de choses dont je n'ai pas réellement besoin. Vous devriez voir l'eye-liner qu'elle m'a acheté pour que je puisse m'entraîner à me maquiller.

Il se garda bien de répondre que Freckles avait probablement raison au sujet de la cuisine, et assurément tort en ce qui concernait l'eye-liner. Il ne lui dit pas non plus qu'il préférait travailler dans une maison vide qu'en présence d'une jolie jeune femme qui risquait de le distraire, surtout si c'était là la tenue dans laquelle elle revenait habituellement du travail.

— Enfin, bref ! reprit-elle. Je vais aller tout de suite dans mon bureau et regarder les échantillons que vous m'avez donnés pour choisir un carrelage, et nous nous organiserons un peu plus tard pour que j'emménage la semaine prochaine.

Sans attendre sa réponse, elle le salua d'un hochement de tête et s'éloigna. Les semelles de ses baskets, qui semblaient coûteuses, couinaient sur le sol impeccable de l'hôpital à chacun de ses pas.

Les neurochirurgiens et les officiers devaient avoir l'habitude de donner des ordres et d'être obéis. Apparemment, la patronne ne comprenait pas qu'il n'était pas un officier subalterne, ou un manœuvre au chômage dans un village perdu, ravi de satisfaire tous ses caprices. Il n'était ni médecin ni capitaine, mais il avait remporté deux championnats et avait fait la couverture de *Sports Illustrated* trois fois, même si l'une des photos sur lesquelles on le voyait avait été prise au pire moment pendant son dernier match et qu'elle n'était pas particulièrement flatteuse.

Il n'y avait rien d'étonnant à ce qu'elle n'ait pas de vie sociale si c'était comme cela qu'elle parlait aux gens. Il n'était pourtant pas un moins que rien que l'on pouvait congédier aussi facilement et, si elle croyait pouvoir emménager dans sa maison en travaux et lui donner des ordres, elle allait avoir une drôle de surprise.

- 3 -

Cela n'avait pas dérangé Julia que Freckles ait engagé un commis d'achat qui lui envoyait régulièrement des liens pour lui montrer des robes pour le gala de l'hôpital en décembre. Après tout, elle déléguait volontiers la tâche du shopping, étant donné qu'elle se moquait de ce qu'elle porterait pour l'occasion, qui n'aurait lieu que quatre semaines plus tard. En revanche, l'idée de devoir trouver un cavalier pour l'accompagner à ce gala la rendait passablement nerveuse mais, d'après sa tante, c'était aussi nécessaire qu'une nouvelle paire de chaussures à talons.

Assise à son bureau, les yeux rivés sur l'écran de son téléphone portable, elle émit un gémissement plaintif quand elle n'arriva pas à ouvrir le message que sa tante lui avait envoyé pendant qu'elle était en salle de sport. Elle espérait de tout cœur que Kane n'avait pas vu le message en question quand il l'avait aidée à fermer l'application de fitness, un peu plus tôt.

Elle ferma un instant les yeux, sentit ses joues s'empourprer et resserra machinalement sa queue-de-cheval.

Elle refusait de penser à la façon dont son nouvel entrepreneur l'avait regardée quand elle était tombée sur lui en sortant de la salle de sport. Elle devait penser à des choses bien plus importantes, notamment à ce qu'elle allait faire pour que sa tante soit fière d'elle sans pour autant lui laisser libre accès à sa maigre garde-robe.

En temps normal, elle n'avait aucun mal à définir des

limites car elle n'avait pratiquement aucune vie sociale, mais là, elle avançait en terrain inconnu. Comment dire poliment à sa tante bien intentionnée qu'elle n'avait besoin ni d'un changement de look ni d'un coach relationnel, comme Freckles le suggérait dans son dernier message ?

Cela ne pouvait tout de même pas être aussi difficile que cela de se trouver un cavalier. Il lui suffisait de déterminer quel genre d'homme elle voulait, puis de le trouver. Elle mit quelques raisins secs enrobés de chocolat dans sa bouche et écrivit *Qualités que je veux chez un homme* sur la première page d'un bloc-notes.

Cependant, la seule image qui s'imposait à elle était celle de Kane Chatterson, avec ses larges épaules, son air farouche et son regard pénétrant. Bien sûr, elle avait rencontré beaucoup d'hommes depuis qu'elle s'était engagée dans l'armée, mais les uniformes étaient terriblement quelconques comparés aux jeans délavés et aux chemises de flanelle de l'entrepreneur. Il était musclé, mais mince et élancé, athlétique, comme quelqu'un qui était toujours en mouvement. De plus, il avait un regard intense. Il semblait observer tout ce qui l'entourait pour mémoriser les moindres détails de son environnement.

Jusque-là, elle ne l'avait vu qu'afficher un sourire narquois ou froncer les sourcils, et il ne lui avait adressé la parole que pour lui parler de parquet ou de couleurs de peinture. Elle avait donc été surprise quand il l'avait appelée « chérie », d'une voix grave et traînante, terriblement séduisante, et elle s'était troublée quand il l'avait dévorée du regard.

Puis elle avait dit quelque chose au sujet de la thérapie, et son attitude avait changé du tout au tout. Elle était passée à un autre sujet, mais avait fini par parler de chambres, de son emménagement et d'eye-liner, pour enfin essayer de partir la tête haute, autant que la raideur de sa nuque le lui avait permis.

Arrête ! Arrête de penser à ce qui s'est passé dans le couloir.

Il n'y avait rien d'étonnant à ce que sa tante ne la croie pas capable de se trouver un cavalier toute seule.

C'était ridicule. Elle allait y arriver. Elle n'avait encore jamais échoué à quoi que ce soit, et elle n'allait certainement pas se laisser distraire et échouer maintenant.

Elle baissa les yeux sur la page blanche et commença à écrire.

- Doit portér des chemises de flanelle.

- Doit avoir une voix grave et séduisante, légèrement traînante.

- Doit me regarder comme si j'étais la crème fouettée sur son Frappuccino.

Non, c'était cela qui était ridicule ! Elle arracha la feuille du bloc-notes, la jeta dans la corbeille à papier à côté de son bureau, et fit tourner son crayon entre ses doigts, comme un bâton miniature de majorette.

Après une relation désastreuse avec l'un de ses professeurs, quelques années plus tôt, elle ne voulait plus du tout d'homme dans sa vie, et elle ne voulait certainement pas qu'on l'aide à en trouver un. Elle savait pertinemment que son éducation et son manque de vie sociale n'avaient rien d'ordinaire. Jusqu'à présent, cela ne l'avait jamais dérangée, mais sa tante semblait tenir à ce qu'elle s'intègre à Sugar Falls. Or, si elle voulait être normale, ou du moins donner l'impression de l'être le soir du gala, elle devrait faire des efforts.

Elle regarda la feuille qu'elle avait sous les yeux et recommença sa liste, prenant soin cette fois de laisser de côté toute allusion à Kane Chatterson.

Elle venait de terminer et de poser son crayon quand on frappa à la porte. La chef Wilcox, son assistante en salle d'opération, entra dans la pièce.

— As-tu terminé les rapports postopératoires ? lui demanda-t-elle. Le kiné me les demande déjà.

— Oui, ils devraient être dans le dossier en ligne du

patient, répondit Julia à sa collègue qui, un sac à dos sur l'épaule, semblait avoir fini sa journée et être prête à partir.

— J'ai regardé mais je ne les ai pas trouvés.

— Je les ai rédigés en revenant de la salle de sport… Elle déverrouilla son iPad.

— Oh… J'ai dû oublier de cliquer sur Envoyer. Voilà, c'est fait ! Ils devraient être en ligne maintenant. Je vais appeler le kiné pour le prévenir.

Elle reporta son attention sur la jeune femme.

— Tu as l'air de t'apprêter à partir en week-end…

À peine eut-elle prononcé ces mots qu'elle le regretta. Elle ne voulait pas que son assistante la trouve indiscrète. Mais comment était-elle censée apprendre à connaître son équipe sinon en posant des questions ?

— Oui… Nous sommes plusieurs à aller camper près de la rivière, mes affaires sont prêtes, mais le chef Filbert m'a chargée de la corvée de cuisine, alors je dois encore aller faire des courses.

Julia n'avait pas la moindre idée de qui était Filbert, mais elle connaissait bien la sensation désagréable qui lui étreignait soudain le cœur. Elle n'avait pas l'habitude d'aller camper, mais c'était son week-end de repos, et personne ne lui avait proposé de participer à l'excursion. On ne lui proposait pas non plus d'aller boire un verre le soir, et personne ne l'invitait à déjeuner à midi.

Cependant, il lui était plus simple de feindre l'indifférence que de faire comprendre aux gens qu'elle aurait aimé être incluse dans les activités normales auxquelles ses collègues prenaient part.

— Eh bien, j'espère que vous passerez tous un bon week-end, se contenta-t-elle de dire, désemparée. On se voit lundi, à 6 heures sonnantes…

— Oui, mon capitaine ! répondit Wilcox avant de s'en aller, refermant la porte derrière elle.

Julia se laissa aller en arrière dans son fauteuil et ferma les yeux. Elle avait dû sembler tellement pitoyable !

Elle repensa à son premier jour au lycée ; elle n'avait alors que douze ans, et plusieurs élèves lui avaient tapoté le sommet du crâne avec condescendance quand elle avait naïvement demandé à quelques-unes des pom-pom girls si elle pouvait s'asseoir à leur table, à la cantine. Personne n'avait été franchement impoli envers elle mais, une fois passé l'attrait de la nouveauté, l'on s'était vite désintéressé d'elle quand elle avait obtenu de meilleures notes que ses aînés de trois ans.

Les choses ne s'étaient pas arrangées à l'université, d'autant qu'elle avait étudié le développement du cerveau chez l'adolescent alors qu'elle-même n'avait que quinze ans. Les conseillers d'orientation, démunis face à une étudiante si jeune, lui disaient tous que sa vie sociale s'améliorerait quand elle serait un peu plus âgée mais, une fois à la faculté de médecine, elle avait cessé de se soucier de ce que l'on pensait d'elle, et s'était contentée de rester en retrait et d'observer son environnement.

Elle avait son violoncelle, la natation, les livres et les études. Elle n'avait pas le temps d'aller aux fêtes étudiantes marquant le début de l'année universitaire et la fin des partiels, et de toute façon, elle n'était pas assez âgée pour pouvoir entrer dans les bars avec ses camarades de classe.

Elle envisageait de faire une carrière de chercheuse, jusqu'à ce qu'elle voie un documentaire sur les femmes au sein de l'armée.

Peu après la mort de ses parents, elle avait intégré la Officer Development School, où l'ordre et la discipline qui régnaient lui avaient rappelé l'éducation stricte qu'elle avait reçue et avaient été l'antidote idéal à son hésitation à fraterniser. À l'époque, elle se répétait qu'elle n'était pas jalouse de la complicité qui existait entre les membres de son équipe et s'efforçait d'occulter le fait qu'elle cherchait des prétextes pour rester dans son bureau plutôt que de retourner au quartier des officiers, où elle serait seule et dînerait d'un plat tout prêt réchauffé au micro-ondes avant de s'endormir dans son lit d'une personne.

Alors pourquoi se souciait-elle de tout cela maintenant ?

Elle défit sa queue-de-cheval et se massa le crâne avant de reporter son attention sur les échantillons de carrelage qu'elle avait disposés sur le meuble, derrière son bureau.

Elle effleura du bout des doigts la surface vernissée des carrés de céramique de différentes couleurs. Kane lui avait suggéré des teintes neutres qui ajouteraient de la valeur à la maison. Quelques-uns des magazines de décoration intérieure qu'elle avait compulsés lui avaient donné l'idée d'une salle de bains toute blanche, mais le médecin en elle craignait de se lasser du côté froid et stérile d'un tel environnement.

Elle prit un carreau bleu et un carreau vert et les posa sur son bureau pour les examiner plus attentivement. Elle pourrait peut-être utiliser les deux couleurs dans la cabine de douche si elle les alternait, mais est-ce que cela serait joli avec les meubles blancs et la grande baignoire à pattes de lion au milieu de la pièce ?

Sans quitter des yeux les échantillons, elle reprit quelques raisins secs enrobés de chocolat. Elle n'était pas du genre à se réfugier dans la nourriture quand cela n'allait pas et, d'ailleurs, cela allait toujours quand on était une Fitzgerald, mais pendant ses études, elle avait découvert que grignoter l'aidait à se concentrer.

Malheureusement, tout le grignotage du monde ne chasserait pas Kane de son esprit. Elle essaya d'ignorer la douce chaleur qui l'envahissait tandis qu'elle repensait au trouble dans lequel son regard intense l'avait plongée, quand elle l'avait croisé en sortant de la salle de sport.

Plus vite elle choisirait un carrelage, plus vite elle pourrait consacrer son temps à faire des choses plus importantes, comme choisir une robe pour le gala de l'hôpital ou se trouver un cavalier, de préférence un homme qui ne la regarderait pas comme s'il savait exactement à quel point elle avait envie de sentir ses lèvres sur les siennes.

Elle prit une autre petite poignée de raisins, bien décidée à ne plus penser à la bouche de Kane, mais elle songea alors que le carreau qu'elle observait était exactement du même vert que ses yeux. Si elle choisissait cette couleur, serait-elle condamnée à prendre sa douche quotidienne en ayant l'impression d'exposer son corps nu à son regard perçant ?

Elle esquissa un mouvement pour attraper un carreau blanc derrière elle, mais elle se ravisa et prit son téléphone portable à la place. Après avoir pris une photo rapide, elle envoya un e-mail à Kane, pour s'empêcher de perdre davantage de temps à ressasser des pensées dangereuses et contre-productives, et à se rappeler le « chérie » qu'il lui avait dit de sa voix grave et sensuelle.

Il était plus de 23 heures, et Kane était encore trop tendu pour envisager d'aller se coucher. En temps normal, une journée de travail chargée et un long footing après le dîner suffisaient à l'épuiser assez pour qu'il dorme six heures d'affilée jusqu'au lendemain matin.

Cependant, ce soir, son imagination débordante ne cessait de lui imposer des images de sa cliente dans sa tenue de sport.

Il aurait pu aller dans son garage et travailler à son 4x4, mais il aurait alors risqué de perdre la notion du temps et d'être épuisé et de mauvaise humeur le lendemain.

Deux possibilités s'offraient donc à lui : travailler ou regarder une rediffusion de *SportsCenter*, ce qui aurait achevé de l'agacer, il en avait fait l'expérience par le passé.

Il finit donc par décider de s'occuper de quelques factures en attendant de trouver le sommeil.

Il s'assit, alluma la lampe de chevet prit son ordinateur portable, posé à côté du lit. Il releva ses e-mails, et vit apparaître le nom de l'objet de ses pensées. Il ouvrit le message qu'elle lui avait envoyé, cliqua sur la pièce jointe et regarda sa sélection de carreaux. Il lui avait d'abord suggéré un carrelage blanc parce qu'elle lui avait fait l'impression d'être quelqu'un qui aimait les teintes classiques mais, maintenant qu'il voyait les couleurs vives qu'elle avait choisies, il se rendait compte qu'il s'était trompé. Ses requêtes n'étaient toutefois pas extravagantes.

Elle indiquait la marque et le numéro de série du carrelage dans son e-mail, mais ce ne fut pas ce qui retint son attention. Il remarqua soudain, dans le coin inférieur gauche de la photo, un bloc-notes sur lequel étaient griffonnées quelques lignes.

Il lui avait envoyé plusieurs e-mails dans le courant de la semaine pour la tenir au courant de l'avancée des travaux, et elle était passée à la maison le soir, après son départ, pour lui laisser des photos soigneusement découpées dans des magazines, accompagnées de descriptions détaillées de ce qu'elle voulait, écrites à la main. Même si ses notes étaient généralement longues et pénibles à lire, il préférait de beaucoup communiquer avec une cliente par écrit qu'en chair et en os, surtout si la cliente en question occupait toutes ses pensées.

Quand il vit la note à côté des carreaux, son instinct fut donc de zoomer pour voir quelles instructions elle s'apprêtait à lui laisser cette fois. Cependant, lorsqu'il se pencha vers l'écran, il vit que les premiers mots sur la feuille étaient : *Qualités que je veux chez un homme.*

Qu'est-ce que c'était que cette histoire ? Il garda l'index au-dessus du pavé tactile de son ordinateur, mais ne pouvait se résoudre à fermer l'image.

Après avoir lu les deux premières lignes de ce qui s'avérait être une liste, il arriva à la conclusion qu'il n'était pas censé voir cette note. Pourtant, il ne pouvait plus s'arrêter.

Pourquoi dresser une liste aussi ridicule et inutile ? Aussi personnelle ?

Dans la semaine, Freckles avait glissé plusieurs remarques en passant sur le célibat de sa nièce et sur son manque de vie sociale. Peut-être *Simplement Julia* se sentait-elle inadaptée sur ce plan et souhaitait-elle y remédier.

Quoi qu'il en soit, il ne correspondrait jamais à ses critères de recherche. Il ne cherchait pas à lui plaire, de toute façon ; mais possédait-il une seule des qualités de cette liste ?

Il la parcourut des yeux une seconde fois.

- *Doit être sociable.*

Ce n'était certainement pas son cas. Il l'était autrefois, avant que sa carrière ne s'effondre, mais aujourd'hui il évitait le plus souvent possible de se trouver en société.

- *Doit avoir un bon niveau d'éducation et être capable de discuter de l'actualité.*

Non ! Il était resté à peine assez longtemps à l'école pour obtenir son baccalauréat, et il avait le sentiment que c'était grâce à la bienveillance de ses professeurs et au don généreux de son père à la bibliothèque du lycée qu'il avait bel et bien eu son diplôme.

- *Doit être patient et ne pas se mettre en colère.*

Kylie lui avait dit un jour qu'il avait la patience d'un colibri, ce qui n'était pas rien, étant donné qu'elle était elle-même constamment surexcitée.

- *Doit aimer la natation ou une activité sportive aussi raffinée.*

Le base-ball pouvait sans doute être considéré comme « raffiné » par comparaison avec le rugby, le hockey sur glace ou la lutte, par exemple, mais comme en auraient attesté les trois millions de personnes qui avaient vu les coups de batte de base-ball et les coups de poing accompagnés d'insultes qu'il avait reçus deux ans plus tôt, c'était un sport qui pouvait être violent.

- Doit être fort.

Dans quel sens du terme ? Avant d'être blessé à l'épaule, il pouvait soulever des poids de plus de cent kilos, et propulser une balle à cent soixante kilomètres/heure. En revanche, Erica, son ex-petite amie, lui avait dit qu'il était « indisponible sur le plan émotionnel» et que cela faisait de lui un « homme faible ».

- Doit être habile de ses mains.

Il regarda ses paumes, calleuses et abîmées par le travail manuel, et pensa aux longs doigts fins de la doctoresse, dont la méticulosité sauvait des vies.

- Flanelle.

Il jeta un coup d'œil à son placard ouvert et aux chemises qui y étaient pendues, rangées par couleurs.

Quelque chose lui disait que la très collet monté Julia Fitzgerald voulait dire que l'homme qu'elle recherchait devrait porter des pyjamas de flanelle, ou une autre tenue de nuit tout aussi classique.

Il s'étira sous la couette et sourit en pensant à l'expression abasourdie qu'elle afficherait probablement si elle le voyait maintenant, sans pyjama de flanelle, sans rien du tout.

Hélas, imaginer la jolie jeune femme le voir nu dans son lit le troubla instantanément.

Peut-être aurait-il dû se répéter les règles qu'il s'était fixées, en particulier celle lui interdisant de sortir avec une cliente.

Il secoua la tête, essayant d'imaginer Julia dans sa tenue d'hôpital. S'il se concentrait, peut-être arriverait-il à oublier ses grands yeux verts et l'expression de surprise qu'elle avait eue quand ils étaient tombés l'un sur l'autre, devant la salle de sport.

Contrarié, il referma vivement son ordinateur portable, et repensa à ce qu'elle lui avait dit : elle voulait emménager une semaine plus tard. Il devait avancer le plus possible dans les travaux d'ici là pour ne pas risquer de la croiser à l'étage, à proximité de sa chambre.

Il rouvrit l'ordinateur et alla sur le site du fournisseur de matériaux pour commander le carrelage.

Lorsque ce fut fait, il reposa le portable par terre et éteignit la lumière, conscient qu'il ne s'endormirait toutefois pas de sitôt.

Après quelques minutes, il reprit encore l'ordinateur et écrivit à Julia la réponse la plus brève possible.

J'ai commandé le carrelage. Il devrait être livré mercredi prochain.

Après un instant d'hésitation, il ajouta encore une phrase.

La cuisine n'est pas encore prête.

Cela la tiendrait peut-être à distance, ce qui lui éviterait d'avoir à la croiser à tout bout de champ pendant qu'il travaillait.

Julia descendit l'escalier du quartier des officiers avec son dernier carton et le mit sur la banquette arrière de sa Mini Cooper. N'était-ce pas triste de constater que tout ce qu'elle possédait tenait dans une voiture aussi petite ?

Enfin, bien sûr, le grenier de la résidence de Georgetown était plein de biens de famille, d'albums photos et d'objets ayant appartenu à ses parents, mais elle n'avait jamais vraiment considéré quoi que ce soit de tout cela comme étant à elle.

Cependant, il lui faudrait bien un jour s'occuper de ce

désordre, ou demander à l'un de ses avocats de le faire pour elle et de lui envoyer la facture.

Elle jeta un coup d'œil à sa montre. Le soleil serait probablement déjà couché quand elle arriverait à Sugar Falls. Elle avait délibérément choisi d'emménager un soir, pour ne pas risquer de voir Kane et de l'entendre lui demander si elle s'était acheté un livre de recettes, comme elle avait promis à sa tante Freckles de le faire.

Quand elle s'engagea sur Pinecone Court, une demi-heure plus tard, elle avait faim mais hâte de voir où en étaient les travaux. Néanmoins, quand elle aperçut la Ford Bronco dans l'allée, dont les habituelles taches de rouille avaient été recouvertes d'une peinture grise, elle eut envie de faire demi-tour.

Au lieu de cela, elle prit une profonde inspiration pour se donner du courage, et se raisonna : il faudrait bien qu'elle s'habitue à voir Kane de temps en temps. Après tout, elle l'avait engagé pour qu'il remette sa maison à neuf ; elle ne pouvait pas décemment se mettre dans tous ses états chaque fois qu'elle apercevait son vieux 4x4.

Elle n'était plus une gamine de dix-neuf ans enamourée, qui croyait tout savoir parce qu'elle sortait avec un professeur d'université. D'ailleurs, théoriquement, elle était la patronne de Kane. Elle était aussi un capitaine habitué à donner des ordres, et une chirurgienne accomplie, connue pour ses nerfs d'acier. Elle devait tout de même pouvoir faire face à un entrepreneur d'une petite ville coupée du monde qui lui adressait à peine la parole, même s'il la dévorait du regard comme s'il connaissait intimement chaque parcelle de son corps.

Elle se gara dans l'allée, prit sa sacoche et l'un des cartons posés sur la banquette arrière, puis elle monta sur le porche et entra dans la maison.

Une bonne odeur aillée provenait de la cuisine, et il

y avait de la musique à l'étage. Elle laissa le carton dans l'entrée et monta l'escalier récemment refait à neuf. Elle se demanda d'abord si elle pouvait marcher sur les marches fraîchement repeintes, puis elle songea qu'elles devaient être sèches puisque Kane était à l'étage.

Elle suivit la musique de Duke Ellington jusqu'à sa chambre, et entra dans la pièce bien éclairée, contente de voir que le lustre ancien était déjà accroché au plafond.

Elle s'arrêta net dans l'embrasure de la porte de la salle de bains attenante. Kane, vêtu d'un jean délavé, son torse nu taché d'éclaboussures de peinture, se tenait derrière la baignoire, un bras aux muscles parfaitement dessinés tendu vers le haut du cadre de la fenêtre, un pinceau à la main.

Elle eut soudain l'impression d'avoir les jambes en coton, et éprouva de la difficulté à respirer normalement.

Les mouvements de sa main suivaient le tempo de la musique qui s'élevait du haut-parleur sans fil posé sur la tablette du lavabo. Les muscles de son dos bougeaient au même rythme de jazz.

Il faisait nuit, au-dehors, et son reflet dans la vitre, presque aussi net que dans un miroir, montrait une expression d'intense concentration, ses sourcils froncés et sa mâchoire contractée. De toute évidence, il était dans son petit monde et ne l'avait pas entendue.

Elle aurait dû signaler sa présence, toussoter, baisser la musique, faire quelque chose pour attirer son attention et lui montrer qu'il n'était plus seul, mais elle ne pouvait s'y résoudre.

Une vague de désir la submergea, emportant sur son passage tout son sens commun.

Heureusement qu'il était trop absorbé par son travail pour se rendre compte de son intrusion, car elle était comme pétrifiée, incapable de s'arracher à sa torpeur.

Elle resta là, fascinée, en contemplation devant lui tandis qu'il peignait. La musique changea et, au moment même où un air de saxophone, plus lent, plus doux, s'élevait, il tourna la tête et leurs regards se croisèrent. Elle n'aurait pas su dire si la sensation d'étourdissement qu'elle éprouva alors était due aux émanations de peinture ou à la façon dont il la regardait.

Kane était tellement absorbé par ce qu'il faisait qu'il n'avait pas entendu Julia arriver. Luttant contre un vif sentiment d'embarras, il se tourna vers elle et fit comme s'il se moquait qu'elle l'ait pris au dépourvu.

Il remarqua qu'elle portait sa tenue d'hôpital avec un gilet violet et soupira, à la fois soulagé et déçu de ne pas la voir dans sa tenue de sport.

— Bonsoir, dit-il avant de s'éclaircir la voix, posant son pinceau et se dirigeant vers son iPhone pour couper la musique. Je ne vous attendais pas si tôt.

— Il est 19 heures, dit-elle, les yeux ronds.

Il sortit la montre gousset de son grand-père de sa poche et en ouvrit le couvercle, plus pour se donner une contenance que pour regarder l'heure.

— Waouh ! J'étais vraiment ailleurs…

C'était ce que son père disait de lui quand il était complètement déconnecté de la réalité, au point où l'on aurait pu lui offrir un million de dollars et où il n'aurait rien entendu. Sa mère, quant à elle, parlait d'hyperconcentration.

Lui estimait qu'il souffrait d'un trouble du déficit de l'attention.

— Je, euh… Je ne voulais pas vous faire peur, dit Julia.

Il remarqua qu'elle ne le regardait pas, ou plutôt qu'elle ne regardait pas son visage. Ses pectoraux se contractèrent légèrement, malgré lui. Il repensa à sa liste et fut tenté de lui suggérer d'y ajouter quelque chose au sujet de l'attirance physique entre elle et son homme idéal.

Il ne se considérait pas comme particulièrement séduisant mais, après des années passées à aller d'hôtel en hôtel, harcelé par des groupies, il voyait bien quand une femme le regardait avec intérêt.

— C'est une incision importante, dit-elle.

Ni coupure ni blessure. Incision. En fin de compte, son intérêt était peut-être strictement professionnel. Un sentiment de déception inattendu l'envahit à cette pensée.

— Quand vous a-t-on posé une prothèse d'épaule ?

Il jeta un rapide coup d'œil à son épaule avant de la regarder avec scepticisme. Peut-être savait-elle qui il était, après tout. Il aurait fallu qu'elle soit asociale pour ne pas le savoir, mais c'était précisément l'impression qu'elle lui avait faite jusque-là.

— Vous avez entendu parler de mon opération ?

— Non. Je la devine.

Bien sûr. Elle ne lui aurait pas demandé quand on lui avait posé sa prothèse si elle avait entendu parler de l'opération. Craignant de passer davantage pour un imbécile, il se contenta de se concentrer sur ce qu'elle disait.

— Votre chirurgien a opté pour la voie delto-pectorale, ce que l'on fait normalement quand on pose une prothèse totale anatomique.

Il se passa machinalement une main sur le menton, agacé par son jargon médical recherché.

— Vous aimez les mots compliqués, docteur.

— Regardez…

Elle s'approcha de lui. Il s'efforça de rester impassible quand elle suivit sa cicatrice du bout de l'index.

— L'incision s'étend de l'extrémité de la clavicule au coracoïde et suit l'axe médian du muscle deltoïde.

Elle avait dû prendre sa contrariété pour de l'incompréhension puisqu'elle lui expliquait maintenant quelque chose qu'il savait déjà, étant donné que c'était lui qui avait subi cette opération.

Cependant, il avait du mal à faire attention à ce qu'elle disait tant il était troublé par la douce caresse de ses doigts sur son torse.

— Comment quelqu'un de votre âge a-t-il pu avoir besoin d'une opération aussi lourde ?

Il sentait la chaleur de son souffle sur sa peau.

Le croirait-elle s'il prétendait avoir eu un accident de voiture ? Probablement pas. Manifestement, Mlle Je-sais-tout était trop intelligente pour lui et pour sa tranquillité d'esprit, mais en cet instant précis, alors qu'elle continuait à suivre sa cicatrice du bout du doigt, le faisant frissonner, il n'avait pas envie de penser au joueur furieux qui s'était rué sur lui pour le frapper avec une batte de base-ball.

— Je me suis blessé pendant un match de base-ball.

— Hum…

Ses yeux se posèrent sur sa bouche. Elle ne portait pas une once de maquillage, mais ses lèvres étaient parfaitement dessinées.

— Vous avez dû recevoir un sacré coup de batte, mais tout de même…

Elle secoua la tête. Le parfum de son shampooing lui chatouilla les narines et lui rappela les smoothies à la mangue et à la noix de coco dont il raffolait quand il était enfant et qu'il allait en vacances à Hawaï avec ses parents. Il inclina légèrement la tête vers elle.

— Mais tout de même, quoi ?

— Eh bien, un coup de batte, même violent, ne nécessiterait pas la pose d'une prothèse totale. En général, une fracture de l'humérus s'accompagne de fractures pathologiques et d'ostéoporose. On a dû vous diagnostiquer un début d'ostéoporose précoce.

Ses mots lui firent l'effet d'un seau d'eau glacée. Il recula, regrettant de l'avoir laissée s'approcher autant de lui.

Bien sûr, son épaule avait déjà beaucoup pâti des efforts

qu'il lui avait imposés en tant que lanceur professionnel, mais il n'avait pas voulu écouter les médecins. Il ne pouvait s'en prendre qu'à lui-même. Arturo Dominguez et son accès de colère n'étaient que la cerise sur le gâteau.

— C'est possible, répondit-il, tournant les talons.

Il n'avait pas envie de parler de la blessure qui avait mis fin à sa carrière, ni des avertissements des médecins, qui l'avaient averti au préalable de son état de santé, et il n'avait pas envie non plus de sentir le parfum grisant de la queue-de-cheval blonde de Julia.

Il se dirigea vers sa boîte à outils, ramassa le T-shirt qu'il avait jeté à côté et l'enfila.

— Je finissais la salle de bains pour qu'elle soit prête à votre arrivée. Comme vous pouvez le voir, tout est encore en cours dans le reste de la maison.

Il saisit le pot de peinture, faillit se coincer les doigts dans l'escabeau en le refermant, et en donnant un grand coup dans la rampe quand il quitta précipitamment la pièce.

Il n'eut pas besoin de se retourner pour savoir qu'elle le suivait en rez-de-chaussée.

— La chambre principale et la salle de bains attenante sont parfaites, dit-elle.

Il s'efforça de ne pas laisser le compliment lui monter à la tête.

— Elles sont encore plus réussies que je ne l'espérais… Et vous avez même réparé l'escalier, alors je n'aurai pas à m'inquiéter de faire passer l'un de mes sabots à travers le bois pourri.

Il regarda ses hideuses chaussures violettes. Elles auraient pourtant mérité de disparaître dans un trou du plancher.

— Vous avez besoin d'aide pour rentrer vos cartons ?

— Non, merci… Il n'en reste que deux dans la voiture. Et puis, je vois qu'il y a de la pizza dans la cuisine, je ne voudrais pas vous empêcher de dîner.

Il suivit son regard en direction de la table à tréteaux

qu'il avait installée dans la cuisine et de la boîte à pizza posée dessus.

— À vrai dire, c'est votre dîner. Votre tante a acheté une pizza chez Patrelli's et elle est passée la déposer pour vous, tout à l'heure. Elle m'a demandé de vous la garder au chaud mais, comme vous pouvez le constater, il n'y a pas encore de four.

Elle ne répondit pas. Il se prit à espérer qu'elle hésitait finalement à emménager tout de suite.

Cela dit, ils n'avaient pas besoin d'un four pour réchauffer l'atmosphère. Il n'était pas sûr de pouvoir endurer encore une tension comme celle qu'il y avait eue entre eux quelques instants plus tôt, à l'étage. Son visage n'avait été qu'à quelques centimètres du sien, sa bouche bien trop proche de la sienne pour sa tranquillité d'esprit. Il n'arrivait pas à chasser de son esprit la façon dont elle l'avait dévoré du regard.

Va-t'en, Chatterson ! s'adjura-t-il intérieurement. *Va-t'en avant de faire quelque chose que tu pourrais regretter.*

Il posa ses affaires dans la buanderie et, la rejoignant dans la cuisine, indiqua d'un geste vague les meubles de rangement rassemblés dans un coin de la pièce et protégés par des bâches.

— Je comptais installer les meubles demain, mais il faudra encore que vous choisissiez les appareils électroménagers pour que la cuisine réponde aux exigences de Freckles.

Elle fronça le nez.

— Je n'ai pas arrêté de remettre ça à plus tard parce que je ne sais pas cuisiner… pour le moment. Évidemment, je suppose que ce serait pratique d'avoir au moins un réfrigérateur.

Était-ce par prétention qu'elle croyait pouvoir apprendre à cuisiner aussi facilement qu'elle avait établi son diagnostic ? Dans le monde du base-ball, il avait croisé bon nombre de personnes arrogantes, mais *Simplement Julia* ne semblait pas comme celles-ci. Sa tante lui avait pourtant dit qu'elle avait l'habitude d'être la meilleure dans tout ce qu'elle entreprenait et, comme il était bien placé pour savoir ce que c'était que de tomber en disgrâce, il ne fit aucun commentaire.

Il se dirigea vers la glacière qu'il conservait dans le garde-manger.

— Voulez-vous de l'eau minérale, ou une boisson énergétique ?

C'était un peu étrange de lui offrir à boire alors qu'elle était chez elle mais, à en juger par sa fameuse liste, elle n'avait pas l'habitude de recevoir des hommes.

Pour le moment. À n'en pas douter, c'était encore une tâche dont elle finirait par s'acquitter.

L'imaginer inviter un homme dans cette maison le contraria tant qu'il resserra nerveusement son étreinte sur la bouteille d'eau qu'il lui tendait.

— Non, merci, répondit-elle, j'ai des boissons dans ma voiture.

Soudain, son visage s'éclaira, comme si elle avait une idée brillante.

— Vous voulez de la pizza ? Je ne pourrai pas la manger en entier toute seule !

Il sentit son estomac grogner et s'aperçut qu'il n'avait rien mangé depuis le matin même.

Il oubliait souvent de faire des pauses, ce pour quoi son corps finissait toujours par le punir.

D'après les remarques de Freckles, Julia était un peu seule. Il ne s'était pas attendu à voir arriver un camion de déménagement et un véritable défilé, mais il trouvait un peu triste que personne ne soit là, un vendredi soir, pour l'aider à s'installer dans sa nouvelle maison.

— Avec plaisir, répondit-il. Et si nous allions chercher le reste de vos cartons avant de manger ?

— Je veux bien, merci !

C'était une très mauvaise idée de rester une minute de

plus sous le même toit que Julia, et encore plus de partager un repas avec elle, mais puisqu'elle était décidée à vivre là pendant qu'il terminait les travaux, il serait bien obligé de s'habituer à la voir et de résister à son attirance pour elle.

Il la suivit dehors et faillit trébucher sur un carton partiellement caché dans l'herbe trop haute.

— Mince ! C'est la pomme de douche que j'ai commandée pour la salle de bains principale. Je voulais l'installer, cet après-midi, mais je n'ai pas dû entendre le livreur.

Elle haussa les épaules négligemment.

— Ce n'est pas grave. Je me servirai de la baignoire. Justement, j'avais envie de prendre un bon bain chaud, ce soir.

La remarque, apparemment innocente, lui rappela le moment où il avait aperçu son reflet dans la vitre de la salle de bains, quelques minutes plus tôt, et il se troubla aussitôt.

Il n'avait pas à imaginer *Simplement Julia* nue dans un bain moussant. Il n'avait pas à l'imaginer nue dans quelques circonstances que ce soit.

— Tenez, dit-elle en lui tendant un sac plastique. Ce n'est pas trop lourd.

— Je peux porter plus lourd que ça, dit-il, blessé dans son orgueil.

— Et votre épaule ? s'étonna-t-elle.

— Mon épaule va très bien.

Pour prouver ce qu'il avançait, il prit un carton et un sac semblant contenir d'autres tenues d'hôpital.

— Où est le reste de vos affaires ? Vous les apporterez plus tard ?

— C'est tout ce que j'ai.

Était-elle sérieuse ? La plupart des femmes avec lesquelles il était sorti, y compris Erica, auraient prévu deux fois plus que ce qu'elle avait là pour une simple semaine de vacances.

— Et vos meubles ? demanda-t-il en retournant vers le porche avec son chargement.

Elle haussa les épaules.

— Il faudra que j'en achète, je suppose.

— Attendez une minute ! Vous n'avez même pas de lit… Où allez-vous dormir, ce soir ?

— Je vais camper ! répondit-elle avec enthousiasme.

— Pardon ?

— Je vais camper, répéta-t-elle avec un sourire éclatant. J'ai toujours rêvé de faire ça quand j'étais enfant, vous savez, construire une cabane dans le salon avec des coussins et des couvertures, mais mes parents n'aimaient pas le désordre. J'ai décidé que le meilleur moyen de commencer ma nouvelle vie dans ma nouvelle maison serait de fixer mes propres règles !

Seigneur ! Ses parents devaient être drôlement rabat-joie. Il comprenait mieux pourquoi Mlle Je-sais-tout était si rigide et si protocolaire.

Chez les Chatterson, quand il était enfant, il y avait des coussins, des couvertures et des jouets à travers toute la maison. On ne risquait pas de s'ennuyer quand on avait trois frères et une sœur. C'était une expérience intéressante, quoique éprouvante parfois, et…

Le fil de ses pensées fut interrompu par l'apparition d'un basset qui traversait la pelouse d'un pas pesant.

Julia avait un chien ?

Il se retourna pour lui demander si les animaux étaient autorisés au quartier des officiers de Shadowview, mais il se cogna l'épaule dans l'encadrement de la porte et laissa tomber tout ce qu'il avait dans les mains, avec un juron sonore.

Elle écarquilla les yeux, visiblement scandalisée par le terme.

— Ça va ?

— Oui… Je ne regardais pas où j'allais, c'est tout.

— Faites-moi voir.

Elle posa son carton par terre, et il dut tendre une main devant lui pour l'empêcher d'approcher davantage.

58

— Non, non, ça va, je vous assure.

Il ne voulait surtout pas qu'elle le touche à nouveau, même s'il avait un T-shirt, cette fois.

— J'ai toujours eu tendance à me blesser facilement, continua-t-il, j'ai l'habitude d'avoir des bleus… Que diriez-vous d'une part de pizza ?

Elle le regarda d'un air dubitatif, mais il fit rouler son épaule pour lui prouver qu'il n'y avait pas matière à s'inquiéter, réprimant en fait une grimace de douleur.

— Vous voyez ? Ça va, je n'ai rien !

Dans la cuisine, il s'approcha de la table de fortune et ouvrit la boîte à pizza.

— Oh… Patrelli a oublié la viande.

Julia secoua la tête. Sa queue-de-cheval se balança de gauche à droite.

— Non, je suis végétarienne.

Il la regarda avec de grands yeux, surpris.

— Votre tante est au courant ?

— Oui. Cela ne l'enchante pas, et elle est persuadée que ce ne sera plus le cas quand j'aurai plus de trente ans…

— Plus de trente ans ? répéta-t-il, perplexe. Quel âge avez-vous ?

— Vingt-neuf ans.

Elle leva légèrement le menton, et il soupçonna que c'était un sujet délicat, mais peu lui importait : cela ne rimait à rien, et il devait comprendre.

— Je croyais que vous étiez chirurgienne… Les études de médecine ne sont-elles pas des études longues ?

— Il y a en moyenne quatre ans à faire à la faculté de médecine, et ensuite, cela varie en fonction des spécialités. La neurochirurgie demande six ou sept ans d'études supplémentaires.

— Mais c'est impossible…

Il vit ses yeux s'assombrir. Ne voulant pas la mettre en colère, il essaya de refaire le calcul dans sa tête, mais elle le devança.

— J'ai obtenu mon baccalauréat à quatorze ans, ma licence à dix-sept ans, j'ai quitté la faculté de médecine en avance, et j'ai fait mon internat tout de suite après avoir été nommée officier.

Il ne pouvait s'empêcher de la regarder fixement. Alors qu'elle était encore adolescente, elle avait de loin surpassé le niveau d'instruction qu'il avait aujourd'hui. Un sentiment de honte qu'il ne connaissait que trop bien le submergea, et il eut aussitôt envie de changer de sujet.

— Pourquoi est-ce que vous vous touchez tout le temps le menton, comme ça ? lui demanda-t-elle, attirant son attention sur le geste qu'il venait de faire mais dont il n'avait même pas eu conscience. C'est un tic nerveux, ou quelque chose comme ça ?

Il s'empressa de glisser ses mains dans les poches de son jean.

— Pas du tout, répondit-il, sur la défensive.

C'était pourtant exactement ça.

Bon sang ! Elle avait remarqué l'un des gestes qui le trahissaient le plus. C'était à cause de ce geste involontaire qu'il s'était fait pousser la barbe quand il faisait du base-ball, pour donner l'impression qu'il la lissait et éviter ainsi de montrer à l'adversaire qu'il était mal à l'aise, mais il n'avait pas l'intention de le dire à Julia.

— Depuis qu'on a essayé d'utiliser sur moi la méthode de Heimlich avant de me faire remarquer que j'avais un morceau d'épinard entre les dents, j'ai toujours peur d'avoir quelque chose sur le visage.

Elle rougit.

— Je suis désolée… Je croyais vraiment que vous étiez en train de vous étrangler.

Sa voix trahissait son manque d'assurance. Il s'en voulut d'en être la cause, d'autant plus qu'il ne lui avait fait cette réponse que parce qu'il cherchait à détourner son attention de la mauvaise habitude qu'il avait de se toucher le menton.

— Ne vous en faites pas pour ça. Scooter et Jonesy

ont trouvé que c'était hilarant. Je suppose que vous n'avez pas d'assiettes dans l'un de ces cartons ? lui demanda-t-il enfin, changeant de sujet.

— Des assiettes ? Ah, oui…

Elle resserra sa queue-de-cheval déjà parfaite.

— Il va m'en falloir aussi. Je n'ai encore jamais eu à meubler toute une maison… Ma priorité était de pouvoir me servir de la chambre et de la salle de bains, et je n'ai pensé à rien d'autre.

Était-elle sérieuse ? Elle entrait à la faculté de médecine à l'âge où lui passait son permis, mais elle ne savait pas quelles étaient les choses indispensables dans une maison. Comment pouvait-elle être aussi naïve ?

— La plupart des femmes que je connais n'aimeraient pas emménager dans une maison vide et vivre à la dure sans avoir élaboré un plan à long terme.

— Oui, eh bien, je ne suis pas comme la plupart des femmes.

Il se retint de la dévorer du regard pour confirmer cette affirmation et lui tendit une part de pizza froide.

— Merci.

Elle n'avait pas l'air contente de devoir manger avec ses mains. Elle aurait dû y penser avant !

Il s'en voulait d'être aussi insensible. Il mordit dans sa propre part de pizza pour s'empêcher de dire quelque chose qu'il aurait pu regretter.

Il faillit s'étrangler en tombant sur un morceau de brocoli, toussa, mais s'empressa d'agiter la main quand il vit l'air inquiet de Julia. Il était déjà terriblement tendu, tous ses muscles étaient contractés, la dernière chose dont il avait besoin était qu'elle passe à nouveau ses bras autour de son torse.

— Ça va aller, dit-il, mais Freckles aurait tout de même pu apporter une autre pizza à votre pauvre entrepreneur…

— Je vais vous donner quelque chose à boire.

Elle se dirigea vers le sac en plastique qu'il avait posé à

côté de la porte, en sortit une bouteille de soda vert jaune et en retira le bouchon pour lui.

Étonné, il haussa les sourcils.

— Vous ne mangez pas de viande, mais vous buvez ça ?

— Je sais que c'est contradictoire mais, quand j'étais enfant, je n'avais pas le droit de manger de cochonneries. En revanche, j'avais réussi à convaincre mes parents que ces boissons-là me donnaient de l'énergie et me permettaient d'étudier plus tard.

Décidément, les Fitzgerald semblaient très amusants. Une fois de plus, il se surprit à éprouver de la compassion pour elle au lieu de se sentir inférieur. Il n'était pas content de ne pas avoir pu faire d'études mais, au moins, il avait eu des parents aimants qui l'avaient soutenu.

Julia lui tendit la bouteille, mais il secoua la tête. La couleur fluorescente de la boisson ne lui inspirait aucune confiance, et il se demandait comment ses parents avaient pu la laisser boire une chose pareille.

— Non, merci. Je ne vais pas dormir de la nuit si je bois ça.

N'ayant aucun siège pour s'asseoir, ils mangèrent leur pizza froide debout. Il était plus agité à chaque seconde qui passait. Il en était à sa troisième part quand, ne tenant plus en place, il se mit à arpenter la pièce.

— Il se fait tard, dit-il enfin. Je vais remonter chercher mes outils dans votre chambre pour que vous puissiez vous installer tranquillement.

— D'accord. Je vais juste me laver les mains…

Il espérait qu'elle avait apporté du savon.

L'idée lui évoqua des bulles de savon, ce qui le fit penser à elle dans son bain, et…

Seigneur ! Il fallait vraiment qu'il s'en aille.

Il monta les marches de l'escalier quatre à quatre et se hâta de rassembler ses affaires. Il s'apprêtait à franchir la porte d'entrée quand la voix de Julia l'arrêta.

— Pourriez-vous m'aider à faire une liste ?

Il s'immobilisa.

Une liste ? Quelle liste ? Celle des qualités qu'elle recherchait chez un homme ? Lui demandait-elle sérieusement son aide pour quelque chose d'aussi personnel ?

— Euh… Ça dépend.

Lui qui était si pressé de partir, il avait maintenant l'impression d'avoir les pieds pris dans du béton. Il se força néanmoins à se retourner pour la regarder.

Elle se mordilla la lèvre inférieure avant de s'expliquer.

— Je suis de garde seulement demain, alors je pensais aller faire quelques courses, si on ne m'appelle pas pour une urgence. Il va me manquer tellement de choses pour la maison… Je ne sais pas exactement ce que je dois acheter, et j'espérais que vous voudriez bien me conseiller. Je demanderais bien à ma tante, mais il y a souvent un monde fou au restaurant, le week-end, et puis, elle me conseillerait probablement d'acheter toutes sortes d'ustensiles de cuisine que je n'utiliserais jamais.

Bon sang ! Comment aurait-il pu refuser de l'aider ? Il avait l'instinct protecteur d'un grand frère, et il se rappelait que Freckles lui avait dit que sa nièce était trop confiante et qu'elle avait besoin de quelqu'un d'expérimenté pour veiller sur elle. De plus, il allait travailler dans cette maison pendant encore deux ou trois mois, et une cuisine bien aménagée ne lui déplairait pas.

— Bien sûr. Je ferai une liste de ce dont vous aurez besoin et je vous l'apporterai demain. Il faudra aussi que vous commandiez les appareils électroménagers.

— Je sais que je vous en demande beaucoup, mais pourriez-vous m'aider aussi pour ça ? Après le fiasco de la chaudière, ce serait une bonne chose que j'apprenne à négocier.

Il sentit sa mâchoire se contracter à ce souvenir. Il était furieux contre le chauffagiste qui avait envoyé un devis exorbitant à Julia une semaine plus tôt. Il avait fini par faire appel à l'un de ses propres sous-traitants pour se charger de l'installation. Envoyer Julia dans l'un de ces grands magasins d'électroménager aurait été comme la donner en pâture aux fauves.

— Vous savez, j'aurai sûrement encore un peu mal à l'épaule demain. Je ne pourrai pas monter les meubles de cuisine avec un seul bras. Nous pourrions peut-être aller à Boise ensemble pour acheter tout ce dont vous allez avoir besoin.

— Oh ! ce serait parfait ! Vous êtes sûr que ça ne vous dérange pas ?

Il préférait l'accompagner que de savoir que des vendeurs payés à la commission profiteraient de sa crédulité. Par ailleurs, cela lui éviterait d'avoir à se creuser la tête pour dresser une liste. Ils avaient tous deux à y gagner ; du moment qu'il parvenait à se retenir de la toucher, de sentir le parfum de ses cheveux ou de regarder ses lèvres.

Seigneur ! Il devait absolument se ressaisir.

— Je passerai vous prendre à 8 heures, dit-il d'un ton un peu plus bourru qu'il n'en avait eu l'intention.

Il la vit jeter un coup d'œil à sa Ford Bronco par la porte ouverte.

— Et si nous prenions ma voiture ? Après tout, ce n'est pas juste que vous payiez l'essence pour aller faire des courses pour moi !

Croyait-elle qu'il n'avait pas d'argent, qu'il traversait une mauvaise passe ?

— Et puis, ajouta-t-elle avant qu'il n'ait pu s'offenser de la supposition, vous ne devriez pas forcer sur votre épaule, et conduire sur ces routes de montagne sinueuses ne vous ferait pas de bien. Bon ! Moi, je vais prendre un bain dans ma nouvelle baignoire… À demain !

Là-dessus, elle tourna les talons et se dirigea vers l'escalier.

Il cligna des yeux plusieurs fois, déconcerté. Même si elle le congédiait encore une fois de façon maladroite, il était touché qu'elle prenne son bien-être et son budget en considération. Il était aussi un peu agacé qu'elle présume qu'il n'avait pas les moyens de l'emmener à Boise, et il ne savait pas comment concilier ses émotions contradictoires.

Il se dit que sa sollicitude était rafraîchissante par rapport à l'attitude des femmes avec lesquelles il était sorti par le passé, qui semblaient s'intéresser davantage à sa célébrité et à son argent qu'à lui-même. Julia ne cherchait pas à sortir avec lui mais, si elle ignorait réellement qui il était, elle était vraiment gentille et attentionnée.

- 5 -

Le lendemain matin, Kane fut surpris de constater qu'il tenait dans l'habitacle de la Mini Cooper de Julia, même s'il mesurait un mètre quatre-vingt-sept. Il lui avait dit qu'il craignait d'être un peu à l'étroit quand elle était sortie de chez elle, avec ses clés et un autre soda jaune vert pour la route, mais elle lui avait assuré que sa voiture était plus spacieuse qu'il n'y paraissait.

Il n'aimait pas l'idée de se disputer avec une jeune femme déterminée de si bonne heure. Il n'aimait pas non plus les petites voitures, et il appréhendait d'être coincé côté passager pendant environ une heure. Il n'avait pas envie d'être assis si près d'elle alors qu'elle ne portait pas sa tenue d'hôpital. Certes, elle n'avait pas non plus sa tenue de sport, mais son jean noir mettait en valeur ses longues jambes et, tandis qu'elle s'installait au volant, son chemisier chic bâillait légèrement au niveau des deux premiers boutons, qui auraient dû être fermés pour l'empêcher d'apercevoir la courbe de ses seins.

— Depuis combien de temps avez-vous cette voiture ? lui demanda-t-il en attachant sa ceinture de sécurité.

L'habitacle sentait encore le neuf.

— Je l'ai achetée il y a environ quatre mois, répondit-elle, souriant fièrement, comme si elle lui annonçait qu'elle avait gagné le prix Nobel. C'est ma première voiture ! Du moins, c'est ma première voiture sans chauffeur…

Elle venait donc d'un milieu privilégié. Peut-être se

rappellerait-il cette information plus tard mais, pour le moment, le fait qu'il s'agissait de sa première voiture l'intriguait davantage.

— Que conduisiez-vous, avant ?

— Oh ! je n'ai eu mon permis qu'en arrivant à Shadowview. Jusque-là, j'avais vécu dans une grande ville où je prenais les transports en commun et, à la base militaire, je n'avais encore jamais vraiment eu besoin de conduire.

Elle tendit le bras et essaya de programmer le GPS, mais appuya involontairement sur le bouton de commande vocale.

— Nom, s'il vous plaît, dit la voix électronique.

— Itinéraire pour Boise, dit Julia d'une voix forte.

Il tourna la tête vers la vitre pour qu'elle ne voie pas qu'il se retenait de rire.

— Contact inconnu, fit la voix.

Julia répéta ses instructions, mais obtint la même réponse. Elle haussa alors les épaules d'un air déconfit.

— Je crois que la reconnaissance vocale ne fonctionne pas.

— Je vais essayer, dit-il en appuyant sur le bouton du menu avant d'entrer le nom de la ville.

— Recherche de l'itinéraire, annonça la voix électronique.

Un plan apparut à l'écran. Julia sourit.

— Merci ! Apparemment, il y a un tutoriel pour apprendre à se servir de ce GPS, mais je n'ai pas eu le temps d'y jeter un œil… pour le moment.

Tout semblait être « pour le moment », avec cette femme. Il l'observa discrètement derrière les verres de ses lunettes de soleil pendant qu'elle allumait la radio. Elle régla involontairement le volume au maximum, l'obligeant à se couvrir les oreilles.

— Désolée ! Je dois aussi apprendre à me servir de l'autoradio…

— Y a-t-il un tutoriel pour ça ? marmonna-t-il avec ironie.

Elle coupa le son à cet instant précis et l'entendit.

— Probablement, mais je vais sûrement devoir le chercher sur Internet. Je m'occupe d'une partie des patients d'un collègue en mission, en ce moment, alors je n'ai pas beaucoup de temps libre, mais je finirai bien par y arriver.

Ils quittèrent Pinecone Court. Elle s'avéra être une meilleure conductrice qu'il ne l'aurait cru en la voyant tenter de se servir de son smartphone et des accessoires électroniques de la voiture. Cependant, ils étaient seulement sur Snowflake Boulevard quand son genou se mit à tressauter nerveusement, et il dut poser une main dessus pour le maintenir immobile.

Il aurait dû insister pour conduire. Se concentrer sur la route l'aurait occupé. De plus, il était un très mauvais passager, car ne pas être aux commandes du véhicule lui donnait l'impression d'être prisonnier, pris au piège.

Quand elle esquissa un geste pour régler le chauffage, il lui écarta la main de crainte qu'elle ne le monte accidentellement.

— Je vais le faire ! Concentrez-vous sur votre conduite…

— C'est gentil, mais ce n'est pas la peine. Je suis chirurgienne, vous vous souvenez ? J'ai l'habitude de faire plusieurs choses de mes mains à la fois.

Il regarda ses mains, sur le volant. Elle était peut-être très douée pour la chirurgie, mais son inaptitude à maîtriser le moindre outil électronique lui donnait envie de contrôler quelque chose, n'importe quoi. Il détestait être assis là à ne rien faire, et aurait largement préféré conduire.

— Alors, pourquoi avoir choisi la neurologie ?

Il n'aimait pas particulièrement parler de tout et de rien mais, puisqu'il était coincé dans une voiture qu'il ne pouvait pas conduire avec une jeune femme qui n'arrivait pas à allumer la radio, autant la faire parler d'elle avant qu'elle ne se mette à lui poser des questions personnelles.

— Parce que c'est le plus difficile.

— Vous voulez dire que c'est difficile de travailler avec des patients qui ont tant à perdre ?

— Eh bien, oui, peut-être aussi… Mais je voulais dire que c'était l'une des spécialités les plus complexes. Le système nerveux central permet à toutes les parties du corps de fonctionner.

— Vous avez choisi votre spécialité pour être au faîte de votre domaine, pas parce que cela vous intéressait tout particulièrement ?

— Si, bien sûr que je suis fascinée par le cerveau, et par le système vasculaire cérébral aussi. Qui ne le serait pas ?

Il résista à l'envie de lever une main et de crier : « Moi, moi ! »

— J'ai l'impression que vous êtes un bourreau de travail.

À peine eut-il prononcé ces mots qu'il vit ses mains se crisper sur le volant. *Oups !*

— J'ai dit une bêtise ?

— Non, répondit-elle, c'est juste que je n'aime pas beaucoup cette expression.

— Quelle expression ? Bourreau de travail ?

— Oui. Je sais qu'être en avance peut sembler original et amusant, mais cela a des inconvénients.

À vrai dire, cela ne lui semblait pas amusant du tout. Elle avait sûrement dû répondre à de nombreuses attentes, et il imaginait que c'était un poids très lourd à porter.

— Quel genre d'inconvénients ? demanda-t-il.

— Le fait d'être tourmenté par des élèves honteux d'avoir eu de moins bonnes notes ou de ne pas avoir été pris dans une aussi bonne université. Je sais que c'est uniquement de la jalousie de leur part, mais cela peut être pénible, au bout d'un moment.

Un sentiment de compassion l'envahit.

— Je ne me moquais pas de vous. « Bourreau de travail » était un compliment, dans ma bouche. J'avais pris dactylographie en option alors que je suis nul en orthographe parce que j'avais un prof de menuiserie qui nous faisait faire des rédactions sur les différents types de bois.

— Mais si vous aimez être entrepreneur en bâtiment,

pourquoi ne pas vouloir exceller dans ce domaine ? Ce serait dommage de ne pas essayer, au moins !

Il songea au gâchis de ses dons maintenant que sa carrière dans le sport était terminée. Les paroles de Julia le touchaient plus que ce que n'importe quel coach aurait pu lui dire. Dans le monde du base-ball, il était célèbre pour défier tous les pronostics. Alors pourquoi avait-il tant de mal dans sa vie privée ?

— En parlant de carrières, dit-il, espérant qu'elle serait trop polie pour relever le fait qu'il se défilait, pourquoi avez-vous choisi de vous engager dans l'armée ?

— Mes parents sont morts dans un accident de train quand j'avais vingt et un ans. Ma mère est morte sur les lieux de l'accident, mais mon père est resté en soins intensifs pendant plusieurs jours avant de mourir. Un jour, alors que j'étais assise dans la salle d'attente, j'ai vu un documentaire à la télévision sur WAVES, la réserve de femmes volontaires pendant la Seconde Guerre mondiale, et cela m'a fascinée. À vrai dire, toutes les émissions que je voyais là-bas m'intéressaient parce que je n'avais pas le droit de regarder souvent la télévision quand j'étais enfant, mais le documentaire sur WAVES m'a donné envie de consacrer mon intelligence et mes connaissances à autre chose que la science. Quand j'ai vu toutes ces femmes qui s'étaient engagées dans l'armée pour le bien de leur pays plutôt que dans leur intérêt personnel, j'ai eu envie d'être comme elles. J'ai eu envie d'aider les autres.

Non seulement Julia était surdouée mais, en plus, c'était une bonne âme. Comment aurait-il pu rivaliser ? Ce n'était pas une compétition, bien sûr, mais si cela avait été le cas, il n'aurait vraiment pas fait le poids.

— Je suis désolé pour vos parents, se contenta-t-il de dire, ne sachant quoi ajouter.

— Merci.

Elle avait repris le ton froid et formel qui lui donnait

envie de lui dire qu'elle n'avait pas besoin d'être aussi convenable, du moins pas pour lui.

— Ma tante m'a conseillé de ne prendre aucune décision importante juste après la mort de mes parents, mais j'étais tellement habituée à l'emploi du temps qu'ils m'imposaient que je me suis dit que l'ordre et la discipline de l'armée seraient en quelque sorte un réconfort, pour moi.

Hum. C'étaient cet ordre et cette discipline qui l'avaient quant à lui dissuadé de s'engager dans l'armée. Il avait déjà assez de mal comme cela à obéir aux ordres au lycée. À vrai dire, le base-ball était le seul sport d'équipe qui l'avait tenté car, en tant que lanceur, il était relativement indépendant.

Il se frotta machinalement le menton, calculant combien de temps encore il allait devoir passer dans cette voiture.

— On vous a déjà dit que vous ne teniez pas en place ? lui demanda-t-elle alors qu'ils arrivaient enfin sur l'autoroute.

— Je n'aime pas rester assis à ne rien faire trop longtemps, c'est tout.

— Hum… Intéressant.

La remarque lui évoqua un thérapeute prenant des notes dans le dossier d'un patient. Il aurait dû se douter que rien de bon ne résulterait de cette excursion à Boise avec elle, mais il lui avait proposé de l'accompagner sans vraiment réfléchir, la veille au soir.

Le diagnostic de son enfance demeurait un sujet délicat pour lui, et il était tenté de lui demander si elle essayait de l'analyser, mais il préférait qu'elle se concentre sur ce qu'elle faisait : elle avait accidentellement éteint le GPS en prenant sa bouteille de soda, et elle essayait pour la troisième fois d'entrer leur destination.

Il aurait pu lui proposer de lui remontrer comment faire, mais il avait le sentiment que Mlle Je-sais-tout n'aurait pas aimé qu'il sous-entende qu'elle n'arrivait pas à le faire toute seule dès la première tentative.

La journée promettait d'être longue.

Tandis que les portes vitrées s'ouvraient devant eux, Julia vit Kane baisser sa casquette sur sa tête jusqu'à ce que la visière touche ses lunettes de soleil, qu'il semblait avoir l'intention de garder à l'intérieur du magasin.

Elle avait travaillé avec beaucoup d'hommes au sein de l'armée, mais elle ne comprenait pas pour autant cet homme-là ; pourquoi était-il aussi lunatique, et pourquoi se comportait-il comme s'il avait quelque chose à cacher ? On aurait pu croire qu'il s'apprêtait à cambrioler le magasin.

— Bonjour, bienvenue chez Land O'Appliances ! s'écria d'une voix tonitruante un homme qui portait une chemise pastel.

Le badge épinglé de travers sur sa cravate orange à impression cachemire indiquait qu'il se prénommait Paulie. Julia fit instinctivement un pas en arrière, et se cogna contre Kane.

La seule chose plus criarde que la voix de Paulie et que sa cravate était les points d'injection qu'elle reconnaissait comme les marques d'une récente injection de botox ratée.

— Puis-je vous aider à trouver quelque chose en particulier ?

Elle regarda Kane, s'attendant à ce qu'il réponde au vendeur, mais il resta silencieux, une main refermée sur un bloc-notes écorné, l'autre dans la poche de son jean. Elle avait l'habitude de prendre les choses en main en salle d'opération, mais elle n'était pas aussi expérimentée qu'elle l'aurait souhaité pour négocier.

— J'ai besoin d'un nouveau réfrigérateur, finit-elle par dire au vendeur empressé, qui affichait un sourire éclatant.

Elle regarda Kane d'un air implorant, espérant qu'il interviendrait.

— Vous êtes venus au bon endroit ! dit Paulie.

Elle dut prendre sur elle pour ne pas tressaillir. Il n'avait pas baissé la voix parce qu'ils s'étaient approchés de lui.

— Tous nos réfrigérateurs sont là, ajouta-t-il en indiquant un rayon. Aviez-vous une fourchette de prix en tête ?

— Oh ! le style m'importe plus que le pr…

— Nous voulons quelque chose de bon marché, l'interrompit Kane.

Maintenant il décidait de les honorer de sa contribution. Il se montra encore plus impoli en ajoutant :

— Nous allons jeter un œil autour de nous, et nous vous appellerons si nous avons des questions.

Il lui prit le bras et l'entraîna vers le rayon des réfrigérateurs. Elle sentit son parfum frais et épicé quand il se pencha vers elle.

— Quand on négocie, lui murmura-t-il à l'oreille, on ne dit jamais à la partie adverse que l'on se moque du prix.

On lui avait inculqué les bonnes manières dès son plus jeune âge et, pour cette raison, elle jeta un coup d'œil nerveux par-dessus son épaule au vendeur qu'ils avaient abandonné sans autre forme de procès avant de répondre à Kane.

— Mais nous n'avions pas encore commencé à négocier !

— Nous avons commencé à négocier dès l'instant où nous sommes entrés dans le magasin et où Paulie Braillard s'est mis à calculer combien de séances d'UV il allait pouvoir s'offrir avec sa commission.

— Je ne savais pas que vous connaissiez les employés de ce magasin.

— Je ne les connais pas, mais les vendeurs sont tous les mêmes.

— Alors pourquoi n'avez-vous pas mené la danse dès qu'il nous a abordés ?

— Je l'ai fait.

— Comment ? En étant impoli et en ne disant pas un mot ?

— Je n'ai pas été impoli, je faisais en sorte d'être indéchiffrable. Si j'avais débordé d'enthousiasme, Paulie aurait été tout de suite sûr d'obtenir ce qu'il voulait.

— Je vois…

Elle ne voyait pas du tout, mais elle était disposée à s'essayer à sa stratégie. Pour le moment.

Il ne lui lâcha pas le bras lorsqu'il s'arrêta devant un réfrigérateur blanc quelconque qui n'avait même pas de machine à glaçons. Elle n'avait pas l'habitude d'être touchée de cette façon, mais elle ne chercha pas à se libérer de son étreinte ; uniquement parce qu'elle ne voulait pas contrecarrer ce qui faisait peut-être partie d'une tactique de négociation, pas parce qu'elle aimait sentir ses doigts à travers le coton de son chemisier.

— Je n'ai pas envie de regarder ces réfrigérateurs ordinaires, Kane. Je croyais que nous étions d'accord sur le fait qu'un réfrigérateur en inox irait mieux avec le plan de travail de granit.

— Ne montrez pas du doigt…

Il lui lâcha le bras pour lui faire baisser la main qu'elle avait levée, et son avant-bras nu frôla sa poitrine. Aussitôt, elle sentit ses tétons se durcir et ses joues s'empourprer. Elle savait bien que le contact avait été involontaire, mais elle n'en fut pas moins parcourue d'un frisson.

Heureusement, Kane ne sembla pas s'apercevoir de sa réaction. Il se pencha légèrement vers elle pour lui donner encore un ordre, à voix basse.

— Faites-leur croire que ce sont les modèles bon marché qui nous intéressent. Paulie essayera quand même de nous vendre un modèle au-dessus de notre budget, mais ses espérances ne seront pas si élevées.

Seigneur ! Elle lui avait demandé son soutien et son expérience, pas son autoritarisme ou ses leçons de manipulation, et elle ne lui avait certainement pas demandé de lui caresser pratiquement la tempe du bout des lèvres chaque fois qu'il lui murmurait quelque chose à l'oreille.

Elle n'avait jamais été si troublée par la proximité d'un

homme, et elle essayait de se persuader que son désarroi était dû au fait qu'elle n'avait pas l'habitude de ce genre de situation.

Cependant, ce n'était pas parce qu'elle n'avait jamais acheté d'appareils électroménagers qu'elle ne pouvait pas comprendre comment cela se déroulait.

— Nous sommes dans un magasin, Kane, pas dans une salle des ventes. Les prix sont indiqués sur tout. De toute évidence, ils ne sont pas à débattre. Choisissons le modèle que nous voulons, et payons-le.

— Ce n'est pas comme ça que cela fonctionne dans un magasin comme celui-ci, docteur Je-sais-tout.

— Comment m'avez-vous appelée ?

Elle se tourna vers lui et croisa les bras sur sa poitrine. Elle n'aurait pas su dire si elle était davantage offensée par ce surnom ou parce qu'il sous-entendait qu'elle était incapable de faire quelque chose d'aussi simple qu'acheter un réfrigérateur.

— Désolé, dit-il, c'était un compliment.

Il afficha une fois de plus un petit sourire narquois. Il n'eut même pas la décence de prendre un air penaud ou contrit.

La traitait-il avec condescendance ? Ou était-ce comme cela que des amis se taquinaient ?

— Dr Je-sais-tout ? Bourreau de travail ? Vous avez une curieuse façon de faire des compliments…

— Pourrions-nous remettre cette dispute à plus tard ? Paulie se dirige vers nous, et nous devons donner l'impression d'être dans la même équipe.

Elle croyait qu'ils étaient dans la même équipe, jusqu'à ce qu'il commence à la « complimenter ». Son ton moqueur réveilla le désir sous-jacent qu'elle éprouvait de montrer qu'elle n'était pas complètement dans l'ignorance. Peut-être avait-il besoin de prendre conscience de quelque chose au sujet de sa soi-disant coéquipière.

— Je vous ferai savoir que j'ai suivi un cours de commerce en deuxième année, à l'université.

Il eut un sourire en coin absolument irrésistible et, l'espace d'un instant, elle oublia pourquoi il l'avait tellement agacée quelques secondes plus tôt.

— À en juger par l'incident de la chaudière, vous deviez exceller dans cette matière...

Ah, oui ! C'était son ironie qui l'agaçait.

— C'était plus un cours théorique que pratique, mais j'ai eu mon année, chuchota-t-elle, se gardant bien d'admettre que c'était dans cette matière qu'elle avait eu la note la plus basse, tandis que le vendeur s'avançait vers eux.

— J'ai vu votre épouse montrer du doigt un de nos modèles les plus prisés, dit Paulie avec un clin d'œil. Tout le monde opte pour de l'inox de nos jours.

— Oh ! non, je ne suis pas la... Je ne suis pas sa...

Elle s'interrompit quand Kane retira enfin ses lunettes de soleil et qu'il se pinça l'arête du nez. Peut-être aurait-elle dû ne pas relever la méprise du vendeur, mais elle ne voulait pas qu'on s'imagine que Kane et elle formaient un couple. Cela aurait été trompeur, et elle avait appris des années plus tôt à ne pas se bercer d'illusions au sujet d'un homme qui n'avait pas envie d'avoir une relation sérieuse avec elle.

Kane glissa ses lunettes de soleil dans la poche de sa chemise, et elle s'efforça de ne pas regarder fixement ses pectoraux se soulever tandis qu'il inspirait profondément. Faisait-il de plus en plus chaud dans ce magasin ?

— Écoutez, Paulie, nous remettons une maison à neuf, et nous cherchons plusieurs appareils électroménagers, dont une machine à laver et un séchoir. Je sais déjà quels modèles nous conviendraient le mieux, alors nous n'avons pas vraiment besoin de votre aide à cet égard. En revanche, mon épouse et moi comptons sur vous pour nous proposer un prix intéressant. Pensez-vous pouvoir nous être utile ?

Elle lui aurait fait remarquer à quel point le mensonge était ridicule si Paulie n'avait pas affiché un grand sourire réjoui, ou si elle n'avait pas eu les jambes en coton et que son cœur ne s'était pas mis à battre la chamade quand elle avait entendu les mots de Kane.

- 6 -

Julia sortit de Land O'Appliances après avoir obtenu la promesse d'une livraison le lundi suivant, et après avoir cédé ses clés de voiture à Kane. Elle n'aurait pas su dire exactement comment son lunatique entrepreneur avait réussi à parvenir à ses fins pour une chose comme pour l'autre. Elle attribuait son consentement rapide et la sensation d'étourdissement qu'elle éprouvait au fait qu'elle n'avait pas pris de petit déjeuner.

— Vous avez faim ? demanda-t-elle à Kane tandis qu'ils se dirigeaient vers sa voiture.

— J'ai toujours faim.

Il sortit sa montre gousset de sa poche et y jeta un coup d'œil. L'accessoire, manifestement ancien, contrastait fortement avec son style.

— Il est presque 11 heures, reprit-il. Nous avons le temps de manger quelque chose avant d'aller chez Bed Bath & Beyond.

— Parfait ! Vous avez pris la liste, j'espère ? Nous pourrions y jeter un coup d'œil en mangeant…

— Je n'ai pas besoin d'une liste, tout est ici, répondit-il en se tapotant la tempe.

Elle aurait levé les yeux au ciel pour se moquer de sa vantardise si elle n'avait pas été trop occupée à essayer d'utiliser l'application que Wilcox avait téléchargée sur son portable une semaine plus tôt et qui servait à localiser les restaurants les plus proches.

— Que faites-vous ?

— J'essaye de trouver un endroit où déjeuner, répondit-elle en lui montrant l'écran. Regardez, on nous recommande Aztec Taquería, sur Callejon Road. Ce n'est qu'à une centaine de mètres d'ici.

— Julia, je suis à peu près sûr qu'il n'y a pas de Callejon Road à Boise.

— Si, il y en a une, insista-t-elle, montrant du doigt la petite carte. Nous sommes représentés par ce point bleu, juste à côté.

Il éclata de rire.

— Qu'y a-t-il de si drôle ?

— Votre position actuelle est réglée sur Taos, au Nouveau-Mexique !

Elle était soulagée de constater que sous des dehors distants, il avait le sens de l'humour, mais elle était aussi profondément embarrassée qu'il rie d'elle.

— Peu importe, marmonna-t-elle en rangeant son portable dans son sac à main. Ce restaurant, là-bas, de l'autre côté du parking, a l'air très bien, et il est assez près pour que nous y allions à pied.

— Le Bacon Palace ?

Il haussa les sourcils d'un air étonné, et elle se dit qu'elle préférait le Kane taciturne et maussade au Kane sûr de lui et taquin.

— Je croyais que vous étiez végétarienne…

Oups !

— Je suis sûre que je trouverai bien quelque chose à manger.

À en juger par l'odeur de bacon qui flottait dans l'air, de plus en plus forte à mesure qu'ils approchaient du restaurant, elle devrait sans doute préciser « sans le bacon » quel que soit ce qu'elle commanderait.

Kane lui tint la porte peinte en rose et représentant un groin de cochon. Elle garda pour elle son avis sur le décor d'un goût douteux et sur le nom mensonger de l'établissement : on y servait bien du bacon, mais il n'avait rien d'un palais.

Après avoir fait mine d'examiner attentivement le menu accroché au-dessus de la caisse, elle commanda une assiette de frites et une salade verte, sans l'assaisonnement. Pendant que Kane commandait un sandwich au bacon, à la laitue et à la tomate, elle sortit son American Express et la tendit à la serveuse.

— Non, dit Kane, vous n'allez pas me payer mon déjeuner.

— Eh bien, vous n'allez certainement pas payer le mien. Ce n'est pas comme si c'était un rendez-vous galant.

Il plissa les yeux, comme s'il essayait de comprendre une langue étrangère qu'il ne maîtrisait pas.

— Je ne suis pas pauvre, vous savez.

— Je n'ai jamais dit que vous étiez pauvre.

Elle se dirigea vers le distributeur de boissons pour qu'il ne la voie pas rougir, et prit un gobelet. Avait-elle gaffé ? L'avait-elle blessé dans son orgueil ?

Bon sang ! C'était dans des moments comme celui-ci qu'elle détestait être socialement inadaptée.

C'était pour cela qu'elle était célibataire. Elle n'était même pas capable d'avoir une conversation normale avec un homme avec lequel elle ne sortait pas. Un homme auquel elle ne s'intéressait pas le moins du monde. Un homme qui l'attirait, certes, mais ce n'était pas la même chose. C'était pour cette raison qu'elle lui avait fait remarquer qu'il ne s'agissait pas d'un rendez-vous galant : pour se le rappeler, étant donné que, à en juger par son expression agacée, Kane n'avait pas besoin qu'elle le lui rappelle.

Il n'ajouta pas un mot tandis qu'ils prenaient place l'un en face de l'autre à l'une des tables du petit restaurant bondé. Maintenant qu'elle avait entendu son rire, ne serait-ce que brièvement, et même s'il avait ri à ses dépens, elle regrettait que son hilarité ait été de si courte durée.

Elle avait l'habitude d'être seule, et la maison dans laquelle elle avait grandi était souvent plongée dans le silence, alors cela ne la dérangeait pas de ne pas parler ; mais elle n'aimait pas du tout l'idée de l'avoir offensé ou d'avoir fait quelque chose pour gâcher sa bonne humeur.

— Ça va ? finit-elle par lui demander, n'y tenant plus.

— Je n'aime pas la foule, répondit-il avant de se pencher au-dessus de son assiette et de mordre dans son sandwich.

Le problème n'était donc pas quelque chose qu'elle avait dit ou fait. Elle n'était pas experte en matière de thérapie comportementale mais, si elle parvenait à lui occuper l'esprit, peut-être arriverait-il à se détendre et à apprécier son repas.

— Alors, comme ça, vous avez été dans l'armée, dit-elle, songeant qu'ils pourraient discuter de quelque chose qu'ils avaient en commun.

Il haussa les sourcils d'un air surpris.

— Non. Qu'est-ce qui vous fait dire ça ?

— Je vous ai croisé à Shadowview. Comment pourriez-vous être un patient là-bas si vous n'étiez pas un ancien combattant ou encore de service ?

— Pourquoi croyez-vous que je suis un patient là-bas ?

Elle ne pouvait décemment pas lui demander ce qu'il faisait au service de psychologie, le jour où elle l'avait croisé. Peut-être rendait-il visite à quelqu'un, mais elle aurait juré qu'il se dirigeait vers la salle où les patients souffrant de stress post-traumatique se réunissaient.

Elle se tortilla nerveusement sur sa banquette.

— Pour rien.

Cela ne lui arrivait pas souvent de partager un repas avec un homme aussi séduisant, même dans un endroit aussi incongru que le Bacon Palace, et voilà pourquoi : elle n'avait rien à dire d'intéressant à un homme séduisant.

Elle prit une frite, se creusant désespérément la tête pour trouver un autre sujet de conversation mais, avant qu'elle n'ait eu le temps de lui parler du lambrissage de la salle de bains du rez-de-chaussée de sa nouvelle maison, le Dr Gregson, un médecin de Shadowview s'approcha de leur table.

— Content de voir que tu es de sortie, Kane !

— Chut ! Ne parle pas si fort, Drew…

Kane baissa sa casquette sur sa tête et s'enfonça sur sa banquette.

Elle avait rencontré le psychologue à l'hôpital au cours d'une réunion d'administration et croyait se souvenir qu'il vivait aussi à Sugar Falls, mais cela n'expliquait pas pourquoi le maussade Kane le connaissait apparemment si bien.

— Désolé. Je suis surpris de te croiser lors d'une de tes rares apparitions en public, c'est tout, dit le Dr Gregson avant de se tourner vers elle, main tendue. Bonjour ! Je m'appelle Drew Gregson.

Elle lui serra la main.

— Je sais ! Nous travaillons tous les deux à Shadowview.

Il retira ses lunettes à monture métallique et en essuya les verres. Elle ne lui en voulait pas de ne pas la reconnaître sans sa tenue de travail.

— Julia Fitzgerald. Je travaille au service de neurologie.

— Bien sûr ! C'est exact… Kane remet la vieille maison victorienne de Pinecone Court à neuf pour vous, n'est-ce pas ?

Apparemment, Kane donnait à son thérapeute toutes sortes d'informations personnelles. Elle aurait peut-être dû demander au Dr Gregson des conseils pour le pousser à se confier davantage à elle.

Attends un peu ! Comment cette idée lui était-elle venue ? Elle ne voulait pas que Kane Chatterson se confie à elle. C'était déjà suffisamment désastreux comme cela que son cœur se mette à battre la chamade chaque fois qu'il esquissait un sourire. Dans quel état se mettrait-elle s'il commençait à discuter amicalement avec elle ?

Elle hocha exagérément la tête, essayant de chasser de son esprit l'analyse injustifiée de la personnalité de son entrepreneur.

— Oui, répondit-elle. Nous sommes venus à Boise pour acheter quelques appareils électroménagers, et Kane a eu la gentillesse de me proposer ses compétences pour m'aider à choisir ce dont j'ai besoin chez Bed Bath & Beyond.

Julia s'efforçait de prouver que leurs relations étaient strictement professionnelles, mais quelque chose dans le sourire en coin du médecin lui laissait à penser qu'elle avait fait précisément le contraire.

— Vraiment ? demanda Gregson. Mon frère jumeau et sa fiancée, Carmen, viennent de déposer leur liste de mariage chez Bed Bad & Beyond… Je suis sûr que Luke aurait été ravi de bénéficier de tes compétences, Kane.

Elle n'en était pas certaine, mais elle crut voir Kane frissonner en entendant le mot « mariage » .

Elle s'essuya la bouche sur sa serviette en papier rose, et repoussa son assiette de salade. S'il y avait un autre moyen de mettre un terme à cette étrange conversation, elle ne le connaissait pas.

— Tu sais dans quel autre domaine j'ai des compétences ? demanda Kane d'une voix si basse qu'elle n'aurait pas su dire s'il était simplement agacé ou si cela allait plus loin. Au poker. Je vais te plumer, jeudi prochain !

Quand le Dr Gregson éclata de rire, elle se rendit compte qu'elle avait retenu son souffle et se remit à respirer normalement. Elle se sentait encore plus mal à l'aise qu'elle ne l'avait été au magasin d'électroménager.

La journée était un parfait exemple des raisons pour lesquelles Kane évitait les grandes villes, pour lesquelles il s'était rasé la barbe, et pour lesquelles il gardait sa casquette vissée sur sa tête. Il ne voulait surtout pas qu'on le reconnaisse.

Pourquoi avait-il fallu qu'il tombe justement sur son beau-frère dans un restaurant bondé ? Et pourquoi *Simplement Julia* avait-elle insisté pour payer ? Le croyait-elle pauvre ? Elle lui avait d'abord payé le petit déjeuner au Cowgirl Up Café, quand elle avait cru qu'il s'étouffait, puis elle lui avait dit qu'elle ne voulait pas qu'il paye l'essence pour l'emmener à Boise, et cette fois, elle avait sorti sa carte de crédit avant même qu'il n'ait pu faire preuve de courtoisie et lui proposer de l'inviter. Il ne s'était encore jamais fait inviter à déjeuner par une femme. Bien sûr, il ne s'agissait pas d'un rendez-vous galant, comme elle avait pris soin de lui faire remarquer, mais tout de même. Il s'était senti minable, comme s'il n'était rien de plus pour elle qu'un employé ; et c'était bien comme un employé qu'il se conduisait maintenant, tandis qu'il la suivait dans le rayon cuisine du grand magasin, poussant le Caddie presque plein.

Un ouvrier, un employé, quelqu'un qu'elle payait : c'était bien ce qu'il était pour elle, après tout. C'était ce qu'il devait être. Ils n'étaient même pas amis, ce qui était bien dommage, car ses fesses, mises en valeur par son jean noir, étaient plus qu'avenantes.

Pour la énième fois de la journée, il se demanda pourquoi elle n'avait pas pu mettre sa tenue de travail. Ses vêtements étaient simples, mais visiblement coûteux ; BCBG, mais sexy. Apparemment, elle n'essayait pas d'exhiber ses atouts, mais ils étaient bien présents. C'était perturbant, et il avait du mal à ne pas la dévorer du regard. Pire encore : elle attirait l'attention des gens qui les entouraient.

Il se moquait que les vendeurs mielleux et que les serveurs trop zélés la regardent, mais le problème était qu'elle attirait aussi l'attention sur lui.

Il se frotta machinalement le menton. Erica adorait qu'ils se mettent sur leur trente et un pour aller dîner ou pour assister à un cocktail chic. Un jour, il avait été horrifié de l'entendre dire à un cameraman de veiller à filmer toutes les réactions quand le couple le plus en vogue du monde du sport entrerait dans la pièce. Autrefois, cela ne le dérangeait pas que l'on s'intéresse à ses talents de lanceur, mais il n'avait jamais aimé être reconnu en public. Aujourd'hui, il faisait tout pour éviter que cela se produise.

— Sept cents dollars, c'est beaucoup pour un jeu de couteaux ?

Julia lui tournait le dos, et son adorable queue-de-cheval blonde rebondissait tandis qu'elle examinait les différents articles en rayon.

— On nous fera peut-être une remise, comme Paulie l'a fait chez Land O'Appliances.

— Ce n'est pas le genre de magasin où l'on négocie, Jules.

Jules ? Il ferma les yeux et s'empressa de se ressaisir. D'où lui était venu ce surnom ? Comme la plupart des choses stupides qu'il avait dites au cours de son existence, elle lui avait échappé avant qu'il ne s'aperçoive que donner un surnom à une cliente était tout à fait déplacé.

— Évidemment, dit-elle, ne remarquant apparemment pas sa bévue. Même moi, je le sais… Ce que je voulais dire, c'était qu'on nous donnerait peut-être un bon de réduction, ou quelque chose comme ça. Quoi qu'il en soit, ma tante dit toujours qu'il ne faut pas économiser sur les ustensiles de cuisine, mais je n'ai pas la moindre idée des prix. Qu'en pensez-vous ? Seriez-vous prêt à dépenser sept cents dollars pour des lames en acier VG-10 et des manches en pakka wood ? C'est écrit ici qu'ils sont fabriqués au Japon.

— Je ne payerai pas autant même s'ils avaient quatre roues et un moteur.

— Non, je comprends…

Elle prit des couteaux moins chers et les mit dans le Caddie, sur la boîte de seize verres qu'elle avait choisie quelques minutes plus tôt.

Cette fois encore, elle croyait qu'il n'avait pas les moyens de se payer quelque chose. Un sentiment de honte l'envahit. Entre ses mauvaises notes à l'école, la blessure qui avait mis fin à sa carrière, et le fait que sa petite amie l'avait trompé, il avait connu des moments humiliants, mais il n'avait jamais été gêné parce qu'il manquait d'argent. D'ailleurs, il avait presque autant d'argent qu'il avait de fierté, et c'était pour cette raison qu'il ne voulait pas qu'elle le prenne pour un miséreux qui n'avait pas de quoi s'acheter à manger ou s'offrir des couteaux sophistiqués.

— En fait, je crois que vous devriez prendre les plus beaux. Freckles piquerait une crise si elle savait que je vous ai laissée acheter des couteaux de cuisine de qualité inférieure.

Elle eut une expression dubitative.

— D'ailleurs, ajouta-t-il, percevant son hésitation, considérez cela comme un cadeau de ma part pour fêter votre emménagement.

— Oh ! non ! Je ne pourrais jamais accepter un cadeau aussi généreux de votre part…

Il pensa à la Bentley qu'il avait offerte à Erica, avant qu'elle ne couche avec Arturo Dominguez pendant qu'il se faisait opérer de l'épaule.

— Ce n'est pas un cadeau si généreux, croyez-moi.

— Non, vous ne comprenez pas : ce serait du gâchis ! Je sais à peine cuisiner… Ma tante ne m'a même pas laissée couper les pêches en morceaux au Cowgirl Up Café, en août, quand elle perfectionnait sa recette de tarte pour l'un des nombreux festivals de Sugar Falls !

— Elle trouve peut-être que vous avez besoin d'un peu plus de pratique avant de pouvoir vous servir d'ustensiles coupants.

— Vous plaisantez ? Je me sers de scalpels et de lasers au quotidien dans mon métier !

Elle lui montra ses mains, et il dut se retenir de rire en repensant à la maladresse de ses doigts quand elle essayait de se servir de son portable ou du GPS de sa voiture. Comment pouvait-on laisser cette femme s'approcher d'un laser ?

— Raison de plus pour que vous ayez un bon jeu de couteaux, dit-il, espérant sincèrement qu'elle les manierait avec plus d'habileté que son portable. En parlant de votre tante, quand je suis allé au Cowgirl Up Café, ce matin, la nouvelle serveuse, Monica, m'a dit que Freckles avait pris sa journée…

— Je crois qu'elle a un petit ami, chuchota Julia comme si la vie sentimentale tumultueuse de Freckles était un secret, ce qui était loin d'être le cas.

— Ce n'est pas une bonne chose ?

— Pour elle, si, mais du coup, elle a tendance à croire que tout le monde devrait se mettre avec quelqu'un. D'ailleurs, elle m'a dit que je devais me trouver un cavalier pour le gala de Sugar et Shadow, le mois prochain.

— Qu'est-ce que c'est que ça ?

— Apparemment, un dîner et un bal organisés une fois par an pour collecter des fonds au profit de l'hôpital. Sugar et Shadow, comme Sugar Falls et Shadowview. Vous connaissez ?

— Oh ! oui…

Le visage de Julia s'éclaira, trahissant une foule de questions auxquelles il n'avait pas envie de répondre.

— Vous y allez ?

Il fit non de la tête.

— Certainement pas ! Je me tiens à distance des soirées de ce genre.

— En temps normal, moi aussi, dit-elle en se penchant légèrement en avant comme si elle se confiait à lui, mais mon commandant dit que la plupart des médecins sont censés y participer, et de toute façon, même si ce n'était pas pour l'hôpital, ma tante voudrait que j'y assiste pour me présenter d'un coup le plus possible d'habitants de la ville. Je ne sais pas si vous l'avez remarqué, mais il lui arrive de faire l'intéressante…

— Oui, ce serait difficile de ne pas le remarquer. Alors, euh… avez-vous trouvé un cavalier ?

Et voilà ! Il avait encore parlé sans réfléchir. Il n'avait pas à lui poser une question aussi personnelle. Il attendit pourtant sa réponse avec appréhension.

— Vous plaisantez ? J'ai à peine assez de temps libre pour aller à la laverie automatique, je n'ai certainement pas eu le temps de chercher un homme. Mais j'y viendrai.

Il s'appuya sur le Caddie, prenant sur lui pour ne pas montrer son soulagement.

— Hum… Cela m'étonne que Freckles ne vous fasse pas votre lessive !

Julia soupira.

— Elle m'a proposé de le faire. Malheureusement, elle mènerait aussi la campagne *Trouvons un homme à Julia !* si je la laissais faire…

Il esquissa un geste pour se frotter le menton, se ravisa de justesse et se pinça l'arête du nez à la place.

— Vous n'allez pas la laisser faire, n'est-ce pas ?

— La laisser s'occuper de ma lessive, ou la laisser me trouver un cavalier pour le gala de l'hôpital ?

— Les deux.

— Écoutez, si cela ne tenait qu'à moi, je me contenterais de vivre seule et de me débrouiller par mes propres moyens, mais j'ai promis à ma tante d'essayer d'être un peu plus sociable, ce qui n'est pas mon fort… pour le moment.

Là-dessus, elle se dirigea vers le rayon literie, et il lui emboîta le pas.

Les questions se bousculaient dans sa tête. Il comprenait qu'elle n'ait pas envie de se mettre sur son trente et un pour faire plaisir aux pontes de l'hôpital, mais il comprenait aussi les proches bienveillants mais autoritaires qui voulaient ce qu'il y avait de mieux pour l'un des leurs.

Il était capable de tenir tête à sa famille, mais il doutait que Julia soit assez coriace pour s'opposer à sa tante. Lui-même aurait du mal à ne pas se laisser décontenancer par une Freckles déterminée.

Il devait tout de même pouvoir trouver une solution pour aider la pauvre Julia.

— Qu'avez-vous l'intention de faire ? lui demanda-t-il.

Elle regarda fixement les articles qui se trouvaient devant elle et se tapota les lèvres du bout de l'index, songeuse.

— Je crois qu'il vaut mieux que j'attende d'avoir un vrai lit pour acheter des draps mais, en attendant, je vais peut-être quand même avoir besoin d'un édredon pour mon matelas pneumatique.

— Non, je voulais dire : quelle excuse allez-vous trouver pour ne pas aller au gala de Sugar et Shadow ?

— Pourquoi n'irais-je pas ?

— Parce que vous avez soi-disant un QI élevé…

Elle croisa les bras sur sa poitrine d'un air guindé.

— Je suppose que vous n'avez pas l'intention d'y aller. Ne vous méprenez pas : j'aimerais être comme vous et n'en faire qu'à ma tête, mais je considère que je me dois d'y aller, alors autant trouver un cavalier et faire de cette soirée un succès.

— Ce doit être merveilleux de décider de réussir quelque chose, de claquer des doigts et d'y arriver sans difficulté.

Elle inclina légèrement la tête sur le côté et plissa les yeux.

— Je n'ai jamais dit que c'était facile. À vrai dire, je sais que je vais avoir du pain sur la planche. Je n'ai pas encore trouvé le temps de m'y consacrer… Mais je me suis fixé un objectif, et j'ai même dressé une liste.

— Une liste ? De quoi ?

— De…

Elle hésita.

— De ce que je veux chez un cavalier.

Oh ! non ! Il enfonça sa casquette sur sa tête. Il n'avait pas du tout envie de penser à ce qu'il y avait sur cette liste ridicule, mais il ne put se retenir de lui demander :

— Qu'avez-vous mis sur cette liste ?

Elle rougit.

— Des choses et d'autres.

Elle était tellement sûre d'elle, d'habitude, qu'il ne put s'empêcher de sourire en la voyant à ce point gênée.

Cependant, il ne voulait pas qu'elle croie qu'il postulait pour être son cavalier.

Son regard se posa brièvement sur ses lèvres parfaitement dessinées, et il songea qu'il pourrait porter un smoking et l'emmener lui-même au gala si cela lui permettait d'obtenir un baiser en fin de soirée.

Elle levait légèrement le visage, et il aurait aisément pu lui poser une main sur la nuque et l'attirer vers lui.

À peine cette pensée se fut-elle imposée à lui qu'il recula brusquement et se cogna contre une pile de couvertures en polaire. Il devait absolument détendre l'atmosphère, et vite, avant de faire quelque chose de stupide.

— Oubliez les détails ! Vous avez donc fait une liste des caractéristiques de l'homme idéal. Et ensuite ? Vous allez faire votre shopping pour trouver un homme comme vous le feriez pour trouver un réfrigérateur ?

Elle prit une profonde inspiration et passa la main sur un oreiller. Le mouvement fit bâiller son chemisier, et il aperçut le bord de son soutien-gorge en dentelle.

— Ce serait tellement plus simple, dit-elle d'un air rêveur. Je prendrais mon bloc-notes, je le montrerais à un vendeur comme Paulie, et hop !

Elle claqua des doigts.

— Il s'occuperait de tout pour moi. Je ne ferais plus jamais tapisserie, je n'aurais plus jamais de mal à trouver ma place aux soirées.

Ses paroles l'auraient attristé s'il n'avait pas été furieux à l'idée que quelqu'un d'aussi faux et d'aussi superficiel que Paulie Braillard puisse répondre à ses besoins.

Un sentiment de jalousie mêlé d'inquiétude l'envahit et, avant qu'il n'ait pu réfléchir à ce qu'il disait, il se surprit à suggérer :

— Je pourrais vous aider à vous trouver un cavalier.

Par chance, le téléphone portable de Julia avait sonné et on l'avait appelée pour une opération d'urgence quelques secondes à peine après la proposition incongrue de Kane. Cela lui avait épargné l'embarras d'avoir à accepter.

Elle l'avait pourtant surpris en train de regarder fixement sa bouche, quelques instants plus tôt, et elle avait retenu son souffle, espérant qu'il se proposerait, lui, pour l'accompagner.

Oh ! À qui essayait-elle de faire croire cela ? Elle avait espéré qu'il lui proposerait bien plus.

Malheureusement, il ne l'avait même pas touchée, et certainement pas embrassée. Le sentiment de déception qu'elle en avait éprouvé demeurait aussi vif des heures plus tard.

Elle se tenait dans le vestiaire des officiers et étirait les muscles endoloris de son dos.

Quand elle avait reçu ce coup de téléphone, plus tôt dans la journée…

Attends un peu ! Elle jeta un coup d'œil à l'horloge murale. Il était plus de 4 heures du matin.

Quand elle avait reçu ce coup de téléphone, la veille, Kane avait abandonné le Caddie presque plein dans une allée déserte du magasin, et il l'avait immédiatement conduite à l'hôpital, sans dire un mot. Bien sûr, il n'aurait pas pu dire grand-chose étant donné qu'elle était restée au téléphone pour que l'urgentiste puisse la briefer, et elle ne s'était pas autorisée à penser à autre chose qu'à ce qui l'attendait en salle d'opération.

D'ailleurs, elle n'aurait pas su dire ce qu'était devenue sa voiture avant de sortir de cette même salle d'opération et de trouver le message de Kane, qu'elle avait accidentellement effacé. Apparemment, il avait laissé sa voiture sur le parking et avait appelé quelqu'un pour se faire raccompagner.

Le fait qu'il lui ait proposé de l'aider à trouver un cavalier prouvait qu'il était dans le même état d'esprit qu'elle et qu'il ne cherchait pas à sortir avec quelqu'un. Du moins, il ne cherchait pas à sortir avec elle.

Cependant, étant donné le temps qu'il lui avait consacré, elle lui était redevable.

À qui avait-il bien pu demander de venir le chercher à l'hôpital ? Bien sûr, il devait avoir de la famille et peut-être même des amis à proximité, mais il semblait encore plus solitaire qu'elle. C'était d'autant plus étrange qu'il se croie capable de lui trouver un cavalier approprié. Elle repensa au vieux cow-boy en colère avec lequel il discutait au Cowgirl Up Café le jour où elle l'avait rencontré. Elle osait à peine imaginer quel genre d'homme il lui trouverait.

Toutefois, même si elle s'estimait heureuse de ne pas avoir eu à répondre à sa proposition, il faudrait qu'elle finisse par la décliner. Elle espérait trouver un moyen de le faire sans mourir de honte.

Elle prit une douche rapide avant de se diriger vers le parking. Elle trouva les clés de sa voiture sous le pneu avant gauche, là où Kane lui avait dit les avoir cachées.

Son parfum épicé, viril, flottait encore dans l'habitacle et, quand elle alluma la radio, elle constata qu'elle était réglée sur une station de jazz. Elle n'était pas du genre à classer les gens par catégories ou à se baser sur des stéréotypes mais, pour la deuxième fois depuis qu'elle le connaissait, elle s'étonna de ses goûts musicaux.

Elle laissa cette station et prit la direction de Sugar Falls en tapotant le volant au rythme du piano et du trombone.

Kane était en fait très différent de ce qu'elle avait d'abord imaginé. Elle devait absolument en apprendre davantage à son sujet. La dernière fois qu'elle avait fait preuve de naïveté avec l'homme avec lequel elle sortait, la vérité avait fini par l'anéantir.

Attends une seconde ! Kane et elle ne sortaient pas ensemble. Ils n'étaient même pas amis. Elle s'obligea à desserrer son étreinte sur le volant et se gronda intérieurement d'avoir comparé son entrepreneur, qui ne lui devait aucune explication, à Stewart Mosely, qui avait pris soin de lui cacher la vérité sur sa vie privée.

Ella Fitzgerald chantait de sa voix grave quand elle s'engagea sur Snowflake Boulevard. Le soleil commençait à peine à poindre à l'horizon et, bien qu'elle fût soulagée d'être enfin chez elle, elle soupira, consciente qu'elle devrait retourner au magasin dans la journée pour terminer ses courses.

Quand elle se gara dans l'allée, elle vit plusieurs cartons aplatis empilés à côté de la poubelle de recyclage. En s'en approchant, elle vit qu'il s'agissait de la boîte contenant les couteaux qu'elle avait été tentée d'acheter la veille, de boîtes d'ustensiles de cuisine et d'assiettes, et du carton d'un mixeur bleu pâle.

Son portable sonna tandis qu'elle se dirigeait vers la porte d'entrée, et elle décrocha tout en mettant tant bien que mal la clé dans la serrure.

— Bonjour, Tante Freckles !

— Bonjour, mon chou. As-tu reçu l'e-mail de confirmation du site Une Pomme Chaque Matin ?

— Oui, mais je n'ai pas eu le temps de le lire.

— Apparemment, c'est le meilleur site de rencontres pour médecins célibataires ! Nous téléchargerons l'application sur ton téléphone, et tu pourras recevoir des messages où que tu sois.

Elle n'eut pas le cœur de faire remarquer à sa tante que le site de rencontres n'avait peut-être pas choisi la meilleure stratégie marketing en tirant son nom d'un proverbe qui promettait d'éloigner le médecin.

— J'essayerai d'y jeter un œil quand j'aurai un moment de liberté.

— Tu n'as pas beaucoup de moments de liberté, mon chou. Le gala a lieu dans quelques semaines, c'est pour ça que j'essaye d'activer les choses et de t'aider à te trouver un cavalier. Au fait, j'ai eu ton texto hier, dans lequel tu me disais que tu avais été appelée pour une urgence et que tu n'avais pas pu terminer tes courses. Tu veux que je vienne cet après-midi et que nous y allions ensemble ?

— Euh… Attends une seconde.

Quand elle entra dans la cuisine, elle fut surprise de voir que la table à tréteaux avait été débarrassée et que les meubles de rangement étaient fixés au mur.

Elle ouvrit la porte de l'un des placards et vit qu'il était plein de verres. Elle se dirigea vers le garde-manger : les couteaux haut de gamme étaient posés sur une étagère, à côté de plusieurs petits appareils électroménagers. Un post-it était collé sur le grille-pain d'aspect coûteux.

J'ai tout rangé ici en attendant d'avoir installé les meubles bas et le plan de travail. Je m'en occuperai peut-être lundi.

Elle reconnut l'écriture de Kane.

— Mon chou ? Tu es toujours là ?

— Euh, oui ! Désolée, Tante Freckles. Je n'aurai pas besoin d'aller faire des courses aujourd'hui. Apparemment, Kane s'en est chargé.

— Tu plaisantes ? s'écria sa tante en riant. Eh bien, il faut croire que ce garçon a pour lui autre chose qu'un bras puissant. Non, Monica, ces bols-ci sont réservés à la salade de fruits, il faut en prendre d'autres pour le porridge.

— Écoute, dit Julia avant que sa tante n'entame une longue conversation avec la nouvelle serveuse pendant qu'elle attendait au bout du fil, je vais aller dormir un peu.

Tu pourras peut-être m'expliquer ce que tu entendais par « un bras puissant » ce soir, au dîner ?

— Euh… Je ne serai pas libre ce soir, répondit Freckles, baissant la voix. J'ai, euh… déjà quelque chose de prévu.

Julia aurait insisté pour en savoir davantage si elle n'avait pas été si occupée à se demander quand Kane avait bien pu jouer les bonnes fées et installer la moitié de sa cuisine.

Elle se contenta donc de dire au revoir à sa tante, et s'empressa d'envoyer un message à Kane.

C'est vous qui avez acheté tout ça ?

Il ne répondit pas. Elle remarqua alors qu'il était aussi passé au Duncan's Market, la seule épicerie de la ville : l'une des étagères du garde-manger croulait sous les réserves de céréales, de crackers, de barres énergétiques, de pâtes et de pots de sauces végétariennes.

Elle poussa un profond soupir, alors même que son estomac émettait un grognement sonore. Il faudrait qu'elle le rembourse, bien sûr, à moins qu'il ne mette tous ces achats sur sa prochaine facture. Quoi qu'il en soit, elle n'avait rien mangé depuis leur repas au Bacon Palace, et elle était tout excitée d'avoir un bol dans lequel verser ses céréales. Hélas, elle se rendit soudain compte qu'elle ne recevrait son réfrigérateur que le lendemain, ce qui signifiait qu'elle n'avait pas de lait.

Alors même qu'elle se faisait cette réflexion, elle remarqua une glacière dans un coin de la cuisine.

Non ! Il n'avait tout de même pas pris le temps de…

Si ! Il avait mis une brique de lait et six petites bouteilles de son soda préféré sur des poches de glace.

Loué soit Kane Chatterson !

Elle trouva une cuillère dans le bac à couverts posé à côté de l'évier de la buanderie, le seul qui disposait de l'eau courante au rez-de-chaussée. Manifestement, il avait même lavé les couverts avant de les ranger. Il faudrait qu'elle lui donne une prime.

Elle monta à l'étage avec son bol de céréales aux raisins secs, se demandant comment il savait qu'elle les aimait. Elle s'arrêta net en voyant un édredon étalé sur son matelas pneumatique, au centre de la chambre. Elle se rappelait n'avoir même pas fait son lit le lendemain matin, avant de quitter la maison, principalement parce que c'était la première fois qu'elle se réveillait sans qu'une femme de chambre ne soit là pour le faire à sa place et sans qu'un officier plus haut placé qu'elle ne lui ordonne de le faire.

Elle n'avait pas non plus acheté d'édredon la veille, à Boise. Si sa mémoire était bonne, elle regardait les draps et les oreillers, tout en s'imaginant en train d'embrasser Kane, quand il lui avait proposé de lui trouver un cavalier. D'ailleurs, la suggestion ne semblait plus si ridicule après l'inscription dont sa tante s'était chargée pour elle sur Une Pomme Chaque Matin.

Elle regarda les taies en coton impeccables qui recouvraient sans nul doute des oreillers tout neufs. Pourtant, avant qu'elle n'ait eu le temps de s'attarder sur ce qu'il y avait de troublant dans l'idée que Kane Chatterson ait choisi sa literie, son portable sonna à nouveau.

Elle s'assit sur le bord du matelas pneumatique pour parler au neurologue de garde qui l'appelait afin de lui donner des nouvelles du brigadier-chef Rosenthal. Après avoir été rassurée quant à l'état de son patient, elle cessa de songer à ses oreillers et à son attirance déplacée pour son entrepreneur, s'allongea sur son lit tout propre, et s'endormit aussitôt.

Kane trouva le message de Julia en se réveillant, tardivement, le dimanche matin, mais quelque chose lui disait qu'elle avait beaucoup moins dormi que lui, et il ne voulait pas la déranger avec une réponse évidente. Qui d'autre que lui aurait pu aller chercher ce dont elle avait besoin chez Bed Bath & Beyond, avant de monter ses meubles de cuisine ?

Cela ne l'avait pas dérangé et, de toute façon, il n'avait rien eu de mieux à faire. Deux ans plus tôt, un samedi soir, il serait sorti, aurait bu et fait la fête, puis aurait dormi quelques heures avant le match du dimanche.

Cet aspect de son ancienne vie ne lui manquait pas particulièrement. À vrai dire, vers la fin de sa carrière, il sortait beaucoup trop. Par ailleurs, il savait qu'il ne ferait pas du base-ball toute sa vie. Maintenant, il appréciait le rythme plus lent de la vie dans une petite ville, même si son esprit agité avait parfois besoin de plus de stimulation que Sugar Falls n'en avait à offrir.

Il avait hâte de monter le reste des meubles de cuisine de la maison de Pinecone Court, mais il ne voulait pas déranger Julia, qui faisait peut-être la grasse matinée. De plus, après avoir été tenté de l'embrasser au beau milieu d'une allée de Bed Bath & Beyond, et étant donné sa réaction inattendue quand il l'avait imaginée avec un autre homme, ce n'était sans doute pas une bonne idée qu'il la voie pour le moment.

Rationnellement, il savait qu'il ne pouvait pas céder à son attirance pour elle ; mais cela ne changeait rien au fait qu'il avait du mal à y résister quand elle était près de lui.

Le simple fait de penser à son soutien-gorge en dentelle, à la courbe de ses seins, le troublait profondément.

Il valait mieux qu'il sorte de chez lui et qu'il fasse quelque chose pour s'occuper et se reconcentrer.

Peut-être pourrait-il aller voir sa sœur et lui proposer de garder les jumelles, ou passer à la boutique d'articles de sport de son ami Alex Russell pour lui demander s'il voulait se joindre à lui pour emmener deux ou trois des membres du groupe de patients souffrant de stress post-traumatique faire du rafting. À vrai dire, s'il avait envie de pimenter sa journée, il pouvait aussi proposer aux jumeaux Gregson, qui l'appelaient « Oncle Kane » même s'ils étaient en fait les neveux de Drew et non les siens, de les emmener faire du VTT.

Il conclut qu'il avait besoin d'une dose d'adrénaline, opta pour cette dernière possibilité, et appela donc Drew pour tout organiser.

Quand Kane arriva chez Julia, le lundi matin, il avait tellement mal à l'épaule qu'il aurait dû avoir le bras en écharpe. Cependant, il s'était contenté de prendre de l'ibuprofène avec son café au petit déjeuner.

Bien décidé à terminer la cuisine le jour même, il prit sa boîte à outils sur la banquette arrière.

Plus vite il finirait les travaux chez le Dr Je-sais-tout et passerait à un autre chantier, plus vite il arrêterait de l'imaginer en train de se réveiller, emmitouflée dans l'édredon qu'il aurait mieux fait de ne pas acheter.

Le basset qu'il avait vu le jour où elle avait emménagé était assis sur le porche. Il s'approcha prudemment de l'animal, ne sachant pas s'il était affectueux avec les étrangers. Il ne l'avait pas vu quand il était venu installer une partie des meubles de cuisine, mais il ne faisait pas attention à grand-chose, ces derniers temps. Par ailleurs, peut-être Freckles s'en occupait-elle quand Julia travaillait.

Le chien grogna. Conscient qu'il devait s'en faire un allié pour travailler en sa présence, Kane prit un donut dans le sachet qu'il avait pris à la boulangerie en chemin et le lui donna. Le chien l'engloutit en quelques secondes, et il léchait sa truffe couverte de sucre quand Julia ouvrit la porte.

— Oh ! Bonjour, dit-elle en remontant la lanière de son sac à main sur son épaule. Je m'apprêtais à aller travailler, mais je suis contente de vous voir avant de partir. Je voulais vous remercier pour…

Elle s'interrompit quand son chien s'approcha d'elle pour lui renifler la main.

— Je crois qu'il espère avoir une autre sucrerie, expliqua-t-il en voyant son expression perplexe.

— Une autre sucrerie ?

— Oui, M. Donut et moi avons pris un petit déjeuner consistant avant de nous mettre au travail.

— Ah… D'accord.

Elle fronça le nez tandis que le basset agitait le derrière et entrait dans la maison en se dandinant. Peut-être faisait-elle partie de ces gens qui ne donnaient pas n'importe quoi à manger à leur chien et qui n'aimaient pas que l'on prenne des libertés avec leur animal domestique.

Il ne voulait pas risquer de rendre les choses encore plus tendues qu'elles ne l'étaient déjà depuis qu'il avait été tenté de l'embrasser.

— J'espère que cela ne vous dérange pas…

— Non, bien sûr que non. M. Donut et vous pouvez manger tout ce dont vous avez envie. Mais pour revenir à ce que je disais : je voulais vous remercier d'être retourné à Boise samedi et d'avoir acheté tout ce dont j'avais besoin pour la maison. Je n'ai pas trouvé de reçu, mais vous me direz combien cela a coûté, et je vous ferai un chèque.

Agacé qu'elle évoque une fois de plus la question de l'argent, il écarta la remarque d'un geste de la main.

— Nous verrons ça plus tard.

Elle fit la moue et sembla se retenir de protester.

— Je suis désolée que vous vous soyez retrouvé coincé à l'hôpital, se contenta-t-elle de dire.

— Ce n'est rien du tout, je vous assure… Je vous en prie, n'y pensez plus.

Je vous en prie… Ne parlons plus de cette journée, oublions le fait que j'ai eu envie de vous embrasser jusqu'à ce que vous oubliiez toutes les qualités de l'homme idéal de votre maudite liste !

Dans l'espoir de s'arracher à ses pensées, il lui fit part de ce qu'il avait l'intention de faire le jour même. Elle hocha la tête tout en suivant des yeux le chien, qui passait devant la porte à intervalles réguliers tandis qu'il déambulait de pièce en pièce, reniflant tout sur son passage.

Soudain, un moteur bruyant se fit entendre, et Kane frôla le bras de Julia tandis qu'ils se retournaient tous les deux pour voir approcher la camionnette de livraison. Il ne s'était pas rendu compte qu'elle se tenait si près de lui et, malgré son épaisse chemise de flanelle, il sentit tous ses poils se dresser. Il s'efforça toutefois de ne pas s'attarder sur cette sensation troublante ni sur le fait que c'était déjà la deuxième fois qu'il la touchait accidentellement.

— Je suis vraiment désolée de devoir me sauver, comme ça, mais pourriez-vous montrer aux livreurs où mettre les choses ?

Son haleine était fraîche et sentait bon le citron. Il imaginait aisément à quel point cela aurait été agréable de l'embrasser.

Ressaisis-toi, Chatterson !

Il fit craquer ses doigts, glissa ses mains dans ses poches, les en retira aussitôt et croisa les bras sur son torse.

— Pas de problème.

Quand il entendit le chien grogner contre les livreurs, il lui lança un autre donut. Au moins, quelqu'un protégeait Julia !

— Bon, eh bien, je vous passe les commandes à tous les deux, dit-elle en caressant la tête du basset, avant de monter dans sa voiture et de prendre la route.

Avant d'aller aider les livreurs de Land O'Appliances à décharger leur camionnette, il regarda le chien et s'adressa à lui.

— Eh bien, mon grand, ta maman ne m'a laissé aucune instruction, mais je suis sûr qu'elle veut que tu sois sage et que tu ne restes pas dans mes jambes !

Le soleil se couchait quand Julia se gara dans l'allée, et elle mourait de faim. Le basset de Kane était assis sur le porche.

Elle soupira. Elle aimait bien les chiens, mais elle les connaissait mal. Elle avait toujours rêvé d'avoir un animal domestique, mais son père était allergique à presque tout ce qui avait de la fourrure et quatre pattes.

Ce serait agréable d'avoir une présence animale dans la maison, et si Kane avait envie d'emmener son chien au travail avec lui, comment aurait-elle pu s'y opposer ?

De toute façon, M. Donut semblait être un chien bien élevé, même si son alimentation laissait à désirer et qu'il aurait eu bien besoin d'un bon bain. Bien sûr, cela ne la regardait pas, du moment qu'il ne salissait pas son bel édredon blanc. Si elle trouvait des traces de pattes boueuses dessus, alors là, elle devrait dire quelque chose à Kane.

À condition qu'elle cesse de se comporter comme une adolescente trop timide pour parler chaque fois qu'elle se trouvait en face de lui et qu'il posait sur elle ses yeux perçants.

Elle mit le frein à main et rangea la boîte de raisins secs enrobés de chocolat dans son sac à main. Tandis qu'elle se dirigeait vers la porte d'entrée, elle se demanda pourquoi il travaillait si tard.

Quand elle ouvrit la porte, elle faillit le heurter de plein fouet. Il lâcha sa boîte à outils et tendit le bras pour la rattraper et l'empêcher de perdre l'équilibre. Elle fut parcourue d'un frisson et, cette fois encore, elle resta sans voix.

— Désolé. Je devrais déjà être parti…

Elle s'efforça d'ignorer les reflets mordorés que le lustre de l'entrée donnait à sa barbe naissante, du même auburn que ses cheveux.

— J'espérais installer l'évier de la cuisine avant votre retour, expliqua-t-il, mais quand je vous ai entendue arriver, je me suis dit qu'il valait mieux que je débarrasse le plancher et j'ai jeté l'éponge pour ce soir.

— Je vous en prie, ne partez pas à cause de moi…

Alors même qu'elle prononçait ces mots, elle songea qu'il

était sans doute préférable qu'il s'en aille, car sa présence était décidément trop perturbante.

— Non, il vaut mieux que je me sauve je vais devenir fou si je continue à m'acharner sur ces vieux tuyaux.

Il indiqua la cuisine d'un geste vague, et elle remarqua le bandage autour de son pouce, apparemment constitué d'une serviette en papier entourée de scotch.

— Vous vous êtes blessé…

— Quoi ? Ça ?

Il glissa sa main dans sa poche.

— Je me suis juste éraflé en essayant de montrer qui était le patron à ce robinet en nickel brossé… et en échouant lamentablement.

— Oh ! non… On ne pourra pas mettre celui que j'ai choisi, en forme de bras de pompe à eau ?

— Si, mais c'est au-delà de mes compétences. J'ai un ami plombier, je vais l'appeler pour lui demander de s'en occuper… si cela ne vous dérange pas.

— Pourquoi est-ce que cela me dérangerait ?

Il haussa les épaules négligemment, et se passa encore une fois une main sur le menton, ce qui ne fit qu'attirer son attention sur ses lèvres sensuelles.

— Certains clients n'aiment pas que des sous-traitants viennent chez eux sans avoir reçu leur approbation.

— Ce n'est pas mon cas. Enfin, je ne voudrais pas que n'importe qui vienne chez moi, mais je vous fais confiance.

Il la regarda d'un air interrogateur, mais ne dit rien. Elle n'aurait pas su dire si son expression signifiait *Heureusement que vous me faites confiance !* Ou, au contraire, *Pourquoi diable me faites-vous confiance ?*

Quoi qu'il en soit, elle avait encore beaucoup à faire ce soir, et elle ne risquait pas d'y arriver si elle restait sur le pas de la porte à discuter avec l'énigmatique Kane Chatterson.

À ce moment-là, son portable sonna. C'était un message de sa tante.

— En parlant de donner son approbation ! dit-elle,

ravie d'avoir une excuse pour regarder autre chose que son visage aux traits finement ciselés. Ma tante m'a inscrite sur un site de rencontres, aujourd'hui. Elle a déjà payé les frais d'inscription et rempli mon profil, mais je vais devoir modifier ce qu'elle a écrit, avant qu'un pauvre homme sentimental et plein d'espoir se fasse de fausses idées et m'envoie un message. La soirée va être longue !

— Un site de rencontres ? répéta Kane, visiblement perplexe.

Elle sentit ses joues s'empourprer. Maintenant, il lui posait des questions ? Il était pourtant censé comprendre le message et la laisser seule pour qu'elle règle le problème.

— C'est ridicule, n'est-ce pas ?

Il haussa à nouveau les épaules avec désinvolture.

— Pas nécessairement… Mais comment votre tante a-t-elle fait pour vous persuader d'accepter ça ? Non, inutile de répondre ! Je connais Freckles, et j'ai été témoin de vos talents de négociatrice.

Il esquissa un sourire. Aussitôt, elle eut envie de voir ce sourire s'élargir, même s'il fallait pour cela supporter ses taquineries.

— Vous ne manquerez jamais une occasion de me rappeler ce qui s'est passé dans ce magasin d'électroménager, n'est-ce pas ?

— Pas si vous finissez avec une nouille comme Paulie le vendeur, non !

— J'espère avoir retenu la leçon après être sortie avec l'un de mes…

Elle s'interrompit alors même qu'il inclinait légèrement la tête sur le côté et la considérait avec curiosité. Elle n'avait pas à lui raconter qu'elle avait eu la sottise de sortir avec l'un de ses professeurs à l'université, avant de découvrir qu'il était marié et avait pour habitude de coucher avec ses étudiantes. Elle n'était pas fière que sa première et unique relation intime ait été fondée sur un tissu de mensonges.

Elle ne voulait ni de la curiosité ni de la pitié de Kane,

et elle ne voulait pas non plus lui avouer qu'elle n'avait jamais été douée pour les relations humaines.

— Enfin, bref ! reprit-elle. J'ai promis à ma tante de donner trois rendez-vous pour me trouver un cavalier pour ce gala tant redouté.

— À trois hommes différents ?

À en juger par son ton, espérer rencontrer trois hommes différents était présomptueux de sa part.

— Je présume que c'est ce que ma tante sous-entendait, oui…

Elle aurait bien voulu qu'il arrête de hausser les sourcils comme il le faisait, car il ne faisait que traduire l'appréhension qu'elle-même éprouvait.

— C'est ça, votre problème, Jules : vous voyez le monde en noir et blanc, et vous croyez que tout le monde va respecter scrupuleusement les règles quelles que soient les circonstances.

Elle croisa les bras sur sa poitrine et ignora la douce chaleur qui l'envahissait parce qu'il avait employé pour la seconde fois le surnom qu'il lui avait donné.

— C'est ce que chacun devrait faire. Rationnellement, c'est plus simple de juger les choses sur les apparences. Ce serait beaucoup plus facile de comprendre ce que les gens pensent et de bien s'entendre avec eux si nous étions tous sur la même longueur d'onde.

— Ce serait merveilleux si c'était aussi simple, mais le monde réel ne fonctionne pas de cette façon.

— Je sais…

Elle soupira. Hélas, elle était bien placée pour le savoir !

— C'est pour ça que je préférerais aller au gala de l'hôpital toute seule. Cela va déjà être suffisamment pénible pour moi de ne pas me sentir à ma place lors d'une réception à laquelle mes collègues vont assister, mais maintenant il va en plus falloir que je fasse attention à ne pas choisir un cavalier aussi inexpérimenté et inadapté que moi.

Il retira ses mains de ses poches, se servit de son pouce

blessé pour ouvrir sa montre gousset et la refermer plusieurs fois d'affilée, avant de la remettre dans sa poche.

Alors même qu'elle croyait l'avoir mis mal à l'aise en abordant ce sujet, il dit :

— Si vous voulez, je pourrai jeter un œil à ces types avant que vous ne choisissiez les trois que vous rencontrerez.

— Les trois que je rencontrerai ? Je m'estimerai heureuse si j'arrive à en trouver un qui remplisse les conditions requises et qui n'ait pas l'âge d'être mon grand-père !

— Les conditions de votre liste, c'est bien ça ? lui demanda-t-il, haussant les sourcils.

Cette fois encore, elle sentit le rouge lui monter aux joues.

— Par pitié, oubliez cette liste ! Elle n'avait vraiment rien de sérieux…

— Laissez-moi y jeter un coup d'œil, et je vous aiderai à éliminer les candidats qui ne font pas l'affaire. Je n'aimerais pas vous voir finir avec un pauvre type qui ne vous arrive pas à la cheville.

Elle n'aurait pas cru cela possible, mais ses joues s'empourprèrent encore davantage.

Il était hors de question qu'elle montre cette liste dénuée de sens à Kane Chatterson, alors que c'était lui qui lui avait inspiré la plupart des conditions qu'elle y avait notées.

— Qu'est-ce qui vous fait croire que vous seriez plus doué que moi pour me choisir quelqu'un ?

Elle espérait ne pas paraître trop agressive, mais elle ne voulait plus parler de sa vie sentimentale, ou plutôt de son absence de vie sentimentale, et elle cherchait donc à détourner la conversation.

— Parce que j'ai beaucoup d'expérience dans le domaine.

Vraiment ? Il éveillait sa curiosité, et elle en oubliait les limites qu'elle s'était imposées.

— Alors comme ça, vous sortez beaucoup ?

— Je sortais beaucoup… Enfin, non, pas beaucoup, et je n'en ai pas plus envie aujourd'hui, mais je suis l'aîné d'une fratrie de cinq, alors j'ai l'habitude d'endosser le rôle de grand frère protecteur.

Et voilà ! Elle avait sa réponse. Un profond sentiment de déception l'envahit. Kane ne s'était jamais intéressé à elle sentimentalement. Il lui proposait de l'aider par pitié, ou dans un élan d'amour fraternel, en quelque sorte.

Elle agita la main avec une désinvolture feinte, tint la porte ouverte et s'écarta pour le laisser passer.

— Je vous préviendrai s'il y a du nouveau… Avec un peu de chance, personne ne m'enverra de message, et je serai tirée d'affaire !

Le sourire de Kane mourut sur ses lèvres. Il se baissa pour ramasser sa boîte à outils.

— Veillez simplement à ce que ce soit vous qui choisissiez vos candidats, et pas l'inverse.

— C'est noté !

— Bon, eh bien, j'y vais, dit-il en passant devant elle. Assis ! ajouta-t-il à l'adresse du chien, qui se trouvait maintenant sur le porche et agitait la queue.

Kane descendit les marches sans l'animal apparemment obéissant.

Comptait-il le laisser chez elle ?

— Et M. Donut ? lui cria-t-elle tandis qu'il montait dans sa Ford Bronco.

Il claqua la portière et baissa la vitre.

— Eh bien ?

— Il n'a pas envie de vous suivre ?

Comme pour répondre par lui-même, le chien se laissa tomber lourdement à ses pieds et posa la tête sur l'une de ses chaussures.

— Pourquoi voudrait-il me suivre ? Je n'ai plus de donuts… Et, pour être honnête, cela ne lui ferait pas de mal de se contenter de croquettes pauvres en calories ! Quoi que vous puissiez choisir au magasin, je suis sûr que ce sera très bien.

Intriguée, elle inclina la tête sur le côté tandis qu'il

mettait le contact. Avait-elle raté quelque chose ? Lui avait-il envoyé un texto ou un e-mail qu'elle avait effacé par erreur pour lui demander de garder son chien ? Il fallait vraiment qu'elle apprenne à se servir de son téléphone !

— Si je comprends bien, lui cria-t-elle d'une voix forte pour couvrir le bruit du moteur, vous voulez que je lui achète des croquettes ce soir ?

— C'est à vous de voir, mais je crois qu'il a assez mangé pour aujourd'hui, alors vous pourriez peut-être lui en acheter demain, en rentrant du travail. À ce propos, je n'ai pas trouvé de bol pour son eau, alors je me suis servi de l'un de vos nouveaux saladiers. J'espère que cela ne vous dérange pas.

Qu'est-ce qui aurait bien pu la déranger ? Qu'il se soit servi de sa vaisselle neuve pour donner à boire à son chien, ou qu'en l'espace de quelques minutes il ait sous-entendu qu'il la considérait comme une petite sœur *et* comme la personne chargée de garder son chien ?

Elle s'accroupit et caressa la fourrure toute douce de M. Donut. Il avait l'air vraiment gentil, et cela pourrait être amusant de faire comme si elle avait un chien pendant un ou deux jours. Ce serait une sorte de test pour voir si elle était prête à avoir son propre animal domestique.

— Non, répondit-elle, cela ne me dérange pas.

Kane hocha brièvement la tête, puis il démarra et s'éloigna.

— Allez, viens, mon grand ! dit-elle, retirant ses pieds de sous le menton du chien.

Il leva vers elle ses yeux tombants et la suivit à l'intérieur.

— Je ne sais pas où tu es censé dormir mais, apparemment, tu as déjà pris tes aises ici. J'aurais quand même préféré que ton maître me laisse des consignes !

C'était peut-être monnaie courante de faire ce genre de choses à Sugar Falls. Peut-être aurait-elle dû être flattée que Kane lui confie son chien.

Elle ne savait pas du tout si la situation était normale

mais, de toute façon, elle avait parfois l'impression que son entrepreneur lui-même n'était pas vraiment normal.

Cela soulevait une autre question : pouvait-elle vraiment se permettre de discuter de sa vie sentimentale avec Kane Chatterson, alors même qu'elle aurait voulu qu'il en fasse partie ?

- 8 -

— Je savais bien que je trouverais le *Légendaire Chatterson* ici ce matin ! s'exclama Kylie une semaine plus tard en s'asseyant avec grâce en face de Kane et en lui prenant l'une de ses tranches de pain de seigle beurrées.

Il jeta un coup d'œil autour d'eux pour vérifier qu'il n'y avait que des gens du coin au Cowgirl Up Café. L'établissement était l'un des seuls lieux publics de la petite ville où il se sentait à l'aise et n'était pas sur le qui-vive.

— Tu sais très bien que je déteste qu'on m'appelle comme ça, Kylie.

— Évidemment que je le sais, mais je suis ta petite sœur. C'est mon rôle de faire des choses que tu détestes !

— Comme me forcer la main pour que j'assiste aux séances de thérapie de groupe encadrées par ton mari ?

Il but une gorgée de café.

— Oh ! je t'en prie ! Tu ne détestes pas ça, Kane… De même que tu ne détestes pas l'idée de venir fêter Thanksgiving chez moi !

Il haussa un sourcil interrogateur, avant de déplacer son assiette pour la mettre hors de sa portée.

— C'est pour ça que je suis passée quand j'ai vu ton vieux 4x4 garé devant le restaurant : pour te demander si tu étais prêt à interférer en ma faveur quand Maman et Papa vont venir, la semaine prochaine.

— Tu as soudainement appris à cuisiner ?

— Non, mais Luke et Carmen viennent avec les garçons,

et elle m'a promis de m'aider en cuisine. Je me suis dit que nous pourrions manger à la fortune du pot. Alors, qu'est-ce que tu apporteras ?

— Si Papa ne promet pas de se comporter correctement, de l'aspirine et une excuse pour partir tôt.

— Tu sais quoi, Kane Chatterson ? Comme je suis ta sœur et que je trouve que notre père a été un peu trop indulgent avec toi, ces derniers temps, je vais te dire sérieusement ce que tout le monde pense mais que personne n'ose dire : depuis que tu as arrêté le base-ball et que tu t'es exilé à Sugar Falls, tu n'es plus drôle du tout.

— Dixit la jeune maman de jumelles !

Sa sœur était pire que son agent, Charlie, qu'il allait devoir se résigner à renvoyer une bonne fois pour toutes. Cependant, il n'aimait pas penser à sa carrière passée, et encore moins en parler dans un lieu public.

— À ce propos, où sont mes nièces ? Ça m'étonne que tu puisses t'absenter aussi longtemps.

— Drew s'occupe d'elles, ce matin. Je dois me mettre à jour dans mon travail, et il m'a demandé de passer te voir en allant au bureau parce qu'il savait que tu ne pourrais pas refuser une invitation en personne.

— Très bien, je viendrai à ton dîner de Thanksgiving, et j'apporterai même quelque chose !

— Parfait ! Je pensais que tu pourrais apporter la bière et le vin.

— C'est à peu près tout ce dont je suis capable en ce moment.

À vrai dire, quelques années plus tôt, on ne lui aurait confié aucune responsabilité. Il y avait donc un certain progrès !

— Ce n'est pas ce que j'ai entendu dire, dit Kylie d'une voix chantante, lourde de sous-entendus.

— Tu devrais savoir qu'il ne faut jamais écouter les ragots.

— Oh ! je t'en prie ! Je suis mariée à un psychologue,

j'ai deux bébés de moins de neuf mois, et je travaille à plein temps comme experte-comptable. À moins que Drew ait son après-midi et que les filles fassent la sieste toutes les deux en même temps, il ne me reste que les ragots des commères du coin pour me divertir !

— C'est navrant.

— Quoi qu'il en soit, j'ai entendu dire que les travaux avançaient bien dans la maison de Pinecone Court...

Il émit un gémissement plaintif et, s'apercevant qu'elle n'avait absolument pas l'intention de le laisser tranquille, poussa l'assiette qui contenait ses tartines grillées dans la direction de sa sœur.

— Comment est la patronne ? lui demanda-t-elle d'un ton enjoué.

Il devinait aisément où elle voulait en venir et regrettait de ne plus avoir de barbe pour cacher le rouge qui lui montait aux joues.

Deux jours plus tôt, il avait appelé le plombier pour qu'il s'occupe de la tuyauterie de la cuisine et, avec les zingueurs qui venaient tous les jours pour poser de nouveaux bardeaux sur le toit avant les tempêtes de neige de la fin du mois de novembre, Julia et lui ne s'étaient plus trouvés seuls.

Il avait beau avoir envie de la revoir, c'était une bonne chose qu'il se soit forcé à l'éviter, car cela l'avait obligé à se concentrer sur la maison plutôt que sur le fait qu'elle lui faisait perdre tout sens commun.

— Drew m'a dit qu'il vous avait croisés à Boise, il n'y a pas longtemps, et qu'elle avait l'air sympa.

Il gémit de nouveau.

— Il paraît qu'elle est neurochirurgienne à Shadowview... Ce n'est pas ton style de femme d'habitude.

Sa sœur, tout comme les autres membres de sa famille, savait comment le provoquer pour le pousser à en dire davantage, et il se sentait déjà fléchir.

— Qui t'a dit que j'avais un style de femme ?

Il prit une pleine fourchette d'œufs brouillés.

— Tu veux un menu, Kylie ? demanda Freckles en posant un verre de jus d'orange devant la sœur de Kane.

La question était rhétorique, car seuls les touristes, qui affluaient le week-end, avaient besoin de consulter le menu.

— Non, merci. Je vais prendre un muffin… à emporter, s'il te plaît. Cela fait une éternité que je ne me suis pas assise à table pour faire un vrai repas digne de ce nom !

— C'est ça, d'avoir des enfants en bas âge et de travailler, dit Freckles avec un clin d'œil. En parlant de travail, Kane, est-ce que ma nièce rentre de l'hôpital à une heure raisonnable, le soir ?

Il prit soin de garder les yeux rivés sur son assiette. Il n'avait pas du tout envie de voir sa sœur dresser l'oreille, impatiente d'entendre sa réponse.

— Je ne sais pas, répondit-il. En général, je pars avant qu'elle ne soit revenue.

— C'est bien ce que je craignais !

Freckles s'appuya à leur table. Il était maintenant tout aussi attentif que Kylie.

— Pourquoi ça ? demanda sa sœur.

Il était content de pouvoir en savoir davantage sans avoir à poser de questions.

— Elle a des horaires insensés, et aucune vie sociale… Ce n'est pas normal, je vous le dis, moi !

Freckles ponctua ses propos d'un hochement de tête.

Il considéra ses baskets vert fluo, son pantalon en skaï qui imitait une peau de serpent, et ses bretelles fuchsia à pois. Elle n'était pas vraiment bien placée pour définir le terme « normal ».

— Est-elle heureuse, au moins ? demanda Kylie avant de boire une gorgée de jus d'orange et de se laisser aller en arrière sur son siège.

Étant donné que la bavarde Freckles n'avait pas encore fait passer sa commande en cuisine, Kylie n'était pas près de s'en aller. Du moins, c'était ce qu'il se répétait intérieurement pour se sentir moins coupable de rester là comme une commère au lieu de demander l'addition et de s'en aller.

— Je ne saurais pas le dire, répondit Freckles en posant ses poings sur ses hanches. Qu'en penses-tu, Kane ? Tu la vois sûrement plus souvent que moi. Tu crois que Julia est heureuse ?

Contrarié, il fronça le nez. Il n'avait pas du tout envie d'être mêlé à cette conversation.

— Comment pourrais-je le savoir ? Je lui parle à peine…

— Tu vois ? s'écria Freckles, reportant son attention sur Kylie. Elle ne parle à personne ! C'est probablement parce que ses parents répétaient tout le temps : « Les enfants doivent être vus mais non entendus. » J'essayais de ne pas porter de jugement sur l'éducation qu'ils lui donnaient, étant donné que je les voyais rarement en dehors des fêtes de famille. Je me disais qu'ils faisaient ce qu'ils estimaient être le mieux pour elle en la poussant à exceller en tout, mais les enfants ont besoin de jouer, de s'amuser, et Julia n'en a jamais vraiment eu l'occasion. J'aimerais qu'elle sache se laisser un peu aller de temps en temps !

Il pensa au lit régulièrement défait de Julia, à la vaisselle sale qu'elle laissait dans l'évier tous les matins quand elle allait travailler. De toute évidence, elle avait décidé de « se laisser un peu aller » pour ce qui était des tâches ménagères. Cependant, il aurait eu l'impression de trahir sa cliente s'il avait fait part de ces détails à Freckles. De plus, cela lui plaisait de savoir quelque chose que personne d'autre ne savait au sujet du Dr Je-sais-tout.

— Si je comprends bien, nous devrions la faire sortir de chez elle.

Il reconnut la lueur malicieuse dans les yeux de sa sœur.

— Toutes les femmes ne sont pas des fêtardes comme toi, Kylie, grommela-t-il, plus pour lui-même qu'autre chose, car il voyait bien que l'idée plaisait à Freckles.

— C'est ce que je me tue à lui dire ! Je l'ai même inscrite sur un site de rencontres…

— Cela a porté ses fruits ?

Visiblement intéressée, Kylie se pencha légèrement en avant. Freckles et elle ne se rendaient-elles pas compte qu'elles essayaient de diriger le cours de la vie de Julia tout comme ses parents l'avaient fait, même si elles espéraient lui donner une orientation différente ?

— Entre vous et moi…

Freckles jeta un coup d'œil autour d'elle. Il suivit son regard et, voyant que Scooter et Jonesy, assis à leur table habituelle, écoutaient leur conversation sans même chercher à prétendre le contraire, il comprit que ce « vous » les incluait.

— Elle a pris un café avec un homme il y a deux jours et elle m'a dit qu'il était plutôt sympa… Mais, comme c'est moi qui ai créé son compte, j'ai son mot de passe, alors j'ai décidé de m'y connecter et de fureter un peu. J'ai consulté le profil de l'homme en question, et j'ai vu qu'il était sans emploi et qu'il était en « union libre », comme on dit.

Elle mima des guillemets avec ses doigts en prononçant ces deux derniers mots.

Kane serra les poings avec colère. Julia était médecin, elle était censée être géniale ; comment pouvait-elle ne pas savoir passer ces types au crible ? C'était pour cela qu'il lui avait proposé de l'aider à trouver quelqu'un. Elle ne connaissait manifestement rien aux hommes ni à leur façon de penser.

À ce rythme-là, elle finirait avec un type louche qui chercherait à profiter d'elle. Elle semblait avoir un cœur en or ; elle était la cible idéale pour un moins que rien qui s'intéresserait à son argent et ferait irruption dans sa vie pour la chambouler, par exemple en se faisant une salle de jeux ringarde dans la bibliothèque, en mettant sur le toit une antenne parabolique qui dénaturerait toute la maison, ou encore en envoyant M. Donut en maison de redressement pour chiens.

Cette dernière possibilité n'était toutefois pas la pire chose qui aurait pu arriver, étant donné que le basset ne cessait de fouiner dans sa boîte à outils quand il la laissait sans surveillance, et qu'il lui avait déjà volé une clé anglaise, deux tournevis, et un mètre pliant. C'était d'ailleurs pour cette raison que Kane faisait le tour de la maison chaque matin, après le départ de Julia, pour s'assurer qu'elle n'avait rien laissé de comestible ou de dangereux à la portée du chien. Par ailleurs, il appréciait que son espace de travail soit bien organisé. Il n'aimait ni le désordre ni ce qui était susceptible de le déconcentrer.

Il était perdu dans ses pensées quand il entendit sa sœur dire à Freckles :

— J'ai une idée ! Et si toi et ta nièce veniez à notre dîner de Thanksgiving ?

Quoi ? Quel dîner de Thanksgiving ? Celui auquel elle venait de l'inviter, lui ? Celui auquel assisteraient leurs parents ?

Avant qu'il n'ait pu faire remarquer à sa sœur que ce ne serait pas rendre service à la pauvre Julia que de lui imposer la présence impressionnante de leur père, Freckles la regarda avec un grand sourire de reconnaissance.

— C'est une excellente idée, mon chou ! Merci beaucoup pour l'invitation.

— Je demanderais à Drew et à Luke d'inviter l'un de leurs amis célibataires de l'armée. Nous devrions réussir à lui trouver quelqu'un…

Freckles écarquilla les yeux.

— Tu ferais ça pour elle ?

— Bien sûr… si tu me promets d'apporter quelques-uns de tes fameux biscuits au babeurre, et peut-être une ou deux tartes pour le dessert !

— Ça marche ! répondit Freckles en tendant la main à Kylie, ce qui fit tinter ses nombreux bracelets.

* * *

— Tu es sûre que je suis assez habillée ? demanda Julia à sa tante tandis qu'elles se garaient dans l'allée circulaire de la maison des Gregson, située au bord du lac.

— Tu es très belle, ma chérie.

Freckles tendit le bras et lui tapota le genou. Julia portait un pantalon noir, cher et bien coupé, mais très simple.

Quand elle était plus jeune, les dîners officiels étaient synonymes de longues robes élégantes et de bijoux sortis du coffre-fort encastré dans le dressing de sa mère. Toutefois, à en juger par la minijupe marron et les bottes hautes de sa tante, les habitants de Sugar Falls célébraient les fêtes de façon un peu plus décontractée. Le pull-over orange de sa tante, sur lequel était écrit le mot « glouglou », ne ressemblait à aucun des vêtements chic que Julia avait dans sa garde-robe.

— Tu veux bien prendre les biscuits ? Kylie et Drew ont demandé à Kane de leur installer un double four ultra-sophistiqué, alors j'espère que cela ne les dérangera pas que je les mette à cuire avant le dîner. Nous reviendrons chercher les tartes plus tard.

Kane ? Serait-il là ? Julia ouvrit sa portière d'une main légèrement tremblante. Drew n'aurait tout de même pas invité l'un de ses patients à dîner. Elle ignorait quelles étaient les mœurs dans les petites villes, mais elle n'imaginait certainement pas sa propre mère recevoir ses patients.

Elle jeta un coup d'œil aux autres voitures garées dans l'allée, mais la Ford Bronco n'était pas là. Peut-être aurait-elle dû se renseigner davantage sur cette soirée. Cela ne l'aurait pas dérangée de voir Kane, mais elle n'avait pas eu de vraie conversation avec lui depuis près d'une semaine. Ils avaient simplement échangé quelques petits mots écrits au sujet des étagères encastrées pour la bibliothèque ou de l'armoire en acajou qu'elle avait achetée chez un antiquaire du centre-ville.

Étant donné le trouble dans lequel il la plongeait, elle n'aurait même pas osé lui parler au téléphone, ces derniers temps. Peut-être sa réaction était-elle excessive, car elle devait bien lui parler de certaines choses, notamment du fait qu'il présumait que cela ne la dérangeait pas de s'occuper de son chien.

Elle avait fait l'erreur de lui laisser un mot au sujet des croquettes basses calories qu'elle avait achetées pour M. Donut, et il avait apparemment pris cela pour une invitation à laisser son chien dormir chez elle indéfiniment. Puis, quand elle était rentrée chez elle après une journée éreintante de dix-huit heures, le mercredi précédent, elle avait découvert qu'il avait également pris la liberté d'apporter plusieurs gros coussins sur lesquels le basset dormait. Peut-être aurait-elle dû lui dire que l'animal n'en avait que faire, et qu'il préférait s'installer sur son lit à elle.

Elle descendit de voiture et alla prendre les biscuits dans le coffre, ruminant ses pensées. Bien sûr, elle ne pouvait pas en vouloir à M. Donut. La literie que Kane avait choisie pour elle était somptueuse, même si elle avait appris à ses dépens qu'elle avait intérêt à regarder sous l'édredon avant de se coucher, car le chien aimait y cacher toutes sortes d'outils.

— Alors, qui d'autre sera là ce soir ? demanda-t-elle à sa tante en tenant la plaque de biscuits d'une main et en redressant son collier de l'autre.

Les perles étaient dans sa famille depuis des générations et, en dehors de la montre de sa mère, c'était le seul bijou qu'elle avait pris avec elle quand elle était venue s'installer dans l'Idaho. C'était également la seule chose qu'elle avait pour égayer un peu le pull-over en cachemire gris pour lequel elle avait opté.

— Seulement les Gregson et les Chatterson, répondit Freckles.

À ce moment-là, la porte de la maison s'ouvrit, et un petit garçon aux cheveux blonds s'élança vers elles.

— Tu as apporté de la tarte au chocolat, Freckles ?

Attends une minute ! Avait-elle bien dit « les Chatterson » ? Son lunatique entrepreneur serait-il donc là ce soir ?

Soudain, un autre petit garçon, qui ressemblait trait pour trait au premier, les rejoignit en courant.

— Tu as apporté quoi d'autre ? demanda celui-ci.

En un éclair, ils vinrent se coller à elles et tendirent le cou pour regarder dans le coffre.

— Tu veux qu'on t'aide à porter quelque chose, Freckles ?

Sa tante, qui débordait d'énergie, ne se laissa pas décontenancer par les petits garçons pleins de vivacité.

— Oui, j'ai apporté de la tarte au chocolat, et oui, je veux bien que vous nous aidiez ! Ma chérie, je te présente Aiden et Caden Gregson, deux grands connaisseurs en matière de desserts.

Elle tapota la tête de chacun des jumeaux en prononçant leur prénom, mais Julia n'aurait pas su dire comment elle faisait pour les distinguer l'un de l'autre.

— Les garçons, je vous présente ma nièce, le Dr Julia Fitzgerald.

— Notre oncle Drew aussi est docteur, mais il ne fait que parler, il n'a même pas de gants en caoutchouc dans son bureau, alors il ne peut pas faire de ballons ou d'autres trucs marrants dans ce genre-là. Et toi, quel genre de docteur es-tu ?

— Les garçons ! appela Drew depuis le pas de la porte, un bras autour de la taille d'une jeune femme rousse. Laissez au moins nos invitées entrer avant de leur poser un million de questions.

Les jumeaux bondirent en tous sens tandis que le couple s'approchait de la voiture.

— Bonjour, je suis Kylie Gregson ! dit la jeune femme avec un grand sourire. Nous sommes ravis que vous ayez pu vous joindre à nous, docteur Fitzgerald.

— Je vous en prie, appelez-moi Julia et tutoyons-nous.

Avant qu'elle n'ait eu le temps de remercier ses hôtes pour leur invitation, un mouvement sur le seuil attira son regard, et elle vit Kane, rasé de près, sans sa casquette, apparaître dans l'embrasure de la porte.

Il était là ; et il était sur son trente et un. Elle resta sans voix et eut soudain l'impression que ses genoux allaient se dérober sous elle.

— Fitzgerald, c'est en un mot ou en deux ? demanda Caden, à moins que ce ne fût Aiden, en lui prenant la main, l'arrachant à sa torpeur. Parce que, quand Carmen va se marier avec Papa, elle va avoir deux noms.

Déconcertée, elle cligna des yeux plusieurs fois. Qui étaient ces enfants, et de quoi parlaient-ils ?

Si elle n'avait pas été étourdie par leur flot de paroles, elle aurait été tentée de se réfugier dans la voiture de sa tante le temps de se ressaisir. Elle n'avait pas l'habitude des enfants, encore moins d'enfants si accueillants et si chaleureux.

Kane lui sourit et prit la plaque de biscuits qu'elle avait dans la main qui n'était pas prisonnière de celle de Caden ou d'Aiden.

— Bienvenue dans cette maison de fous ! dit-il à voix basse, pour qu'elle seule l'entende. Tu veux entrer et rencontrer les autres ?

Son cœur martelait sa poitrine et, trop émue pour parler, elle ne parvint qu'à hocher la tête. Avec sa voix grave et son sourire, rare mais irrésistible, il lui aurait fait accepter n'importe quoi.

— Freckles a apporté plein de desserts, Oncle Kane ! s'écria l'un des jumeaux en se dirigeant vers la maison avec une tarte dans les mains. On va pouvoir faire le concours du plus gros mangeur de tarte, en fin de compte !

Oncle Kane ? Il faisait partie de cette famille ? L'hypothèse selon laquelle il était le patient de Drew, de même que toutes les idées préconçues qu'elle avait eues à son sujet jusque-là, fut brutalement remplacées par un grand vide angoissant.

— Les garçons, j'espère que vous êtes assez malins

pour ne pas mettre votre oncle Kane au défi de faire un concours avec vous, quel que soit ce concours ! dit un homme qui était le portrait de Drew Gregson, quoique lui n'eût pas de lunettes. On ne le surnomme pas le *Légendaire Chatterson* sans raison…

Il se tourna vers elle et sourit.

— Bonjour ! Je m'appelle Luke, et ces deux moulins à paroles sont mes fils.

Le surnom de *Légendaire Chatterson* impliquait que Kane était imbattable dans un domaine. Cependant, au lieu de demander des précisions à Luke, elle lui serra la main et le suivit dans un salon spacieux où on lui présenta encore d'autres personnes.

La cuisine à l'américaine n'était séparée du salon que par un grand plan de travail, ce qui permettait à ceux qui étaient aux fourneaux de continuer à discuter avec les invités. Deux balancelles pour bébés, identiques, oscillaient chacune à son rythme, à côté d'une table basse sur laquelle était installé un jeu de société, devant la télévision allumée.

Julia n'avait jamais été aussi contente d'être douée pour retenir les prénoms et les visages, car il y avait manifestement de nombreux jumeaux dans cette grande famille.

Luke, qui était donc le frère jumeau de Drew, et qui travaillait au bureau de recrutement des marines près de Boise, lui présenta sa fiancée, Carmen, qui travaillait quant à elle dans la police de Sugar Falls.

Ce qui la surprit le plus fut d'apprendre que Kane et Kylie étaient frère et sœur. Cependant, il y avait tout de même une ressemblance entre la jeune mère énergique et le calme entrepreneur : tous deux avaient hérité leurs cheveux flamboyants de leur père.

Bobby Chatterson était un homme grand et massif, qui venait apparemment d'entamer une partie de bataille navale avec Aiden et Caden. Il semblait se comporter avec eux comme s'il était leur grand-père, et les garçons lui avaient donné le surnom affectueux de *Coach*.

Quand il apprit qu'elle était dans l'armée, il s'empressa de lui proposer d'être sa coéquipière dans la partie qui l'opposait aux jumeaux.

— Je devrais peut-être les aider, dit-elle en voyant Freckles rejoindre Carmen et Lacey Chatterson, la mère de Kane, dans la cuisine.

Bobby écarta la suggestion d'un geste de la main.

— Mais non, ne vous en faites pas pour ça ! Drew a déjà presque tout préparé, Lacey et Carmen se sont simplement réfugiées dans la cuisine parce que ces deux petits monstres les ont battues à plates coutures à la bataille navale ! Il n'y a que moi qui sois prêt à leur montrer à qui ils ont affaire. Mais j'ai besoin de l'aide de quelqu'un de doué dans l'art du subterfuge militaire.

— Et ce n'est pas mon cas, peut-être ? demanda Luke de l'autre bout de la pièce. Tu sais quand même que j'ai fait partie des SEAL, et que je recrute actuellement tous les marines de l'ouest de l'Idaho, n'est-ce pas ?

Bobby leva les yeux au ciel.

— Nous avons déjà eu cette conversation, Luke. Peu m'importe le nombre de pompes que tu es capable de faire d'affilée. Tu es incapable de garder un visage impassible, tu te trahis encore plus souvent que Kane quand il se frotte le menton ! Les garçons savent tout ce que tu vas faire à l'avance. Alors, capitaine, qu'en dites-vous ? Nous sommes alliés ?

Elle regarda tour à tour Luke et Drew, qui étaient plus à même de s'allier au fin stratège que le père de Kane semblait être, mais qui n'avaient pas l'air d'en avoir envie.

— Je n'ai jamais joué à la bataille navale, dit-elle, et je suis plus qualifiée pour faire face à ce qui se passe dans un hôpital militaire qu'autre chose.

— C'est vrai, dit Bobby avant de se tourner vers sa fille, qui donnait la tétée à l'une des jumelles. Kylie, vous n'auriez pas le jeu Docteur Maboul ? Julia est dans mon équipe !

— Désolée, Papa, nous n'avons que la bataille navale et un jeu d'échecs.

— Bien sûr, ça ne m'étonne pas que ton psychologue de mari préfère les jeux d'intellectuels.

Julia retint son souffle, choquée, mais tous les autres adultes rirent de la remarque.

— Tu es jaloux parce que tu n'arrêtes pas de perdre ! répliqua Drew en riant, lui aussi.

— Quelque chose me dit que la chance est sur le point de tourner avec Julia à mes côtés…

— Papa, laisse Julia tranquille, intervint Kane, qui se tenait derrière le canapé en angle. Elle n'est pas obligée de jouer avec vous si elle n'en a pas envie.

Elle redressa les épaules avec détermination. Elle n'avait pas besoin que Kane la protège, et elle voulait s'intégrer dans cette famille accueillante et chaleureuse.

— Je serais ravie d'être votre coéquipière, dit-elle en s'asseyant en tailleur devant la table basse, à côté de Bobby.

Apparemment, elle lui porta bel et bien chance, car ils gagnèrent les deux parties suivantes contre Aiden et Caden.

Elle avait conscience d'avoir eu une éducation un peu particulière, mais combien de familles se réunissaient-elles pour jouer à des jeux de société et regarder un match à la télévision à Thanksgiving ? C'était peut-être la routine pour les Chatterson et pour les Gregson mais, pour elle, c'était une grande première.

Quand les enfants allèrent jouer dehors, elle resta assise là où elle était, contente d'être un peu à l'écart. Après avoir fait les cent pas pendant un moment, Kane s'était assis sur le canapé, derrière elle. Il agitait la jambe nerveusement chaque fois que le commentateur sportif à l'écran faisait allusion à un joueur de base-ball professionnel et, du coup, il lui frôlait chaque fois le dos. Il semblait ne pas le faire exprès, mais elle se surprit quant à elle à se pencher très légèrement en arrière pour prolonger ce contact, ce qui le poussait chaque fois à s'immobiliser, ne serait-ce qu'un court instant.

Elle connaissait bien les troubles du comportement liés à l'anxiété, et ce n'était pas la première fois qu'elle soupçonnait les tics de Kane et son inaptitude à rester immobile ou à se concentrer d'être un véritable problème pour lui. Cependant, comme il ne parlait jamais de lui-même, elle ne pouvait décemment pas se permettre de le diagnostiquer spontanément.

Ce qu'elle ne connaissait pas bien du tout, en revanche, c'était la dynamique d'une famille normale. En dépit de la complicité évidente de ces gens manifestement très unis, elle avait vite senti qu'il y avait quelque chose chez Bobby Chatterson qui rendait son fils nerveux. Bien sûr, il se pouvait qu'elle se trompe, étant donné que Kane avait souvent l'air nerveux, mais alors que toutes les autres personnes présentes semblaient à l'aise, lui se crispait chaque fois que son père posait sur lui un regard un peu trop insistant.

Essayer de comprendre ce qui se passait entre eux lui évitait d'être obnubilée par le trouble dans lequel la plongeait la proximité de Kane. Elle avait beau s'efforcer de rester rationnelle, elle avait beaucoup de mal à réprimer le désir qui la submergeait chaque fois qu'il l'effleurait involontairement.

L'une des jumelles se mit soudain à pleurer.

— Ne bouge pas, dit Bobby à sa fille, je vais la prendre.

— Merci, Papa, répondit Kylie. Carmen vient de me dire que le dîner était prêt, alors passons à table !

Après une brève dispute entre Caden et Aiden, qui voulaient tous les deux s'asseoir à côté de Bobby, Carmen et Luke les placèrent chacun d'un côté du patriarche.

— Diviser pour mieux régner, chuchota Carmen en la regardant et en lui faisant un clin d'œil.

Une fois de plus, Julia se sentit honorée de l'accueil chaleureux que cette famille lui faisait.

Tout le monde s'assit autour de la grande table, qui était aussi admirablement décorée que le reste de la maison. Les proches de Kylie la taquinaient parce qu'elle ne savait pas cuisiner, mais elle était indéniablement très douée pour la décoration. À vrai dire, Julia était tentée de lui demander conseil pour aménager sa propre maison.

On lui dit que les Gregson avaient emménagé dans cette maison après avoir mis en location l'appartement de Kylie, beaucoup plus petit. Les meubles se déclinaient dans différents tons de beige, rehaussés çà et là par des touches de vert qui égayaient les pièces.

Le repas était absolument délicieux, le vin coulait à flots, la conversation restait enjouée. Kane fit même une ou deux plaisanteries sur son père, qui avait apparemment pris quelques kilos récemment.

Kane s'était assis à côté d'elle, et il lui passait uniquement les plats sans viande. Elle appréciait sa prévenance et le fait que personne n'ait fait de remarque désobligeante au sujet de son végétarisme.

— Alors, tu es content t'être venu t'installer dans l'Idaho et de travailler comme simple entrepreneur ? demanda soudain Bobby à son fils.

Elle jeta un coup d'œil discret autour d'elle pour voir si quelqu'un d'autre avait remarqué le terme de « simple ».

Kane se pencha derrière elle pour passer la sauce au jus de viande à Luke.

— Aussi content que possible étant donné les circonstances.

Elle trouva la réponse étrange, mais Bobby se contenta de hocher la tête avant de prendre un morceau de dinde dans le plat et de servir son épouse, puis d'en prendre un pour lui-même. Elle remarqua que, chaque fois qu'on lui passait un plat, il servait Lacey avant même de se servir, tout comme son fils le faisait avec elle. Perturbée par cette pensée, elle remua nerveusement sur sa chaise.

Bobby reporta son attention sur son fils et le regarda fixement.

— Tu sais ce que j'ai envie de dire, n'est-ce pas ?

Apparemment, à en juger par les regards échangés autour d'elle, toute la tablée savait ce que le père de Kane avait envie de dire. Gênée, elle but une gorgée de vin. Elle aurait aimé être mise au courant.

— Oui, papa. Nous parlons du fait que je gâche mon talent et que je ne réalise pas mon potentiel chaque fois que nous nous téléphonons. Il n'y a rien de nouveau.

— Dans ce cas, je n'insisterai pas, fiston.

— Tu n'insisteras pas ? s'étonna Kane, plissant les yeux d'un air soupçonneux. Où est le piège ?

— Il n'y en a pas ! Je veux seulement que mes enfants soient heureux. Même toi, grincheux !

— Mais ? demanda Kane avant de boire une gorgée de bière.

— Mais ta mère aimerait savoir quand tu vas te décider à te ranger et à nous donner des petits-enfants !

Il eut des ricanements et quelques grognements railleurs au bout de la table, où étaient assis Luke Gregson et sa tante Freckles.

— Bobby Chatterson, me fais pas dire ce que je n'ai pas dit, intervint Lacey en plantant sa fourchette dans ses petits pois.

— Très bien, reprit Bobby. Moi, j'aimerais savoir quand tu vas nous donner des petits-enfants. Ta mère ne rajeunit pas, tu sais…

Lacey lui donna un coup de coude dans les côtes, tandis que l'un des petits blondinets demandait s'ils pouvaient avoir des cousins, cette fois.

— Je n'en sais rien, papa, répondit Kane, haussant les épaules avec désinvolture, comme s'il n'avait absolument pas l'intention d'y réfléchir. Pourquoi ne demandes-tu pas à Kaleb quand il compte se ranger et fonder une famille ?

— Oh ! tu connais ton frère ! Il se complaît à être la brebis galeuse de la famille. Il suit sa propre voie, celui-là…

— Si tu entends par là qu'il dirige une compagnie de

jeux vidéo qui vaut plusieurs millions de dollars, alors je veux bien être une brebis galeuse, moi aussi ! intervint Drew. À ce propos, Julia, je suis sûr que Kaleb te plairait. Il est très intelligent et très cultivé. Kane, tu sais s'il voit quelqu'un en ce moment ?

— Comment le saurais-je ? maugréa Kane. Manifestement, je suis le seul qui ne se mêle pas des affaires des autres, dans cette famille.

— La dernière fois que je l'ai eu au téléphone, dit Kylie, il ne voyait personne. Nous devrions lui présenter Julia quand il viendra pour Noël !

Julia sentit sa gorge se serrer. Pour toute réponse, elle émit un murmure qui ne l'engageait à rien.

Suggéraient-ils qu'elle devrait sortir avec le frère de Kane ? Ou essayaient-ils simplement de l'inclure dans la conversation, par politesse ?

C'était ce genre de subtilités qui lui échappaient en société.

Elle se rappelait son audition pour intégrer le District of Columbia's Youth Chamber Orchestra, quand elle avait neuf ans. Elle avait travaillé le concerto de Vivaldi sur son violoncelle pendant des heures et le connaissait sur le bout des doigts. Cependant, quand elle était montée sur scène, sa mère avait annoncé au chef d'orchestre qu'elle jouerait un morceau de Tchaïkovski à la place et, plus tard, elle lui avait expliqué, à elle, qu'il était important qu'elle apprenne à s'adapter en toutes circonstances et à surmonter sa peur, même quand elle était prise au dépourvu.

Ce qu'elle éprouvait maintenant lui rappelait cette expérience. Elle avait l'impression de s'être entraînée pour faire face à une situation et de se trouver brusquement plongée dans une autre, à laquelle elle ne savait pas comment réagir.

— Vous savez qui d'autre nous pourrions présenter à Julia ? intervint Luke, sa fourchette suspendue en l'air comme s'il s'apprêtait à faire un exposé sur les meilleurs partis de sa connaissance.

Son estomac se souleva quand tous les regards se tournèrent vers elle.

— Mon pote Renault, reprit Luke. Il faisait partie de mon équipe dans les SEAL, et il s'est installé dans la région il y a quelques mois, lui aussi. Il va passer, tout à l'heure… Là il doit être en train de servir à manger aux vétérans sans-abri, au refuge.

— Vous mettez Julia mal à l'aise avec vos discussions d'entremetteurs, dit Kane.

Elle prit soudain conscience qu'elle s'était tellement enfoncée sur sa chaise que sa poitrine n'était plus qu'à quelques centimètres de son assiette.

— Désolé, capitaine ! s'excusa Bobby. J'essayais seulement d'orienter mon fils dans la bonne direction. Nous ne voulions pas vous mettre mal à l'aise en parlant de votre situation.

— Oui, eh bien, tu ne devrais pas essayer d'orienter qui que ce soit, papa, répliqua Kane, sur la défensive.

Julia jeta un coup d'œil à sa tante, qui en était à son troisième verre de vin, et s'aperçut qu'elle suivait la conversation avec intérêt.

Bobby se tourna vers sa femme.

— Je ne sais plus quoi penser, ma chérie. Nous avons beau essayer de tout planifier pour eux, nos enfants semblent décidés à n'en faire qu'à leur tête !

Julia était bien placée pour savoir ce que c'était qu'avoir des parents dirigistes. Par chance, elle avait réussi à répondre aux attentes des siens, mais elle devinait que ce n'était pas le cas de Kane, dont le mécontentement était palpable.

Avait-il le sentiment d'être le raté de la famille par comparaison avec sa sœur, qui était experte-comptable et s'était récemment mariée, ou avec son frère, qui était apparemment très riche ?

Personne ne l'avait critiqué ouvertement, mais elle éprouvait néanmoins le besoin irrépressible de prendre sa défense.

— Kane a fait un travail merveilleux chez moi, dit-elle, espérant que cette déclaration impromptue ne passait pas pour un toast. Il est très doué, et très professionnel. Personnellement, je ne trouve pas du tout qu'il gâche son talent.

Il y eut un silence. Elle sentit le poids de tous les regards posés sur elle, mais elle ne soutint que celui de Kane. Il s'était complètement tourné vers elle, la tête légèrement inclinée sur le côté, comme s'il voulait qu'elle répète ce qu'elle venait de dire.

— Hé, s'écria soudain l'un des deux petits garçons, interrompant le silence gêné qui se prolongeait, maintenant que nous avons tous fini de manger, qui veut essayer le tandem qu'Oncle Drew nous a offert ?

— Oncle Drew me payera ce petit cadeau, plaisanta Luke.

Aussitôt, la tension se dissipa, et la conversation reprit une tournure enjouée.

— Tu as dit la même chose quand Oncle Kane nous a offert un arc et des flèches pour notre anniversaire ! dit l'autre petit jumeau.

Julia regarda Kane et vit son visage se décontracter, et un sourire moqueur se dessiner lentement sur ses lèvres.

Un arc et des flèches pour des enfants de neuf ans ? En fin de compte, sa famille avait peut-être raison de douter de ses décisions !

— Très juste, répondit Luke en posant un bras sur les épaules de Carmen. Je suis sûr qu'Oncle Kane aimerait beaucoup essayer votre nouveau tandem.

— Et toi, Julia ? demanda le petit garçon. Tu veux essayer notre tandem avec Oncle Kane ?

— Oh ! je ne crois pas… Je n'ai jamais fait de vélo de ma vie.

— Jamais ? Jamais jamais ?

— Eh bien, j'ai déjà fait du vélo stationnaire en salle de sport, précisa-t-elle, refusant d'admettre devant tout le monde qu'elle ne savait pas faire quelque chose. Je ne vois pas en quoi ce serait différent de monter sur le vôtre.

Kane secoua la tête.

— C'est très différent ! Il faut avoir le sens de l'équilibre pour faire du vélo.

— J'ai le sens de l'équilibre.

— Tu essayes de me dire que tu pourrais sauter en selle et commencer à faire du vélo sans problème ?

Il posa son bras sur le dossier de sa chaise. Son torse paraissait un peu plus bombé que d'ordinaire, et toute sa posture semblait indiquer qu'il lui lançait un défi.

— Je pourrais si j'en avais envie, oui, répondit-elle d'un ton faussement résolu.

— Ce n'est pas si difficile que ça, dit Bobby. J'ai appris à mes cinq enfants à faire du vélo, et vous m'avez l'air d'être une jeune femme robuste.

Elle n'en était pas sûre mais, venant de cet homme imposant aux opinions très arrêtées, la remarque semblait être un compliment.

— Je ne sais pas, mon chou, intervint soudain sa tante. Tu risques de faire une mauvaise chute et de te casser quelque chose. Imagine aller au gala de Sugar et Shadow avec un bras ou une jambe dans le plâtre, dans la robe de soirée qu'on vient de te commander…

— Je ne vais rien me casser du tout, répondit Julia, levant les yeux au ciel. Cela ne peut tout de même pas être si difficile de tenir un guidon et de pédaler simultanément !

Kane leva le menton d'un air de défi.

— Très bien ! Dans ce cas, sortons, et prouve-le-nous !

Elle ne voulait rien prouver du tout. Du moins, pas devant tous ces témoins. Elle regarda le plafond, se demandant comment se sortir de cette situation tout en préservant son amour-propre.

— Je ferais sûrement mieux de rester ici et d'aider à débarrasser.

— Donc tu n'en es pas capable ? lui demanda Kane avec un sourire moqueur.

— Kane, la semaine dernière, je me suis servie d'un laser pour procéder à l'ablation d'une tumeur dans le cerveau d'un patient. Je crois être en mesure de faire du vélo.

— Tu fais un pari ?

Lacey Chatterson regarda le plafond tandis que son mari battait des mains.

Oh ! non ! Parier était encore quelque chose qu'elle n'avait jamais fait. Cependant, elle n'avait pas l'intention de l'avouer à cette assemblée.

— Quel genre de pari ?

— Oh ! je sais ! s'écria Aiden ou Caden. Le perdant devra faire quelque chose d'embarrassant, comme se déguiser en cochon et danser bizarrement devant tout le monde, au jardin public !

— Où allons-nous trouver un déguisement de cochon à Thanksgiving ? lui demanda son frère. Ce serait plus facile de trouver un déguisement de dinde…

Tandis que Freckles et Kylie y allaient de leurs propres suggestions, Julia regarda Kane et sut exactement ce qu'elle voulait si elle gagnait ce pari.

— Si je te prouve que je suis capable de faire du vélo, alors tu devras aller au gala de Sugar et Shadow.

— Auquel il faut aller accompagné…

— Tu pourras amener quelqu'un si tu veux. C'est toi qui vois.

— Non, je veux dire, et ton cavalier ?

— Je n'en ai pas encore trouvé, tu te souviens ?

Un sourire se dessina lentement sur ses lèvres.

— Exactement. Ce qui signifie que si tu n'arrives pas à faire de vélo, c'est moi qui choisirai ton cavalier.

- 9 -

Kane regrettait d'avoir mis Julia au défi d'apprendre à faire du vélo sur ce maudit tandem. Comme si cela ne suffisait pas, il avait aggravé son cas en lui proposant sans réfléchir le pari le plus stupide de tous les paris imaginables. Si elle gagnait, il serait obligé d'assister à ce ridicule gala le mois suivant, et si lui gagnait, il serait voué à passer cette même soirée tout seul chez lui à se demander si le cavalier qu'il lui avait choisi se comportait convenablement et ne cherchait pas à la séduire.

Dans un cas comme dans l'autre, il serait perdant.

— Arrête de te pencher vers la gauche ! lui cria-t-il. Tu vas finir par nous faire tomber...

— Mais les garçons m'ont dit que je devais me pencher vers la gauche quand je voulais aller à droite !

— C'est moi le capitaine, Jules.

— Et alors ?

— Alors, la personne assise à l'arrière ne peut aller que là où la personne assise à l'avant décide de la guider.

— Je pourrais peut-être m'asseoir devant... Comme ça, c'est moi qui dirigerais.

— Pour la énième fois, tant que tu ne sauras pas te tenir droite, je ne te laisserai pas t'asseoir à l'avant.

— On t'a déjà dit que tu étais dirigiste, Kane Chatterson ?

Effectivement, on le lui avait déjà dit.

Tandis qu'ils pédalaient maladroitement dans l'allée circulaire, il ne cessait d'imaginer Julia sortant avec un autre homme, et l'idée lui déplaisait souverainement. Elle n'allait certainement pas laisser ses proches lui présenter son génie de frère, Kaleb, ou ce macho de marine qui servait d'ami à Luke. Ce Renault avait l'air d'être un pauvre type, et ce n'était sûrement pas le genre d'homme qui intéresserait Julia.

Il avait failli se proposer pour sortir avec elle lui-même, mais il s'était ravisé, craignant l'humiliation d'être éconduit devant sa famille et ses amis. De plus, le fait qu'elle lui avait suggéré d'aller au gala accompagné prouvait qu'elle n'avait pas du tout envie d'y aller avec lui.

— Hum, grommela-t-il. Maintenant que tu as rencontré ma famille, tu sais de qui je tiens mon côté dirigiste…

Il l'entendit rire, derrière lui.

— Effectivement ! Au fait, est-ce que cela t'a dérangé que ton père te pose toutes ces questions sur ton avenir ?

Elle pédalerait vraisemblablement mieux en parlant et, si cela pouvait lui éviter de faire pencher le tandem d'un côté et de l'autre, il faudrait bien qu'il entretienne la conversation.

— Pas vraiment, répondit-il. Je sais qu'ils se font tous du souci pour moi, mais c'est normal, je leur ai donné de nombreuses raisons de s'inquiéter, par le passé.

— Pourquoi s'inquiètent-ils ? Parce qu'ils estiment que tu ne réalises pas ton potentiel ?

— Oui, mais aussi parce que j'ai traversé beaucoup de choses difficiles au cours de ces deux dernières années.

— Y a-t-il une chance pour que tu m'en parles ?

Ils avaient réussi à faire le tour de l'allée deux fois, et il avait envie de s'aventurer sur la route goudronnée maintenant que leur public était rentré pour regagner le confort de la maison.

— Pas pendant que j'essaye de nous empêcher de tomber…

— Je crois que je sais quel est ton problème.

— Crois-moi, j'ai plus d'un problème.

— Tu as peur de l'échec.

Il perçut une certaine fierté dans sa voix, et n'eut pas envie de la laisser croire qu'elle avait raison ou, pire encore, de commencer lui-même à le croire.

— Et toi non, peut-être ?

— Non, je n'ai pas peur de l'échec. Je refuse l'échec, tout simplement.

— As-tu déjà échoué à quoi que ce soit ?

Le tandem fit une légère embardée, et il se demanda si la question l'avait déconcertée.

— Allez, Jules… Tu peux me le dire.

— Je crois que ce n'est un secret pour personne que je ne suis pas douée pour les relations humaines, répondit-elle d'une voix à peine audible, tandis qu'un monospace les doublait dans la petite rue.

— Eh bien, je ne sais pas ce que tu entends par là, mais je trouve que tu t'es très bien débrouillée avec mes proches, y compris avec mon père.

— C'est différent… Il s'agit simplement de se fondre dans la masse et de faire profil bas, et puis, ton père était content que je lui aie sauvé son torpilleur lors de notre dernière partie de bataille navale.

Il n'était pas un spécialiste des paroles d'encouragement, mais quelque chose lui disait que son histoire d'échec dans les relations ne s'arrêtait pas là, et qu'elle se confierait à lui uniquement s'il lui prouvait qu'il était de son côté.

— Tu as réussi à gravir les échelons dans ton travail… Tu n'aurais sûrement pas pu devenir officier si tu avais un vrai problème de personnalité.

— À vrai dire, tout ce que j'ai à faire, c'est être un bon médecin et suivre les ordres, alors réussir au sein de l'armée est assez facile pour moi.

— Dans ce cas, aide-moi à comprendre : de quel genre de relations parles-tu ?

— Tu sais… Des relations en tête à tête.

— Amicales, tu veux dire ?

— Eh bien, oui, et…

Sa voix s'estompa.

Il s'arrêta sur le bas-côté de la route. Ils avaient parcouru près d'un mile et arrivaient à proximité du centre-ville. Elle pouvait enfin maintenir une allure plus régulière, mais il ne voulait pas tenter le diable en l'emmenant dans des rues où il y avait beaucoup de circulation. De plus, il avait envie de la regarder.

Il mit donc pied à terre et se tourna vers elle.

— Amicales et… quoi ? Amoureuses ?

— Oui, amoureuses.

Elle baissa la tête. Il n'aurait pas su dire si le rose de ses joues était dû à l'effort physique ou à l'embarras qu'elle éprouvait parce qu'il avait mentionné un domaine dans lequel elle n'était pas experte.

Il repensa à la fois où il l'avait croisée à la porte de la salle de sport, et se dit qu'une promenade à vélo ne devait pas être si ardue que cela pour elle. Elle était donc gênée qu'il découvre quelque chose qu'elle considérait comme une faiblesse.

Il ne pouvait pas l'en blâmer. Il ne la connaissait pas encore très bien, mais il savait ce que c'était que de se sentir inadapté.

— Tu as eu beaucoup de relations amoureuses ?

— Je suis sortie avec un homme à la faculté de médecine. *Un seul ? Tant de temps auparavant ?*

— Que s'est-il passé ?

— C'était l'un de mes professeurs. Je n'étais pas vraiment dans mon élément, et il le savait très bien. Je n'avais encore jamais eu de petit ami, et il m'a persuadée que ce qu'il y avait entre nous était spécial.

— Et ce n'était pas le cas ?

— Apparemment, non. Au bout de deux mois, j'ai découvert non seulement qu'il était marié, mais qu'il avait pour habitude de coucher avec ses étudiantes, et que je n'étais qu'un numéro sur une liste. Je me suis sentie stupide quand je m'en suis rendu compte. Je me suis juré de ne plus jamais sortir avec un homme avant de tout savoir de lui dans les moindres détails.

— Tu n'es pas douée pour choisir un homme bien, c'est tout.

Il lui posa un doigt sous le menton et lui fit relever la tête.

— Ce n'est pas pour autant que tu es stupide.

— Vraiment ? Parce que, là d'où je viens, ne pas savoir, c'est être stupide. Je me suis laissé dominer par mes émotions, et je ne l'ai pas vu tel qu'il était réellement.

— Tu ne te feras plus berner, crois-moi. Je t'ai déjà dit que je t'aiderai.

— Au fait, je me débrouille plutôt bien sur ce vélo, ce qui signifie que tu ne me choisiras pas un cavalier, en fin de compte !

— Et Freckles ? Continue-t-elle à remuer ciel et terre pour que tu te trouves quelqu'un ?

— Tu n'imagines même pas ! Mercredi dernier, j'ai rencontré l'un des hommes du site de rencontres à la cafétéria de l'hôpital à l'heure du déjeuner, et…

— Attends une seconde ! Tu as proposé à un parfait inconnu de te retrouver sur ton lieu de travail ?

Il était stupéfait. Il savait qu'elle manquait d'expérience, mais il ne l'aurait tout de même pas crue capable d'une telle imprudence. De toute évidence, elle n'était pas aussi perturbée que lui.

— Ai-je fait quelque chose de mal sans le savoir ? demanda-t-elle, croisant les bras sur sa poitrine.

— Évidemment ! Pendant que tu y étais, pourquoi ne pas lui avoir donné ton adresse, un rouleau de scotch et un plan de ta cave pour qu'il sache où cacher ton corps ?

Elle resserra sa queue-de-cheval.

— Tu ne crois pas que tu dramatises un peu ?

— Non, j'aurais dramatisé si je t'avais retrouvée enterrée sous ton porche dans une malle !

— Tu devrais peut-être regarder un peu moins de thrillers…

— Et, toi, tu devrais peut-être éviter de tout faire pour devenir la victime d'un tueur en série !

Au fond, il avait conscience d'avoir une réaction excessive mais, parfois, il ne maîtrisait pas son imagination débordante, et il parlait souvent sans réfléchir.

— Nous étions dans un lieu public, Kane, il y avait plein de gens autour de nous… et ma tante m'a appris à me renseigner avant de rencontrer un homme, après le fiasco du café avec celui qui était en union libre. L'homme de mercredi était tout à fait inoffensif, il est professeur de sciences naturelles en collège.

— Alors qu'est-ce qui clochait chez lui ? demanda-t-il, se retenant de poser toutes sortes de questions déplacées.

Était-il laid ? Moins grand qu'il ne le prétendait ? Mangeait-il la bouche ouverte ? A-t-il complètement perdu son calme et s'est-il mis dans tous ses états en t'imaginant avec un autre homme ?

— Qui te dit que quelque chose clochait chez lui ?

Il inclina légèrement la tête sur le côté et haussa un sourcil d'un air entendu. Julia soupira.

— Bon, d'accord ! Il était un peu imbu de lui-même mais, pour sa défense, il faut dire que je ne correspondais pas à ce qu'il attendait.

Voilà qui était difficile à croire ! Elle dépassait probablement les attentes de la plupart des hommes. Elle était indéniablement beaucoup trop bien pour lui. Bien sûr, à en juger par ses expériences passées, seules les femmes vénales et celles qui rêvaient de devenir célèbres s'intéressaient à lui. Heureusement qu'il avait renoncé à sortir avec qui que ce soit quand il avait arrêté le base-ball !

— Comment pourrais-tu ne pas correspondre à ce qu'il recherche ?

Il la vit frissonner et retira son pull pour le lui donner,

mais il le regretta presque aussitôt car il s'aperçut qu'il aurait pu la réchauffer en la prenant dans ses bras.

— Allons-y, tu m'expliqueras ça en route. Il commence à faire froid.

Il se remit en selle et, tandis qu'ils pédalaient, avec plus d'aisance qu'à l'aller, Julia lui raconta son déjeuner avec le professeur de sciences naturelles. Il avait parlé sans discontinuer tout au long du repas, lui avait parlé de l'importance de la science, lui avait dit qu'il trouvait louable qu'elle étudie pour devenir infirmière et que lui-même avait failli faire des études de médecine, mais qu'en fin de compte il s'était dit qu'il serait plus utile en façonnant de jeunes esprits.

— Attends un peu… Pourquoi croyait-il que tu voulais devenir infirmière ?

— Apparemment, quand j'ai utilisé l'application sur mon portable, j'ai appuyé sur les mauvais boutons et j'ai involontairement modifié mon profil. Mon téléphone est vraiment énervant, il n'arrête pas d'effacer des messages et de changer tout ce que j'écris.

Il doutait que le problème vienne du téléphone, mais il ne le lui fit pas remarquer.

— Alors, as-tu fini par lui dire qu'il se trompait et que tu étais neurochirurgienne ?

— Oui.

— Et ?

— Il ne m'a pas cru. Il a d'abord ri. Ensuite, il a dit que c'était très difficile d'être accepté en faculté de médecine, que lui-même avait été refusé plusieurs fois, et qu'il était persuadé qu'on n'acceptait pas n'importe quel joli minois. J'ai dû lui monter mon badge pour lui prouver que je disais la vérité.

Bien fait ! Cela servirait de leçon à cet imbécile pontifiant.

— Comment l'a-t-il pris ?

— Disons simplement qu'il y a des hommes qui sont intimidés par mes études et par mon travail. Je présume

137

que c'est son cas, puisqu'il ne m'a pas recontactée… Enfin, mis à part le jour même, juste après le déjeuner : il m'a envoyé un e-mail pour me dire que j'aurais dû être plus honnête et qu'il trouvait que nous n'avions pas assez de choses en commun.

— Ce n'est pas une grosse perte !

Il espérait sincèrement qu'elle n'avait pas l'impression d'avoir fait quelque chose de mal, en dehors du fait qu'elle avait dû donner à Freckles le code pour déverrouiller son smartphone pour que cette dernière télécharge cette application ridicule. Bien sûr, lui-même l'avait aidée plusieurs fois à se servir de son téléphone, et il connaissait donc aussi son code.

— Peut-être… La bonne nouvelle, c'est que je n'ai plus qu'un homme à rencontrer pour que ma tante accepte de renoncer à cette expérience !

— C'est de cela qu'il s'agit ? D'une expérience ?

Il ne la voyait pas, mais il l'imagina hausser les épaules.

— Une expérience, une comédie, la preuve qu'il vaut mieux que je reste toute seule ! Je préfère trouver un terme qui ne souligne pas mon échec.

— Ah, revoilà ce mot ?

— Oui, et c'est à toi de me parler de tes défauts !

Ils tournèrent dans l'allée. Il espérait plus ou moins que les jumeaux les attendraient dehors et qu'ils les interrompraient, lui évitant ainsi d'avoir à avouer à Julia que sa vie était un vrai désastre.

— Malheureusement, je ne vais pas pouvoir entrer dans les détails maintenant… J'ai perdu ce pari, mais il me reste le concours du plus gros mangeur de tartes pour me rattraper !

Il mit pied à terre et tint le tandem immobile pendant qu'elle en descendait.

— J'espère que tu m'en parleras un jour, dit-elle sans esquisser le moindre mouvement pour s'éloigner de lui. Ou que tu en parleras à un thérapeute.

— Je n'ai pas besoin d'un psy pour savoir ce qui ne va pas chez moi, je le sais déjà. J'ai fait mes choix et, maintenant, je vais de l'avant et j'essaye d'être heureux de ma nouvelle carrière, de ma nouvelle vie.

Il se tourna vers la maison mais, à son grand étonnement, elle referma une main délicate sur son biceps pour le retenir. Son expression était grave.

— J'étais sincère, tout à l'heure, Kane… Je te trouve vraiment très talentueux. Ce que tu as fait chez moi est absolument magnifique. J'espère que tu finiras par te libérer des souvenirs qui te hantent et par être fier de ton travail.

Ce n'était pas seulement son passé qui le hantait. Quand il était plus jeune, il savait qu'il n'était pas le plus intelligent, comme son frère Kaleb, le plus sage, comme son frère Kev, le plus coriace, comme sa sœur Kylie, ou le plus chaleureux, comme son frère Bobby Junior. Il n'y avait qu'en sport qu'il était bon, excellent même. Il n'y avait que sur un terrain de base-ball qu'il avait réussi à se défaire du sentiment d'inadaptation qui l'habitait depuis toujours. Quand il avait perdu le base-ball, il s'était perdu lui-même.

La malchance de Julia en amour n'était rien comparée à l'effondrement de sa carrière. Comment expliquer que, malgré son envie de réussir comme ses frères et sa sœur, il n'avait ni l'intelligence ni la patience d'y parvenir ?

Il ne pourrait jamais faire comprendre à quelqu'un comme Julia, qui apprenait à retirer des tumeurs parce qu'elle aimait la difficulté, ce que vivait quelqu'un qui avait eu du mal à finir le lycée.

En revanche, il pouvait apprécier qu'elle ait pris son parti et essayé de lui donner l'impression de ne pas être un raté.

— Tu sais, je voulais justement te remercier d'avoir dit ça, pendant le dîner… Personne ne m'avait encore jamais défendu comme tu l'as fait. Je te remercie.

— Je crois que personne d'autre n'a apprécié mon intervention. Tout le monde est resté silencieux, quand j'ai eu fini de parler… J'espère n'avoir offensé personne.

Il rit.

— Ils sont tous restés silencieux parce qu'ils n'avaient jamais entendu personne me défendre comme ça, eux non plus. Du moins, personne qui ne soit pas de ma famille.

— Eh bien, je suis contente d'apprendre que ta famille te soutient.

À ce moment-là, la porte d'entrée s'ouvrit, et Aiden s'élança vers eux.

— Tu as gagné le pari, n'est-ce pas, Julia ?

— Oui ! Mon prof de vélo était un peu autoritaire, mais j'ai fini par attraper le coup, dit-elle en lui faisant un clin d'œil discret.

Caden les rejoignit en courant.

— Notre nouveau tandem est chouette, hein, Oncle Kane ? Vous vous êtes bien amusés ?

— Très chouette et, oui, nous nous sommes bien amusés à partir du moment où Julia s'est détendue et m'a fait confiance.

Il lui rendit son clin d'œil.

C'était vrai : il s'était bien amusé avec elle.

Il repensa à ce que sa sœur lui avait dit au Cowgirl Up Café, quelques jours plus tôt. Elle avait raison, ses proches avaient tous raison : depuis quelque temps, il n'était plus drôle du tout.

Cependant, aujourd'hui, il passait du bon temps. Du moins, il avait passé du bon temps jusque-là ; mais maintenant qu'il voyait la jeep de Renault s'engager dans l'allée, quelque chose lui disait que c'était terminé.

— Tu es sûre de ne pas vouloir aller faire du shopping avec moi ? lui demanda sa tante en déposant Julia chez elle, plus tard dans la soirée.

— Sûre et certaine ! Je préférerais encore m'opposer à Bobby Chatterson et à Aiden Gregson dans le concours du plus gros mangeur de tartes que de faire la queue à la caisse d'un grand magasin.

Sa tante rit.

— Kane leur a montré à qui ils avaient affaire… Jusqu'à ce qu'il décide d'entarter Renault !

— Oh ! Freckles ! Il n'a rien décidé de tel… Il a dit que c'était un accident, et il a eu l'air de beaucoup s'en vouloir, après coup.

— Ce n'était pas contre lui-même qu'il était en colère, mon chou, dit sa tante en jetant un coup d'œil à son rouge à lèvres dans le rétroviseur. Kane s'est montré possessif dès que Renault a franchi la porte.

— Je crois qu'il est juste un peu protecteur envers ses nièces. Il est aussi resté près de moi quand j'avais la petite Gracie dans les bras. Quand il s'est tortillé pour s'asseoir entre Renault et moi sur le canapé, j'ai dû lui rappeler que j'avais suivi des cours de pédiatrie et que je savais comment tenir un bébé.

Elle n'était pas sûre de tout discerner dans l'habitacle faiblement éclairé, mais elle crut voir sa tante hausser un sourcil d'un air perplexe.

Soudain, un aboiement leur parvint de l'intérieur de la maison, et elle vit la truffe de M. Donut pressée contre la vitre embuée de la fenêtre du salon. Pour un chien si court sur pattes, il était doué pour sauter sur la chaise en plastique blanche qu'elle avait mis à l'endroit où elle placerait le canapé quand elle en aurait un.

— Quand vas-tu dire à Kane de récupérer son chien ? lui demanda Freckles.

— Je vais le faire… Mais, chaque fois que j'essaye d'aborder le sujet, nous sommes interrompus, et nous nous mettons à parler d'autre chose.

Elle se garda bien d'avouer que c'était généralement elle qui s'interrompait parce qu'elle se laissait distraire par le physique de rêve de Kane. Quant à lui, il semblait avoir du mal à se concentrer : il changeait de sujet chaque fois qu'elle parlait de thérapie. Il n'aurait sûrement pas apprécié qu'elle lui diagnostique un trouble du déficit de l'attention, même si elle était neurologue.

— Si tu veux mon avis, mon chou, je crois que tu apprécies la présence de ce vieux grognon plus que tu ne veux bien le reconnaître.

— Kane n'est pas si grognon... Oh ! Tu parlais du chien.

Elle espéra que sa tante ne verrait pas le rouge lui monter aux joues.

— Oui, j'aime bien avoir la compagnie de M. Donut... Comme tu le sais, mon père était allergique à tous les animaux, alors je réalise enfin un rêve d'enfance en n'ayant que la moitié des responsabilités que représente un animal domestique. Je finirai peut-être par en avoir un bien à moi, si mon emploi du temps me le permet un jour.

— Ah, ce satané planning ! Je me tue à te le répéter : tu dois te ménager du temps pour les choses qui comptent vraiment, mon chou.

— Quelles choses ?

— Des choses comme faire de ta maison un petit nid douillet.

— Tu as raison, comme d'habitude. D'ailleurs, Kane m'a apporté quelques magazines de décoration d'intérieur, et je comptais aller à Boise pour m'acheter quelques meubles.

— Euh... Ce n'était pas ce que je voulais dire, ma chérie.

Julia sentait confusément qu'elle aurait dû comprendre sa tante à demi-mot, mais elle aurait préféré que celle-ci soit plus claire.

— Comment se passent tes recherches sur Une Pomme Chaque Matin ?

— Pas mal, répondit-elle, songeant que sa tante avait la même tendance que Kane à passer du coq à l'âne.

— Pas mal, ce n'est pas la même chose que bien.

— Non, effectivement, et c'est pour ça que j'ai dit « pas mal ». Faut-il vraiment que j'aille à ce gala avec quelqu'un ?

— Oui, à moins que tu veuilles être au centre des

commérages… Maintenant que Kane a perdu ce pari, il va être obligé d'y aller. Je me demande s'il ira accompagné !

— Je n'en ai pas la moindre idée. Il m'a bien fait comprendre qu'il n'aimait pas sortir et, après avoir gagné le pari, je n'ai pas voulu être déplaisante en abordant le sujet.

— Eh bien, essayons de le découvrir, d'accord ?

— Pourquoi ?

— Parce que… Oh ! peu importe ! Laisse ta tante Freckles s'en inquiéter. En attendant, ces soldes ne vont pas se faire toutes seules. Je vais aller profiter du Midnight Madness Blowout !

Julia embrassa sa tante et descendit de voiture. Peut-être pourrait-elle aborder le sujet avec Kane en lui disant qu'il pouvait quand même lui choisir son cavalier. De toute façon, elle n'arrivait pas à trouver quelqu'un de convenable toute seule et, maintenant que sa tante lui avait fait imaginer Kane accompagné d'une autre femme au gala, elle n'avait plus du tout envie de se trouver seule à une table, à le regarder adresser son irrésistible petit sourire moqueur à quelqu'un d'autre.

Aborder le sujet aurait d'autres avantages : cela lui permettrait notamment de se rappeler que Kane lui-même n'était pas dans la course, même si elle le déplorait.

— Comment ça, Freckles trouve que tu devrais aller danser ? répéta Kane, secouant la tête d'un air perplexe. Tu sais danser ?

— J'ai fait de la danse classique quand j'étais plus jeune, répondit Julia.

Elle redressa les épaules, prête à réfuter ses arguments et à faire barrage à son attitude négative. Cela faisait à peine une semaine qu'elle lui avait prouvé qu'elle était capable de rouler en tandem ; il aurait dû savoir que ce n'était pas son genre d'abandonner.

— Et j'ai regardé quelques vidéos sur YouTube, ajouta-t-elle. Je pense pouvoir m'en sortir.

Elle lui tendit la barquette en carton qu'elle avait à la main. Il la prit et fit la grimace en voyant son contenu.

— Alors, quel est l'heureux élu qui va t'emmener danser ?

Quand elle était arrivée chez elle ce soir-là, vers 19 heures, elle avait été surprise de voir la Ford Bronco de Kane garée devant la maison et toutes les lumières du rez-de-chaussée allumées. Elle avait acheté des plats à emporter au petit restaurant chinois près de l'hôpital, et elle venait de lui proposer de partager son dîner avec elle quand, après lui avoir parlé des plinthes qu'il avait poncées le jour même, il lui avait demandé quels étaient ses projets pour le week-end.

— Je ne sais pas encore. Cette histoire de site de rencontres ne se passe pas comme prévu. Le dernier homme avec lequel j'ai échangé des messages était un représentant en produits pharmaceutiques âgé de soixante-huit ans, qui vivait avec sa mère à Rexburg. Son pseudo est ParmBandit889… Il m'a dit que sa mère n'approuverait pas qu'il sorte avec une femme moderne qui travaillait en dehors de chez elle, et il m'a demandé si je serais prête à démissionner.

Kane sentit la sauce aigre-douce avant de tremper son rouleau de printemps dedans.

— Que lui as-tu répondu ?

— Que je ne quitterais mon emploi pour aucun homme, ni pour la mère d'aucun homme. Enfin, bref ! Ma tante m'a dit que si je m'habillais un peu et que j'allais en boîte, je trouverais pleins d'hommes avec lesquels danser.

— Tu irais en boîte toute seule ? Hors de question.

Ce rôle de grand frère surprotecteur que Kane avait décidé d'endosser l'agaçait au plus haut point. Comment était-elle censée oublier son attirance pour lui et se trouver un cavalier ? À ce stade, elle était prête à essayer à peu près n'importe quoi.

— Pas toute seule, protesta-t-elle. Ta sœur m'a appelée, l'autre jour, pour me dire que l'ami de Luke, Renault, lui avait demandé mon numéro de téléphone. Je me disais qu'il serait peut-être d'accord pour y aller avec moi.

La baguette que Kane avait à la main se cassa en deux avec un bruit sec.

— Tu ne devrais pas aller dans un bar avec Renault.

— Pourquoi pas ? Son rang n'est pas très inférieur au mien, il est officier. Je ne crois pas que mes supérieurs verraient un inconvénient à ce que nous fraternisions. De plus, il ne s'agit pas d'un bar mais d'une boîte de nuit.

— Une boîte de nuit dans laquelle il y aura un bar. Les gens y vont pour draguer. T'y envoyer avec un type comme Renault reviendrait à jeter un agneau dans la gueule du loup. Je me demande où Kylie et Freckles ont la tête !

Il lança un morceau de tofu à M. Donut, qui l'attrapa au vol mais le laissa retomber par terre.

— Tu sais, je crois vraiment que tu ne devrais pas lui donner à manger à table comme ça.

— Ce n'est pas vraiment une table, lui fit remarquer Kane en appuyant sur la planche de contreplaqué posée sur les tréteaux pour la faire bouger légèrement.

— Exact. À ce propos, ma tante a invité son amie Cessy Walker à aller acheter des meubles avec nous à Boise, demain. Je vais peut-être enfin avoir une table digne de ce nom !

— D'abord, Freckles veut t'envoyer dans un bar avec un membre des SEAL trop sûr de lui, trop musclé et macho…

Il prit une pleine fourchette de riz aux légumes. Elle se garda bien de lui faire remarquer que Renault et lui avaient la même carrure, même s'il n'y avait que lui qui la troublait profondément. Il semblait bien décidé à critiquer l'ami de Luke, alors peut-être savait-il à son sujet quelque chose qu'elle ignorait.

— … et maintenant, continua-t-il, elle veut t'imposer la présence de la reine autoproclamée de la décoration d'intérieur !

— Qu'as-tu à reprocher à Cessy Walker ? Ma tante dit qu'elle peut être un peu snob, parfois, mais qu'elle a un goût très sûr.

— Je ne lui reproche rien. Elle est plutôt gentille, au fond, et ses intentions sont bonnes, mais quand ta tante et elle sont ensemble, leur avis devient prédominant, et tu peux être sûre qu'elles ne tiendront aucun compte de ce que tu penses. Une équipe entière de SEAL comme ton Renault ne les arrêterait pas !

— Ce n'est pas « mon » Renault… Et pourquoi es-tu de si mauvaise humeur, tout à coup ? Cessy Walker ne t'intimide pas, tout de même ?

Il leva les yeux au ciel.

— Par pitié ! Je ne me laisse pas faire par cette commandante.

— Tant mieux ! Dans ce cas, tu pourrais peut-être venir avec nous, demain ?

Elle retint son souffle. Le portrait qu'il lui dressait de Cessy Walker n'était pas rassurant, et elle serait contente de l'avoir à ses côtés en renfort.

— Hors de question ! Le meilleur moyen de s'y prendre avec Cessy, c'est de l'éviter.

— Ne me dis pas que tu as peur d'une dame de son âge !

— Si tu veux un conseil, ne lui parle pas de son âge… Et, non, je n'ai pas peur d'elle, du moins pas quand elle est toute seule, mais au printemps dernier, elle et ton adorable tante ont organisé une vente aux enchères de célibataires pour récolter des fonds afin de construire la nouvelle caserne.

— Et alors ? Qu'y a-t-il de mal à cela ?

Elle était tout à fait pour les collectes de fonds, et il lui semblait normal que l'une des personnes les plus fortunées de la ville s'occupe de l'organisation d'un événement comme celui-là.

— Ce qu'il y a de mal, c'est qu'elles n'ont pas dit aux célibataires en question ce qu'ils faisaient réellement là, et elles nous ont amenés à monter sur scène par la ruse.

— Nous ?

Elle ne put s'empêcher de sourire. Elle était prête à parier que Kane, qui était plutôt sauvage, n'aimait pas du tout être sous les feux des projecteurs. Cependant, au lieu d'être désolée pour lui, elle regrettait de ne pas avoir été là pour le voir dans cette situation inconfortable, et pour savoir jusqu'où étaient montées les enchères.

— Tu étais donc l'un des célibataires ?

— Cela n'a pas duré, répondit-il en s'essuyant la bouche avec une serviette en papier. Je suis parti avant même que les enchères ne commencent. Ma sœur m'a passé un savon, le lendemain, et la moitié des femmes de la ville aussi…

Elles m'ont dit que j'étais un rabat-joie et que je n'étais pas charitable. Je leur ai répondu que j'avais été moi-même, et qu'elles auraient dû s'y attendre.

— Qu'est-ce que cela t'aurait coûté de jouer le jeu ?

— Qu'est-ce que cela m'aurait coûté ?

Il retira sa casquette et se passa une main dans les cheveux.

— Et si une spectatrice avait bel et bien fait une enchère pour moi ?

— Eh bien, tu serais parti avec elle et vous auriez organisé le rendez-vous galant pour lequel elle aurait payé. Tu sais, dit-elle en pointant sur lui sa bouteille de soda vide, s'efforçant de ne pas paraître trop contente d'avoir enfin l'occasion qu'elle avait tant attendue, nous parlons toujours de ma vie sentimentale, mais jamais de la tienne !

Il prit leurs assiettes sales et alla les déposer dans l'évier.

— C'est parce qu'il n'y a rien à dire. Tout comme toi, je ne cherche pas quelqu'un avec qui partager ma vie. Je suis très bien tout seul. Sans vouloir être déplaisant, je dirais que les femmes ont tendance à compliquer les choses et à vouloir plus que ce que je suis prêt à leur donner.

Eh bien ! Pour une fois, il n'aurait pas pu être plus clair. De toute évidence, il n'éprouvait pas les mêmes sentiments qu'elle, même si elle avait du mal à définir précisément ces sentiments. Elle n'aurait pas su dire s'il s'agissait seulement d'attirance physique ou si cela allait au-delà.

Avait-elle été à ce point sur la défensive quand elle lui avait dit qu'il valait mieux qu'elle reste seule ?

Dans un élan de compassion, elle se demanda si lui aussi avait été marqué par une relation amoureuse qui s'était mal terminée. En même temps, elle l'enviait de savoir exactement ce qu'il voulait et de ne pas se laisser influencer par ses proches, qui semblaient estimer qu'il serait plus heureux avec une femme. Même si, dans l'affaire, elle était perdante.

Elle prit sur elle pour garder un visage impassible.

— Il n'y a pas de mal. Alors, j'en conclus que tu iras seul au gala de Sugar et Shadow ?

— C'est exact. Je n'ai pas l'intention de laisser ma famille m'inscrire sur un site de rencontres ou m'inciter à sortir dans les bars pour rencontrer quelqu'un.

— Encore une fois, il ne s'agit pas d'un bar, mais d'une boîte de nuit, et j'ai promis à ma tante de faire un véritable effort pour trouver un cavalier. Je ne suis pas comme toi, Kane… Je n'aime pas décevoir les gens ou ne pas me donner à fond.

Debout devant l'évier, il lui tournait le dos, et elle ne voyait donc pas son expression, mais elle vit tout de suite ses épaules se crisper.

— Sous-entends-tu que je ne me donne pas à fond ? lui demanda-t-il sans se retourner.

Oh ! Elle l'avait blessé. Peut-être aurait-elle dû prendre exemple sur son comportement et ne pas chercher à nouer des liens avec lui. De toute évidence, elle n'était pas plus douée qu'avant pour se faire des amis, quels que soient les efforts qu'elle fournissait.

Elle se leva et s'approcha de lui.

— Ce n'était pas ce que je voulais dire… Je voulais juste dire que tu semblais te contenter du statu quo. Ce n'est pas une mauvaise chose, Kane… À vrai dire, je t'envie cette capacité. Je vais t'aider à faire la vaisselle.

Elle lui posa une main sur le bras. Au lieu d'avoir un mouvement de recul, comme elle s'y était plus ou moins attendue, il resta parfaitement immobile.

— La vaisselle est faite, dit-il d'une voix tendue.

Elle sentit son biceps se contracter sous sa paume. Troublée, elle s'empressa de retirer sa main de la douce chaleur de sa manche de flanelle et de trouver un sujet de conversation neutre.

— J'ai remarqué que tu avais fait la vaisselle plus d'une fois depuis que j'ai emménagé…

— Comment sais-tu que c'était moi ?

Il tendit le bras pour prendre un torchon, mais resta en face de l'évier, les yeux rivés droit devant lui.

— Je doute que ce soit le plombier ou l'un des zingueurs qui fasse ma vaisselle une fois que je suis partie au travail.

Il se mit à essuyer le plan de travail déjà impeccable.

— Je suis désolé. C'est juste que je n'aime pas travailler dans le désordre… Ça me déconcentre.

— On t'a déjà dit que tu avais peut-être un problème de concentration ?

— Tous mes enseignants depuis la maternelle me l'ont dit.

— T'a-t-on déjà officiellement diagnostiqué un trouble du déficit de l'attention ?

Il leva les yeux vers le plafond et les coins de sa bouche s'affaissèrent légèrement.

— Oui. À sept ans, je ne savais toujours pas lire. Mes parents m'ont emmené chez le médecin. Il m'a prescrit quelque chose qui m'aidait à me concentrer un peu plus à l'école, mais qui me rendait malade et m'empêchait de dormir la nuit.

— Il y a beaucoup de traitements différents, et il faut un moment pour trouver les bonnes doses.

— Si tu le dis.

Il s'approcha de l'autre plan de travail et se mit à frotter une tache inexistante.

— Tu peux me passer le produit qui est sous l'évier, s'il te plaît ?

Cette fois, elle décida de ne pas se laisser déstabiliser par sa tendance à changer de sujet.

— As-tu déjà essayé autre chose pour surmonter ce problème ?

Quand il s'aperçut qu'elle ne le laisserait pas s'en tirer aussi facilement, il soupira, se tourna vers elle et s'adossa au plan de travail.

— Mes parents ont tout essayé : la thérapie comportementale, les cours particuliers, les exercices de respiration, le renforcement positif… Ça allait mieux quand j'étais à la maison ou que je faisais du sport, mais tout ce qui exigeait que je reste immobile et que je me concentre était trop difficile pour moi.

— C'est fâcheux, dit-elle de sa voix la plus profession- nelle, songeant qu'un homme comme Kane n'apprécierait pas sa pitié. Et à l'âge adulte, as-tu essayé quelque chose ? Il y a de nouveaux médicaments et de nouvelles ressources qui pourraient avoir un effet bénéfique.

— Je règle le problème en m'arrangeant pour être toujours occupé et en faisant le ménage chez les autres pour pouvoir faire mon travail dans les meilleures conditions.

Elle sentait qu'il valait mieux ne pas insister davantage pour le moment, mais elle finirait par avoir des réponses aux questions qu'elle se posait. En attendant, elle le lais- serait changer de sujet et revenir à son problème à elle.

— Je devrais être plus ordonnée, dit-elle, sans vrai remords. J'ai grandi dans une maison où il y avait plusieurs femmes de ménage, et mes parents tenaient à ce que soit impeccable et assez beau pour figurer dans *Architectural Digest*. Je n'ai jamais vécu en résidence universitaire ni en colocation. J'ai quitté la maison familiale pour aller directement m'installer au quartier des officiers, où les chambres étaient régulièrement inspectées. C'est la première fois que j'ai mon chez-moi, et je suis peut-être allée un peu trop loin dans ma révolte contre l'ordre et la propreté. Vas-tu ajouter le ménage que tu as fait ici à ta facture ?

— Je devrais !

Il eut un petit sourire, et elle fut soulagée de constater que la tension entre eux se dissipait.

À ce moment-là, M. Donut, couché sous la table de fortune, bâilla bruyamment.

— Du moment que tu me fais une réduction pour les heures que j'ai passées à garder ton animal de compagnie ! plaisanta-t-elle.

Kane la regarda d'un air perplexe.

— Quel animal de compagnie ?

— Ton chien… Celui que tu laisses ici tous les soirs !

— Je n'ai pas de chien, Jules… et si j'en avais un, je ne l'emmènerais certainement pas au travail avec moi.

— Pardon ? fit-elle en montrant du doigt le basset aux oreilles tombantes. Et M. Donut ?

Kane croisa les bras sur son torse.

— Eh bien ? Ce n'est pas mon chien !

— Alors à qui est-il ?

— Je croyais qu'il était à toi.

— Je n'ai jamais eu de chien de ma vie.

— Apparemment, tu en as un, maintenant !

— Mais non… Je l'ai laissé dormir ici uniquement parce que je croyais qu'il était à toi et que je te rendais service.

— Quel genre de personne laisserait son chien chez quelqu'un sans même demander la permission ?

— Je n'en sais rien… J'ai trouvé ça bizarre, c'est vrai, mais tu es assez mystérieux.

Il haussa les sourcils.

— Assez mystérieux ?

— Ce n'est pas négatif. Je veux dire que tu es inté-ressant… Je n'ai pas l'habitude des hommes comme toi.

— De quoi as-tu l'habitude ?

— De toute évidence, je n'ai l'habitude de rien de tout cela, répondit-elle en agitant la main autour d'elle. Vivre seule, trouver un cavalier pour m'accompagner à un gala, gérer ma tante, dont les intentions sont bonnes mais qui n'arrête pas de m'acheter du maquillage et ce genre de choses…

Désirer mon séduisant entrepreneur.

— Dis-lui que tu iras seule, tout simplement !

— Elle serait déçue.

— Elle s'en remettrait. Il faut que tu apprennes à lui tenir tête, Jules.

— Peut-être…

— Il n'y a pas de peut-être, c'est sûr ! Cela fait un

problème de moins. Alors, de quoi n'as-tu pas l'habitude, à part ça ?

— Je n'ai pas l'habitude de m'occuper du chien de quelqu'un.

— M. Donut n'est pas mon chien.

— En tout cas, c'est toi qui lui as donné un nom, dit-elle en riant, et il te suit partout.

— Parce que je lui donne n'importe quoi à manger, mais il dort dans ton lit.

— Tu veux dire, le lit sur lequel il y a l'édredon que tu m'as acheté ?

Elle avait prononcé ces mots d'un ton badin, mais la lueur malicieuse dans les yeux de Kane avait brusquement disparu pour être remplacée par une intensité qu'elle ne s'expliquait pas vraiment.

— En parlant de ton lit, dit-il d'une voix particulièrement grave, je crois que ce n'est pas une bonne idée que je continue à travailler ici si tard.

Son cœur sombra.

— Pourquoi ?

— Parce que je n'arrive pas à me concentrer quand tu es là.

Il fit un pas vers elle, et elle dut lever légèrement le menton pour le regarder dans les yeux.

— Tu crois que c'est à cause du problème dont nous parlions à l'instant ?

— Non, je crois que c'est à cause de tes lèvres, répondit-il avant de faire un autre pas vers elle et, à son grand étonnement, de l'embrasser.

Elle resta un instant interdite, puis elle lui rendit timidement son baiser.

Il émit un gémissement rauque, glissa les mains sous son pull-over en cachemire et la prit par la taille. Elle s'abandonna entre ses bras, laissa d'abord ses seins toucher son torse, puis le reste de son corps se serrer tout naturellement contre le sien.

Une vague d'énergie pure la submergea. Elle se cramponna à ses épaules et inclina légèrement la tête sur le côté pour l'embrasser plus fougueusement encore.

Kane avait dû la faire reculer sans même qu'elle s'en rende compte, car elle sentit soudain le granit froid du plan de travail contre sa taille, à l'endroit où son pull-over était soulevé.

Il poussa un autre gémissement viril, et elle entendit quelque chose tomber par terre avec un bruit mat, mais elle avait peine à se concentrer sur ce qui se passait autour d'elle alors que son cœur martelait sa poitrine.

Elle sentit quelque chose lui frôler le tibia, et Kane recula soudain en trébuchant. Elle baissa les yeux et vit M. Donut se faufiler entre eux pour renifler une barquette tombée du plan de travail. Il engloutit les nouilles sautées qu'elle contenait sans s'inquiéter le moins du monde de ce qu'il avait interrompu.

Elle soupira, mais s'empressa de refermer la bouche pour que Kane ne s'aperçoive pas qu'elle mourait d'envie de recommencer à l'embrasser. Cependant, elle n'aurait pas dû s'inquiéter, car il ne regardait même pas dans sa direction. Il jeta un rapide coup d'œil au chien avant de lever les yeux vers le plafond, puis il regarda fixement la fenêtre qui donnait sur le jardin plongé dans l'obscurité, derrière elle.

— Je, euh… Je ferais mieux d'y aller, dit-il sans la regarder.

Elle eut du mal à retrouver sa voix.

— D'accord, murmura-t-elle.

Il tourna les talons et se dirigea vers l'entrée, sans lui donner aucun prétexte, et sans lui présenter d'excuses. Étonnamment, elle ne voulait entendre ni l'un ni l'autre.

Elle qui se targuait d'habitude de trouver une explication logique à toute chose, elle n'avait pourtant pas le courage d'entendre les mots de regret de Kane ou de regarder les choses en face et d'admettre qu'elle était si peu douée avec les hommes qu'elle avait encore fait une erreur.

Kane aurait fait à peu près n'importe quoi pour faire taire Cessy et Freckles, qui parlaient du gala de Sugar et Shadow, assises à une table proche de la sienne, au Cowgirl Up Café. Leur conversation le rendait d'autant plus nerveux qu'il savait pertinemment qu'elles finiraient immanquablement par parler de Julia et du cavalier qu'elle aurait choisi.

Un vif sentiment de jalousie le tenaillait, et le refrain du *Petit Renne au nez rouge* qui s'élevait des baffles accrochés aux murs achevait de l'agacer.

Il s'était rendu compte qu'il n'aurait pas dû embrasser Julia, la veille au soir, quelques secondes à peine après avoir posé ses lèvres sur les siennes, mais comme d'habitude, il avait agi sans réfléchir. Ensuite, au lieu de s'excuser comme l'aurait fait n'importe quelle personne normalement constituée, il avait pris la fuite sans un mot.

Il avait fait la route jusque chez lui perdu dans une sorte de brouillard. Son cœur battait la chamade, les pensées se bousculaient dans sa tête. Enfin, refusant de songer davantage à ce qui se serait passé si le chien ne les avait pas interrompus, il était allé dans son garage tout de suite en rentrant et avait passé une bonne partie de la nuit à installer un arbre à cames sur sa Ford Bronco. Il s'était forcé à faire toutes sortes de calculs et à lire des notices interminables pour ne pas penser au baiser que Julia et lui avaient échangé, à la fougue dont elle avait fait preuve.

Maintenant, douze heures plus tard, il n'arrivait toujours pas à oublier les sensations enivrantes que leur étreinte lui avait procurées.

Julia s'était montrée passionnée, entre ses bras, et il avait eu l'impression que ses lèvres étaient faites pour l'embrasser.

Le tintement d'un carillon l'arracha à ses pensées. Il se retourna vers la porte du restaurant, ornée de gros nœuds pour ressembler à un cadeau de Noël, et vit Marcus Weston entrer. La plupart des clients se retournèrent, eux aussi, pour regarder l'ancien meneur de l'une des équipes de basket-ball de Division I, qui s'était engagé dans l'armée et était devenu marine lors de sa dernière année d'études à l'université. L'avion de chasse de Marcus s'était écrasé lors d'un entraînement, un peu plus d'un an plus tôt, et la moitié inférieure de son corps avait subi de graves brûlures. Marcus ne s'était pas encore tout à fait habitué à sa prothèse de pied, et il boitait légèrement.

— Comment va le *Légendaire Chatterson* ? lui demanda-t-il en s'approchant de sa table.

Kane se leva pour lui serrer la main.

— Ne m'appelle pas comme ça, pas ici...

— Parce qu'aucun des habitants de Sugar Falls ne sait qui tu es ? demanda Marcus d'un ton ironique. Alors, où est le guide que nous sommes censés rencontrer ?

Kane se rassit et but une gorgée de café.

— Alex devrait arriver d'une minute à l'autre.

Il regrettait d'avoir choisi le restaurant de Freckles pour retrouver, avant leur excursion en VTT, quelques-uns des patients participant à la thérapie de groupe encadrée par son beau-frère, mais comment aurait-il pu savoir à l'avance qu'il allait tout gâcher en embrassant Julia ?

Il repoussa la petite corbeille contenant les biscuits offerts avec le café, l'appétit coupé. Comment manger alors que Freckles et son amie risquaient à tout moment de découvrir ce qu'il avait fait la veille au soir ?

— Tu viens faire du vélo avec nous, n'est-ce pas ? lui demanda Marcus en s'asseyant sur la banquette en face de lui et en ouvrant le menu.

— À vrai dire, je n'ai pas beaucoup dormi la nuit dernière, alors je vais peut-être vous abandonner quand Alex vous aura donné vos vélos.

156

— Oh ! allez ! Le Dr Gregson dit que profiter de la nature est l'une des meilleures choses à faire pour nous rétablir.

— Il a sans doute raison…

Cependant, Kane ne souffrait pas de stress post-traumatique, et aucune excursion au grand air ne l'aiderait à oublier le corps de Julia entre ses bras.

— … mais ce n'est pas comme si vous aviez besoin de moi, aujourd'hui, ajouta-t-il.

— Je viens de Miami, Kane. Nous n'avons pas de montagnes en Floride. D'ailleurs, la plupart des gars qui seront là aujourd'hui viennent de grandes villes, et je suis sûr que tout cet air frais va les suffoquer. La seule raison pour laquelle ils ont accepté de faire cette excursion, c'est qu'ils aiment passer du temps avec toi. Ne les laisse pas tomber, mon vieux !

Un sentiment de culpabilité envahit Kane. Il se racla la gorge nerveusement.

— Ils aiment passer du temps avec moi ?

— Personnellement, je trouve que tu peux être assez déprimant, et je crois que ça ne te ferait pas de mal de te trouver une copine !

Marcus sourit. Kane tendit le cou pour voir si Freckles ou l'un des clients l'avait entendu.

— Je ne reste dans ce groupe que pour pouvoir dire aux gens que je soulève des poids plus lourds que le *Légendaire Chatterson*.

— C'est à cause de mon épaule, marmonna Kane.

Marcus tira la corbeille vers lui et prit un biscuit.

— Au moins, tu as encore ton épaule ! Moi, il me manque un pied, et j'ai quand même réussi à te distancer sur la piste, l'autre jour.

C'était pour cette raison que Drew avait demandé à Kane de participer à cette thérapie de groupe : il savait que ses patients avaient besoin de motivation pour retrouver la forme physique, et il savait aussi que lui avait besoin de relever des défis, de temps à autre.

— Tu ne me distanceras pas aujourd'hui, en tout cas, répliqua-t-il, reconnaissant dans les yeux de Marcus la lueur trahissant son esprit de compétition.

Alors même que Monica se dirigeait vers eux pour prendre leur commande, le carillon au-dessus de la porte du restaurant tinta de nouveau. Il sentit son ventre se nouer en voyant Julia entrer.

Ses écouteurs n'étaient manifestement pas bien enfoncés dans l'iPod dans un étui accroché à son bras, d'où s'élevait un air de saxophone. Ses goûts musicaux s'étaient améliorés, il devait le reconnaître. Il dut toutefois résister à l'envie de se lever et de partir en courant ou, pire encore, d'aller à sa rencontre et de l'embrasser de plus belle.

— Mon chou, appela Freckles d'une voix forte pour se faire entendre malgré la musique, éteins ce maudit truc et viens me voir, que je te présente Cessy Walker !

Julia fit un pas en arrière, lançant des regards nerveux autour d'elle. Ses yeux se posèrent enfin sur lui. Il se leva et s'approcha d'elle en quelques pas, lui posa une main sur le bras pour maintenir l'iPod en place, et brancha correctement les écouteurs. À son grand soulagement, elle ne chercha pas à s'écarter de lui, mais elle écarquilla les yeux quand la musique parvint à ses oreilles.

Elle se hâta de retirer les écouteurs et tenta plusieurs fois de déverrouiller l'iPod, sans succès, avant de l'éteindre complètement.

— Merci…

Ses joues étaient toutes rouges. Il n'aurait pas su dire si elle était gênée parce que tous les regards étaient tournés vers eux, ou parce qu'elle repensait à ce qui s'était passé la veille au soir.

Peut-être aussi avait-elle simplement chaud parce qu'elle était allée courir, à en juger par sa tenue de sport.

— Je t'en prie.

Il eut un sourire forcé. Il avait soudain l'impression que

tout le monde dans le restaurant savait ce qu'ils avaient fait la veille, ou plutôt, ce qu'il avait fait.

Sans qu'il ne pût rien y faire, ses yeux se posèrent sur les lèvres de Julia, et il repensa à la fougue avec laquelle elle lui avait rendu son baiser. À la réflexion, même si c'était lui qui avait pris l'initiative, il s'agissait bien de ce qu'ils avaient fait.

— Mon chou…

Freckles se leva et s'avança vers sa nièce, suivie de Cessy Walker, impeccablement coiffée. Il s'empressa de regagner sa table avant qu'il ne soit trop tard.

Malheureusement, ce ne fut qu'une fois assis à sa place qu'il se rendit compte qu'il était maintenant bloqué là où il était par Freckles et son amie, qui avaient recommencé à parler du gala sitôt les présentations faites.

Même Marcus semblait avoir perdu de sa superbe, voyant que les trois dames n'étaient pas près de s'en aller et qu'elles empêchaient la nouvelle serveuse de venir prendre leur commande.

Contraint à attendre sans rien faire, Kane se laissa aller en arrière sur la banquette et s'autorisa à observer Julia. Elle portait un legging noir qui mettait en valeur ses jambes fines, et un T-shirt qui n'était pas assez long pour cacher ses fesses. Il se mit à agiter nerveusement la jambe en pensant qu'il avait posé les mains tout près de la cambrure de ses reins, la veille au soir.

— Julia, ma chère, ton cavalier et toi serez à notre table, dit Cessy, le rappelant brutalement à la réalité.

— Justement, je voulais vous en parler, répondit Julia, le regardant, lui, au lieu de regarder sa tante et son amie.

Allait-elle leur tenir tête ? Il l'encouragea d'un petit signe de tête, levant discrètement le poing pour manifester sa solidarité. Elle inspira profondément et reprit.

— J'ai décidé d'aller au gala toute seule.

Loin de paraître contrariée, Cessy eut un sourire satisfait.

— J'étais sûre que nous en arriverions là…

Julia écarquilla les yeux, visiblement surprise d'avoir atteint son but si facilement. Elle sourit timidement.

— Ta tante et moi avons dressé une liste des jeunes hommes célibataires qui pourraient t'accompagner, continua Cessy.

Il posa les avant-bras sur la table, tandis que Julia croisait les bras sur sa poitrine. La posture défensive ne faisait qu'attirer l'attention sur ses seins ou, du moins, elle attirait son attention à lui.

— Qui, par exemple ?

— Pourquoi pas le frère de Carla Patrelli ? suggéra Freckles. Il est récemment revenu de Chicago.

— Ce n'est pas le type qui était soûl à la soirée karaoké et qui a demandé à toutes les femmes présentes de chanter les Bee Gees en duo avec lui ? intervint-il.

Il regarda Julia et secoua la tête.

— Tu ne peux pas sortir avec lui. C'est un coureur.

Cessy et Freckles se murmurèrent quelque chose, puis cette dernière reprit la liste qu'elle avait faite sur son bloc-notes et lut à haute voix.

— Il y a aussi l'ami de Jake Marconi, celui qui a ouvert un refuge pour animaux, sur le Highway 18 ?

— Carmen l'a arrêté le mois dernier, elle a découvert qu'il organisait des combats de chiens, dit-il. Suivant.

— Jeffrey Je-ne-sais-plus-quoi, c'était l'un des témoins de Cooper, à son mariage. Il est militaire, lui aussi.

— Je l'ai croisé à l'hôpital il y a quelques mois, il est marié, maintenant.

— Alex Russell ? suggéra Cessy d'un air suffisant.

Il aurait dû se douter que l'une d'elles finirait par proposer à Julia l'un des célibataires les plus appréciés de Sugar Falls.

— Il est célibataire, reprit-elle, et tu ne vas tout de même pas dénigrer l'un de tes propres amis…

— Julia est bien trop jolie pour Alex, répondit-il un peu trop vite.

160

Freckles haussa un sourcil interrogateur.

— Enfin, je veux dire, Alex préfère les femmes plus… quelconques, et moins féminines.

— Dans ce cas, pourquoi pas Vic Russell, le père d'Alex ? On croirait le grand frère de Hugh Jackman.

Freckles avait la même expression rêveuse que son amie. Il fronça le nez.

— Il a deux fois l'âge de Julia ! protesta-t-il.

— Eh bien, je suppose que nous ne sommes plus dans la course non plus, dit Scooter à Jonesy, rappelant à Kane que tout le monde dans le restaurant écoutait cette conversation absurde.

Julia ouvrit la bouche, mais la referma sans rien dire. Elle semblait chercher les mots justes pour leur dire à tous de se mêler de leurs affaires. Elle le regarda d'un air implorant, comme pour lui demander son aide.

Tu vois ! eut-il envie de lui dire. *Je t'avais prévenue de ce que Cessy et ta tante étaient capables de faire !* Elle avait ri de ses mises en garde, la veille, mais elle ne riait plus maintenant.

Il devait absolument faire quelque chose pour les arrêter. Cependant, avant qu'il n'ait pu le faire, Marcus prit la parole.

— Je veux bien sortir avec la doctoresse sexy, moi ! dit-il avec un grand sourire.

Kane tourna vivement la tête vers lui.

— La doctoresse sexy ? Qui l'appelle comme ça ?

— Tout le monde au service de kinésithérapie de l'hôpital !

Freckles et Cessy se mirent à hocher la tête d'un air intéressé, sortant leur plan de table pour le gala.

Dévoré de jalousie, Kane ne prit même pas le temps de demander son avis à Julia.

— Ça suffit ! cria-t-il. C'est moi qui vais accompagner Julia à ce maudit gala !

- 11 -

Pendant les quelques jours qui suivirent, Kane fit tout son possible pour concilier son désir d'éviter les complications et les manifestations publiques, avec son enthousiasme grandissant à l'idée d'emmener Julia au gala.

Bien sûr, après son coup d'éclat au Cowgirl Up Café, il était sorti du restaurant comme un ouragan, sans laisser le temps de protester à la « doctoresse sexy » ou à sa tante surprotectrice. Le rire de Marcus Weston résonnait encore dans sa tête.

Il avait ensuite attendu un coup de téléphone, un texto, un post-it collé sur la porte d'entrée de la part de Julia, qui lui ferait savoir qu'elle refusait d'assister au gala de l'hôpital avec lui. Cependant, il n'avait reçu aucun message de la sorte, et chaque jour qui passait sans qu'elle l'ait éconduit lui donnait un peu plus d'entrain.

À vrai dire, il l'évitait complètement, de crainte de voir cet optimisme inattendu réduit à néant. Il attendait qu'elle soit partie au travail pour aller chez elle, puis il s'occupait délibérément de petites réparations pour ne pas se laisser absorber par un projet susceptible de lui faire perdre la notion du temps, et il partait avant qu'elle soit revenue.

Le mardi suivant, Freckles lui avait envoyé un texto pour lui demander s'il voulait aller au gala dans la limousine que Cessy et elle allaient louer pour l'occasion. Il lui avait répondu qu'il la remerciait mais qu'il prendrait sa propre voiture.

162

Le mercredi, quand Kylie avait laissé un message sur son répondeur pour lui demander s'il avait besoin qu'elle dépose son smoking au pressing, il lui avait répondu par texto qu'elle pouvait faire comme elle voulait mais, en réalité, il avait été ravi de le trouver fraîchement repassé, sur un cintre pendu à l'armoire de sa chambre, le lendemain, en rentrant du travail.

Le vendredi, il avait accidentellement aperçu une housse à vêtements toute neuve étalée sur le lit de Julia. Il s'était hâté de claquer la porte de sa chambre, résistant à l'envie d'en ouvrir la fermeture Éclair pour voir ce qu'elle porterait au gala.

Pendant six journées entières, ils n'avaient pas parlé de la soirée qui approchait, et ils n'avaient pas non plus parlé du baiser qu'ils avaient échangé. En fait, ils n'avaient pas parlé du tout.

Il s'était dit que c'était préférable mais, maintenant que le samedi soir était arrivé et qu'il était garé devant chez elle, il se demandait s'il n'était pas encore plus nerveux parce qu'il l'avait évitée toute la semaine.

Assis au volant de sa Ford F-250, qui était plus pratique et plus confortable que son 4x4, il sortit sa montre gousset de sa poche et l'ouvrit. Il avait encore dix minutes d'avance, mais il ne pouvait pas attendre là sans rien faire, c'était de la torture.

Il prit sa veste de smoking sur le siège côté passager, descendit du pick-up pour l'enfiler, et se dirigea vers le porche. Il respira le parfum boisé de la couronne fraîche que Julia avait achetée pour décorer la porte d'entrée, puis il prit une profonde inspiration pour calmer sa nervosité. Il frappa avec le vieux heurtoir en cuivre, et se rappela qu'il devait réparer la sonnette. Le chien aboya, la porte s'ouvrit, et une silhouette de femme se découpa dans la lumière du lustre.

Il eut le souffle coupé en voyant ses longs cheveux blonds ondulés encadrer son beau visage et regretta de n'avoir pas jeté un coup d'œil à ce que contenait la housse qu'il avait vue sur son lit pour être préparé à la voix aussi belle et séduisante. Cependant, il savait au fond que rien n'aurait pu le préparer à cela.

Elle portait une robe en satin, ni vraiment grise, ni vraiment argentée, incroyablement lisse, qui mettait en valeur ses formes.

De légers flocons de neige commençaient à tomber, et pourtant, il avait l'impression de se consumer.

— Kane ? fit-elle, l'air étonné.

— Tu ne m'as pas reconnu en smoking ?

Il essayait de plaisanter, mais sa voix était trop râpeuse, trop d'émotions le submergeaient.

— À vrai dire, c'est ton pick-up que je n'ai pas reconnu ! Tu n'aurais pas dû l'emprunter, nous aurions pu prendre ma voiture…

— Je ne l'ai pas emprunté, c'est le mien.

— Oh !

Ce ne fut que lorsqu'il se baissa pour caresser M. Donut qu'il s'aperçut qu'elle passait d'un pied sur l'autre.

Peut-être était-elle mal à l'aise sur ces hauts talons, mais il ne pouvait s'empêcher d'espérer qu'elle était aussi nerveuse que lui. Il ne se réjouissait pas à la pensée qu'elle puisse être nerveuse, mais il se serait senti beaucoup mieux s'il avait su qu'ils ressentaient la même chose.

— Tu es prête ?

Il se releva et frotta les manches de sa veste pour en enlever les poils du basset.

— Je suis prête !

Elle prit une petite pochette argentée et un châle avant de sortir sur le porche.

— Tu ne prends pas de veste ?

Il regarda ses épaules nues, presque aussi blanches que la neige qui tombait doucement sur le jardin.

— J'ai un châle… et puis, je viens de passer une demi-heure à essayer de rentrer dans cette robe et à me coiffer, alors j'ai bien trop chaud pour penser à enfiler un manteau. Ma tante m'a fait promettre de ne pas m'attacher les cheveux en queue-de-cheval, ce soir.

— J'aime tes cheveux lâchés.

Il leva une main pour toucher l'une des mèches ondulées soyeuses qui encadraient son visage. Elle plongea ses yeux dans les siens, et il inclina instinctivement la tête vers elle. À ce moment précis, M. Donut se glissa entre eux.

Julia fit un pas en arrière.

— Nous, euh… Nous ferions mieux d'y aller.

— Oui…

Il jeta un regard réprobateur au chien, et se jura intérieurement de ne plus jamais apporter de friandises à l'animal envahissant.

Il sortit de sa poche son propre jeu de clés et ferma la porte. Il le faisait tous les jours depuis des semaines, mais le geste ne lui avait jamais paru aussi familier qu'en cet instant, alors que Julia se tenait à ses côtés.

Sur la route, Julia lui montra avec enthousiasme les lumières qui décoraient les vitrines de Snowflake Boulevard. Il leur fallut un quart d'heure pour arriver au Snow Creek Lodge et, pendant ce laps de temps, il dut se rappeler une dizaine de fois de ne pas la toucher. Quand ils s'arrêtèrent devant l'établissement, il fut tenté de rappeler la même chose au voiturier, mais il se contenta de lancer au jeune homme un regard qui signifiait : *Bas les pattes, mon pote ! C'est* ma *cavalière.*

Tandis qu'il contournait le pick-up, le vent se leva, et il vit Julia frissonner.

— J'aurais peut-être dû prendre autre chose que mon châle, en fin de compte…

— Viens, dit-il en lui passant un bras autour de la taille et en la serrant contre lui.

Ils entrèrent dans le hall. Un bon feu crépitait dans l'immense cheminée de pierre, mais il garda le bras autour de Julia. Les têtes se tournèrent vers eux tandis qu'ils se dirigeaient vers la salle de réception, et il eut soudain un flash-back de l'époque où il assistait régulièrement à des soirées comme celle-ci. Cela ne lui déplaisait alors pas autant que maintenant, même s'il n'avait jamais vraiment aimé attirer l'attention.

— Il nous suffit de tenir deux ou trois heures, marmonna-t-il.

— Tu me parles ou tu te parles à toi-même ?

— Les deux.

L'orchestre jouait déjà quand ils entrèrent dans la grande salle. Freckles fut la première à se précipiter vers eux pour les accueillir et, à travers le tissu satiné de la robe, il sentit que Julia se détendait un peu.

Il connaissait la moitié des personnes présentes pour les avoir vues à Sugar Falls depuis qu'il s'y était installé, et Julia avait croisé l'autre moitié à l'hôpital. Un serveur leur offrit une coupe de champagne, mais il lui donna discrètement un billet de vingt dollars et lui demanda de lui apporter plutôt une bière.

Il se pencha ensuite vers Julia pour se faire entendre malgré la musique.

— Ça va ?

Elle eut un sourire un peu forcé.

— Je crois… Reste près de moi.

Avec plaisir ! pensa-t-il. Laissant son bras autour d'elle et sa main sur sa taille, il l'entraîna vers leur table.

— Tu sais ce dont ta salle à manger aurait besoin ? demanda Freckles à sa nièce tandis que le serveur enlevait les assiettes des entrées. Un billard !

Tout le monde à la table avait donné à Julia des conseils sur les travaux et la décoration dans sa maison, tandis que Kane se contentait d'apprécier la musique. Bien sûr, la présence de sa sœur, de son beau-frère, de Luke et de Carmen l'aidait à se détendre.

Sa deuxième bière l'y aidait aussi. Il leur suffisait de tenir bon jusqu'à la fin du dîner.

Cessy Walker revint s'asseoir parmi eux avec Matthew Cooper, le chef de la police, et le Dr Garrett McCormick, tous deux ayant fait un discours sur l'excellent travail que l'hôpital de Shadowview faisait pour les militaires en activité comme pour les vétérans.

— Je ne vais certainement pas acheter un billard, dit Julia. D'ailleurs, si j'achetais un billard, où est-ce que je mettrais mon armoire ancienne ?

Kane était fier de constater qu'elle commençait enfin à s'affirmer.

— Mais les hommes adorent le billard ! insista Freckles. Tu pourrais mettre un lustre au-dessus, et peut-être même accrocher au mur une enseigne au néon élégante et discrète.

— Je doute qu'une enseigne au néon puisse être élégante et discrète, dit Cessy d'un air horrifié.

— Je ne dirais pas non à une autre bière, grommela Kane.

Il sursauta, surpris, quand Julia lui donna un petit coup de coude par jeu. Il rit, posa le bras sur le dossier de sa chaise et joua avec le bout de ses cheveux tandis qu'elle se tournait pour parler à Kylie de son armoire.

Freckles posa sur sa main un regard insistant, sans cesser de faire campagne.

— Qu'en penses-tu, Kane ? Tu ne voudrais pas d'un billard, toi ?

— Pas dans la salle à manger, non !

— Dans quelle pièce le mettrais-tu ? lui demanda Luke Gregson.

— Pourquoi pas dans la chambre ? suggéra Julia.

Il s'immobilisa.

— Je suis sortie avec un gars qui avait un billard dans sa chambre, dit Freckles en haussant négligemment les épaules.

— Désolée, Tante Freckles, tu parlais encore du billard ? Je croyais que nous étions passés à l'armoire…

Julia jouait avec le pied de sa coupe de champagne, et il revoyait ses mains posées sur lui, lui rendant ses caresses, l'attirant vers elle le jour où il l'avait embrassée. Il ne se rappelait pas avoir enlacé une autre femme de cette façon, avec une telle passion. Bien sûr, il avait pris d'autres femmes dans ses bras mais, avec Julia, il avait éprouvé quelque chose de tout à fait différent.

Il ne fallait pas être psychologue professionnel comme Drew pour comprendre qu'il voulait tout simplement ce qu'il ne pouvait pas avoir.

Si M. Donut ne les avait pas interrompus, ils auraient sans doute fini dans la chambre de Julia.

Julia trouvait jusque-là que Kane était terriblement séduisant dans une chemise de flanelle, mais personne ne portait mieux que lui le smoking. La chef Wilcox lui avait même tapé dans la main pour le féliciter, quand elles s'étaient croisées dans les toilettes pour dames, un peu plus tôt, et elle lui avait demandé où elle avait trouvé un si bel homme. Pour la première fois en vingt-neuf ans, Julia avait eu l'impression d'être à sa place.

Enfin ! Elle s'était déjà sentie à sa place auparavant : entre les bras de Kane. Leur étreinte lui avait paru merveilleusement naturelle, comme s'ils étaient faits pour s'enlacer. Il lui semblait sentir encore les muscles du torse de Kane se contracter sous ses paumes.

Quand elle l'avait croisé au Cowgirl Up Café, le lendemain matin, elle s'était attendue à ce qu'il se montre à nouveau sombre et maussade. Elle aurait avoué son échec à sa tante, aurait regagné sa grande maison vide, et se serait reproché d'être tombée sous le charme de la mauvaise personne, une fois de plus.

Cependant, sa mauvaise humeur n'avait pas été dirigée contre elle, et elle était restée sans voix, muette d'incrédulité, quand il avait écarté l'un après l'autre les cavaliers suggérés par sa tante et son amie, avant de déclarer devant tous les clients du restaurant que c'était lui qui l'emmènerait au gala.

À la suite de cela, elle s'était plongée dans le travail et, chaque fois qu'elle avait regardé son portable pour voir s'il lui avait laissé un message pour se décommander, elle s'était dit que c'était bon signe qu'il ne la contacte pas.

Elle avait été tellement heureuse de l'entendre frapper à sa porte, le soir même, qu'elle avait failli se jeter à son cou pour l'embrasser de plus belle.

Ils venaient de terminer le plat principal quand le téléphone portable de Kane vibra. Il y jeta un coup d'œil, fronça les sourcils et marmonna quelque chose au sujet des gens qui ne le laissaient jamais tranquille.

Quand la première danse de la soirée commença, la plupart des couples à leur table se dirigèrent vers la piste.

Kane avait cherché le contact toute la soirée : il l'avait d'abord prise par la taille, puis il avait joué avec ses cheveux, et il lui avait maintenant passé un bras autour des épaules. Depuis son arrivée au Snow Creek Lodge, elle était sur son petit nuage.

Il se pencha vers elle.

— J'aurais probablement dû te dire que je ne savais pas danser. Était-ce l'une des conditions sur ta liste ?

Gênée, elle s'éclaircit la gorge et prit son verre d'eau, songeant qu'il serait plus efficace d'en jeter le contenu sur son visage cramoisi que de le boire. Pourquoi fallait-il qu'il évoque à nouveau cette liste ridicule ?

— Non, mais être terriblement séduisant en smoking n'y était pas non plus, et pourtant, tu as été parfait sur ce point.

À peine eut-elle prononcé ces mots qu'elle plaqua une main sur sa bouche, morte de honte.

— Vraiment ? fit-il avec un sourire un peu trop satisfait. As-tu l'intention de me dire ce qu'il y avait d'autre sur cette liste ?

Elle haussa les épaules d'un air faussement dégagé.

169

— Cela n'a plus d'importance, maintenant… Je n'en ai plus besoin.

Les yeux de Kane perdirent leur lueur malicieuse et, tandis qu'il la regardait avec une nouvelle intensité, ce fut à son tour à elle d'agiter nerveusement la jambe sous la table.

Par chance, à ce moment précis, le portable de Kane vibra à nouveau, et cette distraction l'empêcha de la voir frissonner.

— Tu n'as pas envie de décrocher ? lui demanda-t-elle tandis qu'il jetait un coup d'œil à l'écran de son téléphone.

— Non, pas du tout, répondit-il d'une voix tendue, mais si je ne décroche pas, il va continuer à m'appeler…

Cessy regarda par-dessus l'épaule de Kane pour voir le nom qui s'affichait à l'écran. Choquée par son indiscrétion, Julia écarquilla les yeux, mais Cessy tapota alors le bras de Kane avec une expression bienveillante.

— Tu ferais peut-être mieux de sortir pour le rappeler.

Kane reporta son attention sur Julia.

— Tu veux bien m'excuser, une minute ?

Elle acquiesça d'un hochement de tête. Il se leva et quitta la table.

Elle savait que cela aurait été très impoli de sa part de demander à Cessy qui l'avait appelé, mais elle brûlait de curiosité et mourait d'envie de savoir pourquoi il avait l'air à ce point contrarié par cet appel.

— Vous croyez que Kane en a pour longtemps ? demanda-t-elle, allant à la pêche aux informations.

— Cela dépend pourquoi Charlie l'appelle, répondit Cessy.

Qui était Charlie ? Un client, peut-être ?

— Il a intérêt à ne pas embêter notre petit gars, dit Freckles en retirant ses talons hauts pour enfiler des chaussettes roses antidérapantes. Il est tellement têtu… Il déteste qu'on lui force la main !

Cessy hocha la tête et sortit de sa pochette ornée de perles une paire de ballerines.

— Il a le cœur trop tendre… Il a besoin de quelqu'un pour prendre soin de lui.

— Kane ? s'étonna Julia. Vous trouvez que Kane a le cœur trop tendre ?

Sa tante et Cessy la regardèrent toutes les deux.

— Bien sûr, mon chou. De qui veux-tu que nous parlions ?

— Je n'ai pas l'impression qu'il ait particulièrement le cœur tendre, ni qu'il ait besoin de quelqu'un pour le protéger !

Elle jeta un coup d'œil en direction de l'entrée pour vérifier qu'il n'était pas en train de revenir.

— D'ailleurs, la semaine dernière, il m'a raconté qu'il avait réussi à quitter votre vente aux enchères de célibataires sans se faire aider de qui que ce soit.

— Bah ! Nous savions très bien qu'il refusait d'y participer. Kane Chatterson n'est pas près de sortir avec qui que ce soit !

— Ah bon ? s'étonna encore Julia.

La sollicitude dont il faisait preuve ce soir lui laissait à penser le contraire. Bien sûr, elle avait déjà été dupée par le passé. Elle avait envie d'obtenir d'autres informations, mais sans révéler ses propres sentiments à Freckles et à Cessy.

— Je suis sûre qu'il y a plein de femmes qui auraient été contentes de sortir avec lui, pourtant…

— Évidemment, mais cela ne signifie pas pour autant qu'elles en auraient eu pour leur argent si elles avaient enchéri sur lui !

Cessy fit un signe de la main à un petit groupe d'hommes d'un certain âge. Sa tante leva un pied et l'agita comme pour leur montrer sa chaussette.

Oh ! non ! Toutes deux semblaient bien décidées à prendre d'assaut la piste de danse. Elle n'avait plus beaucoup de temps pour leur soutirer des renseignements !

— Alors pourquoi l'avoir amené à participer par la ruse ?

— Nous n'avons pas rusé pour qu'il participe, lui

répondit sa tante en soupirant. Nous avons rusé pour qu'il quitte la scène en colère !

Julia ne comprenait toujours pas le raisonnement de sa tante et de son amie.

— Je ne vois pas pourquoi vous vouliez le mettre en colère sans raison.

— Je vais t'expliquer, dit Cessy en posant une main chargée de bagues à plat sur la table. Kane est quelqu'un d'impulsif, qui agit d'abord et pose des questions ensuite. Il est aussi du genre à se sentir très coupable quand il déçoit quelqu'un. Or, qui dit sentiment de culpabilité dit don généreux ! En fin de compte, nous avons donc tous eu ce que nous voulions…

— Vous voulez dire que vous aviez tout manigancé dans le seul but d'obtenir un petit don ? Pourquoi ne pas lui en avoir tout simplement demandé un ?

— Cela n'aurait pas été aussi amusant, répondit Cessy avec le même sourire suffisant qu'elle avait eu quand Kane avait décrété que ce serait lui qui l'emmènerait au gala. Du reste, qui a dit qu'il s'agissait d'un petit don ? Grâce à nous et au geste charitable de Kane Chatterson, la nouvelle caserne de Sugar Falls va avoir un hammam, un sauna et standard dernier cri !

Comment était-ce possible ? Peut-être Kane n'était-il pas aussi pauvre qu'elle le croyait.

Avant qu'elle n'ait pu réfléchir à tout cela, Kane les rejoignit.

— Alors, que voulait Charlie ? lui demanda Freckles.

Kane regarda Julia, puis il jeta un coup d'œil aux invités de la table voisine.

— Rien qui vaille la peine d'être discuté ici.

Elle fut surprise de constater que sa tante et Cessy, qui étaient pourtant connues pour aimer les commérages, ne cherchaient pas à en savoir davantage.

Elle avait la désagréable impression que quelque chose lui échappait. De quoi pouvait-il bien s'agir ?

Jonesy et Scooter, les deux vieux cow-boys qu'elle avait vus plusieurs fois au Cowgirl Up Café, avançaient vers leur table, quand un jeune homme, qui ne devait pas avoir plus de dix-huit ans, surgit de nulle part et les éblouit avec le flash de son téléphone portable avant de s'enfuir en courant vers le hall.

— Bon sang ! s'exclama Kane en passant une main dans ses cheveux, jusque-là parfaitement peignés.

Il se détourna, fit quelques pas, marqua un temps d'arrêt et revint vers elle.

— Tu es prête à y aller ?

On aurait dit qu'il avait failli partir sans elle, mais qu'il s'était souvenu au dernier moment qu'il devait la reconduire.

Quelque chose n'allait pas. À la fois déçue et déconcertée, elle sentit son ventre se nouer.

Ils avaient passé une excellente soirée, jusque-là, et tout à coup, Kane se repliait sur lui-même.

— Euh… Oui, répondit-elle d'une voix légèrement tremblante.

Il la prit par la main, et elle s'efforça de le suivre tandis qu'il l'entraînait, avançant à grandes enjambées entre les tables et les invités qui se dirigeaient vers la piste de danse.

Ils passèrent à côté de la chef Wilcox si vite qu'elle fut obligée de se retourner pour lui faire au revoir de la main. Elle vit Cessy parler à Cooper en pointant le doigt dans leur direction, mais avant qu'elle n'ait pu demander à Kane de ralentir, elle trébucha derrière lui.

Il dut sentir qu'elle glissait, car il s'arrêta enfin.

— Ça va ?

— Oui, mais ma robe est trop étroite pour que je fasse d'aussi grands pas… Je n'arrive pas à te suivre.

La musique l'empêchait d'en être sûre, mais elle crut l'entendre grommeler quelque chose, avant de l'entraîner à nouveau vers la sortie.

Quand ils arrivèrent dans le hall, il ralentit enfin le pas, mais il affichait toujours la même expression furibonde.

Même si elle n'était pas douée pour cerner les gens, elle savait qu'il valait mieux éviter quelqu'un qui était colère. Cependant, elle n'avait pas peur de Kane. Son attitude la plongeait dans la confusion, mais elle sentait qu'il n'était pas en colère contre elle, et que ce n'était pas le moment de le laisser seul.

Elle s'aperçut qu'elle avait oublié son châle sur le dossier de sa chaise dès qu'ils sortirent et que l'air glacé de la nuit l'enveloppa, mais avant même qu'ils ne soient arrivés à la hauteur du voiturier, Kane retira sa veste de smoking et la lui posa sur les épaules.

Au lieu d'attendre qu'on aille leur chercher le pick-up, il prit ses clés des mains du voiturier, qui eut à peine le temps de lui dire qu'il était garé très loin, au-delà du parking.

Ils durent marcher un bon moment. Le sol était recouvert d'une fine couche de neige, et elle avait les pieds mouillés et engourdis par le froid quand Kane lui ouvrit la portière côté passager.

Elle attendit qu'il ait mis le contact pour lui demander :

— As-tu envie de parler de ce qui s'est passé ?

Il avait la tête appuyée contre l'appui-tête et regardait droit devant lui tandis que les essuie-glaces dessinaient des demi-lunes dans la neige, sur le pare-brise.

— Non.

— Tu veux que je te laisse tranquille ?

Ce serait embarrassant pour elle d'avoir à retourner au lodge, mais elle comprenait qu'il puisse avoir besoin d'être seul, même si elle ignorait ce qui le contrariait.

— Je veux qu'on me laisse tranquille, mais je ne veux pas être seul… Si tu vois ce que je veux dire.

— Tout à fait.

Elle ne voyait absolument pas ce qu'il voulait dire, mais son cœur se serrait à la pensée que quelque chose puisse le faire tant souffrir. Étant donné qu'elle ne savait pas comment l'aider, le moins qu'elle pût faire était de rester auprès de lui.

— Veux-tu aller boire un verre quelque part ?

— La dernière chose dont j'aie besoin est d'aller boire un verre.

— De quoi as-tu besoin ? Je voudrais…

Avant qu'elle ait pu finir sa phrase, il la réduisit au silence en posant ses lèvres sur les siennes.

Kane était perdu. Dès l'instant où Julia lui avait rendu son baiser, il avait été perdu.

Il lui avait posé une main sur la nuque pour l'attirer plus près de lui. Elle lui avait demandé ce dont il avait besoin, et cela avait été sa réponse.

Il avait besoin d'elle. Il avait besoin d'oublier qu'il était autrefois le *Légendaire Chatterson*, il avait besoin d'oublier Charlie, son agent, qui continuait à le harceler.

Il avait besoin d'oublier qu'il ne pourrait pas échapper éternellement à son ancienne vie.

Lentement, il commença à oublier tout cela, car son désir pour Julia était tellement dévorant qu'il l'empêchait de penser à quoi que ce soit d'autre. Il ferait face aux conséquences de ses actes plus tard, quand elle le repousserait parce qu'elle se rendrait compte qu'il n'était qu'un raté, loin d'être assez bien pour elle.

Pour le moment, elle lui caressait le visage, le cou, et il se disait que, peut-être, le temps d'une nuit, il pouvait être avec quelqu'un qui ne savait rien de sa vie passée, de ses nombreuses erreurs.

Bien sûr, ce n'était pas correct de ne pas dévoiler ses failles à Julia avant de lui faire l'amour, là, dans son pick-up, mais il n'avait plus les idées claires depuis qu'elle avait laissé glisser la veste qu'il lui avait prêtée sur ses épaules pour plaquer sa poitrine sur sa chemise, sans jamais cesser de l'embrasser avec ardeur.

Il se força à s'écarter un peu d'elle.

— Jules…

— Ne t'excuse pas.

— Je n'allais pas m'excuser. J'allais te dire que si nous ne partions pas maintenant, j'allais te faire l'amour ici.

— Dans ton pick-up ?

— Oui. Ici, dans mon pick-up, sur ce parking, en remontant ta robe sur tes hanches.

Il s'était plus ou moins attendu à la scandaliser, mais à en juger par son expression, ce n'était pas le cas.

— En principe, nous ne sommes pas sur le parking, et je n'ai jamais fait l'amour dans un pick-up… Pour le moment.

Elle se hissa sur ses genoux et se pressa contre lui, l'embrassant de plus belle, achevant de lui faire perdre la tête.

Depuis combien de temps se demandait-elle ce qu'elle ressentirait si elle passait la main dans les cheveux de Kane ? Depuis combien de temps se demandait-elle ce qu'elle ressentirait si elle passait ses mains sur son corps, sur ses muscles parfaitement dessinés, qui hantaient ses pensées depuis qu'elle l'avait surpris torse nu dans sa salle de bains ?

Elle devait avoir la réponse à ces questions. Tout de suite.

Elle défit fébrilement les boutons de sa chemise, pour s'apercevoir avec désarroi qu'il portait un T-shirt blanc en dessous.

Peut-être avait-elle été trop brusque dans son impatience, car il lui prit soudain le visage au creux des mains et s'écarta juste assez d'elle pour plonger ses yeux dans les siens.

Dans la faible lueur orangée du tableau de bord, elle vit qu'il avait une question dans le regard. Elle espérait de tout cœur qu'il n'allait pas lui demander si elle avait complètement perdu la raison.

— Jules ?

— J'aime que tu m'appelles comme ça.

Elle espérait aussi qu'il n'allait pas la repousser parce qu'elle s'était jetée sur lui.

176

Il inclina légèrement la tête sur le côté, un vague sourire dansant sur ses lèvres.

— Pourquoi donc ?

— C'est moins formel. Je ne veux plus être formelle avec toi, Kane.

Elle recommença à l'embrasser mais, après seulement quelques secondes, il détacha à nouveau ses lèvres des siennes.

— Je ne veux plus non plus être formel avec toi, Jules.

Son cœur fit un bond dans sa poitrine et une douce chaleur l'envahit. Il poussa un gémissement viril et l'attira sur ses genoux, tandis qu'elle remontait sa robe sur ses cuisses pour pouvoir s'asseoir à califourchon sur lui.

Elle avait jusque-là trouvé ses baisers grisants, mais ses caresses l'étaient encore plus. Il passa les mains sous les fines bretelles de sa robe, et elle se félicita intérieurement de ne pas avoir mis de soutien-gorge. Il fit ensuite glisser sa robe sur ses seins et lui caressa les tétons, sans jamais cesser de l'embrasser.

Lorsqu'il laissa retomber ses mains, elle gémit plaintivement, puis elle s'aperçut qu'il ne l'avait fait que pour lui enlever sa robe.

Vêtue en tout et pour tout d'une petite culotte en dentelle, elle sentit le rouge lui monter aux joues. Elle n'avait fait l'amour qu'un petit nombre de fois, avec le professeur avec lequel elle était brièvement sortie à l'université, mais elle ne voulait pas que Kane trouve qu'elle n'apprenait pas vite.

Elle se hâta donc de lui enlever sa chemise et son T-shirt. Il marqua un temps d'arrêt et, craignant qu'il se laisse déconcentrer ou, pire encore, qu'il change d'avis, elle le prit par les épaules et l'attira vers lui. Elle avait autant envie de sentir sa peau nue contre la sienne que besoin de lui prouver qu'elle n'était pas incompétente, malgré son expérience limitée.

Il la prit par les hanches, la souleva légèrement et la reposa plus près de lui. Elle eut le souffle coupé en sentant son sexe en érection sous son pantalon de smoking. Elle aurait voulu pouvoir enrouler les jambes autour de sa taille pour se serrer encore plus étroitement contre lui.

— Tu es sûre de toi ? lui demanda-t-il.

Elle eut à la fois envie de rire et de crier sa frustration. Elle était exposée à ses regards, presque nue, libérée de ses inhibitions habituelles, et elle adorait la sensation grisante que cela lui procurait. Elle n'avait jamais été aussi peu sûre d'elle qu'à cet instant précis, mais elle ne s'était jamais non plus sentie aussi vivante. Elle n'allait certainement pas faire machine arrière maintenant.

— Oui, murmura-t-elle.

Il la souleva à nouveau et la déposa sur le siège côté passager, face à lui, puis il passa les doigts sous l'élastique de sa petite culotte et la fit glisser sur ses jambes, puis il lui fit plier le genou et se pencha en avant pour lui déposer un baiser sur l'intérieur de la cuisse. Elle aurait serré les jambes s'il n'avait pas été placé entre elles, une main posée sur sa taille pour la maintenir fermement en place. Elle s'apprêtait à lui demander ce qu'il faisait quand, soudain, il posa les lèvres sur son sexe pour la caresser avec sa langue.

Étourdie, elle ferma les yeux et renversa la tête en arrière.

Elle n'avait encore jamais rien éprouvé de tel. Ivre de plaisir, elle ne tarda pas à bouger le bassin pour lui en demander plus.

— Pas encore, dit-il, s'écartant d'elle.

Il sortit son portefeuille de sa poche. Elle entendit un bruissement de plastique, puis il retira son pantalon, et elle eut à peine le temps d'admirer la perfection de sa beauté virile avant qu'il ne lui glisse les mains sous les hanches et ne la pénètre d'un mouvement fluide.

— Kane, dit-elle dans un souffle après seulement quelques secondes. Je vais… Je ne peux pas me retenir…

Il se retira partiellement.

— Tu veux que je ralentisse ?

— Non. Oui. Je ne sais pas. Je veux juste que ça reste parfait, comme ça…

— Oh ! chérie, tu es parfaite dans tout ce que tu fais.

— Mais c'est tellement bon… Je ne veux pas que ça se termine déjà.

— Ne t'inquiète pas, dit-il avec un sourire en la pénétrant de plus belle, lui arrachant un gémissement de plaisir. Ça ne va pas se terminer.

Il joignit ses lèvres aux siennes et l'embrassa passionnément. Quand il se retira et plongea de nouveau en elle, elle poussa un cri et se cramponna à lui, submergée de plaisir.

— Je croyais que tu avais dit que ça n'allait pas se terminer !

Julia haussa les sourcils d'un air interrogateur tandis que Kane se tenait en équilibre entre ses jambes tremblantes, essayant de reprendre son souffle.

Même s'il était d'une nature impatiente et nerveuse, il n'avait pas pour habitude de se précipiter dans ses ébats. Cependant, quand il l'avait sentie jouir, il avait perdu tout contrôle et s'était laissé entraîner.

— Je voulais dire que nous pourrions recommencer, dit-il d'une voix rauque, un peu plus tard, quand j'aurai repris des forces…

— Mais je n'avais jamais rien connu de tel !

— C'est comme de s'échauffer dans la zone d'entraînement, expliqua-t-il, écartant plusieurs mèches blondes de ses joues.

Jusque-là, il aimait sa queue-de-cheval primesautière mais, maintenant qu'il avait vu ses cheveux tomber autour de son beau visage tandis qu'ils faisaient l'amour, il aimait encore plus ses cheveux lâchés.

— Il faut lancer quelques balles pour s'assouplir et se détendre afin d'être prêt à tout donner le moment venu, sur le terrain.

— C'est une référence au base-ball ?

— Oui...

Il fronça les sourcils, espérant qu'elle n'était pas offensée. Trouvait-elle cela étrange qu'il compare ce qu'ils venaient de partager au base-ball ?

— Je n'ai pas trouvé de sport plus passionné pour faire ma comparaison.

— Je n'ai jamais fait beaucoup de sport, mais si ce que nous venons de faire n'était que l'échauffement, je doute d'être prête pour un vrai match !

Il rit, soulagé.

— Croyez-moi, Capitaine Fitzgerald, vous êtes prête pour les championnats !

— Je n'en suis pas sûre...

Elle tendit le bras pour ramasser sa petite culotte et rougit lorsqu'elle n'y parvint pas. Il se redressa et la lui rendit, avec sa robe.

— Alors, qu'allons-nous faire, maintenant ? demanda-t-elle, sans chercher à cacher qu'elle le regardait attentivement tandis qu'il remettait tant bien que mal son pantalon.

Elle était décidément trop honnête et trop curieuse pour son bien !

Il avait envie de suggérer qu'ils refassent exactement la même chose, mais plus lentement. Hélas, il n'osait pas, craignant qu'elle lui rie au nez.

— Pourquoi me le demandes-tu à moi ?

Elle jeta un coup d'œil à l'emballage du préservatif à ses pieds, puis elle enfila sa robe.

— J'avais l'impression que tu avais plus d'expérience que moi dans le domaine...

Si elle avait regardé d'un peu plus près la date d'expiration sur ce même emballage, elle se serait rendu compte qu'il avait ce préservatif dans son portefeuille depuis bien trop longtemps, et qu'il manquait autant de pratique qu'elle.

Ils pouvaient s'estimer heureux que le préservatif ne se

soit pas déchiré, quoiqu'il pouvait imaginer de pires choses qu'avoir un bébé avec le Dr Je-sais-tout.

Holà ! Il se frotta machinalement le menton. Ses pensées lui échappaient, et elles prenaient une tournure dangereuse. Il ne pouvait pas se permettre d'envisager l'avenir avec elle.

Bon sang ! C'était pourtant exactement ce qu'il avait envie de faire.

Peut-être ses hormones lui jouaient-elles des tours, mais alors qu'il n'avait couché qu'une seule fois avec elle, il se voyait déjà partager sa vie avec elle. Malheureusement, c'était impossible. Tôt ou tard, elle s'en rendrait compte, et tout s'effondrerait autour de lui.

— Qu'as-tu envie de faire, toi ? lui demanda-t-il, lui renvoyant la balle.

Elle se mordilla la lèvre avant de répondre.

— On m'a appris que c'était en forgeant que l'on devenait forgeron…

Un nouveau sentiment d'espoir l'envahit.

— Étant donné ce que l'échec t'inspire, je suppose que tu n'aimerais pas croire qu'il y a quelque chose que tu ne fais pas à la perfection.

— J'aime faire les choses correctement, je ne peux pas dire le contraire, dit-elle en souriant.

— Eh bien, si tu continues à me regarder comme ça, tu risques d'avoir bientôt beaucoup plus d'entraînement que tu ne pourrais imaginer !

Elle suivit du bout des doigts la cicatrice qui s'étendait sur son épaule, et il dut fermer les yeux quelques secondes pour ne pas céder à son instinct.

Après tout, peut-être savait-elle très bien qui il était. Peut-être savait-elle très bien dans quoi elle s'aventurait.

— Cela ne me déplairait pas, répondit-elle simplement.

— Ici ? demanda-t-il avec enthousiasme.

Elle rougit à nouveau.

— Peut-être pas ici…

— Nous pourrions retourner chez toi, mais tes voisins

risqueraient de s'apercevoir que mon pick-up est resté garé devant la maison toute la nuit.

— Toute la nuit ? répéta-t-elle d'un ton défi.

— Seulement si tu veux vraiment devenir une experte…

— Et cela te dérangerait que tes voisins nous voient ?

— Pas du tout, mais il faudrait que nous passions au Duncan's Market.

— Tu penses que cela va te donner faim ? lui demanda-t-elle avec un grand sourire.

Il commençait à aimer son côté impertinent, plein d'assurance.

— À vrai dire, je comptais acheter des préservatifs. Celui que j'avais dans mon portefeuille datait de… Enfin, disons simplement que cela faisait longtemps que je n'avais pas eu besoin d'en acheter.

Cette fois encore, elle rougit légèrement.

— Oh…

— Nous pourrions aussi nous arrêter à la station-service. Je suis sûr que Mme Marconi serait ravie d'avoir un ragot de première main…

Il la taquinait, bien sûr, et il s'attendait à ce qu'elle proteste à l'idée qui que ce soit à Sugar Falls puisse apprendre qu'ils avaient couché ensemble. Lui-même ne savait pas s'il voulait que les gens sachent que ses relations avec Julia Fitzgerald n'étaient plus strictement professionnelles : d'un côté, il préférait rester dans l'ombre et détestait l'idée que les gens se mêlent de sa vie privée ; de l'autre, avoir à ses côtés une jeune femme aussi brillante que Julia lui donnait envie de parader fièrement, pour montrer à tout le monde qu'il n'avait pas tout raté dans sa vie.

Cependant, Julia ne répondit pas et, de toute façon, l'épicerie était probablement fermée, à cette heure tardive. Il sortit sa montre de sa poche et s'aperçut qu'il n'avait pas fait ce geste depuis qu'il était passé prendre Julia chez elle.

Même quand Charlie l'avait appelé et quand ce gamin

les avait pris en photo, il n'avait pas été particulièrement nerveux, ce soir.

Il alluma la radio. Une chanson de B. B. King s'éleva dans l'habitacle. Julia et lui restèrent silencieux tandis qu'ils traversaient le centre-ville. La neige faisait ressortir les décorations lumineuses de Noël.

Il s'arrêta à la station-service pour acheter ce dont ils avaient besoin, et en profita pour prendre une boîte de raisins secs enrobés de chocolat pour Julia.

Enfin, ils arrivèrent chez lui. Il habitait une ancienne grange aménagée près de Sprinkle Creek. Il l'emmena dans le loft, à l'étage, où il y avait sa chambre et une salle de bains. Il la suivit bien volontiers lorsqu'elle l'entraîna sous la douche avec elle, et ils firent l'amour contre le marbre blanc de la cabine, avant de recommencer dans son lit.

Le lendemain matin, les rayons rosés du soleil levant tombaient à travers la baie vitrée et donnaient des reflets irisés à la peau blanche de Julia tandis qu'assise à califourchon sur lui, elle ondoyait du bassin à un rythme régulier, le précipitant dans un abîme d'extase où elle sombra avec lui.

Quand elle s'écroula à ses côtés sur le lit, il fit glisser une main de son épaule jusqu'à sa hanche, caressant les contours de ses courbes, et l'embrassa.

— J'ai enfin l'impression que nous jouons dans la même cour.

— Que veux-tu dire ? lui demanda-t-elle avec un sourire.

— Je ne suis pas comme toi, Jules. Je n'ai rien de tout ça, dit-il en lui tapotant doucement la tempe. Tu es intelligente, brillante, très douée, et je ne suis rien de tout cela.

Elle s'assit, serrant contre elle le drap bleu pâle.

— Comment peux-tu dire une chose pareille ? Tu es brillant, et très doué dans ton travail !

— Brillant ? Certainement pas. Je n'ai pas fait d'études et, à l'école, j'avais toujours une très mauvaise moyenne.

— Tu souffres de troubles déficitaires de l'attention, tu n'as pas un faible QI.

Il secoua la tête.

— C'est la même chose…

— Non, Kane, pas du tout. C'est précisément le contraire. Le cerveau des gens qui souffrent de troubles de l'attention est comme une voiture de course, une voiture de course très performante. Il fonctionne bien plus vite et bien plus intensément qu'un cerveau normal. Le problème, c'est que ton cerveau de course a des freins conçus pour le tandem d'Aiden et de Caden, alors quand il faut ralentir ou prendre un virage, tes freins ne suffisent pas, et tu quittes la route. La performance est là, tu dois juste trouver un moyen de rouler sans à-coups. Tu vois ce que je veux dire ?

— Je crois…

Il leva les yeux vers le ventilateur accroché au plafond. Une profonde sérénité le gagna soudain.

— On ne m'avait encore jamais expliqué les choses de cette façon.

— Tant mieux. Parce que je sais de quoi je parle ! Je suis une experte, tu te souviens ?

Elle se pencha pour l'embrasser mais, avant qu'il n'ait pu l'attirer contre lui, on sonna à la porte.

— Tu as souvent de la visite le dimanche matin ?

— Je n'ai jamais de visites. C'est peut-être quelqu'un qui te cherche, toi.

Elle écarquilla les yeux et resserra le drap autour d'elle. Il rit, enfila le pantalon qu'il portait la veille, et se dirigea vers la porte sans avoir pris la peine de mettre sa chemise : une personne qui venait sonner chez lui à cette heure-là, un dimanche, ne pouvait pas s'attendre à un accueil chaleureux.

Il ouvrit la porte. Celle qui se tenait sur le seuil ne lui donnait effectivement pas envie d'être chaleureux.

— Erica ? Qu'est-ce que tu fais ici ?

- 12 -

— J'étais dans le coin, alors je me suis dit que j'allais te dire bonjour.

Julia entendit les paroles de la visiteuse de Kane tandis qu'elle descendait l'escalier. Il jeta un coup d'œil dans sa direction avant de reporter son attention sur cette Erica.

— Tu ne m'invites pas à entrer ? Tu m'as manqué, Kane...

Son ton était plus qu'amical. Il ne fallait pas être expert en la matière pour se rendre compte que c'était le ton de quelqu'un qui flirtait. Par ailleurs, il était évident que la personne qui se tenait sur le seuil était quelqu'un que Kane ne voulait pas qu'elle voie.

Julia sentit son estomac se soulever. Elle avait éprouvé la même chose quand elle avait découvert que le professeur Mosely était marié.

Heureusement, elle avait résisté à l'envie d'enfiler l'une des chemises en flanelle de Kane et s'était contentée de remettre sa robe de soirée. Peut-être avait-elle l'air hagard de quelqu'un qui venait de passer la nuit à faire l'amour, mais, au moins, elle portait ses propres vêtements. Elle était embarrassée, honteuse, même, et elle serait profondément humiliée si elle s'apercevait qu'on lui avait encore menti, mais elle était prête à faire bonne figure.

— Je ferais mieux d'y aller, murmura-t-elle, se tenant derrière Kane.

Il lui lança un bref coup d'œil.

— Non. Je ne veux pas que tu partes.

— Qui est-ce ? demanda la femme sur le seuil.

— Ça ne te regarde pas, Erica. Comment as-tu eu mon adresse ?

— Je suis journaliste, Kane. C'est mon métier de trouver ce genre d'informations.

Julia expira lentement, vaguement soulagée. Si cette personne avait été importante pour Kane, s'il s'était agi de sa petite amie ou de sa femme, son adresse n'aurait pas été un secret pour elle. Toutefois, Julia n'était pas convaincue que son arrivée inopinée ne fût pas de mauvais augure.

Pourquoi une journaliste serait-elle venue sonner à sa porte et lui aurait-elle parlé comme s'ils étaient intimes ? En tout cas, cette Erica lui parlait comme cela ; le ton de Kane, en revanche, semblait indiquer qu'il ne voulait pas avoir affaire à elle.

Cependant, s'il ne faisait pas d'infidélités à une épouse ou à une petite amie en sortant avec elle, il cherchait à fuir quelque chose, et il ne l'avait pas mise dans le secret.

Elle avait fini par s'ouvrir à lui, elle avait oublié les leçons qu'elle avait apprises à ses dépens à l'université, et pourtant, elle risquait maintenant de découvrir que l'homme auquel elle s'était confiée n'était pas celui qu'il prétendait être.

Chassant de son esprit ces doutes infondés, elle se rappela que Kane n'était pas comme Stewart Mosely. Celui-ci était en situation d'autorité par rapport à elle, et il avait profité de sa naïveté. Kane n'aurait jamais fait une chose pareille. N'est-ce pas ?

Leurs ébats la nuit dernière et le matin même n'auraient pas été aussi intenses, aussi merveilleux, s'il lui avait caché quelque chose.

Elle se creusa la tête pour essayer de savoir si des signes avant-coureurs de ce qui était en train de se passer lui avaient échappé au cours des deux derniers mois, mais elle avait du mal à se concentrer à cause du parfum trop capiteux d'Erica qui flottait maintenant dans l'entrée.

— Bonjour, dit-elle en se plaçant à côté de Kane et en tendant la main à la superbe brune qui se tenait devant lui. Je m'appelle Julia.

La jeune femme recula sans lui serrer la main.

— Eh bien, ça alors ! La photo ne mentait pas… Je ne savais pas que tu avais tourné la page si rapidement, Kane.

— Ça fait deux ans, Erica… Et j'ai tourné la page dès que j'ai appris que tu avais passé la nuit avec Arturo Dominguez.

— Chéri, voyons ! J'essayais seulement de décrocher un scoop. Tu ne sais pas ce que c'est qu'être une femme reporter dans un monde d'hommes.

Quelle photo ? Et quel scoop ? Les tempes de Julia palpitaient tandis qu'elle essayait de comprendre la situation.

Kane se passa nerveusement la main dans les cheveux.

— Ne fais pas comme s'il y avait le moindre scoop. Le fin mot de l'histoire, c'est qu'il a mis un terme à la carrière de ton petit ami en se ruant sur le terrain avec cette batte de base-ball, c'est tout.

— Ce n'est pas lui qui a mis fin à ta carrière, Kane. Tu devenais trop vieux, de toute façon… Il était temps que tu raccroches et que tu deviennes coach. Charlie m'a dit qu'il t'avait fait plusieurs propositions. Pourquoi n'en as-tu accepté aucune ?

Kane jura.

— C'est comme ça que tu m'as retrouvé ? C'est Charlie qui t'a donné mon adresse ?

— Qui est Charlie ? demanda Julia à voix basse, reconnaissant le prénom qu'elle avait entendu la veille au soir.

— Mon agent.

Kane avait un agent ? Un agent pour quoi ? Apparemment, cela avait quelque chose à voir avec le base-ball.

Cependant, elle n'avait pas la patience de rester là, dans le froid, pour le découvrir, et elle ne voulait certainement pas de cette femme comme public quand Kane lui expliquerait qui il était vraiment et ce qu'il lui avait caché.

Elle détestait les secrets. Ils lui donnaient le sentiment d'être ignorante et impuissante. Elle se reposait sur ses connaissances plutôt que sur son intuition, sur les faits plutôt que sur son instinct.

Elle avait beau être contrariée parce que Kane ne s'était pas confié à elle, elle ne pouvait décemment pas lui reprocher de ne pas avoir répondu à des questions qu'elle n'avait pas pensé à lui poser ! Il ne lui avait pas menti, du moins, pas à sa connaissance, et il avait l'air d'être aussi mécontent qu'elle de la visite imprévue de cette jeune femme.

Elle n'avait pas la moindre idée de ce qui se passait, mais elle savait ceci : si les rôles étaient inversés et qu'elle était ne serait-ce qu'un peu mal à l'aise, Kane serait le premier à venir à sa rescousse.

Elle décida donc d'en faire autant pour lui en lui donnant l'opportunité de s'excuser poliment.

— Tu sais, je suis désolée de devoir vous interrompre, mais je vais rentrer chez moi pour voir comment va M. Donut.

— Bon sang ! Je l'avais oublié… Je vais chercher mes clés.

Il s'éloigna de la porte, et elle prit sa place. Elle s'apprêtait à demander à la jeune femme qui elle était au juste, mais elle se ravisa, décidant que c'était à Kane de le lui dire.

Du coin de l'œil, elle le vit monter les marches quatre à quatre. Il redescendait déjà, ses clés et sa veste à la main, quand Erica demanda :

— Qui est M. Donut ?

— Mon chien.

— Notre chien, répondit Kane au même moment.

L'affirmation suffit à la troubler. Il la rejoignit et lui passa un bras autour de la taille.

— C'est toujours notre chien, n'est-ce pas ? lui murmura-t-il à l'oreille, la faisant frissonner.

— Ça dépend de qui tu es, Kane Chatterson, répondit-elle à haute voix.

— Je suis toujours le même, Jules…

Entendre le surnom acheva de la plonger dans la confusion.

— Quoi qu'elle puisse dire et quoi que tu puisses découvrir, rappelle-toi ça, ajouta-t-il.

— Oh ! mon Dieu ! s'écria Erica en plaquant sur sa joue une main parfaitement manucurée. Ne me dis pas que ta petite amie ne sait pas que tu es le *Légendaire Chatterson*…

Le Légendaire Chatterson. Encore ce surnom !

— Quelqu'un veut bien me dire ce que j'ai raté ? demanda Julia, se sentant légèrement galvanisée par le fait que Kane considérait M. Donut comme leur chien et par le fait qu'il refusait de lâcher les clés qu'il avait à la main et qu'elle tentait de prendre.

— Je vais tout te dire, dès que mon ex-petite amie sera partie.

— C'est ton ex ?

— Tu veux dire qu'elle ne sait pas non plus qui je suis ? demanda Erica avec un sourire éclatant.

Julia regarda sa robe portefeuille et ses chaussures Louboutin, qui n'étaient absolument pas adaptées au temps qu'il faisait. Son maquillage sophistiqué et ses boucles parfaites semblaient être l'œuvre de professionnels, et auraient été plus appropriés à un cocktail, mais Julia se moquait de son apparence. Elle refusait que qui que ce soit lui donne l'impression d'être stupide.

— Je devrais le savoir ?

— Seulement si vous n'avez pas vécu dans une bulle, ces deux dernières années, et si vous n'êtes pas passée à côté du plus gros scandale du XXIᵉ siècle dans le monde du base-ball professionnel ! Ma chaîne en a parlé sans interruption pendant vingt-huit jours d'affilée.

Erica jeta un coup d'œil à Kane, dont l'expression restait de marbre, sans doute pour s'assurer que son public était tout ouïe, avant de continuer.

— Laissez-moi vous expliquer, ma mignonne…

— Premièrement, l'interrompit Julia, se redressant de toute sa hauteur, c'est « docteur », et pas « ma mignonne ». Deuxièmement, non, je n'ai absolument jamais entendu parler de vous, parce que je ne passe pas mes journées assise devant la télévision à écouter des commentateurs sportifs se perdre en conjectures sur des scandales quelconques. Je suis neurochirurgienne, mon métier est de sauver des vies, pas d'en gâcher.

De toute évidence, Erica n'avait pas l'habitude de se laisser décontenancer.

— Peu importent combien de vies vous sauvez, ma mignonne, répliqua-t-elle, les poings sur les hanches, Kane Chatterson a longtemps été considéré comme le meilleur joueur du monde des célibataires. Vous n'êtes qu'un numéro de plus sur sa feuille de score !

Là-dessus, elle tourna les talons et regagna d'une démarche majestueuse la voiture de location garée devant la maison. Après avoir ouvert la portière, elle tourna la tête et lança, par-dessus son épaule :

— Quand tu seras prêt à redescendre sur terre, Kane, appelle-moi !

— Aucune chance ! répondit-il, serrant Julia encore plus étroitement contre lui.

Alors que la voiture d'Erica s'éloignait, le téléphone portable de Julia sonna dans sa pochette, sur la console de l'entrée.

— Tu l'as vue, mon chou ? lui demanda sa tante sans préambule quand elle décrocha.

— Quoi donc ?

— La photo de Kane et de toi, aux informations ! Il a son bras autour de toi, et vous êtes tout mignons, blottis l'un contre l'autre… Je crois que la journaliste a parlé de « mamours » ! Ce n'est pas génial ?

— De quelle photo parles-tu, tante Freckles ?

— De celle que ce gamin a prise, hier soir ! Je l'ai suivi

jusqu'aux toilettes, mais Cessy m'a dit que je ne pouvais pas entrer et faire une scène. Cooper y est allé pour essayer de le raisonner, mais le gamin avait déjà posté la photo sur les réseaux sociaux. Ensuite, le commodore Russell a jeté le portable du gamin dans les toilettes, et ça a été une vraie pagaille !

— Le commodore Russell ? Qui est-ce ? demanda Julia, perplexe, avant de secouer la tête et de se tourner vers Kane. Attends… Peu importe. Qui es-tu, Kane ?

— Tu es rentrée avec Kane, mon chou ? lui demanda Freckles. Passe-le-moi !

— Il ne peut pas te parler pour le moment, dit Julia, horrifiée par ce qu'elle avait avoué sans le vouloir. Je te rappelle plus tard !

Elle raccrocha.

— Je suppose que c'était Freckles…

— Tu supposes bien. Maintenant, dis-moi ce qui se passe. Qui es-tu en réalité, Kane Chatterson ?

Une voix s'éleva du portable.

— Tu ne lui as pas dit ?

Julia s'aperçut qu'elle avait mis le haut-parleur au lieu de raccrocher.

— Non, Freckles… Je croyais qu'elle le savait, répondit Kane. Tout le monde à Sugar Falls y fait allusion partout où je vais !

— Tu croyais que je savais quoi ?

Julia avait froid, elle était fatiguée, elle avait faim, et elle allait commencer à se mettre en colère si on ne répondait pas à ses questions.

— Je t'expliquerai tout dans la voiture.

— Je ne monterai pas dans une voiture avec toi tant que tu ne m'auras pas dit ce qui se passe.

— Vous allez prendre la voiture ? s'étonna Freckles. Attendez un peu que le dise à Cessy et à Kylie ! Il doit vraiment tenir à toi, mon chou, s'il t'emmène quelque part dans sa voiture.

— Freckles, ta nièce te rappellera plus tard.

Kane lui prit son portable des mains et raccrocha.

— Nous devrions aller voir comment va M. Donut.

Exact ! M. Donut, leur chien. Elle le suivit dehors, jusqu'à un bâtiment qu'elle avait pris pour une sorte d'écurie quand ils étaient passés devant, la veille au soir. Il entra plusieurs chiffres sur le clavier du digicode qui se trouvait à l'entrée et, quand la porte s'ouvrit, elle s'aperçut qu'il s'agissait en fait d'un garage.

La Ford Bronco y était garée, à côté d'un établi qui aurait pu être celui d'un mécanicien. Il y avait aussi un pick-up Chevrolet bleu en parfait état, dont la plaque d'immatriculation indiquait l'année 1952, et une voiture verte qu'elle avait déjà vue dans un film avec Steve McQueen que son père adorait.

— Tu retapes aussi des voitures ?

— Oui, répondit-il, comme si c'était évident.

Elle avait passé la nuit à faire l'amour avec un homme dont elle s'était rendu compte au petit matin qu'elle ne savait rien.

— Mais celles-ci doivent toutes valoir très cher !

— Oui…

Il se tourna vers elle.

— Je veux dire… très, très cher !

Il haussa les sourcils d'un air interrogateur.

— C'est un problème pour toi que je ne sois pas un entrepreneur sans le sou ?

Soudain, plusieurs tintements consécutifs s'élevèrent de la poche de son pantalon, dont il sortit son portable.

— Eh bien ! Tu es très demandé, tout à coup.

— Tout le monde à Sugar Falls essaye de me prévenir que la photo est en ligne.

Il avait de nouveau les sourcils froncés. Elle n'aimait pas le voir afficher cette expression soucieuse. C'était celle qu'il avait la veille au soir, quand ils avaient quitté le lodge, et elle avait fait tout son possible pour lui faire oublier ce qui le tourmentait.

À en juger par les sonneries répétées de son téléphone, beaucoup d'autres personnes ne voulaient pas non plus le voir contrarié.

Tout le monde connaissait donc le parcours professionnel de Kane, son ex-petite amie, sa collection de voitures. Était-elle la seule à Sugar Falls à tout ignorer de lui ?

Elle tendit la main.

— Donne-moi les clés.

— Laisse-moi te reconduire. Nous parlerons de tout ça en chemin.

— Je n'irai nulle part avec toi. Soit tu me donnes ces clés, soit j'appelle un taxi.

— Nous sommes à Sugar Falls. Il n'y a pas de taxis. Parfois, la sœur d'Elaine Marconi se fait payer pour emmener les gens d'un endroit à un autre, mais tu ne voudrais pas que tout le monde raconte que tu as passé la nuit ici, si ?

Elle garda la main tendue et le foudroya du regard, mais ne répondit pas.

— Jules, c'est une Ford Mustang de 1968, et son moteur est extrêmement puissant.

Elle le regarda d'un œil noir.

— Heureusement, je sais ralentir l'allure quand c'est nécessaire.

Kane regarda Julia s'éloigner au volant de la voiture à laquelle il tenait tant, conscient qu'elle était furieuse. Il ne pouvait pas le lui reprocher : elle croyait qu'il lui avait caché des choses. En fait, il ne lui avait rien caché, mais il n'avait pas cherché à faire étalage de son passé.

Il se rappela qu'elle aimait qu'on lui dise les choses sans ambiguïté. Il n'aurait besoin que de cinq minutes pour lui expliquer qu'il voulait passer le restant de ses jours avec elle et…

Bon sang ! C'était vrai. Il voulait passer le restant de ses jours avec le Dr Je-sais-tout.

Son ventre se noua. Il aurait dû s'attendre à ce qu'elle le quitte. Soudain, il repensa à tout ce qui venait de se passer, et s'aperçut qu'elle n'avait pas rompu, pas explicitement.

Il regarda les autres véhicules. Devait-il la suivre, ou lui laisser le temps de se calmer ?

Il alla chercher les clés de son pick-up dans la maison, au cas où, puis il choisit d'appeler le seul parent qui se sentirait professionnellement tenu de ne pas se moquer de lui.

Son beau-frère, Drew, décrocha à la seconde sonnerie. Kane lui expliqua la situation, ses mots se bousculant tandis qu'il lui décrivait la confrontation avec Erica et le départ de Julia.

— Maintenant, Julia croit que je lui ai menti au sujet de mon passé, et j'ai besoin que tu me dises comment convaincre cette entêtée de me donner une deuxième chance.

— Je t'ai entendu ! cria sa sœur, derrière Drew.

Kane soupira.

— Pour le secret professionnel, je repasserai…

— Tu n'es pas mon patient, lui fit remarquer Drew de sa voix calme et posée. Maintenant, redis-moi ce qui s'est passé exactement.

Debout à côté de son pick-up, tripotant nerveusement ses clés, il répéta toute l'histoire à son beau-frère, que sa sœur avait sans nul doute persuadé de mettre le haut-parleur. Bien sûr, il omit volontairement les détails les plus intimes, mais cela lui prit tout de même assez longtemps pour qu'il finisse par décider de brancher ses écouteurs et d'écouter les conseils de Drew tout en prenant la route pour se rendre chez Julia.

— Tu l'aimes ? lui demanda son beau-frère.

— Qui ? Julia ? demanda Kane en démarrant.

— Évidemment, Julia, espèce d'andouille ! cria Kylie, suffisamment fort pour réveiller l'une des jumelles, qui se mit à pleurer.

Il avait cru aimer Erica, mais avec le recul, il se rendait compte que son infidélité ne l'avait pas anéanti. À l'époque, il était trop occupé à déplorer la fin de sa carrière pour ressasser ce qui s'était passé avec sa petite amie.

En revanche, perdre Julia l'aurait bel et bien anéanti.

— Oui, je l'aime vraiment.

Le simple fait de prononcer ces mots à haute voix l'emplit de sérénité.

— Par pitié, dis-moi que ce n'est pas la chose la plus stupide que tu aies jamais entendue...

— Trouves-tu que c'est stupide, toi ? lui demanda Drew.

— Seulement si elle ne m'aime pas en retour.

— As-tu pensé à le lui demander ?

— Pour qu'elle me rie au nez ?

Il s'engagea sur Snowflake Boulevard. Au fond, il savait qu'il était prêt à courir le risque qu'elle se moque de lui.

— Cela t'arrive de te dire que tu as trop peur de perdre ?

— Cela t'arrive de te dire que tu pourrais me donner des conseils ou, au moins, des paroles d'encouragement au lieu de me poser toutes ces questions ? Tu sais quoi ? Laisse tomber ! Je sais déjà ce que j'ai à faire.

Il raccrocha alors que Drew éclatait de rire.

Son beau-frère n'avait pas tort : il n'aimait pas perdre. Julia avait vu juste quand elle lui avait dit qu'il avait peur de l'échec. Elle avait vu juste sur bien des points.

Elle détestait échouer autant que lui, et pourtant, elle était prête à relever courageusement tous les défis, bien décidée à être la meilleure dans tous les domaines.

Pour ne pas la perdre, il devait donc la convaincre qu'il représentait un défi digne d'être relevé.

Toutefois, pour plus de sûreté, il passa à la boulangerie et acheta quelques donuts pour leur chien. Il avait besoin d'un allié sur place.

Quand il arriva devant chez elle, il fut soulagé de voir la Mustang garée derrière sa Mini Cooper.

Il alla frapper à la porte et se balança d'avant en arrière

sur ses talons en attendant qu'elle vienne lui ouvrir. Il aurait probablement dû attendre beaucoup plus longtemps si le chien, qui avait pressé sa truffe contre la vitre, n'avait pas vu le sachet blanc qu'il avait à la main et s'il ne s'était pas mis à aboyer comme un fou.

S'apercevant sans doute que M. Donut ne se calmerait pas tant qu'il n'aurait pas eu ses sucreries, Julia finit par lui ouvrir. Elle portait encore sa robe de soirée et, bien que celle-ci fût froissée, Kane resta sans voix devant sa beauté.

— Je présume que tu es venu récupérer ceci, dit-elle en lui tendant les clés de la Mustang.

Il secoua la tête.

— Tu peux garder la voiture.

— Dans ce cas, pourrais-tu donner ces donuts au chien avant de partir, pour qu'il arrête un peu d'aboyer ?

— Je sais que tu es fâchée à cause de ce qui s'est passé ce matin, dit-il, levant une main pour l'empêcher de fermer la porte, mais je ne cherchais pas à te cacher délibérément quoi que ce soit. Par ailleurs, il s'agit du passé… Je ne suis plus le même homme.

Elle croisa les bras sur sa poitrine.

— Tu ne crois pas que notre passé nous définit ?

— Je crois entendre mon beau-frère, Drew.

— Ne change pas de sujet, Kane. Contente-toi de me dire la vérité. As-tu été joueur de base-ball professionnel ?

— Oui. J'ai été lanceur. J'ai commencé tout de suite après le lycée.

— Tu étais doué ?

— Qu'est-ce que c'est que cette question ?

— Une question comme une autre. Je suis arrivée à la conclusion que je ne t'en avais pas posé assez jusque-là.

— Oui, dit-il, passant nerveusement d'un pied sur l'autre, j'étais doué.

— Est-ce pour cette raison que les gens t'appellent le *Légendaire Chatterson* ?

— Il faut croire…

— Ce n'est pas le moment d'être modeste. Dis-moi pourquoi on t'appelle le *Légendaire Chatterson*.

— J'ai remporté le prix du meilleur lanceur de la ligue quatre années de suite. Mon père me le rappelle constamment parce qu'il ne l'a eu que deux fois.

Elle fronça les sourcils, visiblement perplexe.

— Attends… Ton père aussi est une star du base-ball ?

— Eh bien, il est coach maintenant.

— Et toi ? Pourquoi est-ce que tu ne fais plus de base-ball ?

— Tu as vu mon épaule. Tu l'as aussi touchée, et embrassée, et…

— Je connais ton épaule, Kane, l'interrompit-elle, les joues cramoisies, mais ton ex-petite amie a mentionné un scandale, alors j'aimerais savoir si c'est cet événement qui t'a poussé à changer radicalement de carrière.

— Au moins, tu sais que c'est mon ex, une ex d'il y a très, très longtemps… Dont je n'attendais pas du tout l'arrivée.

— Oui, je m'en suis doutée quand la moitié des habitants de la ville a tenté de te contacter.

— Je ne voulais pas que tu croies qu'il y avait quoi que ce soit entre elle et moi… ou que j'aurais couché avec toi si je n'avais pas été complètement disponible.

— Nous parlerons du fait que tu as couché avec moi quand tu m'auras raconté cette histoire de base-ball.

Elle restait dans l'embrasure de la porte, manifestement sans la moindre intention de l'inviter à entrer.

— Après celui-ci, c'est fini, mon grand, dit-il au chien en lui donnant le dernier donut.

Il frotta ses mains pleines de sucre, et reporta son attention sur Julia.

— Il y a deux ans, pendant un match, le batteur de l'équipe adverse s'est énervé parce que j'ai fait un but sur balles intentionnelles, et il s'est rué sur moi avec sa batte à la main. Il a réussi à me donner plusieurs coups avant que les autres joueurs n'interviennent et ne se mettent à se battre eux aussi. C'était soi-disant l'une des plus grosses bagarres de l'histoire du base-ball, et les commentateurs sportifs en parlent encore aujourd'hui.

— Qu'est-il arrivé à ce type ? Celui qui t'a frappé ?

— Arturo Dominguez. Il a eu une amende et a été suspendu pendant un an. Il est dans une équipe de Los Angeles maintenant.

— C'est lui dont tu as mentionné le nom quand tu parlais à Erica, tout à l'heure.

— Oui.

— Et elle a couché avec lui ?

— Tu l'as entendue : elle essayait de décrocher un scoop, répondit-il d'un ton empreint d'ironie.

Julia secoua la tête d'un air atterré.

— Tu fréquentais des gens spéciaux, à l'époque…

— Bah ! Ils n'étaient pas tous mauvais.

— Alors pourquoi ne pas y retourner ? Pas en tant que joueur, mais en tant que coach. Apparemment, ton père et ton agent estiment que tu pourrais.

— Pour me rappeler continuellement ce que j'ai perdu ?

— Non, pour te rappeler ce que tu peux apporter à d'autres joueurs.

— Je n'en sais rien… Je n'ai jamais eu la patience d'entraîner les autres. Quand j'étais lanceur, j'arrivais à me concentrer parce que j'étais dans mon petit monde. Je n'avais qu'à penser à la balle que j'avais à la main et au gant de l'attrapeur.

— Ça te manque ?

— Le base-ball ? Oui… Un peu. Alex Russell et Luke Gregson ont réussi à me convaincre d'arbitrer quelques matchs d'enfants, il y a quelques mois. Cela m'a plu de partager mon temps entre les maisons que je rénovais et le base-ball, une ou deux fois par semaine.

Elle le regarda attentivement, de la tête aux pieds, comme si elle assimilait tout ce qu'il venait de lui dire.

Elle ne lui avait toujours pas claqué la porte au nez.

— Pouvons-nous parler du fait que nous avons couché ensemble, maintenant ?

Au lieu de répondre, elle rit et passa à côté de lui pour aller s'asseoir sur la première marche du porche.

Hum ! En fin de compte, il n'était pas sûr de raffoler de son côté impertinent et plein d'assurance, pas quand il se demandait ce qu'elle avait en tête.

Le chien la rejoignit en se dandinant et roula sur le dos pour se faire gratter le ventre.

Le sourire de Julia semblait être de bon augure, mais Kane resterait dans l'incertitude tant qu'il ne saurait pas si elle avait les moindres sentiments pour lui.

— À quoi penses-tu ?

— Je me dis que j'ai un chien qui s'appelle M. Donut, et que j'ai passé la nuit avec le *Légendaire Chatterson* ! répondit-elle avant de retrouver son sérieux. J'ai encore du mal à assimiler tout ce que j'aurais dû savoir dès le début. Je ne supporte pas de ne pas savoir les choses.

— Oui, c'est ce que j'ai cru comprendre.

— Vraiment ? J'ignorais que tu étais un célèbre joueur de base-ball, j'ignorais que M. Donut n'était pas ton chien, j'ignorais que cette vieille Ford Bronco était une voiture de collection qui coûtait probablement aussi cher que ma Mini Cooper…

— Tu prenais ma Ford Bronco pour une épave ?

— Concentre-toi, Kane, dit-elle en lui faisant signe de s'asseoir à côté d'elle. Ce que j'essaye de te dire, c'est que j'aime savoir les choses. Bien sûr, j'aurais pu trouver la plupart de ces informations sur Internet, et je m'en veux d'être la dernière au courant. Mais ce que je ne sais toujours pas, et que personne d'autre que toi ne peut me dire, c'est ce que tu ressens.

— Ce que je ressens ?

— Pour moi !

Il se releva d'un bond et se mit à faire les cent pas devant elle.

— Je suis fou de toi… Mais j'ai encore un aveu à te faire.

Elle inclina légèrement la tête sur le côté, l'air intrigué.

— Que peux-tu encore avoir à m'avouer ?

— Je savais que tu avais fait la liste des qualités de l'homme idéal avant même que tu ne m'en parles.

Elle plaqua une main sur sa bouche, visiblement stupéfaite.

— Tu l'avais vue ?

— Elle était sur ton bureau sur la photo que tu m'avais envoyée des échantillons de carrelage. Je détestais l'idée que tu sortes avec un pauvre type, alors je me suis dit que j'allais tout faire pour que cela ne se produise pas. Et puis, cela me permettait de me rappeler que tu étais beaucoup trop bien pour moi. Le seul critère auquel je répondais, c'était que j'avais plein de chemises de flanelle.

Elle rit. — Tu aurais dû voir mon brouillon ! Il ne s'agissait que de toi. Et puis, je n'ai pas besoin d'une liste pour savoir que je t'aime, Kane.

Il plongea ses yeux dans les siens.

— Tu m'aimes ? lui demanda-t-il, craignant de ne pas l'avoir bien entendue.

— Avant même de savoir que tu avais une vie radicalement différente autrefois, j'aimais tout chez toi.

Il lui caressa la joue mais resta silencieux, la gorge nouée par l'émotion.

— J'aime ton côté taciturne, continua-t-elle, j'aime que tu agites la jambe quand tu es nerveux. J'aime que tu saches exactement ce que j'ai envie de boire ou de manger et que tu en fasses des provisions sans même que j'aie besoin de te le demander. J'aime que tu fasses la vaisselle ou que tu ranges parce que tu as besoin d'ordre pour travailler. J'aime ta façon de négocier avec les vendeurs. J'aime le fait que tu recueilles des chiens errants pour ensuite les confier à quelqu'un d'autre.

— Pour ma défense, l'interrompit-il en grattant la tête

du basset, M. Donut avait vraiment l'air de se sentir chez lui, ici !

— Forcément ! Tu lui apportais des donuts tous les matins, dit-elle en lui donnant un petit coup de coude badin.

Il lui prit la main et y déposa un baiser.

— Dis-moi ce que tu aimes d'autre.

— J'aime tout particulièrement tes chemises de flanelle, terriblement sexy.

— Je savais que tu étais maligne.

— Je crois que c'est toi qui es malin, Kane Chatterson. Tu as réussi à m'attirer dans tes filets !

— Je t'aime, Julia. Je t'aime tout entière.

Épilogue

Six mois plus tard

— Tu es censée couper les fraises, mon chou, dit Freckles, pas les réduire en bouillie !

Julia n'avait pas encore le coup de main... pour le moment, mais elle s'en approchait. Sa tante lui montra comment tenir le couteau latéralement, tandis qu'un air entraînant de l'Original Dixieland Jazz-Band s'élevait du kiosque du jardin public.

Sa tante ne faisant jamais rien à moitié, l'enseigne du stand du Cowgirl Up Café était presque aussi grande que la bannière du Festival de la tarte sablée, qui se dressait sur Snowflake Boulevard. La rue principale de la ville était fermée à la circulation pour que les habitants et les touristes puissent se promener librement parmi les stands.

— Je n'arrive pas à croire que ton homme t'ait aménagé une cuisine incroyablement sophistiquée et que tu ne saches toujours pas quoi faire dedans !

Kane arriva à ce moment-là, avec M. Donut en laisse.

— Oh ! elle sait très bien quoi y faire. Mais c'est moi qui fais le plus souvent la cuisine, c'est tout !

Freckles lui lança une fraise, qu'il attrapa au vol, et Julia rougit.

Il disait la vérité : il ne s'était pas encore officiellement installé chez elle, mais il y dormait plus souvent que chez lui.

Elle fit un signe de la main à la chef Wilcox, qui passait devant le stand, main dans la main avec Marcus Weston.

— Kane ! s'écria soudain Cessy Walker, surgissant de nulle part. Je suis ravie que tu te sois enfin décidé à te montrer plus souvent en public, parce que nous avons absolument besoin de toi pour attirer la clientèle au stand de baisers.

Kane éclata de rire.

— Hors de question ! Et n'essaie même pas de me manipuler pour arriver à tes fins...

— Mais Alex Russell et son père devaient venir, et ils ont envoyé le Commodore à leur place !

Cessy montra du doigt l'homme trapu de quatre-vingts ans, qui avait les cheveux en brosse et un cure-dent dans la bouche. Assis sur un tabouret, les bras croisés sur son torse puissant, le plus âgé des Russell semblait prêt à se battre plus qu'à embrasser qui que ce soit.

— En plus, ajouta-t-elle, nous sommes installés près du stand de cookies de Maxine. On ne peut pas rivaliser !

Kane prit son portefeuille dans sa poche et en sortit quelques gros billets.

— Tiens... Considère ceci comme ma contribution !

En récompense de sa générosité, Freckles lui donna une part de tarte sablée aux fraises couverte de crème. Kane regarda Julia et lui fit un clin d'œil, et elle se troubla aussitôt.

À ce moment précis, une sonnette tinta et l'un des jumeaux Gregson cria :

— Attention, Oncle Kane !

Elle retint son souffle tandis que le tandem des garçons manquait de justesse les orteils de son petit ami.

— Pourquoi est-ce que je me risque à nouveau à sortir ? lui demanda-t-il.

— Parce que tu m'aimes, et parce que nous avons décidé d'essayer tous les deux d'être plus sociables.

— Je crois que j'accepterais à peu près n'importe quoi pour toi.

Il leva les yeux au ciel, mais un sourire dansait sur ses lèvres.

— Hé, Coach Chatterson ! lui cria le lanceur de l'équipe de base-ball de la Sugar Falls High School en s'approchant du stand avec un petit groupe d'adolescents. Je me suis entraîné à faire une balle courbe comme vous me l'avez montré en mai.

Elle sourit pour elle-même et se détourna pour couper d'autres fraises. Kane continuait son travail d'entrepreneur, mais il avait également repris le sport qu'il aimait tant.

— Kane Chatterson, gronda Freckles, arrête de donner ma tarte à ce chien ! Tout ce sucre va lui faire mal au ventre.

Quand Julia se retourna pour lui rappeler que M. Donut était censé ne manger que les croquettes achetées chez le vétérinaire, elle vit que Kane avait posé un genou à terre tandis que leur chien léchait l'assiette en carton, à côté de lui.

— Oh ! mon Dieu ! s'écria sa tante d'une voix suraiguë, attirant l'attention de tous les passants.

Le regard de Julia se posa alors sur la bague de fiançailles que Kane avait entre les doigts.

— Julia Fitzgerald…

Sa voix tremblait légèrement. Plusieurs personnes autour d'eux prenaient leur smartphone pour immortaliser ce moment. Les larmes aux yeux, elle retint son souffle, stupéfaite de voir qu'il s'apprêtait à faire sa demande dans un lieu public, devant tout le monde.

— Veux-tu accepter de m'épouser pour que nous puissions nous enfuir d'ici tous les deux et rentrer à la maison pour planifier notre mariage dans l'intimité ?

— Bien sûr qu'elle accepte ! s'écria sa tante avant que Julia n'ait eu le temps de réagir.

— Bien sûr que j'accepte ! répondit-elle avec enthousiasme.

Kane lui passa la bague à l'annulaire.

— Je t'aime, lui murmura-t-il à l'oreille, pour qu'elle seule l'entende.

Tandis qu'elle lui passait les bras autour du cou, elle songea qu'elle avait hâte de rentrer à la maison, pour l'avoir pour elle toute seule.

Si vous avez aimé *Brûlante tentation*,
ne manquez pas la suite
de la série « Coup de foudre à Sugar Falls »,
disponible dès le mois prochain
dans votre collection Passions !

SHERI WHITEFEATHER

Dans les yeux
de son ennemie

Traduction française de
ANDRÉE JARDAT

Passions

H HARLEQUIN

Titre original :
SINGLE MOM, BILLIONAIRE BOSS

© 2017, Sheree Henry-Whitefeather.
© 2018, HarperCollins France pour la traduction française.

- 1 -

Meagan Quinn gara sa voiture sur le parking de l'Ocean Cliff Hotel and Resort et s'accorda quelques minutes avant de se rendre à son rendez-vous.

Elle prit une profonde inspiration, ressentant l'espoir naître en elle. À vingt-sept ans, elle avait la chance de pouvoir redémarrer une nouvelle vie. Bien sûr, c'était ce que se disaient, bien souvent sans y parvenir, tous les détenus à leur sortie de prison mais, pour sa part, elle était bien déterminée à tourner cette page sombre de son existence pour aller de l'avant, vers un avenir plus souriant.

Trois ans de prison… Comment avait-elle pu se laisser convaincre si bêtement de commettre un délit ? Elle n'en revenait toujours pas. Cela ne faisait qu'une semaine qu'elle avait été placée sous libération conditionnelle, et elle savourait chaque instant de ce retour parmi les siens. Cela lui faisait un bien immense d'avoir retrouvé sa famille. Et de retourner au travail en prenant le poste qui lui avait été proposé dans ce luxueux complexe hôtelier.

Maintenant, en guise de premier pas sur ce nouveau chemin qui s'ouvrait à elle, elle devait affronter l'entretien d'embauche.

Le cœur battant, elle sortit enfin de sa voiture et lissa le bas de sa jupe, soucieuse de donner une bonne image d'elle. Tandis qu'elle traversait le parking, la brise fraîche qui soufflait du sud fit voler en arrière ses longs cheveux noirs et la cravate de son chemisier.

Trouver un emploi avait été l'une des conditions de sa remise en liberté. La tâche s'était révélée difficile. En effet, la commission chargée des remises de peine avait hésité à accepter l'offre qui lui avait été faite de travailler pour Garrett Snow, propriétaire de l'Ocean Cliff Hotel and Resort. Et pour cause ! Garrett était l'un des trois hommes qu'elle avait escroqués de six mille dollars, les deux autres, ses frères adoptifs, ayant été dépouillés de la même somme.

Il était prévu qu'une partie de son salaire lui serait prélevée afin de rembourser ses victimes qui, d'ores et déjà, avaient décidé de reverser cet argent à différentes œuvres de charité. Mais peu lui importait où irait cet argent. Ce qui lui tenait à cœur, c'était de faire amende honorable et de prouver à son employeur qu'elle était non seulement repentie mais aussi digne d'une confiance absolue.

L'hôtel offrait à ses clients une liste d'activités haut de gamme parmi lesquelles des promenades à cheval le long des plages. Garrett en personne lui avait proposé d'assister le responsable des écuries. Depuis, elle ne manquait pas de s'interroger : pour quelle raison voulait-il lui donner une chance de repartir sur de nouvelles bases ? Pourquoi cherchait-il à l'aider à se réinsérer dans la société après ce qu'elle lui avait fait ?

Un nœud lui serrait le ventre. Elle inspira profondément pour tenter de calmer un peu la nervosité croissante qui l'envahissait. Maintenant, de toute façon, elle n'avait plus le choix : elle devait affronter Garrett. Son sac dans une main et son dossier de candidature dans l'autre, elle franchit les portes coulissantes du bâtiment qui ouvraient directement sur le gigantesque hall d'entrée.

Elle traversa le hall, le bruit de ses talons calqué sur chacun des battements de son cœur. Sa tension était telle qu'elle ne remarqua que distraitement l'ambiance indienne de la décoration. Tout comme elle, Garrett était issu de la grande tribu des indiens Cheyennes.

Malgré la faiblesse qui lui engourdissait les jambes, elle se dirigea d'un pas qu'elle voulait décidé vers le couloir qui conduisait aux bureaux de Garrett. *Courage et tête haute*, s'intima-t-elle. Lorsqu'elle fut devant la porte, elle inspira de nouveau profondément puis entra, le dos bien droit et le menton fièrement relevé. Elle alla directement au bureau d'accueil où le réceptionniste, un jeune homme blond, la reçut avec le sourire et la pria d'aller s'installer dans la salle d'attente.

Elle alla s'asseoir sur un canapé fleuri puis posa son dossier à côté d'elle, s'exhortant à calmer les battements désordonnés de son cœur.

Au moment même où elle se disait que cette attente devenait insupportable, le réceptionniste vint la chercher pour la conduire dans le bureau de Garrett. Aussitôt sa mission accomplie, il referma la porte derrière lui dans un petit claquement sec qui la fit légèrement sursauter. Elle était maintenant seule avec lui.

Incapable de prononcer un mot, elle le regarda, pétrifiée. Immobile à côté de son bureau, il la contemplait en silence. La dernière fois qu'elle l'avait vu, c'était trois ans plus tôt, au moment de son procès. Ce jour-là, elle avait pleuré toutes les larmes de son corps, se confondant en excuses auxquelles il n'avait pas daigné répondre. Il était resté insensible à sa détresse, tout comme il semblait indifférent à sa nervosité aujourd'hui, qui, elle en était sûre, devait être bien visible.

Il était resté tel qu'en son souvenir : grand, beau, bien bâti. Comme à son habitude, il portait un costume impeccablement coupé qu'il avait assorti à une paire de santiags. Si elle ne se trompait pas, il devait aller sur ses trente-deux ans.

— Asseyez-vous, finit-il par dire en lui désignant un siège.

Elle s'exécuta tandis qu'il regagnait sa place, derrière son bureau. Il marqua une nouvelle pause puis lui demanda, après avoir resserré son nœud de cravate :

— Avez-vous pensé à apporter votre dossier de candidature ?

— Oui, acquiesça-t-elle en lui tendant l'enveloppe en papier kraft.

Tandis qu'il étudiait l'ensemble des documents avec la plus grande attention, elle se rappela les circonstances de leur rencontre. Au début, elle ne voyait que ses frères adoptifs, lorsqu'ils venaient, à de rares occasions, au cabinet comptable où elle travaillait. Mais jamais Garrett, qui avait la réputation d'être un employeur sec et tranchant. Ce qui n'était pas plus mal, avait-elle songé alors. Car, à cette époque-là, elle avait déjà commencé à détourner de l'argent, et le fait qu'il soit un homme peu sympathique allégeait un peu sa conscience.

Avec Neil, son petit ami de l'époque, ils avaient tout manigancé, n'omettant aucun détail pour ne pas se faire prendre. Ils rêvaient d'une vie luxueuse, d'un ailleurs plus glamour. En vérité, c'était Neil qui rêvait de richesses. Elle n'avait agi que par amour ; pour qu'il l'aime et l'admire autant qu'elle l'aimait et l'admirait. Comment avait-elle pu être si idiote ?

Et puis, un jour, elle avait fait la connaissance de Garrett. C'était à l'heure de sa pause déjeuner. Elle était assise sur l'un des bancs qui décoraient les jardins privés de la société. Elle pleurait à chaudes larmes, suite à une violente dispute qu'elle venait d'avoir avec Neil au téléphone.

Garrett s'était approché d'elle et lui avait demandé si tout allait bien. Elle s'était empressée d'acquiescer tout en s'essuyant le visage de ses deux mains. C'est alors qu'il s'était présenté et lui avait tendu un mouchoir en papier qu'il avait sorti de la poche de sa veste. Il était si beau ! Elle avait eu l'impression d'être dans un film romantique où l'héroïne se retrouvait soudain en présence de l'homme idéal : irrésistible, séduisant, galant… Le milliardaire austère se révélait bien plus humain qu'elle n'aurait jamais cru.

Il avait attendu qu'elle sèche ses larmes puis il l'avait reconduite dans le hall d'entrée, où il avait piqué au passage, dans l'une des compositions florales qui ornaient les lieux, une marguerite qu'il lui avait tendue. Sous le charme, elle avait été submergée d'une vague de culpabilité. Et lorsqu'elle avait rejoint Neil, ce soir-là, ses pensées n'avaient cessé de dériver vers Garrett Snow.

À partir de ce jour, Garrett ne manquait pas une occasion de passer la saluer chaque fois qu'il venait au cabinet comptable. De plus en plus souvent il s'attardait, et ils bavardaient alors de tout et de rien.

Dans ces moments-là, même si elle se sentait transportée, elle était rongée par la honte. Elle avait volé Garrett et ses frères. Même si elle cherchait encore à se persuader qu'elle avait agi par amour, elle voyait bien que sa situation était grave. D'ailleurs, sa relation avec Neil se détériorait et il n'était plus au centre de ses pensées.

La voix de Garret la fit sursauter, la ramenant à la réalité.

— Je ferai parvenir votre dossier à notre directeur des ressources humaines dans la journée, annonça-t-il en levant les yeux sur elle. Vous pourrez commencer lundi prochain.

— Merci, dit-elle d'une petite voix.

Elle esquissa un sourire auquel il ne répondit pas. Son cœur se serra mais, après tout, elle ne pouvait pas non plus espérer qu'il l'accueille les bras ouverts, non ? *Tant mieux s'il se montre aussi distant*, se dit-elle. Car elle était bien loin d'être insensible aux marques d'intérêt qu'il avait pris l'habitude de lui montrer. Seulement, il fallait aller de l'avant.

— J'ai vraiment besoin de ce travail, ajouta-t-elle.

— Je suis bien conscient de la situation dans laquelle vous vous trouvez. J'ai entendu dire que vous aviez eu un enfant en prison, il y a deux ans.

Son cœur fit un bond dans sa poitrine. Sa petite Ivy, l'amour de sa vie.

— C'est exact. Une petite fille adorable.

Accoucher alors qu'elle était incarcérée restait l'un de ses souvenirs les plus douloureux. Elle avait découvert sa grossesse alors qu'elle venait juste d'être arrêtée. Le ciel lui était alors tombé sur la tête. Elle avait été partagée entre la joie immense d'attendre un enfant et le désespoir de devoir lui donner la vie en prison.

— C'est l'un de vos frères qui en a la garde, n'est-ce pas ?

— Oui. Ce sont Tanner et Candy, sa fiancée, qui ont élevé Ivy pendant mon incarcération. J'ai eu beaucoup de chance. Personne n'aurait pu s'en occuper mieux, avec autant d'amour.

Elle sentit une nouvelle vague de honte la submerger et elle marqua une pause avant de préciser :

— Neil m'a quittée avant la naissance de notre fille. Il ne l'a jamais vue.

Il fronça les sourcils.

— Pourquoi avoir couvert Neil lorsque vous avez été arrêtée ?

L'heure n'était plus aux mensonges. Elle décida de répondre le plus honnêtement possible.

— Parce que je croyais qu'il se montrerait loyal à mon égard si je le protégeais. J'ai bêtement cru qu'il m'attendrait.

Le silence qui s'ensuivit était éloquent. Sans doute pensait-il qu'elle avait été bien naïve de faire confiance à un pareil crétin ; ou encore, qu'elle méritait bien ce qui lui était arrivé.

Sans trop savoir pourquoi, elle ressentait le besoin de lui en dire davantage.

— J'ai expliqué à la police que Neil pensait que j'avais touché un héritage. Ils m'ont crue et n'ont pas cherché à l'impliquer dans cette affaire.

Elle observa de nouveau quelques secondes de silence avant de poursuivre :

— Je suis tellement reconnaissante à Tanner et Candy ! Lorsqu'ils venaient me rendre visite, ils emmenaient régulièrement ma fille avec eux. Évidemment, c'était douloureux de la voir dans ces conditions, mais je me disais que c'était mieux que rien.

Elle sourit. Si elle avait réussi à vaincre les moments de désespoir et d'incertitude qu'elle avait vécus en prison, c'était grâce à sa fille, sa raison de vivre. Imaginer un futur avec elle l'avait aidée à s'en sortir.

— J'essaie de rattraper le temps perdu et je fais en sorte d'être la meilleure maman possible. Ma petite fille le mérite.

Une nouvelle fois, il ne fit aucun commentaire. Mais, maintenant qu'elle avait commencé à parler, elle ne pouvait plus s'arrêter. Avec lui, quelque chose la poussait aux confidences.

— À l'époque où Tanner a pris Ivy en charge, il était très angoissé car il était célibataire. Ce n'est qu'après qu'il a rencontré Candy. Elle a tout de suite considéré Ivy comme sa propre fille. Ivy le leur rend bien. Elle est très proche d'eux. Si proche que je…

Elle s'interrompit, submergée d'une émotion qui l'empêchait de poursuivre.

— Que vous… ?

— Rien.

Elle luttait contre les larmes. À quoi bon lui préciser qu'à certains moments elle avait peur de ne pas être à la hauteur ? Et qu'elle avait même envisagé, pour le bien de sa fille, de demander à son frère et à sa belle-sœur de l'adopter ?

Il se renfonça dans son siège et se mit à la regarder fixement, le visage crispé.

— Je suis tellement désolée de vous avoir volés, vos frères et vous.

Ses mots étaient sincères. Elle regrettait de tout cœur ce qu'elle avait fait.

— Je sais, rétorqua-t-il d'un ton glacial. Vous vous êtes déjà excusée au tribunal.

— Je tenais à vous le dire de nouveau et…

Elle s'interrompit, cherchant à refouler la boule d'anxiété qui lui étranglait la gorge.

— Au moment du procès, j'étais perdue. Je ne savais pas qui j'étais vraiment. Depuis, j'ai grandi, j'ai appris de mes erreurs et, si je pouvais effacer cet épisode sordide de ma vie, je le ferais sans hésiter.

— Peut-être, mais vous n'avez pas ce pouvoir. Malheureusement, ce qui est fait est fait.

Il ne faisait pas allusion à l'argent, c'était évident, mais à la trahison morale qu'elle lui avait infligée. Mais elle était bien incapable, encore aujourd'hui, d'expliquer ce qui l'avait vraiment poussée à commettre un pareil délit. Sans compter qu'elle préférait oublier les émotions ambiguës qu'elle ressentait pour lui avant d'être inculpée.

— Vous avez raison, admit-elle simplement. Je ne peux rien changer à ce que j'ai fait.

Il approuva d'un hochement de tête puis un lourd silence s'installa entre eux.

— Pourquoi me proposez-vous ce travail ? s'enquit-elle soudain.

Il bougea dans son fauteuil, visiblement mal à l'aise.

— Je vous en ai expliqué la raison dans le courrier que je vous ai envoyé, répondit-il. Le même que j'ai fait parvenir à la commission chargée de statuer sur votre sort.

— Oui, je sais. Vous dites que vous voulez me donner une seconde chance. Mais vous donnez l'impression de ne pas le vouloir vraiment.

— À vrai dire, cette idée ne vient pas de moi, mais de ma mère. Elle a su me convaincre de vous embaucher.

— Vous voulez dire votre mère biologique ou l'une de vos mères de famille d'accueil ? s'enquit-elle.

Lors de leurs conversations, il lui avait dit qu'au cours de son enfance il avait été placé plusieurs fois en foyer.

— Ma mère biologique. Elle a toujours été très présente dans ma vie, même lorsqu'elle devait se séparer de moi. Mais ceci est une autre histoire.

Une histoire qu'il ne semble pas disposer à partager avec moi, songea-t-elle, dépitée. Mais comment pouvait-elle s'en étonner, après ce qu'elle lui avait fait ?

— Pourquoi est-elle intervenue en ma faveur ?

— Elle vous a prise en sympathie lorsqu'elle vous a vue pleurer à chaudes larmes au tribunal.

— Était-ce la dame qui était assise à côté de vous ? demanda-t-elle alors qu'elle revoyait très nettement l'image d'une femme au visage très doux mais fatigué, comme usé par la vie.

— Oui, c'était elle. Plus tard, lorsqu'elle a appris que vous souhaitiez être libérée sur parole, elle a effectué des recherches sur vous. Elle voulait en savoir plus. C'est d'ailleurs ainsi qu'elle a appris que vous aviez eu un bébé.

— Alors, c'est à cause d'Ivy qu'elle a cherché à m'aider ?

— En partie, oui. Le bien-être de votre enfant lui tient très à cœur.

Quoi d'autre avait bien pu le convaincre de céder aux sollicitations de sa mère ? Elle ne le saurait sans doute jamais. Cependant, elle était très touchée par la bienveillance dont cette femme, cette inconnue, faisait preuve à son égard. Elle avait tant manqué de l'amour de sa mère, disparue bien trop tôt. Sans savoir pourquoi, elle ressentit le besoin de partager cela aussi avec lui.

— Savez-vous que je n'ai plus ma mère ?

— J'étais au courant, en effet, dit-il d'une voix légèrement radoucie. Cette information est ressortie des recherches de ma mère.

Elle sentit les larmes lui monter aux yeux.

— Pouvez-vous me dire comment je pourrais la joindre ? Sans elle, je n'aurais jamais obtenu ma libération conditionnelle. Je tiens à la remercier. En lui envoyant un petit mot, peut-être ?

Il secoua la tête en signe de refus.

— Inutile. Je lui ferai passer le message.

Il venait de lui signifier clairement qu'il ne voulait pas qu'elle rentre en contact avec sa mère, même pour un simple remerciement. Elle avait beau être blessée, elle ne lui en voulait pas. Et comment aurait-elle pu ? Elle venait tout juste de sortir de prison et il lui faudrait du temps pour prouver qu'on pouvait à nouveau lui faire confiance.

— Nous avons une garderie ici, au sein du complexe, destinée aux enfants de nos employés, ajouta-t-il, sans doute soucieux de changer de sujet.

— Vous voulez dire que je pourrai y inscrire Ivy ?

— Absolument. Cette crèche est gratuite, ce qui vous permettra d'alléger votre budget.

Il sortit de l'un des tiroirs de son bureau un formulaire qu'il lui tendit.

— Vous trouverez là tous les renseignements nécessaires, précisa-t-il. Si vous souhaitez inscrire votre fille, il vous suffira d'appeler directement la directrice. Son numéro figure au bas de la page.

— Merci, dit-elle d'une voix étranglée.

Les choses s'arrangeaient pour elle, elle arriverait peut-être à faire surface, à donner à Ivy la vie qu'elle méritait.

Elle plia la feuille puis la glissa dans son sac à main. Lorsqu'elle releva la tête, elle vit que Garrett la regardait intensément. Par le passé, il lui arrivait souvent de se demander si l'attirance et les sentiments confus qu'il suscitait en elle étaient réciproques.

Mais tout cela n'avait plus aucune importance aujourd'hui. Si elle se trouvait ici, dans son bureau, face à lui, c'était uniquement pour discuter des dernières modalités d'un emploi qui allait lui permettre de rembourser ses dettes, et certainement pas pour raviver la flamme d'un coup de cœur.

Elle redressa ses épaules.

— Je serai une employée exemplaire, promit-elle d'un ton ferme. Vous n'aurez pas à vous plaindre de moi.

— J'y compte bien, répliqua-t-il sur le même mode.

Évidemment. Il attendait d'elle qu'elle file droit, cette fois. Tout comme sa famille et le juge d'application des peines. Tant de gens comptaient sur une bonne conduite qu'ils voulaient dès à présent irréprochable !

— Puis-je vous poser une question ?

Il opina vaguement d'un signe de tête, visiblement mal à l'aise. De peur que la question soit trop personnelle ?

— Pourquoi m'avoir proposé précisément ce poste ? Est-ce que le fait que mes deux frères travaillent dans l'équitation vous a fait penser que j'avais une quelconque connaissance dans ce domaine ?

— Cela a joué sur ma décision, en effet. Pourquoi ? Émettriez-vous des réserves ? Je vous rappelle que c'est vous qui avez soutenu au juge que vous étiez qualifiée pour travailler dans ce domaine.

— C'est vrai, même s'il y a bien longtemps que je n'ai pas monté un cheval. Mais ne vous inquiétez pas, je saurai me montrer à la hauteur.

— Vous en êtes certaine ?

— Tout à fait. Nourrir, panser et seller des chevaux, tout cela n'a aucun secret pour moi. Il suffit que je me remette un peu dans le bain. Mais, par souci d'honnêteté, je tenais à ce que vous sachiez que mon expérience remonte à l'enfance.

En guise de réponse, il l'épingla d'un regard pénétrant qui l'intimida.

— Très bien, finit-il par dire. Je peux vous faire faire le tour des écuries, si vous le souhaitez.

— Bien sûr. J'en serais ravie. Je suis tellement impatiente de commencer.

Lorsqu'il se leva et qu'il retira sa veste, elle sentit les battements de son cœur s'accélérer.

Concentre-toi plutôt sur le travail qui t'attend et pas sur l'attirance que tu éprouves pour lui, se sermonna-t-elle en son for intérieur.

Non, elle ne tomberait pas amoureuse de Garrett Snow. Elle lui avait déjà fait assez de mal comme cela.

Garret marchait à côté de Meagan, l'esprit inquiet. Il regarda le paysage autour d'eux, ce paysage magnifique qui avait toujours le pouvoir de l'apaiser : les écuries étaient situées sur le flanc d'une colline verdoyante surplombant l'hôtel et de laquelle partaient des sentiers qui conduisaient à la plage. Un peu plus haut, au bout d'un chemin privé, se trouvait sa maison, qui était pour lui un refuge, un sanctuaire. Et voilà qu'il s'apprêtait à faire découvrir tout cela à la femme qui l'avait trahi !

À en croire les conseils prétendument avisés de sa mère — qui avait toujours quelque bonne explication pour montrer qu'elle avait raison —, il devait pardonner à Meagan. Lui donner une chance de faire ses preuves.

Il avait passé des semaines à y réfléchir, mais même maintenant il ne savait pas trop ce qui l'avait poussé à se ranger à son avis. Peut-être voulait-il croire, au plus profond de lui, que Meagan n'était pas si mauvaise et qu'elle était véritablement capable de repentance ? Ou peut-être encore était-ce à cause de la petite Ivy, qui n'avait rien à voir dans tout cela et qui méritait juste qu'on lui offre le meilleur de la vie ?

Même s'il ne lui en avait rien dit, il en voulait à sa mère de l'avoir forcé à se replonger dans un passé qu'il aurait aimé ne jamais voir resurgir. À sa décharge, elle ignorait tout de l'attirance qu'il avait eue pour Meagan aussitôt qu'il avait posé les yeux sur elle. Personne ne savait. Pas même ses frères de cœur. Pour eux, elle avait juste été une de leurs employées. Quelqu'un qu'on voyait à peine.

Hélas, pas pour lui. Car pour lui, au contraire, elle avait été une femme qu'il se serait plu à mieux découvrir. Si elle avait été célibataire, il lui aurait demandé de sortir avec lui. Malheureusement, elle était liée à ce Neil qui avait eu sur elle une influence déplorable. Par la suite, il avait entretenu l'espoir insensé qu'elle le quitterait, ce crétin qui la faisait pleurer. En vain. Ah, elle s'était bien moquée de lui !

Pourtant, il la trouvait toujours aussi belle et attirante, avec ses yeux verts en amande et sa longue chevelure soyeuse. Cependant, la prison l'avait changée. Elle avait fait de la jeune fille frivole qu'elle était alors une femme plus mûre, plus réfléchie, une mère responsable. Malgré ces changements, était-elle devenue une personne fiable ? Qui pouvait dire, même, si au fil des ans elle n'était pas devenue plus fourbe, plus calculatrice encore ? Ses regrets pouvaient très bien être une ruse. Ne lui avait-elle pas prouvé par le passé quelle bonne comédienne elle pouvait être ?

Il saurait tirer les leçons de cette mésaventure. Cette fois, il garderait la tête froide et, ainsi, toute sa lucidité.

Tout à ses pensées, il repéra Tom Lutz, le responsable du pôle équitation dont dépendrait Meagan. Petit et replet, il affichait sous une moustache broussailleuse un sourire bonhomme.

Il fit les présentations et, comme à son habitude, Tom se montra cordial et bienveillant à l'égard de Meagan qui, de son côté, fit preuve d'humilité, comme un peu plus tôt dans son bureau. Là encore, il ne put s'empêcher de penser qu'elle jouait peut-être la comédie mais chassa ces pensées de son esprit. Il la surveillerait, de toute façon, et au moindre doute il l'affronterait.

Ils bavardèrent un moment avant que Tom retourne à son travail, les laissant de nouveau seuls.

— Il a l'air très sympathique, commenta-t-elle.

— Il l'est. Comme il est aussi très loyal. Il sait tout de votre passé. J'en ai discuté avec lui mais ce n'est pas ce qu'il retiendra de vous. Ce qui est important à ses yeux, c'est que vous fassiez bien votre travail.

— Les autres aussi sont au courant ?

— Non. Ni Tom ni moi ne leur en avons parlé et nous

n'avons pas l'intention de le faire. Cependant, cette histoire est tombée dans le domaine public. Il suffit qu'une personne curieuse ou mal intentionnée fasse des recherches et elle saura. Les gens aiment jaser, c'est bien connu.

Une fois dans l'écurie, il roula les manches de sa chemise. Il avait laissé sa veste dans son bureau mais avait gardé sa cravate. Sans être fétichiste, il en possédait des dizaines, chacune pouvant s'assortir à ses nombreux costumes.

Son regard fut attiré par la jupe de Meagan qui, sous l'effet de la brise, voletait autour de ses jambes fuselées. Elle lui sembla soudain si proche, si accessible qu'il fut parcouru d'un frisson de désir.

Bien loin de se douter des pensées qui lui traversaient l'esprit, elle tendit la main pour flatter l'encolure d'un cheval bai.

— Il s'appelle Ho-Dad, lui apprit-il, heureux de l'occasion qui s'offrait à lui d'oublier ses jambes nues sous sa jupe.

— Quel nom étrange pour un cheval, rétorqua-t-elle, un sourire moqueur aux lèvres.

— C'est le surnom qu'on donnait aux garçons qui, dans les années 1950, traînaient sur les plages et frimaient tout en étant bien incapables de tenir sur une planche de surf, expliqua-t-il. Ho-Dad adore les surfeurs. Un peu trop même, au point qu'il les rejoindrait bien dans l'eau si on le laissait faire.

Elle éclata d'un petit rire cristallin qui le fit frissonner. Pourquoi fallait-il qu'elle soit si jolie ?

Il la regarda caresser encore l'encolure de l'animal, dans un geste d'une infinie douceur.

— Vous aimez monter ?

— Disons que j'aimais ça quand j'étais enfant. Tout comme Ivy. Tanner commence déjà à la mettre en selle avec lui. J'aime la voir s'amuser comme elle le fait. Pour moi, cela a été un peu plus difficile.

— Quoi donc ? D'être entourée de chevaux ?

Elle s'écarta du hongre pour reporter toute son attention sur lui.

— Oui, surtout après la mort de ma petite sœur et le divorce de mes parents.

— Vous aviez une petite sœur ?

Visiblement, cette information avait échappé à sa mère. Car il ne faisait aucun doute que, si elle l'avait su, elle aurait mentionné cet épisode tragique de la vie de Meagan, déterminée comme elle l'était à pousser son fils au pardon.

Elle prit une profonde inspiration et se lança d'une voix tremblante :

— Cette période de notre vie a été terrible. Maman était effondrée, et papa est devenu plus mauvais qu'il n'était déjà. De plus, il ne supportait pas que sa femme et ses enfants partagent le même intérêt que lui pour les chevaux. Aussi, lorsque le divorce a été prononcé, j'ai renoncé à l'équitation dans l'espoir qu'il serait plus gentil avec moi. Malheureusement, cela n'a fait aucune différence.

Cette confession le surprit d'autant plus qu'il ne s'était jamais interrogé sur l'enfance qu'elle avait pu avoir. Apprendre qu'elle avait eu affaire à un père violent le contrariait plus que de raison.

— Votre père était un véritable tyran.

— C'est peu de le dire. Il nous maltraitait tous, à la maison.

Était-ce le bon moment de lui révéler que leurs mères, issues de la même nation amérindienne, se fréquentaient dans leur jeunesse ?

Il finit par y renoncer. Sa mère en avait déjà fait une montagne. Il ne voulait pas que Meagan s'étende à son tour sur le sujet.

— Nous avons tous rompu avec lui, ajouta-t-elle après s'être éclairci la gorge. Je ne suis même pas sûre qu'il sache que j'ai fait de la prison ou que j'ai eu un enfant. De toute façon, je suis prête à parier que, même s'il savait, il s'en ficherait éperdument.

— Vous devriez vous remettre en selle, mais sérieusement cette fois.

— C'est ce que me dit toujours Tanner. Mais je le soupçonne de manquer d'objectivité, surtout avec Ivy qui adore partir pour de courtes balades avec lui.

— Mes propres chevaux sont ici même, de l'autre côté de cette écurie. Je monte quasiment tous les jours, parfois le matin, parfois l'après-midi, tout dépend de mon planning. Si vous voulez vous y remettre, n'hésitez pas. Vous pouvez prendre n'importe laquelle de ces montures. C'est l'un des avantages qu'il y a à travailler ici.

— Merci beaucoup, dit-elle en souriant à Ho-Dad qui pointait de nouveau le nez, en quête de nouvelles caresses. Je vais y réfléchir.

Une fois la visite achevée, ils ressortirent sous le soleil radieux qui, à présent, jouait entre la ramure des arbres.

— C'est si beau, ici, s'extasia-t-elle en balayant le paysage du regard. Oh ! regardez ! Il y a une maison, là-haut sur la colline.

Il pesta intérieurement. Il aurait préféré garder son lieu de vie secret, mais autant lui révéler la vérité. De toute façon, elle finirait bien par apprendre qu'il en était le propriétaire.

— À vrai dire, c'est là que je vis. C'est moi qui l'ai fait construire.

Son regard éberlué alla de lui à la maison à plusieurs reprises.

— J'aurais dû m'en douter. Elle est magnifique. On dirait un château qui veille sur votre royaume.

Ce qui faisait de lui un souverain ? Il n'aimait pas qu'on puisse le voir ainsi, aussi s'empressa-t-il de minimiser ses propos :

— Il ne faut pas exagérer.

— Vous plaisantez ? Même de là où nous sommes, on peut voir qu'elle est spectaculaire.

Il préféra se taire. À quoi bon vouloir nier l'évidence ? Et puis, s'il avait fait le choix de cette maison, c'était parce qu'il espérait se marier un jour et fonder une grande famille qui vivrait là, avec lui. Il ne lui restait plus qu'à trouver la perle rare. Celle qui l'aimerait par amour et non par intérêt.

Pas comme Meagan Quinn qui, sous ses airs de tendre amoureuse, n'était qu'une arnaqueuse. Il ferait bien de s'en souvenir pour le cas où il se sentirait touché par le récit larmoyant de son enfance. Lui aussi avait eu une enfance difficile. Il n'en était pas pour autant devenu un escroc.

Bien résolu à garder la tête froide, il la ramena à l'hôtel où chacun retourna à ses affaires.

Pourtant, il avait beau faire, ses pensées dérivaient sans cesse vers elle.

- 2 -

En retournant à sa voiture, Meagan ressentit un sentiment de fierté. *Quelle journée*… Mais elle y était arrivée.
Elle avait revu Garrett et elle avait décroché un emploi.

Et pourtant, même transportée de joie comme elle l'était,
elle avait un besoin urgent de se retrouver chez elle et de
décompresser. Chez elle, c'était une petite dépendance située
à l'arrière de la maison où vivait Tanner, dans laquelle il
l'avait installée en attendant de voir sa situation s'améliorer.

Toute à ses pensées, elle quitta le parking pour rejoindre
la bretelle d'autoroute. À cette heure-là, le trafic était dense
et les bruits de circulation assourdissants. Elle aimait cette
ville où elle était née, mais depuis sa sortie de prison elle
s'y sentait comme une étrangère, s'émerveillant à chaque
coin de rue. Se sentir libre était un sentiment puissant et
merveilleux, mais aussi un peu troublant, lorsqu'on avait
passé trois ans enfermée dans une cellule.

Arrivée à destination, elle se gara devant la maison
principale, une large bâtisse en stuc et en briques construite
dans les années 1930, où résidaient Tanner et Candy.

Sa maison à elle, bien que plus modeste, était tout aussi
charmante. Elle bénéficiait d'une petite cour bordée de
gazon et de massifs fleuris. Au milieu trônait une fontaine
surmontée d'un chérubin joufflu.

Elle remarqua tout de suite que la voiture de Candy
n'était pas là. Elle lui avait dit le matin devoir aller faire

226

des courses. Quant à Tanner, encore sur son lieu de travail, il ne rentrerait pas avant le soir.

Elle poussa la petite grille qui séparait les deux maisons et entra chez elle. Après avoir posé son sac à main sur la table de la cuisine, elle alla dans la chambre de sa fille, comme elle le faisait chaque jour, dans une sorte de rite immuable.

Elle adorait cette chambre, qu'elle avait si joliment décorée. Hélas, elle était vide de la présence de sa petite fille. Même si Ivy savait qu'elle était sa mère, et malgré les nombreuses visites au parloir durant lesquelles un lien fort s'était tissé entre elles, elle avait été prise d'une crise de panique dès lors qu'elle s'était retrouvée seule ici avec elle.

Ivy avait refusé de dormir là, dans cette chambre au décor de princesse qui, pourtant, lui était entièrement consacrée. Cela faisait maintenant une semaine que Meagan était sortie de prison, mais Ivy continuait à vivre chez son oncle Tanner et Candy.

Elle poussa un soupir. Elle avait beau s'exhorter à la patience, se dire qu'il fallait laisser passer un peu de temps, elle vivait ce rejet comme un échec personnel.

Le cœur lourd, elle quitta la chambre d'Ivy et se rendit dans la cuisine où elle se prépara une infusion qu'elle alla boire dans le jardin en attendant le retour de Candy et de la petite fille.

Sa tasse était presque vide lorsqu'elle entendit la voiture de Candy se garer dans l'allée. Elle se leva d'un bond pour aller à sa rencontre.

Grande et élancée, Candy était une ex-reine de beauté. Son physique avantageux lui avait permis de se lancer dans une carrière de mannequin qu'elle avait délaissée sans regret pour ouvrir un centre de yoga. Tanner et Candy se fréquentaient depuis l'adolescence. À cette époque-là, Meagan n'avait que huit ans mais, déjà, elle adorait Candy, impressionnée de voir que son frère pouvait intéresser une aussi jolie fille.

Au moment du décès de leur petite sœur, qu'avait suivi le divorce de leurs parents, Tanner avait traversé une période difficile qui l'avait poussé à rompre avec Candy. Quelques années plus tard, de nouveau réunis, ils s'apprêtaient maintenant à célébrer leur mariage.

Qui aurait pu prévoir une fin si heureuse ? Certainement pas elle, derrière les barreaux de sa prison.

Candy contourna la voiture pour aller détacher Ivy du siège auto dans lequel elle était installée. Ce jour-là, Ivy portait une robe rouge et ses cheveux étaient rassemblés en une queue-de-cheval placée haut sur son crâne qui dansait à chacun de ses mouvements.

Ivy la regarda par-dessus son épaule et lui adressa un large sourire qu'elle accompagna d'un petit geste de la main. Comme chaque fois qu'elle se retrouvait en présence de sa fille, Meagan crut fondre de tendresse. Elle répondit à son sourire, heureuse de cette complicité qu'elle sentait naître entre elles.

— Comment s'est passé ton entretien ? s'enquit aussitôt Candy.

— Pas mal, mais je t'en parlerai plus en détail tout à l'heure, lorsque nous serons plus tranquilles. En attendant, donne-moi Ivy, je vais la prendre.

— Bien sûr, dit Candy qui lui tendit aussitôt la petite. Je m'occupe de prendre les sacs de courses.

Meagan cala sa fille contre la hanche puis, de sa main libre, s'empara de l'un des sacs.

Dès qu'elles pénétrèrent à l'intérieur de la maison, elles furent accueillies par Yogi, le labrador de Candy, qui vint à leur rencontre en battant frénétiquement de la queue.

— Yogi ! s'exclama Ivy trop heureuse de retrouver son ami à quatre pattes. Tu as vu, maman ? C'est Yogi.

— Oui, ma chérie, je vois, répondit-elle, émue comme chaque fois de s'entendre appeler maman.

— Maman, il est où, Tanny ?

— Ton oncle travaille, répondit-elle.

— Avec les chevaux ?

— C'est ça, ma chérie. Avec les chevaux.

Tanner possédait un centre équestre près de Griffith Park. Si les cours d'équitation représentaient la plus grosse partie de son activité, il lui arrivait également de louer ses chevaux à l'industrie cinématographique pour la réalisation de longs-métrages.

— Tu sais, moi aussi je vais travailler avec des chevaux, annonça-t-elle à sa fille avec une pointe de fierté.

Ivy la fixa intensément, visiblement impressionnée.

— Je vais m'occuper d'eux.

Très vite, sa fierté céda la place à un mélange de culpabilité et de honte. Oui, elle allait travailler. Mais où ? Dans l'hôtel de l'un des hommes qu'elle avait escroqués, songeait-elle avec cynisme. Mais ce n'était pas le genre de détails que l'on pouvait expliquer à une petite fille de deux ans.

Plus tard, bien sûr, lorsque Ivy serait en âge de comprendre, elles seraient amenées à avoir cette discussion. Elle devrait alors expliquer, rendre des comptes. Mais pour l'heure, Dieu merci, il était trop tôt. Elle avait encore quelques années devant elle.

Une fois les courses rangées, Candy donna à Ivy un verre de lait qu'elle alla boire sous l'œil vigilant de Yogi.

Quel joli tableau que celui formé par sa petite Ivy, assise par terre, et ce bon gros toutou qui, assis à côté d'elle, était comme une fidèle sentinelle… Son cœur se gonfla de fierté, même s'il lui sautait aux yeux que le moindre des gestes de sa fille était empreint de l'influence de sa tante. Pas de la sienne.

Pourtant, elle n'éprouvait aucune jalousie. Comment aurait-elle pu rivaliser ? Elle cherchait encore son style alors que Candy possédait depuis si longtemps cette grâce naturelle qui n'appartenait qu'à elle. Et c'était Candy qui avait élevé Ivy pendant les deux premières années de sa vie. Quoi de plus normal qu'Ivy ait envie de lui ressembler ?

Bien loin d'imaginer les pensées qui lui traversaient l'esprit, Candy sortit un pichet de citronnade du réfrigérateur.

— En veux-tu ?

— Volontiers, merci.

Candy en remplit deux verres qu'elles allèrent siroter dans le salon tout en surveillant Ivy qui, maintenant, jouait avec Yogi.

— Voilà, nous sommes tranquilles. Tu peux me raconter, maintenant, la pressa Candy.

— Eh bien, comme je te le disais, l'entrevue s'est très bien passée. Pourtant, je n'étais pas très à l'aise, plutôt nerveuse même, à l'idée de revoir Garrett. Mais je crois que j'ai su donner le change. Il m'a avoué que l'idée de m'embaucher ne venait pas de lui mais de sa mère. C'est elle qui l'a convaincu de me donner une deuxième chance.

— Vraiment ? s'étonna Candy en inclina gracieusement la tête de côté. Ce doit être une grande dame.

— Sans doute. Je ne la connais pas. Je l'ai juste aperçue au tribunal, au cours de mon procès. Garrett m'a dit qu'elle n'avait pas supporté l'idée que j'avais eu un enfant en prison et que cela avait été l'élément déclencheur qui l'avait poussée à fournir au juge toutes les garanties nécessaires à ma liberté conditionnelle.

Elle marqua un temps d'hésitation avant de confier à son amie la partie de son récit qui la blessait encore :

— Lorsque j'ai demandé à Garrett les coordonnées de sa mère afin que je puisse la remercier, il m'a répondu qu'il se chargerait de le faire pour moi.

— Et ses frères ? Les as-tu vus ?

— Non. Ils n'ont pas assisté à l'entretien. Cela dit, ils n'ont rien à voir avec l'hôtel. Chacun dirige sa propre affaire.

— Quel genre d'homme est Garrett ?

— Il est…

Elle s'interrompit. Quels mots utiliser pour le décrire ? Elle s'exhortait en même temps à calmer les battements de son cœur. Elle n'avait jamais dit à personne qu'elle en pinçait pour lui.

— Il était toujours très gentil avec moi, finit-elle par lâcher.

— Comment cela, il était ? releva Candy, soudain alarmée. Veux-tu dire que cette fois, il ne l'a pas été ?

— Non, non, pas du tout. Disons qu'il est resté très professionnel. Un peu sur la réserve. Mais je ne peux pas lui en vouloir après ce que je lui ai fait.

— Décidément, je ne comprends pas. Tout cela me semble un brin confus.

— Pourquoi dis-tu cela ?

— Parce que je ne comprends pas pourquoi tu t'en es pris à un homme qui semblait ne te vouloir que du bien. Je ne veux pas dire par là que tu aurais pu voler quelqu'un d'autre, mais pourquoi l'avoir choisi, lui ?

— Je lui avais déjà volé cet argent avant de le rencontrer.

— Et après ?

— Après, j'ai arrêté mes bêtises, mais c'était trop tard. Le mal était fait. Jusqu'à ce qu'il apprenne que j'étais une voleuse, Garrett s'est toujours montré bienveillant et attentionné avec moi. Le jour où nous nous sommes rencontrés, il m'a même offert une marguerite.

Elle sentit ses joues s'empourprer. Mais revivre ce moment qui lui était encore si doux lui mettait du baume au cœur, alors elle raconta à Candy les circonstances de leur rencontre. Se gardant bien, toutefois, de lui confier ses sentiments à son égard. Des sentiments que, semblait-il, trois ans de prison n'avaient pas émoussés. Au contraire, même.

— J'ai trouvé ce geste si touchant, ajouta-t-elle d'un ton qu'elle voulait désinvolte, que lorsqu'elle a été fanée, je n'ai pas pu me décider à la jeter tout de suite. Je l'ai gardée quelque temps avant de me résoudre à m'en séparer parce que, chaque fois que mon regard se posait sur elle, elle me rappelait ce que j'avais fait.

Elle vit une expression de tendresse se répandre sur le visage de Candy tandis que celle-ci lui demandait :

— T'ai-je déjà parlé du langage des fleurs ?

— Pas que je me souvienne.

— L'étude du langage des fleurs s'appelle la floriographie. J'ai beaucoup lu à ce sujet, j'ai même initié ton frère. Cette méthode était très en vogue à l'époque victorienne quand les gens voulaient faire passer un message en lieu et place de messages écrits. Chaque fleur a sa propre signification. À travers elle, on peut raconter bien des choses ou exprimer des sentiments cachés.

— Vraiment ? Et de quel message sont porteuses les marguerites ?

— Cela dépend de la variété, et il n'en manque pas. Comment était celle que t'a offerte Garrett ? Petite, plutôt du genre pâquerette ?

— Non, au contraire, elle était plus grosse que les marguerites habituelles.

Candy s'empara de la tablette qui se trouvait sur le canapé à côté d'elle et la lui tendit.

— Regarde si tu la trouves.

Il ne lui fallut qu'un court moment. La sienne était jaune, avec une double rangée de fleurons.

— C'était celle-ci, annonça-t-elle en tournant l'écran vers Candy pour qu'elle puisse voir. Il semblerait qu'elle fasse partie de la famille des Gerberas.

— Ces fleurs expriment la profondeur des sentiments, amicaux ou amoureux, expliqua aussitôt Candy. Mais elles peuvent aussi exprimer la tristesse ou le besoin de protection.

— Cela pourrait bien coller.

Elle se rappela la profonde tristesse dans laquelle elle se trouvait ce jour-là, et à laquelle Garrett avait répondu en lui offrant son amitié. Le besoin d'être protégée qu'elle éprouvait alors qu'elle vivait avec un homme aussi instable que Neil. Elle doutait que Garrett sache quoi que ce soit de la floriographie, qu'il en connaisse même l'existence. Pourtant, et même si ce ne pouvait être qu'une coïncidence, le fait qu'il lui ait offert une fleur porteuse de messages aussi positifs lui donna la chair de poule.

— C'est curieux, la façon dont les choses se passent parfois, observa Candy, le regard songeur.

— C'est vrai, approuva-t-elle, tout en regrettant amèrement de s'être débarrassée de sa marguerite.

Elle aurait dû la garder, avec le reste de ses affaires.

Agacée par ce trop-plein d'émotions, elle focalisa son attention sur Ivy qui jouait toujours avec Yogi.

— Maintenant que tu es libre, Tanner et moi avons décidé de fixer la date de notre mariage, annonça soudain Candy. Je voudrais que tu sois l'une de mes demoiselles d'honneur. Je te promets de ne pas te faire porter une de ces affreuses robes habituellement de circonstance. Nous choisirons ensemble une tenue dans laquelle tu te sentiras belle.

La prévenance de Candy lui alla droit au cœur.

— Si tu t'occupais plutôt de ta robe ? Ce sera toi la reine de la journée et en tant que telle il faudra que tu éclipses toutes les femmes de l'assemblée ! Ceci dit, tu n'auras pas à te donner trop de mal. Tu es déjà si belle !

— Merci, Meagan. Tu es vraiment gentille. Tu voudras bien m'aider à choisir ma robe ?

— Quelle question ! Bien sûr. Je m'en réjouis même d'avance. Sache que je suis très honorée de faire partie de la noce.

— Tu ne seras pas la seule. Ivy et Yogi seront là aussi et tant pis s'ils ne tiennent pas en place. Tanner et moi voulons une cérémonie familiale, sans chichis.

Elle répondit à son amie par un sourire chaleureux.

— Je suis sûre qu'Ivy va adorer cette fête, dit-elle en posant sur sa fille un regard empli d'amour.

— Tu verras que, dans peu de temps, elle sera ravie

d'aller vivre avec toi, assura Candy qui avait su capter son désarroi.

— Tu crois ?

— J'en suis certaine. Tu es une maman extraordinaire et au fil des jours, Ivy exprimera de plus en plus le besoin d'être avec toi.

— Merci, Candy. Tes paroles me font chaud au cœur.

— Veux-tu rester dîner avec nous ou préfères-tu rentrer chez toi pour te détendre ?

— Je veux bien dîner avec vous. Merci.

Se retrouver en famille lui faisait non seulement un bien fou, mais lui permettait aussi de passer le plus temps possible avec sa fille.

— Quand nous aurons fini de dîner, je pourrais donner son bain à Ivy et la coucher pour lui raconter une histoire.

Parce qu'elles ne vivaient pas encore ensemble, elle éprouvait le besoin viscéral de faire partie de la vie de sa fille et de partager avec elle ce moment privilégié pour toutes les mères du monde qu'est celui du coucher de leur enfant.

— Je devrais même le faire tous les soirs afin qu'elle s'habitue à moi.

— Tu as raison. C'est une très bonne idée. Et maintenant, il est grand temps de me mettre aux fourneaux. J'ai pensé à un sauté de poulet. Qu'en penses-tu ?

— Que nous allons nous régaler. Mais que vas-tu manger, toi qui es végétarienne ?

— J'ai prévu un soufflé aux épinards, dont vous pourrez profiter si vous en avez envie, bien entendu.

— Ivy mange des épinards ?

— Elle en raffole, même.

— C'est bon à savoir.

Elle n'en revenait pas à chaque instant de découvrir le moindre détail relatif à sa fille. Bientôt, Ivy serait prête à vivre avec elle. Elles formeraient une famille. Cette pensée l'emplit d'optimisme.

— Je peux t'aider à préparer le repas, si tu veux, proposa-t-elle. J'ai perdu la main mais j'adorais cuisiner.

— C'est ta mère qui t'a appris ?

— Oui.

Son regard se posa sur le manteau de la cheminée où était alignée toute une série de photos encadrées sur lesquelles posait leur mère.

— Elle me manque tant, dit-elle dans un souffle.

Candy laissa échapper un soupir plein de compassion.

— Au moment de mon adolescence, dit-elle, les choses étaient plutôt difficiles entre ma mère et moi, mais à présent nous nous entendons très bien. Elle adore Tanner et la petite, qui le lui rendent bien. Elle est très impatiente de devenir grand-mère et elle ne manque pas de me le rappeler chaque fois qu'elle garde Ivy.

— Je suis heureuse qu'Ivy donne à ta mère l'envie d'avoir des petits-enfants.

Les enfants de Candy et Tanner seraient des petits cousins formidables pour Ivy, et elle leur souhaitait tout le bonheur du monde.

Un jour, peut-être, elle aussi trouverait l'amour. Le vrai. Mais, pour l'heure, elle était une mère célibataire en liberté conditionnelle qui, pas à pas, tentait de trouver le chemin de la rédemption.

Aussitôt que Tanner eut franchi le seuil de la maison, Ivy l'accueillit avec des grands cris de joie. Elle se rua sur lui en criant son nom de sa petite voix aiguë :

— Tanny ! Tanny !

Tanner la prit dans ses bras et la fit tournoyer dans les airs tout en déposant un baiser sonore sur chacune de ses petites joues rebondies. La petite se mit à rire en gloussant, heureuse de retrouver l'abri rassurant de ce grand corps athlétique.

Meagan assistait de loin à la scène, touchée de voir la

complicité qui existait entre son frère et sa fille, chacun se portant un amour et un respect mutuels.

À trente-six ans, Tanner était un bel homme plein d'un charme et d'une séduction qu'il ne réservait qu'à sa future épouse.

Attirée par les éclats de rire, Candy vint accueillir son fiancé qui l'embrassa tendrement.

Puis Tanner aperçut sa sœur et lui sourit.

— Salut, Meagan. Comment s'est passé ton rendez-vous ?

— Plutôt bien, répondit-elle évasivement. Je commence lundi.

— Je suis certain que tu vas bien t'en sortir, dit-il pour l'encourager.

Elle lui rendit son sourire et afficha un air déterminé destiné à cacher son appréhension.

— En tout cas, je vais faire de mon mieux.

— Meagan va rester dîner avec nous, annonça Candy restée jusque-là silencieuse. Le dîner est presque prêt.

— Super. Nous avons un peu de temps devant nous, alors.

Il reposa Ivy qui se dirigea tout droit vers le coffre à jouets puis alla prendre sa douche, comme il le faisait dès qu'il rentrait.

Candy s'affaira à mettre la table et à remplir les verres d'eau.

— Puis-je t'aider ? s'enquit-elle.

— Non, merci. Profites-en pour te détendre un peu.

Elle alla s'installer par terre, près de sa fille qui, après avoir pioché dans le coffre, lui tendit un poney en plastique rose doté d'une crinière verte, d'une queue mauve et d'une selle noire à pois blancs.

Heureuse de partager un moment de jeu avec sa fille, elle fit tourner le poney sur lui-même tout en décrivant de larges cercles autour d'une barrière censée représenter un manège.

Ivy suivait le jouet des yeux, fascinée. Elle ressemblait beaucoup à Meagan, avec sa chevelure d'un noir de jais et son teint mat. En revanche, elle n'avait presque rien de son père et, secrètement, Meagan s'en réjouissait. Elle n'avait pas revu Neil depuis qu'il l'avait quittée, la laissant seule et enceinte. Bien que sans nouvelles, elle ne doutait pas qu'il devait encore traîner sur les scènes musicales de L.A. en quête d'une gloire qu'il ne connaîtrait jamais. Si elle s'était montrée loyale avec lui à l'époque où ils vivaient ensemble, elle estimait que cette page de sa vie était définitivement tournée.

Ivy tendit sa menotte vers le poney.

— Donne, maman.

Elle le lui rendit et la regarda le faire trottiner haut dans les airs, le cœur tremblant d'émotion.

Ses pensées dérivèrent lentement vers Garrett. S'était-il marié pendant son incarcération ? Avait-il eu des enfants ? Quel genre de femmes fréquentait-il ? En réalité, elle ignorait tout de sa vie personnelle.

— Tout va bien ? Tu sembles préoccupée.

Elle leva les yeux sur Tanner qui, revenu dans le salon, fixait sur elle un regard inquiet.

Mais, même à lui, elle ne pouvait pas confier son secret.

— Pas du tout. Je crois que j'ai faim.

— Eh bien, on dirait que tu as de la chance.

Il pointa du menton Candy qui, après avoir mis la touche finale à une salade composée, sortait les plats du four.

Tous quatre prirent place autour de la table, la petite Ivy assise dans sa chaise haute. Le repas se passa dans la bonne humeur et, au moment du dessert, Ivy fit rire tout le monde en donnant à son poney un peu de son moelleux au chocolat.

— Je vais pouvoir emmener Ivy avec moi au travail, annonça Meagan. L'hôtel dispose d'une garderie pour les enfants des employés.

— C'est une bonne nouvelle, se réjouit Tanner. Sans compter qu'Ivy sera rassurée de te savoir tout proche d'elle, dans la même structure.

— Tout à fait, renchérit Candy. Ivy va adorer, elle aime bien la compagnie d'autres enfants. J'avoue qu'elle va me manquer, mais ce qui importe c'est que tu fasses ce qui est le mieux pour ta fille et toi.

— Merci, dit-elle, ravie de voir que sa décision faisait l'unanimité. Merci de votre aide et de votre soutien.

Tanner lança d'un ton faussement désinvolte :

— J'aimerais bien rencontrer ce Garrett un de ces jours. Il m'a l'air d'être un chic type pour t'avoir fait une telle proposition.

Garrett est mieux qu'un chic type, aurait-elle voulu préciser. Car même si l'offre émanait de sa mère, il n'était pas tenu de l'accepter.

— Il m'a même proposé de monter à cheval, si je le voulais, ajouta-t-elle sur le même mode dégagé.

— Tu devrais profiter de l'occasion, même si tu peux monter l'un de mes chevaux aussi, rétorqua Tanner. Tu sais à quel point j'aimerais que tu t'y remettes. Pour toi, mais aussi pour ta fille, que tu pourrais accompagner plus tard dans ses randonnées.

— Je sais. Je pense que ce serait plus pratique là-bas, où je serai sur place. En plus, j'aime beaucoup l'ambiance surf qui règne dans cet endroit.

En effet, elle avait toujours aimé l'océan et ses rivages. Lorsqu'elle était adolescente, elle passait des heures à la plage avec ses amis, comme bon nombre de Californiens.

— Peu importe où, l'encouragea son frère. Le principal étant que l'envie de monter à cheval te revienne.

Soudain rêveuse, elle se vit chevaucher en compagnie de Garrett sur les plages immenses qui bordaient l'océan.

— Je te promets d'y réfléchir sérieusement, dit-elle.

— Prends ton temps et ne te lance que lorsque tu te sentiras prête.

— J'espère que je le serai un jour.

Oui, car ce serait pour elle l'occasion de croiser Garrett. Elle redoutait autant qu'elle la souhaitait leur prochaine rencontre. Il lui avait confié passer pas mal de temps aux écuries, et il lui fallait donc d'ores et déjà s'habituer à l'idée qu'elle serait amenée à le voir souvent.

En poussant un soupir, elle essuya le visage et les mains d'Ivy, barbouillés de moelleux au chocolat.

Mais des images de Garrett surgissaient dans son esprit sans qu'elle ne puisse rien y faire.

- 3 -

Garrett se dirigea d'un pas vif vers la garderie. Il s'était juré de surveiller Meagan de près afin de tenter de savoir quel genre de personne elle était vraiment.

Elle allait prendre son nouveau poste aujourd'hui même, et il avait appris par la directrice des ressources humaines qu'elle avait inscrit la petite Ivy à la garderie. Qu'y aurait-il d'étrange à ce qu'il s'intéresse à la fille de l'une de ses employées en ce premier jour de garderie ? C'était quelque chose qu'il faisait souvent.

Ces lieux lui appartenaient, et il revendiquait haut et fort le droit d'être un homme de terrain, capable de veiller à tout. Il mettait un point d'honneur à s'assurer que tout marchait pour le mieux dans chacune des sections de son affaire, n'hésitant jamais, pour cela, à discuter avec ses employés, qu'il pouvait nommer chacun par son prénom.

De plus, il adorait les enfants et il prenait d'autant plus de plaisir à passer de temps en temps à la garderie pour cette raison. Cela lui venait sans doute de l'époque où, lorsqu'il était envoyé en foyer d'accueil, les plus petits venaient instinctivement vers lui pour demander son aide. C'est dans ces circonstances qu'il avait rencontré Max et qu'ils ne s'étaient plus jamais perdus de vue. Il avait tout de suite pris sous sa protection cet enfant trop chétif et peureux pour pouvoir se défendre lui-même. Ce sens de la justice, ou de l'injustice, ne l'avait jamais quitté depuis, et il faisait en sorte de régler tous les problèmes qui se présentaient à lui en parfaite équité.

En attendant l'arrivée de Meagan et de sa fille, il s'assit sur l'un des bancs en pierre de la cour et but à petites gorgées le café qu'il était passé prendre au distributeur automatique de boissons.

Les voilà, se dit-il en les voyant approcher.

Meagan tenait sa fille par la main. À la vue de cette gamine qui trottinait docilement à côté de sa mère, il ne put retenir un sourire. Elle portait un ensemble en jean assorti de bottines roses et elle tenait à la main un petit sac en forme de cœur imprimé de personnages de dessins animés. Sa queue-de-cheval attachée haut sur le crâne dansait à chacun de ses pas. Meagan avait opté pour une tenue style cow-girl qui lui seyait à merveille.

Lorsqu'elles furent à quelques mètres seulement, il se leva pour aller à leur rencontre.

— Je tenais à être là pour cette première journée de garderie, expliqua-t-il en toute simplicité.

Elle en resta sans voix. Elle ne s'attendait clairement pas à ce qu'il fasse intrusion dans sa vie de manière aussi délibérée. Mais elle se ressaisit très vite pour se pencher vers sa fille et lui dire :

— Ivy, c'est M. Snow. Garrett. C'est lui qui m'a donné du travail. Tu sais, le travail qui consiste à s'occuper de chevaux.

Ivy lâcha la main de sa mère et planta ses grands yeux bleus dans ceux de Garrett.

— Ils sont où les chevaux ? demanda-t-elle avec tout le naturel des enfants de cet âge.

Il agita la main vers un point censé se trouver derrière le bâtiment de la garderie.

— Ils sont là-bas, dans les écuries, répondit-il, amusé.

Puis il mit un genou à terre pour se mettre à la hauteur de la petite fille.

— Tu aimes les chevaux ?

Elle opina vigoureusement de la tête et ouvrit son sac, duquel elle sortit un petit poney multicolore qu'elle lui tendit.

Il l'étudia sous toutes les coutures avec la plus grande attention.

— C'est le plus joli cheval que j'aie jamais vu, finit-il par dire.

— C'est à moi, dit fièrement Ivy.

Il lui sourit encore puis se releva et reporta son attention sur Meagan.

— Elle s'exprime vraiment très bien pour son âge.

— C'est vrai. Il lui arrive parfois de mal prononcer certains mots mais c'est rare. Son langage s'enrichit de jour en jour et, maintenant qu'elle va aller à la garderie, les choses vont encore s'accélérer.

— Elle est très mignonne. N'est-ce pas que tu es très mignonne, Ivy ?

En guise de réponse, Ivy gratifia son poney d'un baiser sonore puis le lui tendit, sans doute pour qu'il fasse de même. Se prenant au jeu, il obéit docilement puis rendit le jouet à la petite. Il était totalement sous le charme.

— Regarde, maman, il mange, dit Ivy en le faisant se jeter sur quelque nourriture imaginaire.

— Oui, je vois, ma chérie. Il faut expliquer à M. Garrett que ton poney est très gourmand et qu'hier, déjà, il a mangé du gâteau au chocolat. Du coup, il a dû prendre son bain avec toi.

Il chercha le regard de Meagan. Pourquoi demeurait-il toujours aussi attiré par cette femme qui sous ses airs innocents n'avait pas hésité à les dépouiller, ses frères et lui, d'une somme importante ? Il ne se l'expliquait pas.

— Vous savez vous y prendre avec les enfants, le félicita-t-elle.

— C'est sans doute parce que je les ai toujours aimés.

— Pourtant, vous n'en avez pas. Je me trompe ?

Il se limita à secouer la tête en guise de dénégation. Cette intrigante n'avait nul besoin de savoir qu'il rêvait de voir sa grande maison remplie d'une ribambelle d'enfants joyeux et braillards.

— Je m'en doutais sans en être vraiment certaine. Je suppose que vous n'avez jamais été marié non plus.

— Vous supposez parfaitement.

Si l'idée du mariage ne le rebutait pas, bien au contraire, il n'avait jusque-là pas trouvé la femme idéale. La trouverait-il un jour ? Rien n'était moins sûr, tant il gardait un souvenir pénible de sa dernière déception amoureuse. Sa fiancée était sortie brutalement de sa vie car il avait refusé de financer son projet dont il savait, en homme d'affaires avisé qu'il était, qu'il était voué à l'échec. Elle ne l'avait pas supporté.

— En revanche, Jake s'est marié et sera bientôt papa, reprit-il.

Et puis il ne put résister. Jake aussi avait été victime de son escroquerie, et il voulait le lui rappeler. Voir sa réaction. Il marqua une pause en sentant la colère l'envahir :

— Vous vous souvenez de Jake, n'est-ce pas ?

Il la vit baisser les yeux et sut qu'il avait atteint son but.

— Oui, bien sûr, acquiesça-t-elle d'un ton lourd de culpabilité. C'est l'un de vos frères d'adoption.

Il sentit soudain quelque chose le piquer à travers la toile de son pantalon. C'était Ivy qui faisait courir son poney le long de sa jambe. La pauvre petite avait dû sentir la tension qu'il avait créée s'installer entre sa mère et lui, et cherchait à faire diversion.

— Ce sera une fille, continua-t-il d'une voix radoucie.

— Quand donc est prévue la naissance ?

— Je ne connais pas précisément la date, mais il reste encore quelques mois. Ils sont tellement excités tous les deux ! Ils marchent sur un petit nuage.

— C'est bien, rétorqua-t-elle, le regard soudain voilé de tristesse. C'est ainsi que ça doit se passer quand on attend un bébé.

Sans doute se revoit-elle accoucher seule et dans des

circonstances difficiles, songea-t-il. Avait-elle accouché au sein de la prison ou dans un quelconque hôpital ? Il l'ignorait. En réalité, il était désolé pour elle, mais il se sentait incapable de prononcer le moindre mot censé la réconforter. Pourtant, il fallait bien qu'il dise quelque chose, n'importe quoi qui ne laisserait pas s'amplifier ce silence déjà trop pesant.

— Au début, Jake était un peu paniqué. Il n'était pas dans ses projets immédiats de se marier et de fonder une famille. Mais très vite il s'est habitué à cette idée et maintenant il brûle d'impatience de devenir père, même si cela implique d'énormes responsabilités. Mais tout cela vous le savez déjà, n'est-ce pas ?

— Oui, dit-elle en prenant sa fille dans ses bras.

Ivy cala sa petite tête contre l'épaule de sa mère et le regarda, lui adressant un sourire angélique. Puis, sans le quitter des yeux, elle fit tomber son poney par terre.

La petite diablesse. Elle l'avait fait exprès. À croire que, comme sa mère, elle savait déjà faire marcher les hommes. Sans dire un mot, il se baissa et ramassa le poney qu'il lui tendit.

Ivy esquissa une moue dédaigneuse puis, de nouveau, jeta son jouet par terre.

— Ivy, la gronda gentiment Meagan.

Incapable de lui résister, il se baissa une seconde fois.

— Je suis désolée, s'excusa-t-elle en reposant sa fille par terre.

— Pas de problème, assura-t-il en tendant de nouveau le poney à la petite.

— Dis merci, Ivy.

— Merci, Garry, répéta docilement la petite fille de sa voix fluette.

— De rien, rétorqua-t-il, un sourire amusé aux lèvres. J'imagine que je suis Garry, maintenant.

— Elle adore donner des diminutifs à tout le monde. Mon frère Tanner est devenu Tanny et elle a baptisé sa fiancée,

Candy, Canny. Maintenant, je crois qu'il est l'heure de la déposer à la garderie. Voulez-vous nous accompagner ?

— Avec plaisir.

En effet, puisqu'il était venu là dans le but de connaître un peu mieux Meagan, pourquoi ne pas aller jusqu'au bout de sa démarche ?

Tout se passa bien jusqu'à ce qu'Ivy comprenne qu'on allait la laisser là, seule sans sa mère. Elle se cramponna alors à sa jambe en pleurant. Meagan et l'éducatrice eurent beau tout faire pour la rassurer, rien n'y fit. Ivy continuait à s'agripper à sa mère en hurlant.

Garrett voulut intervenir. Il lui proposa d'aller jouer aux cubes avec lui, mais lui aussi échoua à la calmer. Loin de se décourager, il s'assit au milieu d'autres enfants : la curiosité allait l'emporter, et elle viendrait les rejoindre, il en était sûr.

Après quelques minutes, elle sécha ses larmes, renifla un peu puis se dirigea vers eux. Il avait gagné. Il lui tendit un cube dont les différentes faces représentaient des chevaux. Elle s'en saisit et contempla les images, visiblement fascinée par ce qu'elle voyait.

Bien que concentré sur Ivy, il sentait sur lui le regard plein d'admiration que Meagan gardait rivé sur lui. Il avait presque l'impression d'être une sorte de héros.

Et il aurait pu se laisser prendre à son charme troublant si un sursaut de fierté ne l'avait rappelé à l'ordre. Il ne fallait surtout pas qu'il cède à l'attirance qu'il ressentait toujours envers elle. Pas après ce qu'elle avait fait.

Il attendit qu'Ivy se sente en confiance dans ce lieu inconnu pour se relever enfin.

— Merci mille fois, Garrett, dit Meagan. Je n'aurais jamais imaginé qu'elle puisse pleurer ainsi.

— Elle a l'air de s'être déjà habituée, rétorqua-t-il.

— Merci encore.

Il haussa les épaules, dans un geste qui se voulait désinvolte.

— Je n'ai rien fait de si extraordinaire, vous savez.

— J'espère que le reste de la journée va bien se passer.

— Je n'en doute pas. Ne vous inquiétez pas.

Il fut sur le point de lui proposer de revenir plus tard pour voir si tout allait bien, mais il y renonça. Il était déjà allé bien au-delà de ce qu'il aurait dû faire.

— Vous n'aurez qu'à passer à l'heure de votre pause déjeuner, proposa-t-il plutôt. De nombreux parents le font.

— J'ignorais que le règlement intérieur le permettait mais dans ce cas, oui, bien sûr, je ne manquerai pas de revenir. Merci pour tout, Garrett.

— Vous n'avez pas à me remercier.

— Mais si. Vous avez tant fait pour m'aider, entre ce travail que vous m'avez offert et la gentillesse dont vous faites preuve à l'égard d'Ivy.

Il ne répondit rien. Les larmes d'Ivy lui avaient douloureusement rappelé l'époque où il prenait sous son aile ses petits compagnons d'infortune. Mais à quoi bon partager ces souvenirs avec elle ?

La petite frimousse d'Ivy se fendit d'un large sourire tandis qu'elle invitait Meagan à partir en agitant les mains.

— Mon Dieu ! s'exclama-t-elle aussitôt qu'ils furent dehors. Cette expérience a été éprouvante. Je me souviendrai longtemps de cette première journée de crèche.

La voir si émue le troubla. Il hésita à lui tendre un mouchoir pour tamponner les larmes qui pointaient à ses yeux, comme il l'avait fait le jour où ils s'étaient rencontrés. Mais non. Cette fois, il saurait faire preuve de discernement.

Pourtant, quand il la vit passer une main sur ses joues pour essuyer les larmes qui avaient commencé à couler, il dut se faire violence pour résister à l'envie de la prendre dans ses bras.

Mais que lui arrivait-il, bon sang ? Que lui importaient les états d'âme de Meagan Quinn ? Il avait des choses beaucoup plus importantes à traiter avant le voyage d'affaires qui était prévu pour le lendemain.

— Je vais vous laisser, Meagan.

— À plus tard, peut-être ?

— Peut-être, éluda-t-il d'un ton qu'il voulait indifférent. J'espère que cette première journée va bien se passer pour vous aussi.

— Je l'espère aussi. Merci.

Elle serra contre elle le petit sac de sa fille, comme s'il s'agissait là d'un trésor inestimable. D'une certaine façon, cela devait l'être.

Ils se saluèrent brièvement puis chacun prit une direction opposée. Pourtant, plus il s'éloignait d'elle, plus son image le hantait. Encore une fois il dut se rendre à l'évidence : oublier les sensations brûlantes qu'elle faisait naître en lui allait s'avérer plus difficile qu'il n'aurait cru.

Meagan n'avait pas revu Garrett depuis le jour où il les avait accompagnées à la garderie, Ivy et elle, une semaine plus tôt. Elle était déçue. Pourquoi n'était-il pas venu alors qu'il lui avait assuré monter ses chevaux tous les jours ? Elle avait espéré l'apercevoir à un moment ou à un autre, mais non. Il était resté invisible.

Était-ce une simple coïncidence ? Ou, au contraire, cherchait-il à l'éviter ? À prendre ses distances avec elle ?

— Qu'en penses-tu, Ho-Dad ? demanda-t-elle au cheval alors qu'elle le pansait.

Comme en réponse, Ho-Dad se mit à hennir tout en secouant sa crinière.

Elle éclata de rire.

— Tu as raison. Pour quelle raison chercherait-il à m'éviter ? Ce n'est pas ma présence ici qui l'empêcherait de monter s'il en avait envie. Il doit simplement avoir un planning ultra-serré.

Elle continua à bouchonner Ho-Dad, espérant toujours que Garrett allait faire son apparition. S'il venait régulièrement, elle pourrait le convaincre qu'elle était quelqu'un de bien, malgré ce qu'elle avait fait. Elle se sentirait aussi plus à l'aise en sa présence et peut-être, alors, parviendrait-elle à dissiper la boule d'anxiété qui lui nouait le ventre chaque fois qu'elle pensait à sa situation.

Lorsqu'elle eut fini de panser le cheval, elle lui offrit une carotte qu'elle lui présenta dans le plat de la main.

— Vous le gâtez trop, la réprimanda gentiment une voix grave qu'elle ne connaissait que trop bien.

Son cœur se mit à battre la chamade. Garrett ! Elle avait tant espéré le voir et voilà qu'il était là, tout près d'elle.

Elle inspira profondément puis se tourna lentement vers lui. Sa tenue, jean, chemise western et santiags, laissait clairement penser qu'il avait en tête de monter.

Elle s'efforça de maîtriser sa voix.

— Il le mérite bien. Et puis, c'est mon chouchou.

— À vrai dire, je me doutais bien qu'il le deviendrait.

Ho-Dad mastiquait bruyamment à son oreille mais elle l'entendait à peine tant les battements de son cœur cognaient fort dans sa poitrine.

— Vous avez été très occupé ?

— En effet. Mais pourquoi cette question ?

— Je ne vous ai pas vu aux écuries.

Il arqua les sourcils. Voilà qu'elle l'avait contrarié.

— Surveilleriez-vous mes allées et venues ?

— Non, bien sûr que non, s'empressa-t-elle de répondre. Je me posais la question parce que vous m'avez dit que vous montiez tous les jours et pourtant vous n'êtes pas venu une seule fois depuis que je suis là.

— J'étais à Las Vegas, invité à une convention, expliqua-t-il. Je repars dans quelques jours.

— Pour combien de temps partez-vous ?

— Une semaine. Cette fois pour affaires.

— Vous voyagez beaucoup ?

— En règle générale, non. Je préfère largement diriger l'hôtel et rester chez moi, mais parfois je n'ai pas le choix.

En tout cas, pour le moment je suis là et je compte bien en profiter pour monter.

Elle lui lança un regard à la dérobade. Seigneur, qu'il était sexy. Dire qu'elle avait l'habitude de côtoyer des cow-boys depuis son enfance… Mais Garrett était vraiment irrésistible. Et il lui plaisait depuis la seconde où elle avait posé les yeux sur lui.

Ho-Dad lui donna soudain de petits coups de nez sur l'épaule.

— Eh bien, allez-y, l'encouragea Garrett.

— Allez-y ?

— Oui. Donnez-lui cette deuxième carotte qu'il vous réclame.

Soit il était hautement perspicace soit on lisait en Ho-Dad et elle comme dans un livre ouvert. Elle tendit au cheval cette deuxième friandise qu'il happa goulûment.

Elle s'affaira dans le box alors qu'en réalité elle en avait fini avec Ho-Dad. Cet enclos exigu lui apparaissait comme l'endroit le plus sûr, celui qui pouvait la garder à distance de cet homme qui lui faisait battre le cœur trop vite.

— Tom m'a rapporté que vous faites du bon travail, reprit-il.

— C'est gentil à lui.

— Il m'a dit aussi que vous ne faisiez presque pas de pauses.

— J'en prends une à l'heure du déjeuner pour aller voir Ivy.

— Oui, mais en dehors de celle-ci ? Il pense que vous travaillez plus dur que n'importe qui d'autre ici.

— J'imagine que ce n'est pas interdit.

— Bien sûr que non, Meagan. Ce n'était pas un reproche. Mais vous avez aussi le droit de prendre un peu de repos ; de vous ménager des moments de détente.

— J'ai été habituée à pointer.

— Vous voulez dire en prison ?

Hélas, oui. Elle poussa un soupir.

— J'étais la détenue la plus inoffensive qui soit. En conséquence, j'étais autorisée à vivre dans une zone ouverte bien que soumise à des règles strictes. Au début de mon incarcération, alors que j'attendais Ivy, j'étais cantonnée dans une section réservée aux femmes enceintes.

— C'est là que vous avez accouché ?

— Non. J'ai accouché dans un hôpital. Heureusement, en Californie, il est interdit de transférer les détenues enceintes, enchaînées ou menottées.

— On vous a laissée voir votre fille ? La tenir contre vous ?

— Oui, mais pas très longtemps. Le personnel hospitalier a été très gentil avec moi, ce qui n'est pas toujours le cas. Certaines détenues enceintes ont vécu des expériences horribles avec des médecins ou des infirmières qui se montraient soit brutaux soit indifférents. Ça n'empêche. J'étais terrorisée. Je n'avais pas été préparée à accoucher et je n'avais pas le droit de voir ma famille. Lorsque Tanner est venu récupérer Ivy à l'hôpital, j'avais déjà été reconduite en prison.

— Vous avez dû vous sentir terriblement isolée.

— C'est vrai. Mais j'étais seule responsable de mon malheur. C'est moi qui ai commis un délit, personne d'autre. Vous êtes bien placé pour le savoir.

— Certes. Mais aucun accouchement ne devrait se dérouler dans des circonstances aussi sordides.

L'espace d'un court instant elle crut qu'il allait poser sur elle une main pour la réconforter. Elle retint son souffle. Mais il ne fit que s'agripper à la porte du box. Aucun d'eux ne parla avant qu'il rompe le silence le premier :

— J'insiste pour que vous fassiez des pauses lorsque vous êtes ici, Meagan.

— D'accord, concéda-t-elle. D'ailleurs, n'est-ce pas ce que je suis en train de faire en bavardant avec vous comme cela ?

— Je suppose que oui. Racontez-moi un peu comment cela se passe à la garderie.

— Très bien. Comme vous l'aviez très justement prévu, Ivy s'est vite adaptée. Tous les matins, elle est impatiente de partir avec moi puis de retrouver tous ses petits copains. Elle ne cesse de me questionner au sujet des chevaux. Elle voudrait absolument les voir.

— C'est facile. Vous n'avez qu'à l'amener et les lui montrer.

— Cela ne vous dérangerait pas ?

— Pas du tout. Vous pouvez même prévoir une visite tout à l'heure lorsque vous aurez fini votre journée.

— Merci. Elle va être ravie.

Elle s'essuya les mains sur son jean. Pouvait-elle lui confier qu'Ivy parlait aussi de lui ? Et pourquoi pas, après tout ? Ivy serait contente de le revoir à la garderie. Il n'y avait rien de mal à le lui dire, cela allait peut-être même lui faire plaisir. Elle se lança :

— Ivy ne me parle pas que de chevaux. Elle me parle aussi de vous.

— Vraiment ? dit-il, paraissant sincèrement surpris. Que dit-elle à mon sujet ?

— Elle vous demande.

Il hésita à répondre, semblant peser les mots qu'il s'apprêtait à dire.

— En fait, je pensais que je n'étais pas à ma place, à la garderie.

— Vous plaisantez ? Ivy serait tellement contente que vous passiez la voir ! Apparemment, vous lui avez fait grande impression. Je crois qu'elle retrouve un peu de Tanner en vous. D'ailleurs vous vous ressemblez physiquement. Elle est très proche de lui, ce qui explique pourquoi elle se sent aussi à l'aise avec vous.

— Eh bien, dites-lui que je serai là lorsque vous l'emmènerez voir les chevaux. Nous pourrons même y aller ensemble, si vous voulez.

— Avec plaisir.

Elle sentit aussitôt ses joues s'empourprer : ce mot « ensemble » qu'il avait prononcé lui paraissait tout à coup formidablement intime.

— Je suis impatiente de lui présenter Ho-Dad, dit-elle pour faire diversion.

— Eh bien, à plus tard, dit-il à son tour.

— Oui. À plus tard.

Elle le suivit des yeux, submergée d'une joie immense.

- 4 -

Lorsque Garrett revint de sa sortie à cheval, Meagan et sa fille n'étaient pas encore là.

Elles ne vont pas tarder, se dit-il fermement comme pour s'en convaincre. Il confia sa jument à l'un des palefreniers puis alla les attendre dehors.

Il était flatté d'avoir manqué à Ivy. Flatté mais aussi gêné. Il n'aurait pas dû leur proposer de les retrouver. Seulement voilà, cela aurait été cruel de les laisser tomber, elle et sa mère. Pourtant, n'était-il pas censé n'en avoir plus rien à faire du cas Meagan Quinn ? En effet. Mais là, il ne s'agissait pas de Meagan. Tout ce qu'il faisait, c'était pour Ivy qui méritait bien qu'on s'occupe d'elle.

Et Meagan ? se demanda-t-il encore. Elle ne méritait pas qu'on s'occupe d'elle, elle aussi ? Sa mère lui aurait répondu « oui » sans hésiter. Quant à Jake et à Max, ils avaient l'air d'avoir déjà oublié cette vieille histoire. C'était tout juste s'ils se souvenaient d'elle et avaient le sentiment d'avoir été dupés.

Se jouait-elle encore de lui ou était-ce lui qui, incapable de lui pardonner, avait une vision altérée des choses ? En toute honnêteté, il n'en savait rien.

Enfin, il vit la voiture de Meagan arriver et se garer sur le parking. Elle en sortit et alla extirper sa fille de son siège auto. Aussitôt qu'Ivy l'aperçut, son visage se fendit d'un large sourire qui le fit fondre de tendresse.

— Garry !

— Bonjour princesse, répondit-il en s'approchant d'elles.

Elle tendit ses petits bras, l'invitant à la porter. Il lança un coup d'œil interrogateur à Meagan qui acquiesça d'un signe de tête, et la seconde d'après elle était blottie contre lui.

— Les chevaux ! cria-t-elle sans pouvoir cacher son impatience.

— Allons les voir.

Une fois dans l'écurie, Ivy s'extasia sur tout ce qu'elle voyait. Elle alternait petits cris aigus et gloussements, comme le font les enfants de cet âge.

— Ivy, je te présente, Ho-Dad, dit Meagan à sa fille. C'est mon cheval préféré.

— C'est un papa ? s'enquit Ivy en se penchant pour mieux le voir.

— Non, ma chérie. C'est juste son nom.

— Ce n'est pas un papa ? insista Ivy, perplexe.

— Non, mon cœur. C'est un garçon mais ce n'est pas un papa.

— Moi, je dis que oui, s'entêta-t-elle.

Meagan le regarda et ils échangèrent un sourire amusé.

— Tu veux le caresser ? proposa Garrett.

Elle accepta d'un petit signe de tête. Il lui expliqua alors comment elle devait s'y prendre, mais elle semblait le savoir déjà, grâce sans doute aux conseils de son oncle Tanner, et se montrait à la fois prudente et douce. Contrairement aux autres chevaux, Ho-Dad adorait qu'on le caresse et qu'on lui manifeste des gestes d'affection.

Il était donc aux anges avec Ivy qui ne se lassait pas de lui tapoter l'encolure tout en l'appelant « Daddy ».

Il la trouvait si attachante ! Comment son père avait-il pu se priver d'un trésor aussi précieux ? *Quel sombre crétin !* pesta-t-il en son for intérieur.

— Moi non plus je n'ai pas connu mon père, dit-il tout haut.

Mais que lui arrivait-il ? Pourquoi se laisser aller à ce genre de confidence ?

Meagan se tourna vers lui, interloquée.

— C'est vrai ?

Sans qu'il sache pourquoi, quelque chose le poussait à partager son passé avec elle.

— Oui. Il étudiait à l'université d'Oklahoma quand il a rencontré ma mère. Ils se sont fréquentés pendant un an et quand elle s'est retrouvée enceinte il a pris la tangente. Il a quitté la ville, et elle ne l'a jamais revu.

— A-t-elle su où il était parti ?

— Elle a supposé qu'il avait intégré une autre université, mais elle n'a rien fait pour le retrouver. Elle n'a jamais su s'il s'était marié, s'il avait eu d'autres enfants. Quant à moi, je m'en fiche. Cet homme ne m'intéresse pas.

— Je comprends. Votre mère l'aimait-elle vraiment ou était-ce une relation sans importance ?

— Je n'en ai aucune idée. Elle n'en parle jamais, et je ne cherche pas à la questionner à ce sujet.

— Ma mère, elle, était folle amoureuse de mon père, confia-t-elle à son tour. Des années après leur divorce, elle espérait encore qu'il lui reviendrait. Je crois que son désespoir a influencé ma relation avec les hommes. Comme elle, j'étais prête à n'importe quoi pour garder Neil.

Il aurait bien aimé en savoir plus sur la relation qu'elle avait entretenue avec Neil, mais lui poser la moindre question aurait été déplacé alors qu'il tenait la fille de cet homme entre ses bras.

Ivy finit par se lasser de caresser Ho-Dad. Elle posa alors sa tête au creux de son épaule et se mit à sucer son pouce, s'abandonnant dans une confiance totale.

— Pourquoi avez-vous été placé dans un foyer ? s'enquit Meagan.

— Parce que ma mère souffrait d'une maladie auto-immune qui, à intervalles réguliers, la rendait physiquement incapable de s'occuper de moi.

En gros, il avait résumé en quelques mots ses angoisses de petit garçon qui, sans cesse, avait peur de voir mourir sa mère. Ces détails pénibles, il avait toujours préféré les garder pour lui.

— Je suis désolée. Va-t-elle mieux aujourd'hui ?

— Aussi bien que sa maladie lourde le lui permet.

— Vit-elle avec vous ?

— Non, elle vit dans la suite d'un hôtel, non loin de chez moi. Mais je ne devrais pas vous raconter tout cela, ajouta-t-il en fronçant les sourcils.

— Pourquoi ? Vous craignez que je ne la contacte ? Je vous promets que non. En revanche, j'aimerais vraiment que vous lui transmettiez mes remerciements.

— Je n'y manquerai pas. Ce sera chose faite aussitôt que je serai rentré de mon prochain voyage.

— Merci. Il me tient vraiment à cœur que votre mère sache à quel point je lui suis reconnaissante de vous avoir convaincu de me donner une deuxième chance.

— Je sais.

Mais les choses se révélaient finalement plus compliquées qu'il se l'était imaginé. Par exemple, lui confier des détails aussi intimes de sa vie personnelle, comme il venait de le faire, ne lui ressemblait pas.

Mieux valait changer de sujet s'il ne voulait pas se laisser entraîner de nouveau sur un terrain glissant.

— Avez-vous décidé si vous allez vous remettre en selle ou non ?

— Disons que j'y réfléchis encore.

— Vous devriez commencer avec Ho-Dad. Visiblement, vous avez déjà établi un lien avec lui ; ce serait la monture idéale pour vous redonner la confiance qu'il vous manque.

— J'y avais déjà pensé.

Elle s'interrompit, regardant avec un sourire sa fille blottie contre lui.

— Elle a l'air de se sentir bien avec vous.

Cette remarque l'alarma. Il ne devrait pas se rapprocher de Meagan et de sa fille comme il le faisait.

— En effet. Mais tenez, je crois qu'elle préférerait

quand même être dans vos bras. J'ai l'impression qu'elle a sommeil.

Il la lui tendit mais, au lieu de le soulager, cette séparation ne fit qu'accentuer le désir de rester avec elles. Car au fond de lui, autant se l'avouer, il se sentait étrangement bien en leur compagnie. Il les raccompagna jusqu'à leur voiture où Meagan installa délicatement sa fille, maintenant endormie, dans son siège auto.

— Vous voyez, je ne m'étais pas trompé, pointa-t-il lorsqu'elle ressortit de l'habitacle. Elle avait besoin de dormir.

— Elle est un peu perturbée en ce moment, expliqua-t-elle. Mon frère m'a cédé une petite maison qui se trouve sur ses terres mais Ivy refuse encore d'y vivre avec moi. Elle passe ses nuits chez mon frère et sa fiancée. Pour le moment je dois me contenter de la coucher et de lui raconter une histoire en espérant qu'elle s'habitue suffisamment à moi pour accepter de venir dormir chez nous.

Le désarroi qui pointait dans sa voix le toucha. Il lança un regard attendri à Ivy qui dormait profondément, sa petite tête inclinée sur le côté.

— C'est une petite fille adorable.

— Merci, dit-elle en lui souriant. Et merci aussi d'avoir passé ce moment avec nous. C'était important pour Ivy. Et pour moi également.

Il fit mine d'ignorer ses derniers mots. Que voulait-elle dire, au juste ? Et pourquoi cette sensation de vide qui l'envahissait à l'idée de les voir s'éloigner ?

— Rentrez bien, finit-il par dire. Soyez prudente.

— Bien sûr.

Il la regarda encore se glisser derrière le volant puis mettre le moteur en marche.

Bien après leur départ, et alors qu'il s'affairait aux écuries, il ressentait encore en lui ce grand vide qui ne faisait que s'accentuer.

**
*

Meagan passa le samedi après-midi avec Candy dans une boutique consacrée à l'univers du mariage. L'heure était venue de lui trouver la robe de ses rêves. Dana Reeds, une jolie blonde au style bohème et meilleure amie de Candy, avait tenu à les accompagner, soucieuse de remplir avec sérieux sa fonction de demoiselle d'honneur.

Le mariage ne devait avoir lieu que dans trois mois, néanmoins le temps filait à toute allure et il restait beaucoup à faire. La cérémonie, de même que les festivités qui suivraient, se déroulerait au club hippique où des tentes devaient être dressées afin de parer à d'éventuelles intempéries.

Pour l'heure, Meagan attendait impatiemment avec Dana que Candy sorte de la cabine d'essayage. La vendeuse, qui préférait le terme de conseillère mais faisait également office d'habilleuse, l'aidait à enfiler une énième robe.

— C'est la première fois que je suis invitée à un mariage, dit Meagan pour tromper l'attente.

— Vraiment ? s'étonna Dana. Vous devez être terriblement excitée. Saviez-vous que mon mari et moi avons célébré notre mariage chez Candy ? ajouta-t-elle en souriant.

— Non, je l'ignorais.

Tout ce qu'elle savait, c'était que le mari de Dana s'appelait Eric et qu'ils avaient un petit garçon, Jude.

— Était-ce dans la maison où elle vit aujourd'hui avec Tanner ?

— Tout à fait. La cérémonie a eu lieu dans le jardin. Mais c'était avant que Candy vende sa maison à Tanner. Ils ne s'étaient pas encore retrouvés à cette époque-là.

Elle connaissait ce chapitre de la vie de son frère. Il avait acheté cette maison à Candy plus tard, alors qu'elle connaissait des problèmes financiers et ne pouvait plus assumer de frais trop lourds, et que lui cherchait une propriété avec une dépendance pouvant accueillir sa sœur à sa sortie de prison.

Dana esquissa un nouveau sourire avant de poursuivre :

— J'aime l'idée que ce soit vous qui m'ayez succédé dans cette dépendance. Parce que, oui, j'ai été la locataire de Candy. C'est ainsi que nous nous sommes rencontrées.

— Je l'ignorais, dit-elle qui, en effet, ne s'était jamais demandé comment les deux femmes étaient devenues les meilleures amies du monde.

— J'ai adoré vivre là-bas, continua Dana, intarissable. Ce lieu avait pour moi quelque chose de magique.

— Oui, il émane de cet endroit de bonnes vibrations.

De bonnes vibrations qui conduiraient sa petite Ivy à vouloir venir vivre avec elle très vite, elle en était sûre.

— C'est là aussi qu'Eric et moi avons eu notre premier rendez-vous, précisa Dana avec un nouveau sourire rayonnant de bonheur. Ça a été la nuit la plus romantique de ma vie.

Elle se pencha à son oreille pour murmurer, sur le mode de la confidence :

— Qui sait si vous ne vivrez pas là-bas le même amour magnifique ?

Aussitôt, ses pensées s'envolèrent vers Garrett. Le revoir comme il avait été quelques jours plus tôt avec Ivy la remplissait de bonheur. Quant aux regards qu'ils s'échangeaient depuis, elle ne pouvait pas se tromper : leur attirance était réciproque.

Elle sentit une vague de chaleur lui picoter la peau. Il l'obsédait tellement qu'elle était soulagée de savoir qu'il serait absent toute la semaine. Peut-être mettrait-elle ces quelques jours à profit pour tenter de remonter à cheval et se libérer un peu de la confusion dans laquelle elle flottait. Ce ne serait que différer le problème, mais elle accueillerait ce court répit comme une délivrance.

La voix de Dana interrompit soudain le fil de ses pensées.

— J'espère que Candy va enfin trouver sa robe idéale.

— Et vous, Dana, s'enquit-elle, heureuse de cette diversion, aviez-vous fait le choix d'une robe traditionnelle ?

— Non. Je n'avais pas le budget nécessaire mais Candy m'a aidée à dénicher une jolie tenue. C'était une robe de cocktail vintage des années 1970 incrustée de perles multicolores formant des marguerites.

Meagan sentit son cœur se mettre à battre plus fort dans sa poitrine.

— Des marguerites ?

— Oui. J'avais même trouvé des barrettes assorties. Sans même le savoir — et pour cause puisque j'ignorais encore à quoi ressemblerait ma robe —, Eric m'avait fait la surprise de m'offrir une bague de fiançailles en forme de fleur.

Elle lui tendit fièrement la main pour qu'elle puisse admirer sa bague.

— Elle est très belle, s'émerveilla-t-elle dans un souffle.

L'anneau en or blanc était surmonté de diamants formant une fleur semblable à celle que Garrett lui avait offerte le jour où ils s'étaient rencontrés.

— Candy m'a initiée un peu au langage des fleurs, commenta-t-elle.

— Moi aussi. C'est intéressant, n'est-ce pas ?

— Oui. Pour le mariage, elle m'a dit avoir choisi des roses blanches, symboles de l'union et de l'amour.

Elles continuèrent à bavarder jusqu'à ce que le rideau de la cabine d'essayage s'ouvre sur la future mariée. Elle était si belle qu'elles en restèrent toutes deux bouche bée d'admiration.

La robe bustier, en soie, moulait ses formes harmonieuses jusqu'aux hanches puis s'évasait légèrement jusqu'à former une courte traîne.

Classe et élégante, comme toujours, songea-t-elle qui lui trouvait l'apparence irréelle d'une sirène.

— J'adore, commenta Dana la première.

— Moi aussi, approuva-t-elle.

Le visage radieux, Candy tournoya gracieusement sur elle-même.

— Je crois bien que j'ai trouvé, dit-elle.

260

— C'est aussi mon avis, dit encore Dana dont les yeux s'étaient embués de larmes.

— Tu vas être la plus belle mariée du monde, la félicita-t-elle.

— Merci.

Candy examina attentivement son reflet dans le miroir à trois faces.

— Il y aura quelques petites retouches à faire là, et là, décida-t-elle. Mais ce ne sera pas un problème, n'est-ce pas, mademoiselle ? ajouta-t-elle en se tournant vers l'employée.

— Absolument, répondit celle-ci. Nous pouvons également vous commander une étole assortie si vous le souhaitez.

— Je pense que ce sera nécessaire. D'ici à trois mois, l'hiver sera installé.

Elle tourna vers ses amies son visage rayonnant de bonheur.

— Je suis si heureuse ! s'exclama-t-elle.

— Il n'y a rien de plus normal ! rétorqua Dana en s'approchant d'elle. Maintenant, il te faut quelque chose d'emprunté et quelque chose de bleu.

Candy se tut, semblant réfléchir à la question.

— Je pourrais glisser une rose bleue dans mon bouquet de roses blanches.

Des roses bleues ?

— Où peut-on trouver des roses bleues ? demanda Meagan, curieuse.

— Il n'en existe pas de naturelles, expliqua Candy. Et même si les horticulteurs se penchent dessus depuis quelques années, le résultat est plus proche du mauve que du bleu profond. Si j'en veux vraiment une, il faudra la teindre.

— Ces roses ont-elles une signification précise ? s'enquit-elle encore. Le sujet l'intéressait vraiment.

— On leur en a attribué une depuis leur création : « le rêve inaccessible ». C'est un peu ce que je vais vivre en épousant Tanner. Alors, cette fleur aura une résonance particulière.

— Ce doit être un sentiment merveilleux…

Elle poussa un soupir. Si une rose bleue ornait également le bouquet des demoiselles d'honneur, qui sait si quelque chose d'extraordinaire ne lui arriverait pas à elle aussi ce jour-là ?

À son retour de voyage, Garrett s'arrêta pour rendre visite à sa mère qui vivait dans une suite d'un bel hôtel bénéficiant d'une vue magnifique sur l'océan. Partout où il regardait dans l'appartement, son regard se heurtait à des figurines, des amulettes et des talismans. Fidèle à sa culture cheyenne, Shirley avait entassé au fil des années tout un bric-à-brac de babioles dont elle ne pouvait pas se séparer. Curieusement, à cet attachement aux traditions venait se mêler un réel intérêt pour des sujets métaphysiques, ce qui faisait d'elle une personne énigmatique.

Âgée de cinquante ans, elle était encore belle, avec ses pommettes saillantes, ses cheveux grisonnants et ses yeux couleur chocolat. Mais qui la connaissait bien, comme lui, pouvait voir sur son visage les stigmates que trop de souffrances physiques y avaient imprimés.

— Comment te sens-tu aujourd'hui, maman ? s'enquit-il après avoir pris place à côté d'elle sur le canapé.

— Ça va, répondit-elle évasivement comme toujours. Je suis contente de te voir. Tu me manques tant quand je te sais en voyage. Et puis, tu devrais te ménager un peu. Tu travailles trop.

— Je suis bien obligé, maman.

— Ça n'empêche. Tu devrais lever un peu le pied.

— Si cela peut te rassurer, je n'ai pas de déplacement prévu pour un bon moment. Et puis, j'ai pas mal de choses en train en ce moment.

— Quel genre de choses ?

— Des affaires à régler à l'hôtel.

— À propos, Meagan a-t-elle commencé à travailler ?

— Oui. Elle a attaqué sa troisième semaine.

Comme chaque fois qu'il évoquait Meagan, son estomac se noua d'un mélange d'excitation et d'appréhension.

— Elle travaille pour toi depuis trois semaines et tu ne m'avais rien dit ? Pourquoi ?

— Parce que j'estimais que ce n'était pas un sujet si urgent, préféra-t-il répondre. Et parce que j'ai beaucoup voyagé ces derniers temps.

Il suffisait de voir son air peu convaincu pour savoir qu'elle n'allait pas renoncer aussi facilement à en savoir plus. D'ailleurs, il n'avait pas intérêt à se taire. Elle interpréterait son silence comme le signe que quelque chose le tracassait et ne le laisserait pas en paix avant d'avoir percé le mystère.

— Tom dit qu'elle se débrouille très bien, ajouta-t-il d'un ton qu'il s'appliqua à garder neutre ; qu'elle travaille trop dur, même. J'ai fait la connaissance de sa petite fille. Elle est adorable. Au fait, Meagan m'a chargé de te remercier de m'avoir convaincu de l'embaucher.

— Tu lui as dit la vérité ?

— Évidemment. Je me voyais mal lui mentir en lui faisant croire que l'idée venait de moi.

— Tu es gentil avec elle au moins ?

— Je la traite comme n'importe laquelle de mes employées, éluda-t-il.

Sauf que le visage de ses autres employées ne le hantait pas jusqu'à l'obsession et qu'il ne rêvait de les prendre dans ses bras ni de les entraîner dans un slow langoureux pour sentir leurs corps contre le sien.

— Tu lui as parlé de la garderie ? insista Shirley.

— Bien sûr. Elle y a inscrit sa fille dès son premier jour de travail.

Son cœur se serra à l'étouffer lorsqu'il revit la pètite Ivy s'agripper désespérément aux jambes de sa mère en pleurant toutes les larmes de son corps.

— Je l'ai même accompagnée, ajouta-t-il.

Il vit sa mère se redresser et lisser sa jupe sur ses longues jambes devenues frêles.

— Je vois que tu t'es mieux occupée d'elle que ce que tu veux bien le laisser entendre.

— Que veux-tu ? Je ne suis pas un monstre sans cœur.

— Cela, je le sais depuis longtemps, mon fils, rétorqua-t-elle en lui tapotant affectueusement le genou. Mais je craignais ta réaction. Tu étais tellement remonté contre elle. Je ne t'avais jamais vu aussi furieux.

— Il faut dire que ce n'est jamais agréable de se faire avoir comme mes frères et moi l'avons été, répliqua-t-il sèchement. Qui peut m'assurer que je peux lui faire confiance ?

— T'a-t-elle donné des raisons de ne pas croire en elle ?

— Non. Elle est plutôt agréable et, de surcroît, elle ne cesse de s'excuser, me répétant à longueur de temps à quel point elle regrette ce qu'elle a fait.

— Sache que je suis heureuse que tu m'aies écouté et que tu aies bien voulu lui donner une chance de s'en sortir.

— Disons que je lui laisse le bénéfice du doute.

En réalité, ce n'était pas la seule raison. Mais tenait-il vraiment à ce que sa mère sache que l'image de Meagan était tellement ancrée dans ses pensées qu'il ne pouvait se consacrer à son travail qu'avec la plus grande difficulté ?

— Tu la connaissais bien avant d'apprendre qu'elle vous avait escroqués ? voulut encore savoir sa mère. Est-ce pour cela que tu étais si furieux après elle ?

— En quelque sorte, oui.

Une fois de plus il choisit de taire les sentiments contradictoires que Meagan faisait naître en lui.

— Penses-tu que vous pourrez de nouveau être amis ? le pressa-t-elle.

— Je l'ignore, maman. C'est encore trop tôt pour savoir ce qu'il va ressortir de tout cela.

— Lui as-tu dit que sa mère et moi nous nous étions connues par le passé ?

Pourquoi insistait-elle ? Sa mère semblait vraiment tenir beaucoup à Meagan pour quelques mystérieuses raisons qu'il n'avait pas envie de connaître. Il haussa les épaules dans un mouvement visant à lui signifier qu'il s'agissait là d'un détail négligeable.

— Non, répondit-il quand même.

— Non ? Et pourquoi cela ?

Bon sang ! Cette discussion n'en finirait donc jamais ? Il lut la réponse à sa question dans le regard obstiné que sa mère gardait rivé sur lui.

— Parce que j'avais peur qu'elle t'importune avec cette histoire, finit-il par répondre.

Shirley leva les yeux au ciel, visiblement agacée.

— Comment peux-tu penser une chose pareille ? Je serais heureuse, moi, d'en discuter avec elle.

— À vrai dire, je lui ai demandé de ne pas chercher à te contacter. J'estime que tu n'as pas à être mêlée à cette histoire plus que tu ne l'es déjà.

— Je ne suis plus une enfant à qui l'on doit dicter sa conduite, Garrett. Je me suis impliquée dans cette affaire de mon plein gré et j'entends bien continuer à décider moi-même de ce que je veux faire. En l'occurrence, ce que je veux faire, c'est rencontrer cette jeune femme. J'y tiens, Garrett.

Il comprit aux plis qui creusaient son front et aux muscles contractés de sa mâchoire qu'il serait vain de discuter. Shirley Snow n'ayant pas pour habitude qu'on lui résiste, il n'avait d'autre choix que de capituler.

— Très bien, dit-il. Je m'en occupe.

S'il voulait garder un tant soit peu de contrôle sur la situation, c'était à lui et à lui seul d'organiser cette rencontre.

- 5 -

Après avoir quitté sa mère, Garrett ressentit le besoin de monter à cheval. Il avait besoin de se vider la tête, de sentir les éléments vibrer autour de lui. L'air était frais, chargé d'embruns et d'iode qu'amenait par vagues successives une brise venue de l'océan. La plage était quasiment déserte, ce qui était normal à cette époque de l'année.

Il n'avait pas vu Meagan à l'écurie mais il en était presque soulagé. S'il voulait apprécier cette sortie à sa juste valeur, il lui fallait se libérer de la tension que faisait naître chaque nouvelle rencontre avec elle.

Son cheval marchait au trot lorsqu'il vit un cavalier venir vers lui. À cette distance il ne pouvait dire de qui il s'agissait, mais son instinct lui soufflait que c'était Meagan.

À mesure que le cheval approchait, son intuition se confirmait. C'était bien elle, chevauchant Ho-Dad.

Lorsqu'ils furent assez proches pour que leurs regards puissent s'accrocher, chacun stoppa sa monture. Il sentit les battements de son cœur s'accélérer en voyant les petites mèches de cheveux qui, échappées de son chignon, voletaient joliment autour de son visage.

— Vous l'avez fait, remarqua-t-il avec une pointe d'admiration. Bravo.

Elle lui sourit.

— Oui et je n'ai qu'à m'en féliciter. J'ai commencé la semaine dernière. C'est tellement merveilleux de renouer avec de telles sensations.

Avait-elle attendu son départ exprès ou était-ce une simple coïncidence ? s'interrogea-t-il. Une fois de plus, il ne prendrait pas le risque de donner plus d'importance que cela à un détail qui, somme toute, était insignifiant.

— Combien de fois êtes-vous sortie ? demanda-t-il plutôt.

— Presque chaque jour, répondit-elle avec une pointe de fierté. Ivy s'est tellement bien adaptée à la garderie que je peux l'emmener un peu en avance ou la récupérer un peu plus tard pour pouvoir monter.

— Votre bonne entente avec Ho-Dad a l'air de se confirmer, la taquina-t-il en souriant.

— C'est vous qui me l'avez conseillé, vous vous rappelez ?

— Bien sûr et je suis heureux de voir que j'avais raison.

Lorsqu'elle se pencha en avant pour flatter l'encolure de son cheval, son chemisier s'entrouvrit, dévoilant la naissance de ses seins. Il détourna vivement le regard.

— Êtes-vous allée dans les collines ?

Elle secoua la tête.

— Non. Jusque-là, je n'ai fait que longer la côte. Mais je suis très tentée d'aller explorer ces zones-là.

— Vous ne le regretterez pas.

— Quel sentier me recommandez-vous ?

Il désigna la partie qui se trouvait à l'est des écuries.

— Si j'étais vous, j'irais par là. C'est un très bel endroit où l'on peut mettre pied à terre pour pique-niquer ou juste se détendre.

— N'est-ce pas là que se trouve votre maison ?

— Si, mais l'accès qui y conduit est privé.

En même temps qu'il parlait il cherchait à ne pas fixer son regard sur sa bouche, si belle, si sensuelle. Une bouche faite pour les baisers.

— Personne ne peut emprunter cette voie sauf moi, ajouta-t-il d'un ton neutre, pour masquer le trouble qui l'envahissait.

— Je comprends que vous recherchiez la solitude avec la vie frénétique que vous menez.

— Pensez-vous y aller aujourd'hui ?

— Non. Je n'ai pas le temps, il faut que j'aille récupérer Ivy à la garderie. J'irai sans doute demain.

Il resta un moment silencieux, hésitant à lui proposer sa compagnie. Après tout, ce serait une occasion supplémentaire de connaître un nouvel aspect de sa personnalité.

Tout en se disant que malgré tout ce n'était pas une très bonne idée, il ne put s'empêcher de se lancer.

— Si vous voulez, je peux vous servir de guide, dit-il.

— Vous feriez ça pour moi ?

— Bien sûr. Nous pouvons essayer d'être amis, qu'en pensez-vous ?

Ou, du moins, donner l'illusion de l'être, pensa-t-il, ne sachant trop s'il serait un jour capable de lui pardonner tout à fait.

— Je le souhaite de tout cœur, répliqua-t-elle avec douceur. Et je vous promets de tout faire pour me montrer digne de cette amitié et de ne pas vous décevoir.

Une onde de culpabilité l'envahit à l'idée qu'il jouait un double jeu. En effet, il ne lui faisait pas totalement confiance, il se méfiait encore, même. Cependant, il fantasmait tant sur elle qu'il voulait à tout prix passer plus de temps avec elle. Même avec le prétexte de l'amitié. Prétexte auquel il ne croyait pas trop lui-même.

— Quel moment de la journée vous irait le mieux ? Le matin ? L'après-midi ? En ce qui me concerne, peu m'importe.

— Alors, plutôt le matin, répondit-elle. Nous pourrions nous retrouver aux écuries avant l'heure de mon service.

— Entendu. À demain, alors.

— Merci, Garrett. À demain.

Puis elle lui dit au revoir et guida sa monture vers les écuries. Lui-même reprit son chemin le long du rivage, son esprit partagé entre l'excitation de la revoir le lendemain et le pressentiment que cette « amitié » qu'il lui avait proposée se révélerait une grossière erreur.

Le jour suivant, Meagan retrouva Garrett comme convenu pour une chevauchée matinale. Il montait le même cheval que la veille, un magnifique hongre tout en muscles au pelage noir lustré.

Il passa en tête pour lui ouvrir le chemin qui menait au plateau dont il lui avait parlé. Ils chevauchaient en silence, tous deux absorbés par le paysage, heureux mélange de buissons broussailleux ou fleuris, qui les entourait.

Lorsqu'ils atteignirent le plateau, la vue qui s'offrait à eux lui coupa le souffle. Elle avait l'impression de se trouver dans une tout autre dimension

— C'est merveilleux, murmura-t-elle.

En contrebas, on pouvait voir au premier plan le complexe hôtelier, puis la ville et, encore au-delà, l'océan qui s'étendait à perte de vue.

— Voulez-vous mettre pied à terre pour vous détendre un peu ?

Elle opina d'un hochement de tête enthousiaste tant elle aurait pu rester là indéfiniment.

Ils attachèrent leurs chevaux puis Garrett étala une couverture marron et blanche sur le sol.

— Vous avez pensé à tout, pointa-t-elle avec un sourire amusé.

— Quel Cheyenne serais-je si je n'avais pas avec moi cet élément typique de mon héritage indien ?

Elle esquissa un nouveau sourire, cette fois de contentement.

— Je suis vraiment heureuse d'être là.

L'émotion lui serrait la gorge.

Entre la beauté du paysage et la joie de partager avec lui un moment aussi privilégié, elle avait l'impression de flotter sur un nuage.

Ils s'assirent face à face, dans une parfaite synchronisation, puis burent à la gourde qu'ils avaient chacun pris la précaution d'emporter avec eux.

— Je ne vous ai même pas demandé comment s'était passé votre voyage, dit-elle la première.

— Il a été très productif et, comme tous les voyages que j'effectue, s'est déroulé entre réunions et déjeuners d'affaires. Et, comme chaque fois, j'étais très heureux de rentrer chez moi. Et vous ? Qu'avez-vous fait en dehors de votre travail et de vos balades à cheval ?

— J'ai accompagné Candy, ma future belle-sœur, pour l'aider à choisir sa robe de mariée. Mon frère et elle ont prévu de se marier dans trois mois.

— Dans trois mois ? Pourquoi si vite ?

— Parce qu'ils ont envie d'officialiser les choses. Cela fait deux ans qu'ils sont fiancés mais ils attendaient que je sorte de prison pour se marier. Candy m'a demandé d'être son témoin.

— Nous célébrons de nombreux mariages à l'hôtel. Il faut dire que nous avons sur place une personne chargée de tout organiser, une sorte de *wedding-planner*, voyez-vous. En règle générale, il faut un peu plus d'un an pour parvenir à régler tous les détails. Sauf pour Jake qui a voulu un mariage express à cause du bébé. Ils ont échangé leurs vœux sur la plage, c'était une cérémonie très touchante.

— Qui a-t-il épousé ?

— Une jeune femme qui s'appelle Carol. Ils se connaissent depuis de longues années. Elle était son assistante personnelle. Jake ne pensait pas être un jour amoureux d'elle au point de l'épouser.

— Si je me rappelle bien, Jake avait la réputation d'être un tombeur. Le bruit courait qu'il ne fréquentait que des mannequins ou de riches héritières.

— C'était vrai. Il papillonnait sans cesse, ne s'attachant à personne. Mais cette époque est révolue. Aujourd'hui, il est un mari exemplaire et il ne fait aucun doute qu'il sera un très bon père.

— Vous avait-il choisi comme témoin ?

Elle l'imaginait tellement bien dans ce rôle, vêtu d'un smoking qui devait lui conférer une allure encore plus sexy.

— Oui. Moi, mais aussi Max.

— Les gens jasaient également sur vous deux, osa-t-elle dire tant elle se sentait en confiance.

Un sourire amusé aux lèvres, il étendit ses longues jambes devant lui.

— Vraiment ? Et que disait-on de nous ?

— Max était le play-boy mystérieux, excentrique et solitaire, car il ne s'exhibait pas au bras de ses conquêtes comme le faisait Jake.

Il plongea dans son regard pour demander d'une voix rauque qui la troubla :

— Et moi ? Comment étais-je perçu ?

Une vague de chaleur la parcourut. Cet homme allumait en elle un désir qu'elle n'avait jamais connu auparavant.

Les joues en feu, elle baissa les yeux, incapable de soutenir son regard.

— On disait de vous que vous étiez le plus difficile à cerner.

Elle se mit à triturer un coin de la couverture, et tant pis si son geste trahissait tout son trouble.

— Moi, reprit-elle, je vous voyais comme un homme tranchant et impitoyable, mais j'ai compris que je me trompais quand vous êtes venu me parler, la première fois.

— Je peux être parfois un peu raide, c'est vrai. Mais de là à me voir comme quelqu'un d'impitoyable…

— C'est en tout cas l'image de vous que vous renvoyez. En fait, comme les gens ne savent pas vraiment quelle étiquette vous coller sur le dos, ils nagent en pleine confusion.

— Et vous, Meagan ? Nagez-vous en pleine confusion ?

— Parfois, admit-elle volontiers.

Comme en ce moment même, songea-t-elle.

Ils interrompirent leur discussion pour reprendre une gorgée d'eau.

— Que disait-on d'autre sur moi ? voulut-il savoir. Parlait-on de ma vie amoureuse ? Les gens avaient-ils une opinion là-dessus aussi ?

— Autant que je m'en souvienne, le sujet n'était jamais abordé. Je me demande bien pourquoi, d'ailleurs.

— Et moi, je me demande si je dois me sentir soulagé ou offensé par un tel manque d'intérêt.

— Vous devriez être flatté, au contraire. Rendez-vous compte. Vous êtes encore plus auréolé de mystère que Max.

En disant cela, elle espérait le pousser à lui faire des confidences qu'elle seule connaîtrait. Elle brûlait tant de tout connaître de lui, de sa vie sentimentale. Mais il ne dit rien, la laissant sur sa faim. Sans trop savoir pourquoi, elle ressentit le besoin impérieux de lui parler d'elle.

— J'ai commencé à fréquenter Neil à l'âge de dix-neuf ans, commença-t-elle. Avant lui, j'avais eu d'autres petits amis, mais Neil a été ma première histoire sérieuse.

— Vous voulez dire le premier avec qui vous avez couché ?

Elle ne s'attendait pas à une question si directe et acquiesça d'un signe de tête. Quelque chose venait de changer entre eux, elle le pressentait. Son regard aussi avait changé, il s'était fait plus insistant, plus… intime.

Pour se donner une contenance, elle retira son blouson. Sans la quitter des yeux, il fit de même. Ils restèrent ainsi, immobiles et silencieux, jusqu'à ce qu'il reprenne le fil de leur discussion :

— Qu'est-ce qui vous attirait chez Neil ?

Elle réfléchit un bref instant, soucieuse de se montrer le plus honnête possible.

— Le fait qu'il était tout mon contraire, je crois. J'étais timide et je manquais de confiance en moi ; il était audacieux et aventureux. Par certains côtés, il me rappelait mon père. Je sais, cela fait un peu cliché, mais c'est la vérité. C'est ce qui m'a touchée, en fait. Mais contrairement à mon père, lui me traitait comme si j'étais la personne la plus importante dans sa vie. Tout au moins au début. Ensuite, il a exigé de moi que je lui donne tout et plus encore.

Elle s'interrompit tant ce souvenir lui était pénible.

— Comme de vous escroquer tous les trois.

Une fois de plus, il laissa son regard courir sur elle. Une fois de plus, il s'abstint de tout commentaire.

— Je ne cherche pas à rejeter la faute sur Neil. Pas du tout. J'étais assez grande pour pouvoir refuser.

— Pourquoi avoir accepté alors ?

— Je pensais que lui montrer de quoi j'étais capable me rendrait plus intéressante à ses yeux. Je croyais naïvement que, si je faisais ce qu'il voulait, il finirait par m'aimer.

Elle se détestait pour s'être montrée aussi pathétique dans sa quête d'amour. Fallait-il qu'elle ait été désespérée pour pactiser ainsi avec le diable !

— En fait, Neil ne me disait jamais qu'il m'aimait, et je brûlais de l'entendre me le dire.

— Il vous l'a dit une fois que vous avez volé pour lui ?

— Oui.

Oh ! quelle honte ! Elle avait été vraiment naïve !

— Mais cet aveu que j'attendais depuis des mois m'est apparu comme dérisoire. Surtout après avoir fait votre connaissance. Avant, vos frères et vous, vous n'étiez à mes yeux que de riches hommes d'affaires pour qui cette somme d'argent paraîtrait négligeable. En tout cas, c'est ce dont je cherchais à me persuader. Puis, lorsque vous êtes venu vers moi pour me réconforter, tout ce remords que je combattais a surgi à la surface. J'ai gardé longtemps la fleur que vous m'aviez offerte et puis, un jour, je me suis résolue à la jeter. Je me sentais trop coupable chaque fois que je posais mon regard sur elle.

— Je ne m'attendais pas à un tel geste de votre part, avoua-t-il, visiblement étonné.

— Il n'y a pas un jour où je n'ai pas regretté de m'en être débarrassée, confessa-t-elle encore. Cette fleur était spéciale à mon cœur.

Elle le vit passer la main dans ses cheveux. Il semblait embarrassé. Ou troublé. Ou les deux à la fois.

— Je vais jeter un coup d'œil aux chevaux, finit-il par dire en se levant.

Elle le regarda s'éloigner, le cœur serré. Pourquoi lui avait-elle ouvert son cœur de cette façon ?

Il la fuyait. Et c'était de sa faute.

Garrett avait pris les chevaux comme prétexte pour s'éclaircir les idées. Il était perdu. Il avait passé les trois dernières années à condamner Meagan pour ce qu'elle avait fait et voilà que, aujourd'hui, il ne savait plus quoi en penser. Pis, il se retrouvait prisonnier de ses propres émotions.

Cette sortie était censée lui dévoiler d'autres aspects de la personnalité de Meagan et non lui chavirer le cœur à chacun des mots qu'elle proférait de sa voix suave. Comment rester insensible à la délicatesse dont elle faisait preuve ? Sans parler de l'électricité qu'il sentait vibrer entre eux à chaque regard. Il repensa à cette fleur qu'il lui avait offerte pour lui rendre le sourire. Il revit ce moment avec une précision troublante. Elle l'avait prise dans un geste un peu timide qui avait aussitôt déclenché chez lui un besoin impérieux de la protéger.

Aujourd'hui, pourtant, il se refusait à envisager avec elle une relation qui dépasserait le cadre de l'amitié. Bien sûr, il était conscient de l'attirance mutuelle qu'ils éprouvaient l'un pour l'autre. Mais Meagan était la dernière femme au monde avec qui il avait envie de s'investir dans une relation amoureuse.

Perdu dans ses pensées, il alla tout de même vérifier que les chevaux allaient bien, mais resta avec eux plus que nécessaire.

Lorsqu'il retourna auprès de Meagan, elle était toujours assise au même endroit, dans la même position.

— Tout va bien ? s'enquit-elle.

— Tout va bien, dit-il d'un ton faussement désinvolte.

Il alla la rejoindre sur la couverture. C'est alors qu'il repensa à un détail qui lui avait échappé.

— Ce n'est pas que cela ait une grande importance, mais quel genre de fleur était-ce ? Je n'arrive pas à m'en souvenir.

— C'était une marguerite. C'est curieux que vous me posiez la question parce que Candy a étudié le langage des fleurs, et je trouve cela captivant.

Elle enchaîna, lui transmettant sa science toute fraîche. Elle lui rapporta donc que le Gerbera était symbole de tristesse, d'amitié et de protection, des termes dont, pour elle, le sens n'était pas vain.

Eh bien, pour lui aussi, ces mots avaient leur importance.

Mais il fallait qu'il clarifie tout de suite le malentendu.

— Je n'ai pas choisi cette fleur pour le sens qu'elle véhiculait, avoua-t-il. En fait, j'ai pris la première qui m'est tombée sous la main.

— Il faut croire que le hasard fait bien les choses.

— Ce n'était pas voulu, Meagan, insista-t-il.

Elle ramena les genoux sur sa poitrine et les enroula de ses bras dans une posture qui lui donnait l'air d'une petite fille.

— Vous voulez dire que vous ne croyez pas que les choses puissent se produire pour une bonne raison ?

— C'est exactement ce que je veux dire.

— Quoi qu'il en soit, et même si tout cela n'est pas très rationnel, je trouve ce mode de communication très intéressant, pour ne pas dire romantique.

Il l'écoutait parler, le regard fixé sur cette bouche qu'il rêvait d'embrasser. *Quel goût peuvent bien avoir ses lèvres ?* se demanda-t-il alors que le feu de la lave coulait dans ses veines. S'il pouvait l'embrasser, ne serait-ce qu'une fois, peut-être serait-il enfin libéré de cette obsession.

Existait-il une fleur qui serait synonyme d'interdit ? se

demanda-t-il encore. Il en planterait alors dans son jardin, histoire d'essayer de se sortir Meagan Quinn de la tête.

— Candy m'a confié qu'elle glisserait une rose bleue dans son bouquet de roses blanches, continua-t-elle sans avoir la moindre conscience du tourment intérieur qu'il traversait. Les roses bleues n'existent pas, elles ne peuvent être qu'artificielles, c'est pourquoi elle tient absolument à en avoir : pour montrer que même les rêves qu'on pense inaccessibles peuvent se réaliser. Moi aussi j'en aurai une. Comme je vous l'ai déjà dit, Candy m'a choisie comme témoin. Ivy sera chargée de porter les pétales à lancer après la cérémonie. Et le chien sera de la fête aussi.

— Le chien, dites-vous ?

— Oui. Il s'appelle Yogi, c'est un labrador très intelligent. Je suis tellement impatiente que ce grand jour arrive ! C'est d'autant plus important pour moi que j'ai raté le mariage de mon autre frère, ajouta-t-elle après avoir marqué une pause.

Même si elle ne l'avait pas explicité, il supposa que c'était parce qu'elle était en prison.

— Si j'ai bonne mémoire, il s'appelle Kade, n'est-ce pas ?

— Oui. Il vit dans le Montana avec sa femme et leur fils de douze ans. Il a appris qu'il était père il n'y a que quelques années. Lorsqu'il l'a su, il s'est rapproché de la maman et ils ont renoué. Aujourd'hui, ils attendent un autre enfant.

— Seront-ils présents au mariage de Tanner ?

— Oui, nous serons tous réunis. Je serai contente de le revoir même si je n'ai jamais été très proche de lui. Il faut dire qu'il y a un écart d'âge important entre nous. Il a quitté la maison alors que j'étais encore à l'école primaire. Nous nous sommes parlé plusieurs fois au téléphone récemment, et je pense que le fait d'être tous les deux parents va nous rapprocher.

— Ce serait une bonne chose.

Il ne connaissait Kade que de nom. Il savait de lui qu'il était un entraîneur équestre réputé.

— Tanner m'a dit qu'il aimerait bien vous rencontrer, lança-t-elle d'un ton dégagé. Il a vraiment apprécié que vous m'embauchiez après ce que je vous ai fait.

— Bien sûr. Pourquoi pas un de ces jours ? Nous pourrions aussi imaginer une rencontre entre mes frères et vous.

— Me détestent-ils, comme vous me détestiez, pour les avoir escroqués ?

— Je n'ai jamais dit que je vous détestais, affirma-t-il. Je… Il s'interrompit, soucieux de trouver les mots justes. Je détestais l'idée que vous feigniez d'être quelqu'un que vous n'étiez pas.

— Là, je suis vraiment telle que vous me voyez, Garrett. Je vous l'assure.

Pas comme lui, finalement, qui simulait le détachement alors qu'il brûlait de sentir son corps contre le sien.

— Sachez que Jake et Max n'éprouvent aucune rancune à votre égard. De nous trois, c'est moi qui ai été le plus affecté par toute cette histoire.

— Je voudrais tellement leur présenter des excuses, comme je l'ai fait avec vous.

— Jake aussi a volé, lança-t-il comme si de rien n'était.

— Quoi ?

— Lorsqu'il était enfant, il faisait les poches des gens. Il a commencé à la mort de ses parents, pour combler le gouffre intérieur que cette disparition brutale avait laissé en lui. Alors, s'il y en a un qui peut vous comprendre, c'est bien lui.

— Merci, Garrett, dit-elle dans un souffle, émue qu'il lui ait fait part d'une confidence aussi secrète. Jake s'est-il fait prendre ?

— Oui, une fois. Il avait alors quinze ans. Il est tombé sur un juge conciliant qui a su voir le désespoir derrière ces délits mineurs. Cela lui a largement servi de leçon car, à partir de ce jour, il n'a jamais recommencé.

— Et Max ? s'enquit-elle. A-t-il connu sa période mauvais garçon, lui aussi ?

— Pas que je sache. Pourtant, lui non plus n'a pas été épargné par la vie. Chez lui, les blessures sont toujours là et ne le quitteront probablement jamais. Récemment, il a même pris une année sabbatique, sans doute pour effectuer une sorte de parcours initiatique. Avec lui, on ne sait jamais vraiment ce qu'il pense ou ce qu'il ressent.

— Un peu comme vous.

— Un peu. La différence c'est que j'ai une mère qui m'aime tendrement. Jake aussi avait des parents aimants ; malheureusement il les a perdus trop jeune. Max, lui, n'avait personne. Sans lui, il est fort probable que Jake et moi n'aurions pas connu la réussite professionnelle que nous connaissons aujourd'hui. Nous rêvions tous de devenir riches quand nous étions gamins, mais c'est Max qui s'accrochait le plus à ce rêve, jurant que c'était possible, que nous y parviendrions. C'est encore lui qui, le premier, a réalisé ses rêves de grandeur et c'est lui qui nous a prêté l'argent nécessaire pour nous lancer à notre tour. La fondation dédiée aux enfants orphelins, c'était son idée. Il a tenu à ce que nous la créions ensemble et, depuis, elle est devenue l'un des pivots de notre vie.

— Vous êtes de chics types, tous les trois.

— Disons que nous essayons de faire le bien lorsque nous le pouvons.

— Je suis heureuse que l'argent que je vous verserai tous les mois aille à votre fondation. J'aurais eu le cœur brisé si Ivy avait dû être placée en foyer.

— C'est ce que ressentait ma mère chaque fois qu'elle devait se séparer de moi. Mais c'était comme cela. Il n'y avait pas d'autres solutions.

— Le principal, c'est que vous soyez réunis aujourd'hui.

Il acquiesça d'un signe de tête. Dieu merci, il avait les moyens de payer les frais médicaux de sa mère et de lui offrir une vie plus agréable et digne d'elle.

— Lorsque j'étais adolescent, elle gagnait sa vie comme femme de chambre dans un hôtel.

— Eh bien, cela a un sens puisque, aujourd'hui, vous êtes propriétaire d'un complexe hôtelier, rétorqua-t-elle en souriant.

Elle s'appliqua à arracher une herbe sauvage qui poussait à côté de la couverture puis ajouta :

— Nous sommes tous le produit de l'environnement dans lequel nous avons grandi, ne croyez-vous pas ?

— J'en suis même intimement persuadé.

Elle pressa la tige contre son cœur comme s'il s'agissait de la fleur qu'il lui avait offerte, trois ans auparavant.

— Le mien a été un mélange de plusieurs influences différentes, déclara-t-elle.

— Tout comme le mien.

Plusieurs influences et, peut-être, une certaine ambivalence… C'était ce qu'il ressentait au moment même où il lui parlait, en tout cas. Car si, quelques minutes plus tôt, il était encore sur la défensive, à présent il se sentait prêt à laisser éclore cette amitié un peu particulière.

- 6 -

La semaine suivante, Garrett se réunit avec ses frères pour discuter d'une journée caritative qui se déroulerait sous la forme d'un pique-nique dans un parc municipal de la ville. Une fois repartis les bénévoles de la fondation, il ne restait plus qu'eux trois, encore installés autour de la table de conférence.

Il se servit un café, le deuxième depuis le début de la réunion. Il remplit la tasse que Jake lui tendait tandis que Max refusait d'un signe de tête.

Tout en buvant son café, il considéra les deux hommes en silence. Dans son cœur, ils étaient pour lui comme de vrais frères. S'ils ne se ressemblaient pas physiquement, et pour cause, le lien qui les unissait était indéfectible.

Jake, toujours à la pointe de la mode, était toujours celui que l'on remarquait en premier. Son épouse se plaisait à dire qu'il était la version amérindienne de James Dean. Tout jeune déjà, il faisait des ravages auprès des filles. Jusqu'à ce que son assistante attende un enfant de lui, il avait coutume de clamer haut et fort qu'il ne se marierait jamais. Au début, elle avait refusé sa proposition. Puis elle s'était laissée convaincre que c'était ce qui pouvait leur arriver de mieux et, depuis, ils filaient le parfait amour.

Max, lui, avait été un enfant timide qui avait grandi sans repères familiaux et avait poussé comme une herbe folle. Il était très intelligent et avait fait fortune dans la conception de logiciels.

— J'ai quelque chose à vous dire, annonça soudain Garrett.

— À quel sujet ? s'enquit Max.

— Au sujet de Meagan Quinn. Comme je vous l'avais dit, je lui ai proposé un emploi qu'elle a accepté. Je me disais que ce pourrait être l'occasion pour vous de la rencontrer. Je veux dire, vraiment. En fait, vous n'avez fait que la croiser lorsqu'elle travaillait au cabinet comptable. Vous n'avez pas non plus assisté à son procès. Ce serait une manière de crever enfin l'abcès, qu'en pensez-vous ?

— C'est ta mère qui t'a soufflé cette idée ? demanda Jake.

— Non, c'est moi qui l'ai eue. Elles ne se sont pas encore rencontrées mais, connaissant ma mère, cela ne saurait tarder. Meagan travaille dur, et je l'aide autant que je le peux à faire prendre un nouveau tournant à sa vie.

— Devons-nous en conclure que tu lui as pardonné ?

— Disons qu'une relation amicale commence à se profiler.

— Dans ce cas, je suis d'accord pour la rencontrer, accepta Max.

— Et toi, Jake ? demanda Garrett.

— J'accepte aussi, bien sûr. Avec le passé que je trimballe, je serais bien mal placé pour ne pas lui accorder une seconde chance. Mais j'avoue que je serais curieux de savoir ce qui t'a fait changer d'avis, toi qui étais si furieux de t'être fait avoir. Mis à part que c'est une bosseuse, qu'a-t-elle fait, ou dit, pour te convaincre que tu pouvais lui faire de nouveau confiance ? Car, si j'ai bonne mémoire, elle était aussi un très bon élément avant de devenir l'arnaqueuse que nous connaissons.

— J'ai passé pas mal de temps avec elle ces derniers temps, et elle m'a fait des confidences sur sa vie. Elle m'a expliqué les raisons pour lesquelles elle avait détourné cet argent et elle exprime sans cesse des regrets qui me paraissent sincères. Par ailleurs, j'ai eu l'occasion de la voir agir avec sa fille. Là aussi, elle donne l'impression d'être une bonne mère.

— Cela fait plaisir à entendre, dit Jake. À vrai dire, je suis heureux que tu sembles prêt à tourner la page.

— Et moi, je suis heureux que vous vous montriez aussi compréhensifs.

En guise de réponse, Max lui sourit puis alla se poster à la fenêtre où les rayons du soleil filtraient à travers les stores, créant un jeu d'ombres et de lumières dans la pièce. Il lui arrivait souvent de se perdre ainsi dans le vague, donnant l'impression d'être perdu dans ses pensées.

Sans être aussi tourmenté que son ami, Garrett se sentait lui aussi un peu perdu depuis que Meagan était réapparue dans sa vie.

Et s'il s'attachait trop à la petite Ivy ? Et si le désir qu'il éprouvait pour Meagan ne lui passait pas, comme il l'espérait sans grande conviction ? Les raisons ne manquaient pas de se convaincre de renoncer à l'attirance qui le poussait vers elle. Pourtant, il était déterminé à poursuivre cette amitié qu'il sentait se renforcer au fil des jours.

— As-tu déjà réfléchi à une date ? s'enquit Jake.

— Une date ? Pour quoi faire ?

Jake esquissa un sourire moqueur tout en levant les yeux au ciel.

— Pour rencontrer Meagan, tiens ! Tu as déjà oublié ? C'est pourtant ce dont nous parlions avant que tes pensées ne t'emportent je ne sais où.

— Je ne sais pas, répondit-il.

Il poussa un soupir. Décidément, il ne se reconnaissait pas dans l'homme hésitant qu'il devenait.

— Et si tu lui proposais de venir au pique-nique ? suggéra Jake. Nous serons tous là et, en plus, elle pourra emmener sa petite fille.

— Pourquoi pas ? Je lui en parlerai tout à l'heure.

Max se tourna avec un sourire, signe que pour lui aussi c'était une bonne idée.

— Eh bien, voilà qui semble réglé, conclut Jake.

— C'est bon ? demanda Max. Nous pouvons y aller ?

— Oui. Ne m'attendez pas, je vais faire un tour par la garderie. C'est l'heure à laquelle Meagan passe voir sa fille chaque jour.

Au moment même où il refermait la bouche, il réalisa qu'il connaissait déjà tout des habitudes de Meagan.

Assises côte à côte, Meagan et Ivy déjeunaient paisiblement tandis que les autres enfants, leur repas achevé, jouaient dans la cour de récréation sous la surveillance des éducatrices.

— Maman, regarde ! s'exclama soudain Ivy en pointant son petit doigt vers la porte. Garry !

Le pouls de Meagan s'accéléra lorsqu'elle le vit traverser la cour puis s'arrêter pour discuter avec l'une des éducatrices.

— Il m'a vue, maman ? s'enquit Ivy qui se mit à gigoter sur le banc.

— Bien sûr, ma chérie. Je crois même que c'est pour te voir qu'il est là.

Au moment même où il regarda dans leur direction, Ivy lui fit de grands signes de la main.

— Bonjour, princesse, dit-il quand il fut près d'elles.

En guise de réponse elle se mit debout sur le banc et lui adressa un large sourire. Il alla s'asseoir à côté d'elle et mit ses mains près de son dos en guise de garde-fou.

Une douce chaleur se répandit dans sa poitrine. Ils étaient si bien tous les trois que, pendant un instant, elle se plut à imaginer que cet homme droit et fort était le père de sa fille.

La seconde d'après, Ivy qui, comme tous les enfants de son âge, ne tenait pas en place, se rassit et se mit en tête de donner à manger à Garrett. Il refusa poliment mais elle insista. Il prit alors le bout de banane qu'elle lui tendait du bout de sa fourchette. Un large sourire fendit le petit visage d'Ivy. Elle semblait tellement à l'aise avec lui !

— Comment s'est passée votre matinée ? s'enquit-il en penchant la tête pour mieux la voir.

— Très bien, répondit-elle.

Il accepta encore le cracker que lui tendait Ivy avant de déclarer :

— Je ne peux pas rester longtemps. J'ai beaucoup de travail. Je suis passé voir si vous accepteriez de venir, vous et Ivy, à une fête de charité.

— Quel genre de fête ? demanda-t-elle, se doutant quand même bien que, puisqu'il incluait Ivy dans l'invitation, il ne s'agissait pas d'un gala en robe de cocktail.

— Ce sera un pique-nique dans un parc public du coin. Il y aura de nombreux enfants avec leurs familles d'accueil, de même que de généreux donateurs. Je me chargerai de vos billets d'entrée.

— Vos frères seront-ils présents ?

— Oui. Je viens juste de les quitter, nous avons eu une réunion à ce sujet. Alors ? Cela vous tente ?

Ce serait l'occasion de présenter ses excuses à Jake et à Max. Et puis, l'idée d'un pique-nique en famille la séduisait.

— Je serai ravie de venir. À quelle date cette fête est-elle fixée ?

— Samedi prochain. Je me disais que vous pourriez le proposer aussi à Tanner et à Candy. Ce serait l'occasion de tous nous rencontrer.

— Et votre mère ? Viendra-t-elle, elle aussi ?

— Malheureusement, non. Sa maladie lui interdit de passer trop de temps au soleil. Mais ne vous inquiétez, votre rencontre n'est que partie remise. Je m'en charge personnellement.

Elle sentit s'alléger le poids énorme qui lui comprimait la poitrine chaque fois qu'ils évoquaient la généreuse Shirley Snow.

— Merci de tout cœur, Garrett. C'est tellement important pour moi de la remercier de vive voix.

— Je vais voir si elle peut vous recevoir d'ici à la fin de la semaine.

— Ce serait merveilleux.

Le silence retomba entre eux tandis qu'Ivy jouait avec ses crackers, les alignant puis les faisant défiler comme s'il s'agissait de soldats de plomb.

— Il y a quelque chose que je dois vous dire à propos de ma mère. Quelque chose que vous devriez savoir depuis longtemps.

De quoi pouvait-il bien s'agir ?

— Bien sûr. Quand souhaitez-vous que nous en parlions ?

— Pourquoi pas demain à l'heure du petit déjeuner ? Vous pourriez venir le prendre chez moi. Nous serions tranquilles pour discuter.

Elle hésita un court instant. Accepter sa proposition signifiait qu'ils allaient se retrouver seuls, en tête à tête. Chez lui... Ce qui pourrait renforcer sa vulnérabilité.

— Vous cuisinez ? demanda-t-elle pour se donner quelques secondes de réflexion supplémentaires.

— En tout cas, j'essaie, répondit-il en riant.

— Eh bien, il me tarde de voir cela.

En effet, ce serait bien la première fois qu'un homme cuisinerait pour elle. Et pourquoi refuser, après tout ? Il n'y avait rien de mal à partager ensemble un petit déjeuner.

— Voulez-vous que j'apporte quelque chose ?

Il lui répondit par un regard ardent.

— Non, finit-il par dire. Venez juste telle que vous êtes.

Elle retint son souffle. Tout d'un coup, il semblait différent, elle sentait clairement l'air vibrer entre eux. *Allons*, se sermonna-t-elle intérieurement. *Ne commence pas à échafauder des scénarios improbables. Il ne se passera rien entre Garrett et toi.*

Pourtant, n'était-ce pas le contraire qu'elle espérait en secret ? Comment ne pas se nourrir d'illusions quand leurs regards qui se cherchaient de plus en plus souvent exprimaient un désir intense ? Si intense, d'ailleurs, qu'elle était soulagée que personne n'en soit témoin. Sauf Ivy bien sûr mais qui, Dieu merci, était trop petite pour comprendre quoi que ce soit aux méandres compliqués de l'amour.

— Un portail électrique ferme l'accès à la propriété, indiqua-t-il. Vous n'aurez qu'à sonner et je vous ouvrirai.

Troublée, elle opina en silence.

— Il faut que j'y aille, annonça-t-il en se levant. Au revoir, princesse, ajouta-t-il en ébouriffant doucement les cheveux d'Ivy.

— Au revoir, Garry, répondit celle-ci en lui tendant comme une offrande un cracker supplémentaire.

Il le prit en lui souriant puis le fourra dans sa poche.

— À demain, dit-il à l'intention de Meagan. 7 heures, cela vous convient-il ?

— C'est parfait.

Elle le regarda s'éloigner, cherchant encore à se persuader qu'elle ne venait pas d'accepter de se rendre à un rendez-vous galant.

Le lendemain matin, parvenue devant le portail, Meagan suivit les instructions dispensées par Garrett. Elle sonna puis, le portail ayant coulissé sur son rail, elle remonta en voiture l'allée qui conduisait à la maison.

Soucieuse de ne pas trop en faire, elle avait pris la précaution d'enfiler la tenue qu'elle portait habituellement pour aller travailler. Mais au lieu du chignon habituel, elle avait laissé ses cheveux flotter librement sur ses épaules. Le moins qu'elle pouvait faire pour ce premier rendez-vous avec un homme depuis maintenant plus de trois ans, c'était de renvoyer d'elle une image agréable, sans pour cela vouloir jouer les séductrices.

L'idée de ce tête-à-tête la rendait nerveuse. Elle avait mal dormi et ce matin, alors qu'elle la déposait à la garderie,

Ivy l'avait embrassée plus fort qu'à l'ordinaire, comme pour l'encourager.

Penser à sa fille lui donna de la détermination. Elle inspira profondément mais, au moment où elle allait frapper, la porte s'ouvrit sur Garrett, venu l'accueillir avec un large sourire. Lui aussi avait revêtu sa tenue de travail : pantalon gris à la coupe impeccable et chemise bleu ciel. Cependant il n'avait ni cravate ni veste de costume, ni même… de chaussures.

Et il était beau à se damner.

— Bonjour, dit-il en souriant.

— Bonjour, répondit-elle, le cœur battant.

Dans un geste plein de galanterie, il fit un pas de côté pour lui laisser le passage.

— Entrez, je vous en prie.

Elle le suivit dans l'entrée où ils prirent un escalier qui conduisait au salon. De là, ils passèrent dans la cuisine.

— Votre maison est magnifique, dit-elle en s'extasiant silencieusement sur le mobilier très design qui la meublait ainsi que sur la vue imprenable qu'elle offrait.

— Merci. Je vous en prie, installez-vous pendant que je prépare le repas.

Elle s'assit sur l'un des tabourets du comptoir, celui-ci séparant la cuisine du salon, puis elle se mit à observer Garrett qui, déjà, s'affairait aux fourneaux.

Il commença par sortir une boîte d'œufs du réfrigérateur puis mit des pommes de terre et des tomates dans une passoire, en attendant de les laver et de les éplucher.

— Voulez-vous que je vous aide ? proposa-t-elle.

— Non, merci. Je devrais y arriver tout seul. Que puis-je vous servir ? Un jus de fruits ? Un café ? Ou bien les deux.

— Je prendrais volontiers un jus de fruits.

Il remplit aussitôt un verre qu'il posa devant elle, puis se remit à sa tâche.

Elle prenait un réel plaisir à le regarder découper, trancher, mettre à cuire, avec une dextérité digne d'un grand chef. Elle l'imagina soudain tacher sa chemise et la retirer, lui dévoilant son torse musclé.

Ses joues prirent feu. Mais où avait-elle la tête ? Elle s'empressa de chasser ces images audacieuses de son esprit. Quel besoin avait-elle de fantasmer sur un Garrett à demi nu ? Il était bien assez sexy comme cela.

Une fois le repas prêt, il disposa sur une assiette deux œufs pochés, une large portion de pommes de terre sautées parsemées de quelques brins de romarin ainsi que des cubes de tomates, assaisonnés d'un filet d'huile d'olive et, pour finir, une tranche de pain grillé.

Elle le regarda encore disposer sur le comptoir des couverts, des serviettes, du sel, du poivre et un pot de confiture de fraises.

— Je n'utilise presque jamais la table de la salle à manger, précisa-t-il en prenant place à côté d'elle. En général, je prends tous mes repas, ici, sur ce comptoir.

— C'est très bien ainsi.

Sa présence tout près d'elle la fit frissonner. Elle ferma un instant les yeux pour mieux savourer ces sensations délicieuses, puis, afin de masquer son trouble, étala une mince couche de beurre sur son pain tandis qu'il recouvrait le sien de confiture.

— Avez-vous parlé de la journée de charité à Candy et à Tanner ? s'enquit-il.

— Oui. Malheureusement, ils ne pourront pas venir. Ce jour-là, ils ont rendez-vous avec le traiteur pour choisir leur gâteau de mariage. Ils ne peuvent pas reporter sans prendre le risque de voir tout leur planning chamboulé. Nous trouverons bien un autre moment.

— Sans doute.

— Pouvez-vous m'en dire un peu plus sur cette fameuse journée ?

— Eh bien, elle sera articulée autour d'un pique-nique et sera ponctuée de toutes sortes de jeux et d'activités sportives. Cette année, nous avons voulu que cette journée soit celle des enfants. Nous avons souhaité les mettre en avant. C'est très important car ils sont trop nombreux à se considérer comme exclus du système ; des enfants que l'on n'entend pas ou dont les actions ne sont pas reconnues.

Son cœur se serra en imaginant Garrett petit garçon.

— C'est ce que vous ressentiez, vous aussi ?

— Un peu, mais je m'inquiétais surtout pour ma mère. Cela dit, il est vrai que c'était difficile de passer de foyer en foyer chaque fois qu'elle se retrouvait dans l'incapacité de s'occuper de moi. Heureusement que j'ai rencontré Jake et Max sans quoi je crois bien que cette existence aurait été vraiment insupportable.

— Quel âge aviez-vous ?

— La première fois que j'ai été placé, j'avais douze ans. Jake aussi. Max nous a rejoints alors qu'il en avait onze mais il était ballotté de centre d'accueil en centre d'accueil depuis ses huit ans. Tout de suite, un lien s'est créé entre nous trois. Un lien qui ne s'est jamais défait.

Il marqua une pause durant laquelle il finit de manger ses œufs.

— La femme de Jake aussi était orpheline, reprit-il.

Elle l'écoutait parler, au comble de l'émotion. Quel triste sort avaient connu ces enfants ! Elle qui croyait avoir vécu une enfance difficile, elle aurait eu honte de s'en plaindre.

— L'avez-vous rencontrée à cette époque-là ?

— Non. Jake a fait sa connaissance alors qu'elle faisait du bénévolat pour l'une de nos associations caritatives. Ils ont sympathisé, et il lui a alors offert de devenir son assistante personnelle. Je pense que leurs enfances similaires les ont rapprochés presque malgré eux.

— Quelle belle histoire. D'autant plus belle qu'elle a été couronnée par la venue d'un bébé.

— Oui, je suis tellement heureux pour eux !

— Carol sera-t-elle présente au pique-nique ?

— Autant que je sache, oui.

— Connaît-elle mon passé ?

— Oui, elle connaît toute l'histoire.

— Quand je pense que, aujourd'hui, me voilà chez vous, à me régaler d'un petit déjeuner préparé par vos soins, dit-elle, songeuse. Je n'aurais jamais pu imaginer une chose pareille.

— Moi non plus. Nous avons parcouru un long chemin pour en arriver là.

— J'aime l'idée que nous soyons devenus amis, déclara-t-elle.

— Moi aussi, rétorqua-t-il en fixant sur elle un regard profond.

Profond et bien plus que cela… Quelque chose lui souffla que ce n'était pas là de la simple amitié.

Troublée, elle reprit ses couverts et se mit en devoir de manger jusqu'à la dernière miette de son repas.

— Voulez-vous que nous allions nous asseoir au bord de la piscine ? proposa-t-il lorsqu'il vit son assiette vide.

— Volontiers.

— C'est par là.

Il la précéda alors pour la conduire jusqu'à l'arrière de la maison où il ouvrit une large baie vitrée qui donnait sur une piscine en forme de haricot, protégée par une haie épaisse.

— Ici aussi, c'est superbe, dit-elle.

— C'est l'endroit de la maison que je préfère. Je peux y accéder aussi par ma chambre.

Elle lança un coup d'œil dans la direction qu'il avait pointée du menton, espérant pouvoir apercevoir quelque chose de son sanctuaire, mais les stores fermés ne laissaient rien deviner.

Elle alla s'asseoir face à lui, dans un fauteuil en osier.

— Cet endroit est un véritable havre de paix. Dans quel genre d'endroit viviez-vous quand vous étiez jeune ? Je veux dire, durant les périodes où vous étiez avec votre mère.

— Nous habitions un petit appartement au-dessus d'un garage. Le propriétaire était un vieil homme très gentil, très compatissant. Comprenant la situation pénible dans laquelle nous nous trouvions, il n'a jamais augmenté le montant du loyer ni cherché à nous faire expulser malgré des fins de mois parfois difficiles.

— Avez-vous gardé des liens avec lui ?

— Malheureusement, non. Il est mort avant que je puisse lui prouver ma reconnaissance. J'ai assisté à ses obsèques avec ma mère qui, ce jour-là, n'était pourtant pas très en forme.

— Pouvez-vous m'en dire un peu plus sur cette maladie ? Ainsi, je serai préparée au moment de la rencontrer.

— Oui, bien sûr. Mais avant, il faut que je vous avoue quelque chose.

— Quoi ? s'enquit-elle, alarmée.

— Eh bien… Votre mère et la mienne se connaissaient.

Elle le fixa en silence, stupéfaite, incapable de croire à ce qu'elle venait d'entendre.

— Comment cela, nos mères se connaissaient ? répéta-t-elle lorsqu'elle put parler de nouveau. Comment est-ce possible ?

— C'était il y a longtemps…, commença-t-il.

Bien conscient que Meagan brûlait d'entendre ce qu'il avait à dire, Garrett s'empressa de poursuivre son récit.

— Quand maman a fait des recherches sur vous, via Internet, elle a découvert que votre mère et elle avaient fréquenté le même cercle de couture.

— Vous en êtes certain ? Il s'agissait bien de Mary Aénéva Quinn ? le pressa-t-elle pour s'assurer qu'ils parlaient bien de la même personne.

— Oui, c'est bien cela. D'après maman, Aénéva était son nom de jeune fille.

— Il y a tant de choses étranges, Garrett, proféra-t-elle en laissant son regard errer sur la surface miroitante de la piscine. À quel point nos mères se connaissaient-elles ?

— D'après ce que j'ai compris, elles ne se connaissaient pas si bien que cela. Elles se sont vues à de rares reprises. Je n'ai pas tous les détails en tête, mais maman vous en dira certainement plus lorsque vous vous verrez. À vrai dire, lorsqu'elle a commencé à m'en parler, je l'ai écoutée d'une oreille distraite.

— Pourquoi cela ?

— Parce que j'estimais que ce n'était pas très important.

— Maintenant, vous trouvez que ça l'est ?

— Disons que, comme je vous connais un peu mieux, je trouve la coïncidence curieuse.

— Lorsque maman est morte, j'ai cru que je ne m'en remettrais pas, raconta-t-elle tandis que ses yeux s'embuaient de larmes. Sa disparition a été tellement brutale. Je n'étais pas préparée à vivre un tel choc émotionnel.

Elle s'interrompit, semblant chercher le courage de poursuivre.

— Cependant, je suis heureuse qu'elle n'ait pas vu ce que j'étais devenue. À coup sûr, apprendre que j'avais détourné de l'argent et me voir jetée en prison l'aurait détruite.

— Vous n'auriez probablement pas fait ce que vous avez fait si elle avait été en vie, remarqua-t-il avec douceur.

— Vous avez raison. Ça n'empêche, le jour de son enterrement a été le pire jour de mon existence.

Il vit les larmes ruisseler sur ses joues, et une immense envie de la protéger s'empara de lui.

Il quitta son siège pour aller s'asseoir plus près d'elle.

— Dites-vous qu'elle repose en paix, Meagan.

Selon les vieilles croyances cheyennes, les âmes des défunts suivaient la voie lactée pour aller accueillir celles des nouveaux venus.

— Je sais bien, mais la plaie est encore vive.

— Je suis désolé.

Lui n'avait jamais perdu de proches mais, contrairement à Meagan, il avait toujours vécu dans la crainte que cela se produise. Depuis son plus jeune âge, il se préparait à l'idée de la mort.

— Lorsque j'étais en foyer, continua-t-il, je me forçais à rester éveillé tellement je redoutais que maman ne meure et ne me laisse tout seul. Mais non. Je finissais par rentrer à la maison, jusqu'à ce qu'un jour le cercle infernal recommence : maman ne pouvait plus s'occuper de moi, et je repartais pour le foyer. À la fin, je m'étais résigné à ce que cela ne cesse jamais.

— De quelle maladie souffre-t-elle ?

— D'un lupus ; une affection inflammatoire chronique. Elle ne peut pas en guérir mais elle bénéficie d'un traitement qui atténue les symptômes.

— C'est affreux.

— Maman a toujours eu une santé fragile mais elle connaît des périodes plus faciles durant lesquelles elle mène une vie normale. Lorsque j'étais enfant, elle pouvait même travailler.

— Sa maladie s'est donc aggravée ?

— Oui. Je devais avoir dans les douze ans lorsqu'elle a décidé de m'emmener camper. Elle tenait absolument à me transmettre son amour de la nature et de la vie au grand air. Mais notre randonnée a vite tourné court. Elle s'est fait piquer par une tique et a contracté la maladie de Lyme. La combinaison de cette maladie et de l'inflammation chronique a eu un effet désastreux sur elle.

— Je comprends mieux pourquoi vous aviez si peur de la perdre, alors.

— Sur un sujet sain, il faut des années pour guérir de la maladie de Lyme. Mais sur elle, qui souffrait déjà d'une maladie auto-immune, la guérison est impossible. Au début, elle restait constamment alitée. Puis, peu à peu, elle a commencé à aller mieux mais avec de fréquentes rechutes, ce qui est toujours le cas.

— Cela devait être affreux pour vous de la voir dans cet état.

— C'est sans doute la raison pour laquelle je me montre, aujourd'hui, aussi protecteur à son égard.

— C'est tout à fait compréhensible.

— Comme je suis très sensibilisé au problème j'ai fondé plusieurs associations en vue de financer la recherche dans ce domaine.

— En plus de l'association caritative qui s'occupe des enfants orphelins ?

En guise de réponse, il choisit de changer de sujet.

— Je vais faire en sorte que vous puissiez rencontrer ma mère au plus vite, promit-il en feignant d'ignorer sa question.

— Je vous en serais très reconnaissante. Et ne vous inquiétez pas, je serai très attentive à ne pas la fatiguer.

— Je vous fais confiance.

Au moment même où il referma la bouche, il comprit que ce n'étaient pas des paroles en l'air qu'il venait de prononcer.

— Je suis très touchée, Garrett. Vous entendre dire cela me…

Elle s'interrompit, manifestement incapable de trouver les mots qui exprimeraient le plus justement ce qu'elle ressentait.

— Je crois qu'il est temps que je parte travailler, finit-elle par conclure.

— J'ai passé un moment très agréable, affirma-t-il. Nous pourrions recommencer un de ces jours, qu'en pensez-vous ?

— Vous voulez dire… revenir prendre un petit déjeuner avec vous ? Ici ?

— C'est bien ce que je veux dire.

— Eh bien… Volontiers. J'en serais ravie.

— Je vous raccompagne.

Ils se levèrent en même temps, puis il la reconduisit jusqu'à sa voiture.

— Merci pour ce joli moment, dit-elle dans un souffle.

— J'espère que je ne vous ai pas trop ennuyée avec les problèmes de santé de ma mère.

— Pas du tout ! Qu'allez-vous chercher là ?

Puis, sans aucun calcul préalable, il l'attira à lui et lui caressa le dos. Son geste était doux, bien loin de refléter le désir violent qui bouillonnait en lui. Lorsque ses doigts s'enroulèrent autour de sa longue chevelure soyeuse, il crut qu'elle allait le repousser. Mais non. Elle ne chercha pas à se soustraire à son étreinte. Au contraire même, elle se lova un peu plus contre lui.

— J'adore vos cheveux, murmura-t-il. Ils sont comme de la soie.

— Je les ai laissés détachés pour vous, lui murmura-t-elle en retour avant d'ajouter, comme effarée par son audace : je ne peux pas croire que je vous aie dit une chose pareille.

— N'en soyez pas désolée.

Ils restèrent encore un moment ainsi, l'un contre l'autre, immobiles et silencieux jusqu'à ce que, la première, elle s'écarte de lui.

— Il faut que je me coiffe avant d'y aller.

— Voulez-vous que je vous aide ?

Elle semblait à la fois excitée et nerveuse à l'idée qu'il lui propose quelque chose d'aussi intime.

— Vous en êtes sûr ?

— Certain. Auriez-vous un élastique ?

— Non, mais j'ai ceci.

Elle sortit de la poche de son jean une large barrette rouge qu'elle lui tendit.

— Tournez-vous, lui intima-t-il d'une voix douce.

Elle obéit docilement, lui présentant sa lourde chevelure qu'il partagea en trois grosses mèches égales qu'il tressa ensuite. Puis, d'une main experte, il releva la natte ainsi formée et l'attacha haut sur le crâne avec la barrette.

Elle se retourna lentement vers lui et plongea dans le sien un regard vibrant de désir.

— Merci, Garrett.

— De rien.

Incapable de se retenir, il lui effleura la joue d'un doigt.

— Tenez-moi au courant pour votre mère, dit-elle en frissonnant légèrement.

— Je n'y manquerai pas.

Il la suivit du regard tandis qu'elle montait dans sa voiture, son chignon lâche balayant son cou à chacun de ses pas.

En la prenant dans ses bras comme il l'avait fait, il n'avait fait qu'obéir à une pulsion, sans chercher à savoir jusqu'où ce geste inconséquent pourrait bien les mener.

Maintenant, il se posait la question.

Meagan adora la mère de Garrett à l'instant même où elle la rencontra. Elle sentit qu'un lien se formait avec cette femme qui, en dépit de sa maladie, se révélait charmante et chaleureuse.

Elle se sentait à l'aise au milieu de ce bric-à-brac de bibelots qui lui donnait l'impression de se trouver dans un monde étrange mais hospitalier.

Shirley, avec ses longs cheveux grisonnants et ses vêtements bariolés, avait des allures de diseuse de bonne aventure. Comme pour lui donner raison, un paquet de tarots traînait sur la table basse du salon.

Elles s'assirent l'une à côté de l'autre et burent du thé que Shirley leur avait servi dans de jolies tasses fleuries en porcelaine.

— Auriez-vous une photo de votre fille à me montrer ? demanda Shirley.

— Oui, bien sûr. J'en ai plusieurs, même.

Elle sortit alors son smartphone de son sac à main et le lui tendit.

— Mais c'est celle-ci ma préférée.

En fond d'écran figurait une photo d'Ivy posant dans sa tenue favorite, la panoplie de la parfaite *cow-girl* miniature. Elle souriait à l'objectif tout en faisant un signe de la main à sa mère.

— Comme elle est mignonne, commenta Shirley. C'est fou ce qu'elle vous ressemble. Tout comme vous ressemblez vous-même à votre mère. Enfin, si ma mémoire ne me trahit pas trop.

Voilà. Enfin, elles allaient aborder le sujet qui la hantait depuis des jours.

— Lorsque je vous ai vue, au tribunal, votre nom ne me disait rien, continua Shirley. Ce n'est que plus tard, quand j'ai effectué mes recherches sur Internet, que j'ai fait le lien entre vous et cette jeune femme qui portait le nom que lui avait attribué la tribu cheyenne à laquelle nous appartenions toutes deux.

— Quand était-ce ? s'enquit Meagan qui brûlait

d'impatience de faire revivre sa mère par la voix de Shirley. Ma mère était-elle déjà mariée à l'époque ?

— Tout à fait. Elle était même enceinte et cela se voyait.

Pour illustrer ce qu'elle venait de dire, Shirley arrondit largement ses bras autour de son ventre.

— Votre mère était une femme tout à fait charmante, poursuivit-elle. Cela remonte au moins à vingt-sept ans.

Un nœud lui serra la gorge.

— C'est bien ça, murmura-t-elle, émue à l'extrême. Quand je pense que j'étais dans son ventre quand vous vous êtes rencontrées. Garrett ne me l'a pas dit, mais j'imagine que c'est parce qu'il l'ignorait.

— En effet, je ne le lui avais pas dit. Jusque-là, il ne comprenait pas l'importance que cela pouvait avoir pour vous que votre mère et moi nous nous soyons connues. Il ne voulait rien entendre.

— Il m'a quand même rapporté que vous ne vous étiez vues qu'à de rares occasions.

— C'est exact, car elle n'a fréquenté le cercle que deux ou trois fois. J'ai supposé qu'elle ne venait plus car la date du terme était proche, mais par la suite elle n'est jamais revenue. Je l'ai regretté car nous nous entendions très bien. Votre mère aimait me parler de ses enfants, confia-t-elle encore. Elle m'a dit qu'elle avait déjà deux garçons et qu'elle attendait une fille.

— Et vous ? Vous lui parliez de Garrett ?

— Bien sûr. Il devait avoir cinq ans à cette époque-là. Il était un petit garçon si sérieux !

Elle essaya d'imaginer Garrett à cet âge-là. En vain. Elle ne voyait que l'homme grand et beau qu'il était devenu.

— Je ne le connais pas très bien, mais il semble l'être tout autant aujourd'hui. Vous a-t-il dit que j'ai perdu une petite sœur ? demanda-t-elle après avoir marqué une courte pause.

— Non.

— J'avais huit ans quand Ella est née. Elle est morte à six mois, de la mort subite du nourrisson.

— Je suis désolée.

— Après, je ne pensais à elle que sous la forme d'un ange. Maman l'avait baptisée Ella parce que cela veut dire « soleil ». C'est vrai qu'elle était comme un rayon de soleil à la maison.

— Quel joli prénom, commenta Shirley avant d'aller chercher quelque chose dans l'une des nombreuses vitrines qui décoraient son salon. Tenez, ajouta-t-elle en lui tendant à une adorable figurine en biscuit de porcelaine qui représentait une fée délicate dotée d'une paire d'ailes aux reflets bleutés. Je vous la donne en souvenir d'Ella.

— Vous êtes sûre ?

— Absolument.

— Merci, dit-elle d'une voix étranglée d'émotion.

Elle enveloppa le précieux bibelot dans une serviette en papier qu'elle plaça dans son sac avec la plus grande précaution.

— Je la mettrai chez nous, dans la chambre d'Ivy, promit-elle. Elle dort encore chez mon frère et ma belle-sœur, mais j'espère qu'elle acceptera bientôt de venir vivre à la maison avec moi. C'est dur de ne pas être tout le temps avec elle.

— Je vous comprends. C'était un déchirement chaque fois que je devais me séparer de Garrett, mais j'étais bien trop malade pour m'occuper de lui.

— Je sais. Il m'a raconté la fois où vous êtes partis camper.

— Qui aurait pu prévoir que j'attraperais la maladie de Lyme en plus de celle que j'avais déjà ? Cela dit, mon état s'est nettement amélioré depuis, même s'il m'arrive d'être encore très fatiguée.

— Garrett m'a proposé de rencontrer Jake et Max à l'occasion d'une journée caritative samedi prochain. Un pique-nique dans le parc.

— C'est une très bonne chose. Cela vous permettra de crever l'abcès comme vous l'avez fait avec Garrett.

Elle avait parlé d'un ton neutre qui laissait supposer qu'elle ignorait tout de l'évolution de la prétendue amitié qui l'unissait à son fils.

— Ma mère vous a-t-elle aussi parlé de mon père ?

— Non. Mais elle l'aurait peut-être fait si nous nous étions mieux connues.

— Son mariage n'était pas très heureux même si elle aimait follement mon père.

Shirley la dévisagea un long moment à travers les volutes de fumée qui s'échappaient des bougies parfumées disposées sur la table basse.

— Et vous, Meagan ? finit-elle par demander. Aimez-vous le père de votre enfant ?

— Plus maintenant. Plus depuis ce que j'ai fait pour lui.

Et surtout, maintenant elle le savait, plus depuis qu'elle avait rencontré Garrett pour la première fois.

— Lorsque j'ai appris que vous aviez eu un bébé en prison, j'ai été tellement triste pour vous ! Je l'ai été encore plus quand j'ai su que votre petit ami vous avait totalement laissée tomber. Et puis, lorsque j'ai découvert qu'un lien m'unissait à votre mère, et donc à vous, je n'ai plus pensé qu'à ça.

— Je vous suis tellement reconnaissante de vous être intéressée à mon sort et d'avoir poussé Garrett à m'embaucher. C'est grâce à vous deux si je peux bénéficier de la liberté conditionnelle. En plus, j'adore le milieu des chevaux, la plage. J'ai beaucoup de chance de pouvoir travailler dans un environnement aussi idyllique.

— Et, moi, je suis heureuse que vous vous épanouissiez dans un travail qui est aussi pour vous un nouveau départ dans la vie. Tout le monde a droit à une deuxième chance, ajouta-t-elle dans un sourire débordant d'indulgence.

— Puisque nous nous parlons à cœur ouvert, puis-je vous poser une question au sujet du père de Garrett ?

— Vous voulez savoir si je l'aimais ?

— Oui.

— Au début, je croyais l'aimer. Et puis, lorsqu'il est parti, le plus important à mes yeux était ce bébé que je portais en moi.

— Ma fille aussi est ma priorité. Elle va être tellement contente, et fière, de recevoir un cadeau de la maman de Garrett ! Vous savez, elle l'adore.

— Cela ne m'étonne guère. Je suis très heureuse que nous ayons pu nous rencontrer, Meagan. J'ai beaucoup apprécié ce moment passé en votre compagnie.

— Moi aussi, Shirley, répliqua Meagan qui était sincèrement ravie d'avoir pu aborder avec elle autant de sujets personnels.

Oui, elle était sincèrement ravie, même s'il restait un sujet brûlant qu'elle avait dû garder pour elle.

Le lendemain, Meagan déposa Ivy à la garderie et partit, le cœur battant, rejoindre Garrett chez lui.

Lorsqu'il lui ouvrit, il l'enlaça et ils restèrent un long moment ainsi, dans la chaleur de cette étreinte.

— Vous avez faim ? s'enquit-il.

— À vrai dire, pas trop.

— Pourtant, c'est bien pour que nous prenions un petit déjeuner ensemble que vous êtes venue.

Elle s'écarta légèrement de lui pour pouvoir le regarder droit dans les yeux.

— Je suis venue pour être avec vous, admit-elle sans chercher à se défiler.

— Si je comprends bien, vous ne voulez pas que je cuisine pour vous, cette fois ?

— En tout cas, pas tout de suite.

Il passa les doigts entre ses cheveux que, cette fois encore, elle avait laissés dénoués, juste pour lui.

— Que voulez-vous que nous fassions à la place ? demanda-t-il d'une voix rauque.

— Vous pourriez me montrer votre chambre, répondit-elle dans un souffle.

Elle avait bien conscience de ce que ces mots avaient d'audacieux mais elle s'en fichait. Elle les avait prononcés parce qu'une seule chose lui importait : laisser enfin libre cours à ses sentiments.

— Ce que vous me demandez là peut se révéler dangereux, Meagan, lui chuchota-t-il à l'oreille.

— Je sais mais je l'assume totalement.

Elle chercha de nouveau son regard, comme pour s'y perdre.

— À quoi pensez-vous ? insista-t-elle.

— Je me demandais quel effet cela me ferait de vous embrasser.

— Rien de plus facile à savoir.

Sans ajouter un mot, elle releva le menton et lui offrit ses lèvres, l'invitant à satisfaire sa curiosité.

Il n'hésita qu'un bref instant. Il pencha la tête vers elle et effleura sa bouche de la sienne, dans un baiser doux et léger. Encouragée, elle se serra un peu plus étroitement contre lui.

En réponse, il approfondit son baiser, ce qui eut pour effet de lui envoyer des ondes électriques dans tout le corps.

— Nous ne devrions pas…, murmura-t-il sans pour autant s'écarter d'elle.

— Je sais, murmura-t-elle en retour en se plaquant un peu plus contre son torse musclé.

Il resserra son étreinte en enserrant sa taille de ses larges mains.

— Lorsque je t'ai rencontrée, j'ai tout de suite su que tu pourrais me faire perdre la tête, confessa-t-il. J'espérais que tu quitterais Neil. Malheureusement, je n'ai pas été entendu ; et puis il y a eu cette histoire…

Elle ne savait que trop bien à quoi il faisait allusion.

— Je suis tellement désolée, Garrett.

— Plus d'excuses, veux-tu ? Laissons tout cela derrière nous à présent.

Elle le fixa encore plus intensément, cherchant à se perdre dans la profondeur de son regard.

— Maintenant, c'est toi qui me fais perdre la tête, dit-elle.

Lorsqu'il reprit ses lèvres, cette fois dans un baiser plus ardent, elle se laissa submerger avec délices par la vague de volupté qui déferlait sur elle.

— Vas-tu te décider à me montrer ta chambre ? murmura-t-elle contre sa bouche.

En guise de réponse, il dessina le contour de son visage du bout d'un doigt.

— Tu es bien certaine de vouloir aller sur ce terrain-là ? finit-il par dire.

— Oui. J'en suis sûre. Je rêve de cet instant depuis le premier jour, lorsque tu m'as offert cette marguerite. Quand je suis rentré chez moi, ce soir-là, j'ai retrouvé Neil, mais c'est toi qui occupais toutes mes pensées ; toi avec qui je rêvais d'être.

— Meagan Quinn, chercheriez-vous à me séduire ? la taquina-t-il d'une voix rauque de désir.

Elle ? Une séductrice ? L'idée l'aurait amusée si elle n'avait pas brûlé pour lui d'un feu aussi ravageur.

— Sans être une femme fatale, c'est la première fois que je me sens toutes les audaces avec un homme, répondit-elle. Mais c'est parce que c'est toi. Avant, je me laissais choisir.

— Si je t'emmène dans ma chambre, c'est que tu sais à quoi t'attendre.

— Oui. Mais, je te le répète, c'est ce que je veux.

— Je ne voudrais pas que tu croies que je profite de la situation.

— Comment pourrais-je penser une chose pareille quand tu me soupçonnes de vouloir te séduire ?

— Je ne sais pas. Je crois que c'est parce que, en règle générale, je n'agis pas sur des impulsions.

— Moi non plus. Je te le répète, c'est bien la première fois que je me montre aussi audacieuse avec un homme. Cela dit, nous ne sommes pas obligés de le crier sur les toits. Nous pouvons très bien garder cela pour nous.

— Tu veux que nous entretenions une liaison secrète ? s'enquit-il d'une voix rauque. C'est bien ça ?

Elle opina en silence.

— Oui, confirma-t-elle. Nous n'avons qu'à convenir que, en public, nous nous comporterons en amis.

— En seras-tu capable ?

— J'ai fait du théâtre au collège. C'était pour la fête de Thanksgiving. Je jouais le rôle d'une indienne.

Cette évidence le fit éclater de rire.

— Un vrai rôle de composition, plaisanta-t-il.

— En fait, j'aurais préféré incarner la dinde.

— Pour être dévorée à la fin ?

— Dans notre pièce, il n'était pas question de ça. La dinde, incarnée par un humain, dansait autour du feu avec l'élève qui jouait la citrouille.

En guise de commentaire, il enfouit son visage au creux de son cou puis le lécha à petits coups de langue délicats.

— J'adore les citrouilles, lui susurra-t-il à l'oreille.

— Je sais préparer une très bonne tarte à la citrouille. Je t'en ferai goûter un jour.

— Avec de la crème fouettée ? J'adore la crème fouettée. C'est mon péché mignon. Avec toi. J'ai tellement envie de toi, Meagan.

— Moi aussi, Garrett. Je veux être toute à toi.

— Alors viens. Je vais te montrer ma chambre.

Il attendit quelques secondes, comme pour lui laisser une dernière chance de changer d'avis. Mais elle n'en avait aucune envie, bien au contraire, car elle brûlait de lui faire l'amour.

Il finit par lui prendre la main, puis il l'entraîna dans le couloir qui conduisait à sa suite, plongée dans une pénombre qui la rendait plus accueillante encore. Elle engloba d'un regard distrait les meubles et les aquarelles qui décoraient les murs clairs. Elle s'attarda en revanche sur le lit king-size qui trônait au beau milieu de la pièce.

Les mains tremblantes, elle entreprit alors de défaire le premier bouton de sa chemise, l'incitant à faire de même avec le chemisier qu'elle portait.

Elle était bien déterminée à faire de cette parenthèse enchantée un moment inoubliable.

- 8 -

Garrett avait l'impression de vivre un rêve. Certes, il s'était laissé séduire, mais il adorait ce jeu de séduction que, la première, Meagan avait initié.

Et il y participait activement.

Lorsqu'il lui avait ouvert la porte, il ne s'était pas attendu à se retrouver dans son lit avec elle quelques minutes plus tard. Et pourtant, il était en train de la déshabiller. Et il allait lui faire l'amour.

Il défit le premier bouton de son chemisier, puis le deuxième, puis le troisième. Il s'arrêta, se laissant le temps d'admirer le renflement de sa gorge et sa peau hâlée qui tranchait sur le blanc immaculé de son soutien-gorge en dentelle.

Il sentait les mains fébriles de Meagan déboutonner sa chemise puis, après en avoir écarté les pans, se poser sur son torse, à l'endroit où son cœur battait la chamade.

Au comble de l'excitation, il ouvrit son chemisier et dégrafa son soutien-gorge, dévoilant sa poitrine ronde et ferme. Il l'attira à lui tandis qu'elle faisait glisser son jean sur ses cuisses. La voir ainsi offerte à lui, avec pour seul rempart à sa nudité une culotte en dentelle délicate, le fit vibrer d'un désir intense.

Il la pressentait à la fois soumise et sauvage, douce et passionnée, et cette combinaison l'excita encore davantage. Il pressa un de ses tétons déjà durs entre le pouce et l'index, ce qui eut pour effet de lui arracher de petits gémissements de plaisir. N'y tenant plus, il la fit doucement reculer jusqu'au lit puis bascula avec elle sur le matelas, leurs bouches toujours scellées.

Il chercha à tâtons la boîte de préservatifs qui se trouvait dans le tiroir de sa table de chevet puis, l'ayant trouvée, la posa à côté de lui.

Il s'écarta un peu d'elle pour pouvoir la contempler. Elle était incroyablement belle. La lumière encore pâle du jour exaltait sa beauté jusqu'à la rendre presque irréelle tandis que sa lourde chevelure déployée sur l'oreiller lui faisait comme une auréole.

Aiguillonné par le désir violent qui l'habitait, il se mit à sucer un de ses seins et en agacer la pointe de sa langue. Il la sentit se cabrer puis, comprenant où il voulait en arriver, s'accrocher des deux mains aux barreaux de la tête de lit pour mieux offrir son corps à sa bouche avide.

Il descendit alors plus bas, sur son ventre plat et frissonnant, puis encore plus bas, sur le renflement de son pubis. Là, sa langue s'immisça entre les replis de son sexe humide, s'aventurant en des territoires encore inconnus.

Il lui fallut peu de temps pour la sentir au bord de l'orgasme. Et c'était lui qui allait lui procurer ce plaisir. Cette pensée le grisa, l'excitant encore plus.

La seconde d'après, elle jouissait dans une succession de spasmes sans fin.

Lorsque, languissante, elle se laissa aller contre lui, il roula à côté d'elle et l'enveloppa de ses bras.

Meagan jouissait en silence de ce moment de bien-être, attendant que se calment enfin les battements désordonnés de son cœur.

— Comment te sens-tu ? murmura-t-elle lorsqu'elle revint enfin sur terre.

— À ton avis ? répondit-il en se pressant contre elle.

Captant le message, elle enroula les doigts autour de son sexe en érection.

— C'est à mon tour de m'occuper de toi, déclara-t-elle d'une voix enjôleuse.

— Je n'attends que ça, murmura-t-il en retour.

Elle resserra alors un peu plus son étreinte et fit aller et venir sa main le long de sa verge dure. Elle aimait la puissance qui émanait de ce corps athlétique, mais aussi le pouvoir qu'elle exerçait sur lui.

Lorsqu'elle le sentit au bord de l'orgasme, elle sortit un des préservatifs de son étui et le déroula sur son membre tendu. Aussitôt protégé, il la fit rouler sous lui et la pénétra d'un coup de reins qui lui arracha une plainte de plaisir.

Elle enroula alors ses longues jambes autour de son bassin pour lui permettre de s'enfoncer en elle plus profondément.

— C'est si bon, Meagan, dit-il dans un souffle.

Et c'était un plaisir partagé. Un plaisir qu'elle n'avait jamais ressenti auparavant et qui la faisait frémir, la rendant folle, prête à tout.

Ils se mouvaient en cadence, dans une parfaite synchronisation, comme si leurs corps s'étaient déjà connus ou se reconnaissaient.

À présent totalement abandonnée et heureuse de l'être, elle le laissa changer de position et la guider sur lui. Assise à califourchon, elle se redressa, offrant ses seins tendus à ses lèvres avides et à ses mains non moins impatientes. Ses cheveux lui balayaient le dos, et elle se sentait belle, sensuelle, désirée.

Soudain, une pensée lui traversa l'esprit.

— Cela t'est déjà arrivé ? demanda-t-elle.

— Quoi ?

— De faire l'amour avec une femme que tu n'aurais pas dû approcher ?

— Non. Mais, à vrai dire, je ne parle de ma vie sexuelle à personne ; encore moins de…

— De tes rendez-vous secrets ?

Il confirma d'un hochement de tête avant de reprendre ses lèvres dans un baiser qui accentua un peu plus le feu qui la consumait.

Devait-elle croire ce qu'il lui avait assuré un peu plus tôt ? Ou au contraire que leur histoire était destinée à ne pas aller bien loin ? Elle l'avait escroqué, cet homme qui menait une vie honnête et tranquille. Elle l'avait délesté de plusieurs milliers de dollars et voilà qu'elle se retrouvait nue sur lui, lui faisant l'amour. Qu'y avait-il de normal dans tout cela ?

Rien. Mais elle ne voulait pas y penser. Pour l'heure, elle ne voulait que profiter de ce moment sublime et feindre de croire qu'il ne finirait jamais.

Lorsque la respiration de Garrett se fit plus saccadée, plus lourde, elle contracta les muscles de son vagin et accéléra la cadence. Ils explosèrent ensemble dans un orgasme puissant. Un long moment plus tard, en proie à une douce torpeur, elle le regarda gagner la salle de bains. Lorsqu'il revint et qu'il s'assit à côté d'elle, elle aurait voulu lui jeter les bras autour du cou pour qu'il ne parte jamais. Pourtant, elle n'en fit rien. Leur histoire n'aurait pas de lendemain, elle le savait. D'ailleurs, même si elle avait agi en se laissant guider par la force de son désir pour lui, elle savait aussi qu'elle ne pouvait se payer le luxe de tomber amoureuse.

— Quelle heure est-il ? demanda-t-elle d'un ton qu'elle voulait léger.

— Je ne sais pas, répondit-il. Je n'ai pas d'horloge ici.

Lorsqu'il se pencha vers elle, les battements de son cœur s'accélérèrent. Elle crut un instant qu'il allait la prendre dans ses bras et l'embrasser. Mais non. Elle en ressentit une vive déception qu'elle s'empressa de réprimer.

— Comment fais-tu pour te réveiller le matin si tu n'as pas de réveil ? demanda-t-elle encore, l'air de rien.

— Je règle l'alarme de mon téléphone portable.

— Où est-il ?

— Je l'ai laissé dans la cuisine où je pensais que nous irions prendre un petit déjeuner. Tu n'as pas faim ?

— Si, mais je ne sais pas si j'ai le temps. Que penserait Tom si je n'arrivais pas à l'heure ?

Habituée au rythme militaire de la prison, cette idée la fit paniquer plus que de raison.

— Tu es arrivée à 6 h 30 et tu ne prends ton poste qu'à 9 heures, dit-il d'une voix calme. Tu as largement le temps de manger un peu.

— Tu en es sûr ?

Coucher avec le patron n'était pas une excuse. Et peut-être même parce que c'était le cas, avait-elle encore plus à cœur de ne pas déroger à ses principes d'employée modèle.

— Certain.

Il prit le temps d'enfiler son slip et son pantalon avant de se tourner vers elle et de lui dire :

— Tu me retrouves dans la cuisine ? Tu sais où se trouve la salle de bains. Tu peux aller prendre une douche si tu veux.

Malgré ses mots rassurants, elle ressentait l'inquiétude monter en elle.

— Merci, dit-elle.

— Meagan ?

— Oui ?

— C'était bien. Et j'aimerais pouvoir te retenir ici.

Elle lui sourit, le cœur gonflé d'un sentiment sur lequel elle ne voulait pas mettre de nom. L'heure n'était pas aux questionnements, décida-t-elle fermement en se levant. Elle rassembla ses affaires éparses et se rendit dans la salle de bains où elle prit une douche rapide.

Ensuite, elle renfila son chemisier et son jean, chaussa ses santiags et rassembla ses cheveux emmêlés en un chignon lâche d'où elle laissa échapper quelques mèches.

Lorsqu'elle arriva dans la cuisine, il l'accueillit avec une tasse de café fumant qu'elle huma avec délice.

— Il y a de la crème et du sucre sur le comptoir,

indiqua-t-il. J'ai aussi de l'édulcorant, si tu préfères. Je viens de vérifier, tu as encore une bonne heure devant toi.

Elle lança un coup d'œil à l'horloge numérique du four à micro-ondes. En effet, il ne mentait pas. Elle éprouva un profond soulagement à l'idée qu'elle n'avait pas besoin de se presser.

— Tant mieux.

— Nous avons même le temps de retourner dans ma chambre, si tu le souhaites. Ou alors, nous pouvons le faire ici même. Je pourrais te prendre sur l'évier ou contre le Frigidaire ou encore à même le sol. Qu'en penses-tu ?

— L'idée est séduisante, rétorqua-t-elle en riant. Mais, pour le coup, je prendrais le risque d'être en retard.

Elle laissa passer quelques secondes avant d'ajouter d'un ton qu'elle s'appliqua à garder neutre :

— Que nous as-tu préparé cette fois ?

— J'ai pensé à des pancakes. Recouverts de sirop d'érable, cela te convient ?

La simplicité de ce moment l'emplit de bonheur. Elle opina gaiement et, comme la première fois, le regarda faire. Lorsqu'il déposa une assiette fumante devant elle, elle mangea de bon appétit, arrosant généreusement ses crêpes de sirop.

— Quand penses-tu pouvoir revenir ? demanda-t-il soudain.

Son cœur fit un bond dans sa poitrine. Souhaitait-il la revoir ? Oh ! si seulement cette histoire qu'elle pensait improbable pouvait avoir une suite !

Elle s'empressa de répondre :

— Dès que nous pourrons nous libérer tous les deux.

— Dans ce cas, pourquoi pas dimanche ?

— Oui, à condition que Tanner et Candy puissent garder Ivy. Mais, avant, nous nous verrons samedi, au pique-nique.

— C'est vrai, j'avais oublié. En plus, ce sera l'occasion pour nous de faire la démonstration de nos talents de comédiens, ajouta-t-il avec un sourire en coin.

Elle acquiesça en silence, sentant son regard brûlant sur sa bouche enduite de sirop. De délicieux frissons lui picotaient la peau. Mais elle ne pouvait pas se permettre de se laisser emporter par son attirance insensée pour lui.

— Je ne crois pas que je pourrai rester toute la journée, annonça-t-elle. Et puis, ce serait mieux si nous nous montrions prudents.

— D'accord. Tu pourrais arriver plus tard que moi ou partir plus tôt. Cependant, ne nous fais pas faux bond. Mes frères s'attendent vraiment à te rencontrer.

— Je ne te ferai jamais cela, Garrett, rétorqua-t-elle piquée à vif, offensée qu'il la pense capable de ne pas honorer ce rendez-vous, si important pour elle. En revanche, je ne te promets pas d'être la comédienne parfaite. Je risque d'être un peu nerveuse, surtout maintenant que nous avons couché ensemble.

— Je sais. Moi aussi, je trouve cela étrange.

Il s'approcha d'elle, et elle sentit ses jambes trembler.

— Nous ferons du mieux que nous pourrons.

Sans lui laisser le temps de répondre, il l'attira à lui et posa sa bouche sur la sienne puis lécha ses lèvres encore luisantes de sirop.

Lorsqu'il la relâcha, elle termina ses pancakes, en dévorant chaque bouchée avec délectation.

Meagan n'avait aucune idée de l'endroit où se trouvait Garrett. Ils étaient convenus qu'elle devait lui envoyer un texto pour le prévenir de son arrivée mais, au lieu de le faire, elle avait choisi de flâner dans le parc, sa petite Ivy bien calée contre sa hanche.

Le parc était déjà noir de monde. Elle passa devant un groupe d'adolescents qui jouaient au volley puis dépassa, un peu plus loin, des parents tentant d'initier leurs enfants à l'art délicat du lancer de frisbee. Château gonflable, toboggans et balançoires, installés sur une aire un peu à l'écart, faisaient le bonheur des petits comme des grands. Un petit train bondé de passagers aux visages riants faisait le tour du parc.

Elle avait pensé à prendre des jouets pour occuper sa fille, trop petite pour profiter des activités que cette journée avait à offrir. Ils lui seraient bien utiles lorsque le moment serait venu de s'asseoir pour se reposer un peu. Pour l'heure, Ivy, accrochée à son cou, ouvrait de grands yeux, captivée par tout ce qu'elle voyait.

Jugeant l'heure venue de prévenir Garrett de son arrivée, elle lui envoya un texto :

Nous sommes devant le stand de maquillage pour enfants.

La réponse lui parvint aussitôt :

Ne bougez pas. Je vous rejoins.

Ce n'était pas un échange des plus romantiques, mais quelle importance ? pensa-t-elle pour cacher sa déception. N'avaient-ils pas décidé de se comporter en amis ?

— Devine qui va venir, ma chérie ? Garry. Nous allons voir ses frères, aussi.

— Il a des frères ?

— Oui. Il en a deux.

Elle limita là ses explications, jugeant Ivy bien trop petite pour comprendre que Jake et Max n'étaient pas les frères de sang de Garrett.

— Moi, j'en ai pas, répliqua Ivy en plissant son petit nez.

Non, sa petite fille n'avait pas de frères et sœurs et n'en aurait peut-être jamais. Mais élever un enfant était déjà tellement difficile pour elle, compte tenu de la situation dans laquelle elle se trouvait.

Elle abaissa un regard débordant d'amour sur son enfant. Pour la circonstance, elle avait essayé de la coiffer, sinon mieux, du moins aussi bien que le faisait Candy. Le résultat semblait satisfaire Ivy, fière des minuscules barrettes pailletées qui retenaient en arrière plusieurs mèches de ses cheveux fins et du serre-tête tout aussi scintillant qu'elle avait tenu à y ajouter.

— Garry ! cria-t-elle du plus loin qu'elle l'aperçut.

Aussitôt, son cœur bondit dans sa poitrine. Elle pivota et regarda Garrett s'avancer vers elles de sa démarche souple et féline. Il affichait un sourire qui lui rappela les moments délicieux passés au lit avec lui et la regardait avec ardeur. Elle baissa les yeux sur Ivy pour dissimuler son trouble.

Dès qu'il fut près d'elles, Ivy lui tendit ses petits bras impatients. Il la prit sans se faire prier.

— Que tu es belle, princesse ! s'exclama-t-il. Mais, dis-moi, c'est un bien beau diadème que tu as là.

— Ben oui, je suis princesse, rétorqua Ivy avec fierté.

— C'est vrai, que je suis bête.

Ivy émit un petit gloussement, visiblement ravie de son petit effet.

Le cœur de Meagan s'emplit de joie à la vue de sa petite fille heureuse entre les bras de cet homme si beau, si prévenant.

— Nous avons acheté ce diadème hier, expliqua-t-elle. Ivy tenait à être belle pour cette sortie un peu exception-nelle pour elle.

Il sourit puis s'adressa de nouveau à elle :

— Mes frères ont déjà déjeuné. Carol aussi, mais c'est normal, elle mange pour deux. C'est en tout cas ce qu'elle déclare pour pouvoir se resservir sans culpabiliser. Quant à moi, je vous attendais.

— C'est gentil. Merci.

Elle aimait tant, chez lui, cette courtoisie, cette galan-terie un peu désuète.

— Si cela ne te dérange pas, j'aimerais rencontrer tes frères d'abord, ajouta-t-elle, pleine d'appréhension à l'idée de cette rencontre qui lui coupait l'appétit.

— Bien sûr.

Il eut un geste vague de la main pour indiquer un coin de pelouse qui se situait derrière le terrain de volley.

— Nous sommes installés là-bas. Aux bancs, nous préférons les couvertures étalées par terre et les sièges pliants.

Elle remarqua que nombre de familles avaient aussi cette préférence.

— Maman ! Maman ! s'exclama soudain Ivy en pointant du doigt une petite fille dont les joues rebondies étaient décorées d'une lune entourée d'étoiles. Moi aussi ! Moi aussi !

— Tu veux te faire maquiller le visage ?

— Oui !

Elle n'allait certainement pas priver sa fille d'un tel bonheur.

— Garrett, cela ne te dérange pas ?

— Pas du tout, répondit-il en se dirigeant déjà vers le stand de maquillage, sa petite princesse toujours dans les bras.

L'artiste qui vint présenter à Ivy les modèles de maquillage destinés aux enfants de son âge était déguisée en fée. Ivy la fixa, ébahie, incapable de faire la différence entre le déguisement et la réalité.

— Ella, dit-elle.

À ce mot prononcé par Ivy, une boule d'émotion se forma dans la gorge de Meagan. Ivy avait bien retenu que la figurine offerte par Shirley s'appelait Ella. Et elle ne put empêcher ses pensées d'aller vers sa petite sœur disparue. Elle laissa passer quelques secondes d'un silence qu'Ivy rompit de sa petite voix.

— Princesse Ivy !

— Au cas où vous n'auriez pas compris, elle vous dit qu'elle est la Princesse Ivy, expliqua-t-elle.

— Eh bien, Princesse Ivy, que dirais-tu d'un dessin avec des feuilles de lierre décorées de diamants, bien sûr, mais aussi de cœurs ?

Ivy battit des mains en signe d'approbation.

Garrett, à en croire son large sourire, devait trouver ce moment très agréable, et Meagan était aux anges.

En moins de temps qu'il n'en avait fallu pour le dire, le petit visage d'Ivy fut décoré de juste ce qu'il fallait de paillettes pour être assorti à son diadème et à ses barrettes. La maquilleuse tendit un miroir à l'enfant qui contempla son reflet un long moment, rayonnante d'un bonheur intense qui bouleversa sa maman.

Toute fière, Ivy fit au revoir de la main à la fée puis refusa de se faire porter. Elle alla se placer d'autorité entre Meagan et Garrett et leur prit à chacun la main. Puis, lorsqu'elle décida qu'elle voulait être balancée dans les airs, ils ne purent que se plier à sa volonté.

— Elle ne manque pas de caractère, remarqua-t-il en souriant. Et elle sait déjà manipuler les gens comme elle l'entend.

— Que veux-tu ? Elle est la princesse, nous sommes ses courtisans.

— Je nous verrais bien, toi en dame de compagnie et moi en preux chevalier, riposta-t-il. En tout cas, reprit-il après avoir marqué une courte pause, je suis heureux d'être là avec vous deux.

Le cœur de Meagan se mit à battre un peu plus vite.

— Nous aussi, Garrett, nous sommes heureuses d'être avec toi.

Plus ils se rapprochaient de la famille de Garrett, plus le cœur de Meagan battait d'appréhension.

Elle repéra Jake en premier. Il ne manquait pas de charme avec ses cheveux savamment décoiffés et la paire de lunettes noires griffées qui lui donnaient l'air d'une star de cinéma. À côté de lui se trouvait Carol, son épouse, une jolie blonde que son sourire radieux de future maman ne faisait qu'embellir un peu plus. Son cœur se serra en pensant qu'elle, en revanche, avait pleuré neuf mois durant, trop inquiète de ne pas savoir ce qu'il allait advenir de son bébé pour pouvoir se réjouir de sa grossesse.

Il émanait du couple un bonheur évident qui faisait plaisir à voir.

À la gauche de Jake, une assiette à moitié pleine laissait deviner que c'était la place qu'avait occupée Max avant de disparaître on ne savait où. Face à eux, elle repéra deux sièges vacants qui leur étaient probablement destinés si l'on se fiait à la petite chaise d'enfant placée entre eux.

Décidément, Garrett a pensé à tout, se dit-elle, sans s'étonner vraiment tant elle commençait à s'habituer à ses manières exquises.

Lorsqu'il fit les présentations, Jake et Carol lui serrèrent chaleureusement la main avant de s'extasier sur le maquillage d'Ivy.

Elle profita de l'occasion qui lui était donnée pour présenter ses excuses à Jake qui les accepta avant de passer à autre chose, sans doute pour lui signifier que, en ce qui le concernait, cette page était depuis bien longtemps tournée.

— Où est passé Max ? s'enquit Garrett tout en cherchant autour de lui.

Jake pointa du menton l'endroit où se trouvait leur frère.

— Il est là-bas. Il discute avec Lizzie.

Elle regarda à l'endroit indiqué. Max était en effet en pleine discussion avec une splendide rousse très élégante.

Après quelques minutes, Ivy commença à s'agiter. Elle passa de sa chaise aux genoux de Garrett pour finir assise sur la couverture. Meagan lui tendit le sac de jouets pour tenter de l'occuper un peu, et Ivy choisit un poupon coiffé d'un bonnet rouge qui suçait son pouce.

— Je peux voir ton bébé ? demanda Carol d'une voix douce.

Ivy le lui tendit sans rechigner.

— Je vais avoir un bébé, expliqua Carol en se caressant le ventre. Pour le moment, il est là, bien au chaud. C'est une petite fille, comme toi.

Intriguée, Ivy s'approcha pour mieux voir ce ventre dans lequel se trouvait un bébé. Carol prit sa menotte et la plaça doucement à l'endroit où son enfant bougeait. Ivy arrondit la bouche de stupeur avant de laisser échapper une cascade de rires aigus qui déclencha l'hilarité générale.

Voir sa fille si joyeuse emplissait Meagan d'un immense bonheur.

— Avez-vous déjà choisi le prénom ? s'enquit-elle à l'adresse des deux futurs parents.

— Oui, répondit Jake. Nous allons l'appeler Nita Shivaun. C'est un mélange de noms indiens et irlandais. L'Irlande est le pays d'origine de Carol.

— C'est un bien joli prénom, les complimenta-t-elle. J'ai appelé ma fille Ivy car c'était le nom de la princesse d'un conte de fées que j'adorais lorsque j'étais enfant.

— C'est très joli aussi, Ivy, dit Carol qui ne pouvait

détacher son regard de la petite fille. Il lui va bien, elle est tellement mignonne !

Sans doute se demandait-elle, comme le font toutes les futures mamans, à quoi allait ressembler son enfant, songea Meagan, tout attendrie.

Carol rendit le poupon à Ivy qui l'embrassa puis le coucha pour une « petite sieste » comme elle l'expliqua à l'assemblée. Meagan crut fondre de tendresse à voir sa fille mimer ainsi les gestes d'une maman aimante.

Voyant Max, qu'elle ne connaissait pas, venir se mêler à eux, Ivy demanda avec une familiarité tout enfantine :

— Tu es qui, toi ?

Max éclata de rire avant de lui retourner la question :

— Et toi, qui es-tu ?

— Moi, je suis Princesse Ivy.

— Et moi, je suis Max, rétorqua-t-il.

Il se tourna alors vers Meagan et dit :

— Je me rappelle vous avoir croisée au cabinet comptable mais nous ne nous sommes jamais parlé. Je me trompe ? Puis sans lui laisser le temps de répondre, il enchaîna en pointant Ivy du menton : elle n'a pas l'air timide, c'est plutôt bien.

Elle en profita pour lui présenter ses excuses.

— Merci. Je voulais vous dire que je suis désolée pour ce que j'ai fait. Je ne sais pas ce qui m'a pris.

— Tout va bien, à présent, assura Max gentiment. Vous avez payé pour ce que vous avez fait et puis, maintenant, Garrett et vous êtes amis. Croyez-moi, l'amitié n'est pas un vain mot pour lui. Quand nous étions au foyer, je me faisais toujours tabasser par les plus grands. Heureusement, Garrett était là pour voler à mon secours.

— Tu es un grand garçon, maintenant, rétorqua Garrett d'un ton faussement désinvolte. Tu peux te défendre tout seul.

— Qui sait si je n'aurai pas encore besoin de toi un jour ? répliqua Max en souriant.

— Je comprends ce que vous voulez dire, intervint-elle. Garrett est tellement gentil avec ma fille et moi.

— Trêve de compliments ! Si nous allions chercher de quoi manger, plutôt ?

Se rappelant qu'elle n'était pas censée montrer plus d'intérêt que de raison envers Garrett, elle opina d'un hochement de tête.

— Viens dans mes bras, princesse, dit Garrett en se penchant pour soulever la petite de terre.

Ils se dirigèrent alors tous les trois vers le buffet, comme une famille qu'ils n'étaient pas.

— J'ai bien aimé ce qu'a dit Max, dit-elle.

— Moi aussi. Il se livre tellement peu ! Il a besoin d'avoir un ami proche à qui se confier de temps en temps. Lizzie est aussi toujours prête à recueillir ses confidences.

— Lizzie ? Est-ce cette jolie rousse avec laquelle il discutait lorsque nous sommes arrivés ?

— Oui, c'est bien elle.

Piquée par la curiosité, elle insista pour tenter d'en savoir un peu plus.

— Sont-ils amis de la manière dont nous le sommes ?

— Si tu me demandes s'ils couchent ensemble, la réponse est non, répondit-il en baissant la voix.

— Comment peux-tu être aussi affirmatif ?

— Parce qu'ils en parlent très librement. Ils pensent que coucher ensemble briserait leur amitié.

— Ils se connaissent depuis longtemps ?

— Pas mal d'années, oui. Ils se sont connus au lycée. À cette époque-là, Jake et moi avions déjà passé nos examens et quitté le foyer ; aussi, Max se sentait un peu seul. Un peu plus âgé que Lizzie, il lui donnait des cours particuliers ; c'est ainsi qu'ils se sont rencontrés. Ils appartenaient à des milieux différents, mais peu leur importait car ils se sont tout de suite trouvé beaucoup d'affinités. Ils ont très vite commencé à partager leurs secrets les plus intimes.

— Nous aussi, nous partageons un secret, dit-elle dans un souffle.

— C'est vrai, mais le nôtre est différent. Notre relation est…

Charnelle et romantique, songea-t-elle. Tout ce que celle de Max et Lizzie n'était pas.

— Tu as raison. C'est différent.

Il marqua une pause puis demanda :

— Pourras-tu te libérer demain ? Candy et Tanner sont-ils d'accord pour garder Ivy ?

— Oui. Ils sont ravis.

— Que leur as-tu dit ?

— Que j'avais une réunion de travail. Une réunion informelle ; le genre où chacun apporte quelque chose pour un déjeuner amical.

— M'apporteras-tu cette tarte à la citrouille que tu m'as promise ?

— Absolument.

Il la dévisagea avec une gourmandise non feinte.

— J'en salive d'avance. Leur as-tu dit aussi combien de temps cette réunion était censée durer ?

— Oui. Je leur ai dit que je devrai rester jusqu'en milieu d'après-midi parce que, ensuite, nous devrons ranger la sellerie.

— Bravo. Tu as pensé à tout.

En effet. Elle avait dû mentir pour pouvoir profiter de quelques heures de liberté, mais elle n'en ressentait aucune culpabilité. Ce n'était qu'un petit mensonge sans conséquence, destiné à protéger leur intimité.

Pas comme maintenant, se dit-elle tandis qu'ils jouaient des coudes pour parvenir au buffet.

Le reste de la journée se passa comme dans un rêve, entre le repas qui se révéla délicieux, les bavardages avec les différents membres de la famille de Garrett et les activités qu'ils partagèrent avec Ivy.

Après avoir fait le tour du parc en petit train, il parvint

à la convaincre de se faire peindre sur la cheville une rose bleue enroulée à une marguerite jaune. Elle accepta d'autant plus volontiers qu'elle était touchée de voir qu'il avait entendu son discours sur le langage des fleurs.

— J'aimerais pouvoir t'embrasser ici, maintenant, devant tout le monde.

Cette déclaration la toucha autant qu'elle la perturba car, plus que tout, elle craignait de perdre le contrôle d'elle-même et de s'impliquer dans une relation qui pourrait lui briser le cœur. Pourtant, malgré son appréhension, elle se pencha à son oreille pour lui susurrer :

— Patience. Demain nous pourrons nous embrasser autant que nous le voudrons.

Le lendemain après-midi, Garrett dégustait la tarte à la citrouille que Meagan avait préparée tout spécialement pour lui. C'était délicieux, mais pas autant que leurs étreintes passionnées. Ils s'étaient retrouvés quelques heures plus tôt, et ils avaient déjà fait l'amour plusieurs fois, incapables de se repaître l'un de l'autre. Assis sur son lit, une assiette sur les genoux, il la contempla. Elle était magnifique, après l'amour.

Et il se sentait merveilleusement bien avec elle. Comment pourrait-il supporter de la laisser partir, ce soir ?

Il poussa un soupir.

— Je n'ai pas cessé de penser à notre journée d'hier, dit-il en brisant le silence.

— Comment cela ?

— Je me revoyais, impatient de te toucher, de te caresser, de me retrouver avec toi dans ce lit.

Il s'interrompit un court instant durant lequel il chercha son regard.

— Je me disais que nous pourrions peut-être vivre notre relation au grand jour.

De surprise, elle posa son assiette à moitié vide sur sa table de chevet.

— Tu veux que nous révélions notre secret ? dit-elle, incrédule.

— Oui. Après tout, pourquoi nous cacher ? Nous sommes deux adultes consentants. Je ne vois pas où est le mal.

Dans son esprit, les choses étaient claires et devoir mentir à son entourage lui pesait énormément.

— De toute façon, nos familles ne tarderaient pas à découvrir notre liaison, ajouta-t-il.

— C'est vrai, mais il est vrai aussi que, s'ils soupçonnaient quelque chose, nous pourrions toujours nier.

— C'est trop compliqué. Mieux vaut faire ce que nous voulons et l'assumer au vu et au su de tous.

Elle baissa les yeux, lui semblant soudain nerveuse.

— C'est vrai pour nos familles, finit-elle par dire. Mais les autres ?

— Tu veux parler des employés ?

Elle acquiesça en silence.

— Je ne veux pas qu'ils pensent que j'essaie de profiter de la situation. Que je me sers de toi pour te soutirer de l'argent ou tenter d'en détourner encore.

— Je ne vois pas pourquoi. Nous avons rendu publique notre amitié, et personne ne t'accuse de comploter dans mon dos. D'ailleurs, peu de gens savent ce que tu as fait et, jusqu'à ce jour, aucune rumeur ne m'est parvenue.

— Je parie que ce sera le cas lorsque notre liaison sera connue de tous. Et puis, qui sait combien de temps elle durera ?

— Encore longtemps, j'espère, déclara-t-il d'une voix redevenue rauque.

— Tu le penses vraiment ?

— Oui.

Il ne mentait pas. Il pensait à elle nuit et jour, au point que cette obsession le surprenait et lui faisait peur en même temps. Cependant, il avait beau faire, il ne pouvait s'empê-cher de vouloir passer le plus de temps possible avec elle.

— Voilà ce que je te propose : si le fait de vivre notre relation au grand jour t'embarrasse, parles-en tout de même à Tanner et à Candy, de sorte que nous puissions nous voir sans avoir à leur mentir. Pense un peu au soulagement que ce serait, la pressa-t-il en la voyant encore hésitante.

— J'ai bien peur que notre franchise n'engendre d'autres problèmes, finit-elle par dire. J'ignore pourquoi, mais je pense que Tanner ne sera pas ravi d'apprendre que nous avons une liaison. Je le connais. Il va s'inquiéter, s'imaginer que j'en aurai le cœur brisé.

— Je n'ai pas la moindre intention de te faire souffrir, Meagan, assura-t-il avec force.

— Je sais. C'est de moi dont j'ai peur. Tu as bien vu de quoi j'ai été capable à l'époque où je m'étais amourachée de Neil. Je m'attache si facilement, Garrett.

— Neil a été une expérience malheureuse dans ta vie. Tous les hommes ne sont pas comme lui, Meagan.

Il se surprenait à vouloir la convaincre d'éprouver pour lui les sentiments qu'il éprouvait pour elle. Pour cela, il fallait qu'il se montre encore plus persuasif.

— Et puis, il existe entre nous un lien spécial. Je me trompe ?

— Non, répondit-elle spontanément. Si je parle de notre histoire à Tanner et à Candy feras-tu de même de ton côté, avec ta famille ? ajouta-t-elle après une brève hésitation.

— Bien sûr. Je ne pense pas que cela pose le moindre problème à mes frères qui, d'ailleurs, n'ont jamais cherché à me faire parler de ma vie amoureuse. Quant à ma mère, je ne lui ai présenté aucune de mes petites amies, mais lorsque je lui dirai que nous sortons ensemble il est plus que probable qu'elle voudra en discuter avec moi.

— Crois-tu qu'elle va bien le prendre ?

— Elle voudra juste s'assurer qu'il ne s'agit pas d'une

passade et qu'aucun de nous deux n'aura à souffrir de cette relation. Mais, cela, tu le sais déjà, n'est-ce pas ?

Comme pour appuyer ce qu'il venait d'affirmer, il posa à son tour son assiette sur sa table de chevet puis se pencha vers elle pour lui susurrer de sa voix la plus douce :

— Si nous passions dans la salle de bains ? J'ai envie de te prendre sous la douche.

— Ta proposition est très séduisante ; malheureusement, je ne peux pas l'accepter.

— Pourquoi ? demanda-t-il en effleurant ses lèvres de sa bouche.

— Parce que je ne peux pas rentrer les cheveux trempés. J'ai dit que je me rendais à une réunion de travail, pas à une fête autour d'une piscine.

— Tu comprends maintenant pourquoi il est urgent de dire la vérité à nos proches ? S'ils savaient, tu pourrais même passer la nuit ici, avec moi. Et emmener Ivy aussi, bien sûr.

— Elle ne veut même pas dormir chez moi, alors ici, dans ce lieu qui lui serait totalement étranger… Quelquefois, j'ai l'impression qu'elle est prête à franchir le pas et puis non. Au dernier moment, elle refuse de me suivre. Pour le moment, je dois donc me contenter de la coucher chez mon frère et de lui raconter une histoire pour l'endormir.

— Qu'aurais-tu à perdre à insister ? demanda-t-il, touché par la détresse qui pointait dans sa voix. Tu crains qu'elle ne te rejette si tu la presses un peu ?

— Je ne veux pas la faire pleurer. Cela me crève le cœur.

— Un soir arrivera où elle ne pleurera pas, où elle sera tout heureuse de te suivre pour passer la nuit chez toi.

— Cela me paraît tellement risqué. À une époque, je m'étais même demandé s'il ne valait pas mieux que je renonce à elle.

— Comment cela ?

— Quelques mois après sa naissance, et alors que j'avais pu constater à quel point elle s'était attachée à Tanner et à Candy, j'ai essayé de me convaincre que le mieux pour elle serait qu'ils l'adoptent. J'étais terrifiée à l'idée de ne pas être une mère à la hauteur ! Et puis, Candy et Tanner étaient si gentils avec elle. Si attentionnés.

— Toi aussi, tu es gentille et attentionnée avec ta fille, pointa-t-il. Tu es une bonne mère, Meagan. Il ne faut pas que tu en doutes un instant.

— Au début, je n'osais même pas la tenir dans mes bras. Et puis, je trouvais tellement affreux de devoir la voir juste de temps en temps, dans l'enceinte d'une prison.

Elle se tut un instant, visiblement émue.

— Très vite, j'ai présenté tous les signes d'une dépression profonde, reprit-elle. Il paraît que c'est fréquent chez les jeunes mamans en état de stress.

— Ce n'était pas ta faute, Meagan, lui dit-il gentiment pour la réconforter.

— Non, mais j'étais seule responsable d'avoir volé de l'argent et donc, de me retrouver derrière les barreaux d'une prison.

— Tout cela est derrière toi à présent. Il te faut tourner la page et aller de l'avant.

— Comment oublier alors que je suis en liberté conditionnelle ?

Déterminé à lui faire oublier l'inquiétude qui semblait la miner, il se pencha vers elle pour l'embrasser. Son baiser, d'abord plein d'une infinie douceur, se fit plus passionné en même temps que ses mains fébriles se mettaient à agacer la pointe déjà dressée de ses tétons. Comme il aurait aimé l'entraîner sous la douche pour vivre avec elle ce nouveau fantasme ! Avouer à leurs proches la véritable nature du lien qui les unissait leur permettrait de ne plus vivre ces parenthèses enchantées dans l'urgence et la clandestinité. Pour lui, cette décision s'imposait désormais comme une évidence. Il fallait qu'ils révèlent leur secret pour qu'elle puisse rester auprès de lui sans se soucier des conséquences.

— La prochaine fois, dit-il comme pour lui-même.

Elle ne fit aucun commentaire.

— Ne crains-tu pas que les choses aillent trop vite entre nous ?

— Non. Au contraire, même. Je trouve notre histoire exaltante.

— Moi aussi, bien sûr. Mais j'ai peur que nous ne nous emballions.

— Tout va bien se passer.

— Ce n'est pas ce que tu disais lorsque nous nous sommes revus.

— J'essayais juste de te protéger.

Elle posa sur lui un regard interrogateur.

— Et maintenant ? Tu ne cherches plus à me protéger ?

— Maintenant, c'est différent. Maintenant, nous ne sommes plus qu'un homme et une femme qui devraient pouvoir vivre leur relation sans plus de mensonges ni de secrets. Si tu penses que nous brûlons les étapes, eh bien, nous ralentirons les choses. Tu vois, c'est aussi simple que cela.

Elle secoua la tête en riant.

Mais elle était toujours nerveuse, il le voyait bien.

— Excuse-moi mais j'ai du mal à croire que c'est le grand P-DG d'un complexe hôtelier de luxe qui me tient ce genre de propos.

En guise de réponse, il glissa une main entre ses cuisses. Son sexe était déjà humide, et la sentir prête pour lui l'embrasa.

— Tu me rends folle, lui susurra-t-elle à l'oreille.

— Toi aussi, tu me rends fou de désir, lui murmura-t-il en retour tandis qu'elle enfonçait les ongles dans ses épaules.

Incapable de se contenir plus longtemps, il prit un préservatif qu'il déroula sur son sexe dressé puis il la pénétra d'un coup de reins qui lui arracha un long gémissement de plaisir.

- 10 -

Comme tous les soirs depuis un mois, à l'heure du coucher, Meagan lut une histoire à sa fille. La différence, c'est qu'elle avait suivi les conseils de Garrett et que, en insistant un peu, Ivy avait accepté de venir dormir dans sa chambrette. Tout s'était passé dans la douceur, sans le moindre pleur ni le moindre cri.

Elle regarda avec amour sa fille dont les paupières lourdes de sommeil n'allaient pas tarder à se fermer.

Pour la première fois depuis longtemps, elle se sentit la mère de son enfant. Une maman à part entière, débordant de tendresse pour ce petit être, chair de sa chair.

Elle reposa le livre puis se pencha vers le petit lit pour rapprocher d'Ivy les nombreuses peluches qui allaient l'accompagner dans son sommeil. Ensuite, avec d'infinies précautions, elle se leva de son fauteuil et alla allumer la veilleuse qui se trouvait sur la table de chevet. Tout comme elle lorsqu'elle était enfant, Ivy avait peur du noir.

Elle quitta la pièce sur la pointe des pieds, veillant à laisser la porte entrouverte. Lorsque, plus tard, elle eut gagné sa chambre, elle resta des heures en alerte, l'oreille aux aguets, prête à bondir de son lit au moindre bruit provenant du babyphone qui lui aurait paru suspect.

Pressentant que la nuit serait longue, elle alla se faire couler un bain dans lequel elle ajouta quelques gouttes d'une huile essentielle censée posséder des vertus relaxantes. Puis elle se dévêtit et se coula dans l'eau chaude avec délices.

Aussitôt qu'elle eut fermé les yeux, des images de Garrett l'assaillirent. Elle repensa à la conversation qu'ils avaient eue. Les arguments qu'il lui avait opposés étaient valables. Seulement, elle savait bien, elle, que Tanner n'approuverait pas cette relation. Quel frère applaudirait en apprenant que sa sœur, à peine sortie de prison, couchait avec l'homme qu'elle avait volé ? Il aurait bien raison de la mettre en garde. Cette situation était tellement... tellement étrange.

Elle resta un long moment à ruminer ses pensées jusqu'à ce que le besoin impérieux de parler à Garrett s'impose à elle. Elle sortit alors de l'eau devenue tiède, enfila son peignoir puis regagna sa chambre. Là, elle l'appela, le cœur battant.

— Tout va bien, Meagan ? s'enquit-il aussitôt d'une voix inquiète.

— Oui, oui, tout va bien. Mais il fallait que je te dise quelque chose de très important.

— Quoi donc ?

Elle sourit en direction du babyphone duquel lui parvenait le souffle régulier de sa fille.

— Ivy est avec moi ce soir. Pour la première fois, elle a accepté de venir dormir dans sa chambre. Chez nous.

— Tu as bien fait de m'appeler, Meagan. C'est une merveilleuse nouvelle. Je suis si content pour toi ! Cela s'est fait sans problème ?

— Aucun. Elle m'a laissée la coucher puis a écouté l'histoire que je lui ai lue et ensuite elle s'est endormie comme elle l'aurait fait chez Tanner et Candy.

— Félicitations, maman, la taquina-t-il gentiment.

— C'est le plus beau compliment que tu puisses me faire, dit-elle, émue. Je voulais aussi te dire que j'ai bien réfléchi et que tu as raison. Je vais parler à mon frère et à Candy. Je compte leur annoncer la nouvelle demain, dès que je serai rentrée du travail.

Sa voix chaude et grave l'enveloppa tout entière lorsqu'il répondit :

— Dans ce cas, moi aussi je vais en parler à ma mère et à mes frères dès demain.

Elle se tut un instant, l'imaginant à l'autre bout du téléphone, chez lui, dans ce cadre qu'elle connaissait maintenant bien.

— Quand nous verrons-nous ? demanda-t-elle d'une voix qui trahissait son impatience.

— Très bientôt, ma chérie. Il me tarde tant de te revoir. Tu me manques déjà.

— Comptes-tu passer aux écuries, demain ?

— Malheureusement, non. Je ne pourrai pas. Je serai en réunion toute la journée. Mais nous pourrons nous appeler le soir pour nous rendre compte de la discussion que nous aurons eue avec nos familles.

— D'accord. Je vais te laisser à présent. Il est tard et une rude journée nous attend demain.

— Bonne nuit, Meagan. Je pense à toi.

— Moi aussi.

Lorsqu'ils eurent mis fin à l'appel, elle ôta son peignoir et se glissa nue entre les draps, ses pensées tournées exclusivement vers lui.

Comme Meagan l'avait prévu, la discussion avec Tanner s'avéra difficile. Il ne manqua pas une occasion de la traiter comme l'enfant qu'elle n'était plus. Elle courba l'échine, s'exhortant à se rappeler tout ce qu'il avait fait pour elle et qui valait bien qu'elle ne rue pas dans les brancards.

Tandis qu'il continuait à la sermonner, elle échangea un regard complice avec sa future belle-sœur. Ivy, qui n'avait aucune conscience de la gravité de la discussion, jouait à lancer une balle à Yogi qui la lui rapportait inlassablement.

— Je ne te laisserai pas fréquenter cet homme, poursuivit Tanner, buté.

Sans lui laisser le temps de rétorquer, Candy vint plaider sa cause.

— Ta sœur est assez grande pour faire ce qu'elle veut, dit-elle de sa voix douce. Si elle veut sortir avec Garrett, ce n'est pas à toi de l'en empêcher.

Le regard gris de Tanner passa de Candy à elle.

— Ce n'est pas parce qu'il a bien voulu t'embaucher qu'il doit tout se permettre, tonna-t-il encore. Tu t'es déjà laissé manipuler par Neil, il n'est pas question que tu commettes la même erreur avec cet homme.

— Garrett n'est pas comme Neil.

— Tu en es bien certaine ? demanda-t-il d'une voix radoucie. Il n'essaie pas de profiter de la situation ?

— Non, pas du tout. Et, si tu veux tout savoir, c'est moi qui ai fait le premier pas vers lui.

— Bon sang, Meagan ! Pourquoi ?

— Parce qu'il me plaît vraiment, répliqua-t-elle calmement. D'ailleurs, tu trouvais que c'était un homme bien avant que je t'annonce la nouvelle. Tu avais même accepté de le rencontrer.

— Je le souhaite encore plus maintenant. Si tu es aussi déterminée que tu le dis à poursuivre cette relation, alors il est vraiment important que nous nous rencontrions.

— Je t'assure qu'il ne te décevra pas. Garrett est un homme bienveillant, tout comme toi. Ivy l'adore déjà. Lui aussi a décidé de parler aux membres de sa famille. À cette heure-ci, il doit discuter avec eux comme nous sommes en train de le faire. C'est lui qui a tenu à ce que nous vivions notre relation au grand jour. Il ne veut plus que je vous mente.

— En effet, c'est tout à son honneur. Que dirais-tu de l'inviter à dîner demain soir ? S'il est disponible, bien sûr.

— Nous devrions aussi inviter sa mère, proposa Candy. Après tout, c'est elle qui l'a incité à embaucher Meagan.

— Oui, bien sûr. Qu'en penses-tu, Meagan ?

— Très bonne idée, approuva-t-elle, soulagée de voir que les choses prenaient une meilleure tournure. J'en parlerai à Garrett ce soir. Nous avons prévu de nous appeler pour nous faire un compte rendu de la situation.

Tanner exhala un profond soupir.

— Excuse-moi, Meagan. J'ai réagi de manière un peu vive, mais c'est parce que je t'aime et que je ne veux que le meilleur pour toi.

— Je sais, Garrett. Mais cesse de t'inquiéter pour moi. Je t'assure que tout va bien et que Garrett ne veut que mon bonheur. Je t'enverrai un texto pour te tenir informé de ce qu'il m'aura dit.

Tanner la prit dans ses bras dans une étreinte chaleureuse qui lui alla droit au cœur.

— D'accord, sœurette. Je voulais aussi te dire que je suis très fier de la maman que tu es devenue.

— Merci, répliqua-t-elle dans un souffle, émue aux larmes. Il se fait tard. Nous allons rentrer.

Une fois dans leur petite maison, elle baigna sa fille et la prépara pour la nuit. Comme la veille, Ivy ne pleura pas et s'endormit sagement après l'histoire du soir.

Puis vint le moment d'appeler Garrett.

— Alors, comment ont-ils pris la nouvelle ? s'enquit-il d'emblée.

— Au début, pas bien. Ensuite, Tanner s'est laissé fléchir. Il propose même que ta mère et toi veniez dîner chez eux, demain soir.

— Tu peux lui dire que je serai là. Ma mère aussi, si elle se sent la force de sortir. Elle allait plutôt bien aujourd'hui quand je suis passé la voir.

— Quelle a été sa réaction lorsque tu lui as parlé de nous ?

— Tout d'abord, elle a été surprise. Elle ne s'attendait pas du tout à ce que nous soyons attirés l'un par l'autre. Puis elle a manifesté un peu d'inquiétude quant aux conséquences éventuelles d'une telle relation, mais j'ai su la rassurer.

— Tout comme moi avec Tanner.

— Voilà une bonne chose de faite. Qu'en penses-tu ?

— Tu avais raison. Je suis immensément soulagée et heureuse de ne plus avoir à jouer la comédie devant nos proches.

— Désormais, tout sera plus simple. Nous n'aurons plus à mentir et à nous cacher pour nous voir. C'est bien mieux ainsi.

Ses pensées s'évadèrent alors vers les nuits aussi romantiques que torrides qu'ils allaient pouvoir passer ensemble.

— J'ai le cœur qui bat fort à l'idée de te revoir.

— Moi aussi.

Un silence s'installa alors entre eux, lourd du désir qu'ils éprouvaient l'un pour l'autre.

— À demain, finit-il par dire le premier.

— À demain, répondit-elle dans un souffle.

Finalement, Shirley se trouva suffisamment en forme pour accepter l'invitation de Tanner et de Candy. Lors du dîner, Garrett avait bien conscience des coups d'œil furtifs que sa mère leur lançait, à Meagan et à lui, pour tenter de mesurer le degré du lien qui les unissait. Elle sembla également s'intéresser de près à la complicité entre Ivy et lui.

Après avoir dîné à l'intérieur, tout le monde s'était attablé dans le patio pour boire, selon l'envie de chacun, un café ou une infusion.

Tanner et Candy étaient des gens chaleureux et bienveillants qui lui manifestèrent mille attentions afin qu'il se sente à l'aise. La discussion était fluide et tous apprirent qu'ils avaient beaucoup en commun, hormis leurs racines cheyennes et leur amour des chevaux.

Shirley avait offert aux femmes une grosse bougie parfumée, blanche pour Candy et rouge pour Meagan. À Ivy, elle avait donné une poupée en habit d'Amérindienne qu'elle avait confectionnée elle-même.

— Où en sont les préparatifs de votre mariage ?

s'enquit-elle auprès de Candy. J'imagine que tout doit être prêt.

— À quelques détails près, oui. J'avoue que nous avons traversé une période un peu frénétique mais malgré tout amusante. La cérémonie aura lieu au centre équestre, ajouta-t-elle en lançant un regard amoureux à son futur mari. La campagne environnante est si belle !

— Ce sera donc un mariage en plein air ?

— Oui, mais comme nous serons en hiver nous avons prévu des tentes au cas où les conditions climatiques ne seraient pas clémentes. Il y en a de très jolies qui rajouteront à l'ambiance champêtre. En revanche, la réception se déroulera à l'intérieur. Si vous êtes libre ce jour-là, Tanner et moi serions ravis que vous veniez. Vous aussi, Garrett.

— Merci, dit Shirley la première. Nous acceptons volontiers. N'est-ce pas, Garrett ?

— Absolument, répondit-il en cherchant le regard de Meagan.

L'espace d'un instant, il se plut à l'imaginer en demoiselle d'honneur, sa rose bleue à la main, suivant de près sa petite Ivy, elle-même accompagnée du fidèle Yogi.

— Je suis même impatient d'y être, ajouta-t-il, s'amusant en son for intérieur de voir le tableau paisible qu'offrait Meagan, tout en sagesse et en retenue, alors qu'il la savait si passionnée au lit.

Peu avant la tombée de la nuit, il lui demanda si elle voulait bien lui montrer l'endroit où elle vivait.

— En compagnie d'Ivy, bien sûr, s'empressa-t-il d'ajouter afin d'éviter tout malentendu embarrassant.

— J'en serais ravie, répondit-elle.

— Je veux venir ! Je veux venir ! s'écria la petite Ivy aussi excitée que si on venait de lui proposer un voyage sur la Lune.

— Shirley, voulez-vous vous joindre à nous ? proposa aimablement Meagan.

— C'est très gentil à vous, mais je crois que je vais rester tranquillement ici à finir mon infusion.

De toute évidence, sa mère voulait leur laisser un moment d'intimité. Il sentit néanmoins peser son regard sur eux alors qu'en s'éloignant, tous les trois ensemble, ils devaient lui donner l'image d'un couple et d'une famille unis.

Pour accéder à la maison, ils durent traverser le jardin qui, à cette époque de l'année, croulait sous les massifs en fleurs.

— Ici, c'est le domaine de Candy, expliqua Meagan. Elle y passe beaucoup de temps. C'est elle qui m'a appris ce que je sais sur le langage des fleurs et les vertus des plantes.

— Toi-même, aimes-tu jardiner ?

— J'adorerais cela, mais je n'ai pas vraiment le temps. Ivy, en revanche, ne s'en prive pas. Elle accompagne souvent sa tante et n'aime rien tant que de creuser la terre à pleines mains.

— Je vois le tableau d'ici, commenta-t-il en riant.

Ils firent encore quelques mètres puis parvinrent devant la barrière qui clôturait le jardin de la petite maison.

— Nous y sommes, annonça-t-elle en poussant le portillon.

— C'est très joli. C'est un endroit qui te ressemble, plein de charme, commenta-t-il.

Il était si heureux à l'idée que, désormais, il pourrait l'imaginer dans son environnement.

— Tanner l'a choisi exprès pour moi. À l'époque où il était célibataire, il vivait dans un tout petit appartement, situé au-dessus de son bureau, au centre équestre. Et puis, lorsqu'il a su que j'étais enceinte, et pressenti qu'il devrait s'occuper d'Ivy, il s'est mis en quête d'un endroit où vivre qui conviendrait à chacun de nous. Connaissant mon goût pour les contes de fées, il s'est dit que ce petit cottage serait parfait pour moi. Il l'a même fait agrandir pour y ajouter une chambre pour Ivy.

Une fois à l'intérieur, Garrett découvrit une cuisine

chaleureuse et colorée qui s'ouvrait sur un salon lumineux dont la large baie vitrée donnait sur une bande de pelouse ornée d'une fontaine.

Ils passèrent ensuite dans la chambre de Meagan, qui fit naître en lui des images inavouables lui donnant l'envie de basculer avec elle sur le lit.

Il dut faire un effort pour ignorer le désir qui coulait dans ses veines. Heureusement, juste à côté se trouvait la chambre d'Ivy, qui le regardait en attendant sa réaction.

— Tu as un bien joli lit, Ivy ! s'extasia-t-il après avoir vu son petit minois s'éclairer de fierté. Quelle chance ! Je vois que tu as même un cheval à bascule.

— Je le lui ai offert avec mon premier salaire, expliqua Meagan. J'étais si fière de pouvoir lui faire plaisir moi-même. Jusque-là, c'était Tanner qui lui offrait tous ses jouets.

— À ce propos, j'ai pensé que tu méritais une augmentation. Tom ne fait que me chanter tes louanges.

— Ce que je gagne me suffit largement.

— Certes. Mais tout l'argent que tu pourrais mettre de côté sert à rembourser ta… dette.

— C'est normal. Je suis responsable de ce que j'ai fait.

Touché par tant de loyauté, il lui caressa doucement le visage. Ivy, qui ne voulait pas être tenue à l'écart, tendit les mains vers lui pour qu'il la prenne dans ses bras, ce qu'il fit de bonne grâce.

— Je vois que ma fille a bon goût, commenta Meagan en riant.

L'instant était si parfait qu'il se sentit envahi d'un accès de bonheur et d'optimisme :

— Je veux que le monde entier sache que nous sommes ensemble.

Les mots étaient sortis de sa bouche sans aucune préméditation. Simplement, c'est ce qu'il voulait.

Elle ne répondit pas tout de suite, semblant peser les mots qu'elle allait prononcer.

— Je ne suis pas prête, Garrett, finit-elle par dire. Nous

l'avons déjà annoncé à nos familles respectives. N'est-ce pas suffisant pour le moment ? Et puis, je te rappelle que nous étions d'accord sur le fait que rien ne presse.

— Oui, bien sûr. Mais les hommes sont censés inviter au restaurant la femme qui leur plaît, insista-t-il en la regardant droit dans les yeux. Parce qu'ils sont fiers de montrer à tous à quel point leur choix est légitime. Je t'en prie, Meagan, laisse-moi te traiter comme tu le mérites.

— Comment refuser de tels arguments ? dit-elle d'une voix étranglée d'émotion.

— Alors, c'est oui ?

— C'est oui. Même si cela ne me débarrasse pas de mes craintes.

— De quoi as-tu peur ? Que les gens jasent sur notre compte ? Quand bien même, laissons-les cancaner. Nous ne pouvons pas passer notre vie à tenir compte de l'avis des uns et des autres.

— Il n'y a pas que cela.

— Quoi d'autre ? Tu as peur de trop t'attacher à moi ? De toute façon, il est déjà trop tard. Tu sais très bien que nous ne pouvons plus nous passer l'un de l'autre.

Ivy toujours dans les bras, il se pencha légèrement vers cette femme qui occupait désormais une place si importante dans sa vie et lui offrit un baiser dans lequel il tenta de faire passer le flot d'émotions qui le submergeait.

- 11 -

Déjà coiffée et maquillée, Meagan resta un long moment indécise devant sa garde-robe. Dieu merci, la mode n'avait pas tant changé durant les trois années qu'elle avait passées en prison. Restait que Garrett avait prévu de l'emmener dîner dans un restaurant chic et que les seuls vêtements élégants qu'elle possédait dataient de l'époque où elle vivait avec Neil. Elle les écarta aussitôt pour opter pour une minirobe noire à laquelle n'était rattaché aucun souvenir de cette période sombre de sa vie.

Elle lui assortit une paire d'escarpins à lanières ainsi qu'un collier ras-de-cou et de larges créoles en métal argenté.

Après avoir confié Ivy à Tanner et à Candy, elle avait fourré quelques affaires dans un sac en prévision de la nuit qu'elle allait passer avec Garrett.

Cette soirée était censée donner à leur relation le romantisme qui, jusque-là, lui avait fait défaut. Pourtant, au lieu de s'en réjouir, elle en ressentait un mélange de nervosité et d'anxiété. Elle était à un tournant de sa vie et, comme l'avait très justement souligné Garrett quelques jours plus tôt, elle était déjà très attachée à lui. Pire, même. Elle se savait désormais amoureuse.

Elle chercha à dissiper son angoisse en se disant qu'il lui avait avoué éprouver des sentiments à son égard. *Mais quel genre de sentiments ?* se demanda-t-elle. Elle n'eut pas le temps d'y réfléchir.

Au moment où la sonnette de l'entrée retentit, elle lança

un dernier regard à son reflet dans le miroir puis courut ouvrir, trop impatiente de retrouver l'homme qui la mettait dans tous ses états.

Il était encore plus élégant que d'habitude dans son costume gris anthracite, qu'il avait agrémenté d'une chemise claire et d'une cravate en soie. Elle sentait son regard sur elle, il semblait apprécier la petite robe qui soulignait les courbes de son corps et les chaussures sexy qui mettaient en valeur ses jambes.

— Tu es magnifique, la complimenta-t-il en oubliant de lui donner le bouquet de Gerberas qu'il tenait à la main.

Son cœur battait à tout rompre.

— Tu n'as pas idée du nombre de fois que je me suis changée.

— Crois-moi, tu as fait le bon choix, dit-il avec une voix un peu rauque. Tiens, ajouta-t-il en lui tendant les fleurs. En souvenir de notre première rencontre.

— Merci. Elles sont magnifiques.

Cette attention l'emplissait de bonheur, un bonheur qu'elle ne pouvait pas exprimer avec des mots. Elle prit le bouquet, les mains tremblantes, et s'écarta légèrement de côté pour lui permettre d'entrer.

— Suis-moi, lui dit-elle. Je vais mettre les fleurs dans l'eau.

Une fois dans la cuisine, elle se hissa sur la pointe de ses escarpins pour attraper le vase qui se trouvait tout en haut d'une étagère, mais elle avait beau allonger le bras, elle ne parvenait pas à l'atteindre.

— Laisse-moi faire.

— Voilà, dit-elle après avoir arrangé le bouquet dans le vase. Lorsque tu me ramèneras demain, je serai ravie de retrouver ce magnifique bouquet.

En guise de réponse, il caressa ses longues jambes du regard puis s'arrêta au niveau de la cheville.

— Dommage que ton tatouage n'ait pas tenu, déplora-t-il.

— Il a tenu jusqu'à ce que je prenne un bain hier, répondit-elle, les joues en feu.

— Tu es prête ?

— Oui. Je n'ai plus qu'à aller dans ma chambre chercher mon sac pour la nuit. Où m'emmènes-tu exactement ? s'enquit-elle lorsqu'elle fut de retour dans la cuisine.

— Dans un club privé qui se trouve au sous-sol d'un immeuble qui date de l'époque de la Prohibition. À la fin des années 1920 et au début des années 1930, c'était un bar clandestin, un *Speakeasy* comme on les appelait à l'époque, tenu par une certaine Sally Sue. Veuve, elle vivait là toute seule et menait son établissement d'une main de fer. Aujourd'hui, c'est un restaurant où l'on sert des spécialités françaises au son de blues et de jazz.

— Je me réjouis d'y aller.

— Pour ce premier vrai rendez-vous, j'ai voulu un endroit privilégié.

— C'est une charmante attention. Mais dis-moi, pour en revenir à cette Sally, ce devait être un sacré personnage !

— C'est la réputation qu'elle a, en effet.

— Si le restaurant occupe le sous-sol, qu'est devenu le reste du bâtiment ?

— Il est utilisé pour des soirées privées ou des manifestations spéciales.

Elle voyait bien le genre. Des soirées à quelques dizaines de milliers de dollars, voire peut-être plus. Elle avait beau essayer de ne pas penser au fossé qui les séparait, elle n'y parvenait pas. Comment le pourrait-elle quand la fortune de Garrett lui sautait aux yeux à tout instant ? Elle travaillait dans l'hôtel cinq étoiles qui lui appartenait ; elle le retrouvait dans sa demeure magnifique et pour finir ils se dirigeaient vers la limousine avec chauffeur qui allait les conduire dans un restaurant hors de prix.

Garrett était heureux à l'idée de faire découvrir à Meagan ce lieu qu'il jugeait d'exception. Comme les autres clients, ils empruntèrent un escalier en colimaçon qui conduisait à la porte fermant la salle.

Le décor était élégant, bien plus sans doute qu'à l'époque de la Prohibition. Cependant, il émanait des lieux une ambiance particulière, proche sans doute de celle qui devait y régner dans ces années-là. Se prenant au jeu, Meagan alla jusqu'à commander un shot de gin servi dans une tasse à thé et qui portait le nom de la tenancière clandestine. Le serveur lui expliqua que les clients buvaient l'alcool dans des tasses à cause des fréquentes descentes de police. On le lui apporta additionné de sucre en poudre, comme le buvait Sally Sue qui jugeait le gin des *bootleggers* trop amer à son goût.

Garrett porta son choix sur un gin rickey, mélange de gin, citron vert et eau gazeuse rendu célèbre par F. Scott Fitzgerald dans *Gatsby le magnifique*.

Meagan et lui avaient terminé leurs entrées et attendaient la suite en regardant d'un œil distrait les membres du groupe venus s'installer sur scène.

— Sais-tu pourquoi on appelait ces bars des *speakeasy* ? lui demanda-t-il.

— Non, répondit-elle en prenant une gorgée de son gin.

— C'est parce que les patrons de ces bars demandaient à leurs clients de « parler tout bas » lorsqu'ils commandaient de l'alcool pour ne pas attirer l'attention sur eux.

— J'adore ce genre d'anecdotes.

Lui, ce qu'il aimait, c'était la lumière des bougies qui jouait avec la couleur de ses yeux et de ses cheveux et qui la lui rendait encore plus désirable.

— Que sais-tu encore de cet endroit ? le pressa-t-elle, visiblement intéressée.

— Pour pouvoir entrer, il fallait un mot de passe ou un code, comme se serrer la main ou toquer à la porte d'une certaine manière.

— Je me demande quel genre de mots de passe ils pouvaient bien utiliser.

— Je n'en sais rien, mais ils devaient être moins compliqués que ceux que nous utilisons aujourd'hui pour permettre l'accès à nos ordinateurs.

— Tu imagines un peu s'ils avaient dû retenir un mélange de chiffres, de lettres et de symboles ?

Cette image anachronique le fit rire de bon cœur.

— Ils auraient passé la nuit à tenter de s'en souvenir. Autre chose que je sais de cette époque, c'est qu'elle a changé les habitudes des femmes. Avant, elles buvaient peu, se contentant d'un fond de vin ou de sherry. Puis Sally Sue est arrivée et avec elle tout un tas de femmes émancipées qui choquaient l'opinion publique avec leurs coupes courtes, leurs lèvres rouges et leurs tenues provocantes. Elles raffolaient de ce genre d'endroits où elles buvaient et fumaient autant que les hommes.

Elle leva sa tasse devant elle, l'incitant à faire de même.

— Buvons à la mémoire de ces femmes modernes avant l'heure.

— Et à celle, superbe, que j'ai la chance d'avoir avec moi ce soir.

Elle posa sur lui un regard ardent auquel il répondit avec la même intensité.

— Je pressens que je vais passer l'une des soirées les plus excitantes de ma vie.

— Je te propose de la rendre encore plus inoubliable en te volant un baiser sur la piste de danse. D'habitude je ne suis pas du genre à m'exhiber en public, mais cette soirée un peu particulière mérite qu'on s'en souvienne longtemps. Qu'en penses-tu ?

— Je suis tout à fait d'accord avec toi. Ce sera même…

Elle s'interrompit, semblant ne pas trouver le mot juste. Mais il comprenait. Lui-même avait bien du mal à exprimer ce qu'il ressentait tant elle le troublait.

— Vas-tu en commander un autre ? demanda-t-elle en le voyant finir son verre d'un trait.

Pour toute réponse, il fit signe au serveur de renouveler la commande.

— Après, j'arrête. Et toi ?

— Ça suffira. Je me sens déjà un peu grise.

— J'aimerais bien pouvoir t'embrasser là, tout de suite, pour savoir quel goût ont tes lèvres.

— Malheureusement, tu es trop loin de moi. Il faudrait que tu passes par-dessus la table pour m'atteindre.

— Ne me mets pas au défi, Meagan. Pour toi, je serais capable de tout.

Son second verre arriva en même temps que leur plat, un filet mignon servi avec une sauce bordelaise qu'accompagnait un gratin de pommes de terre.

— Ça a l'air délicieux, dit-elle d'un air réjoui en prenant une bouchée du gratin.

À la voir aussi délicate mais en même temps aussi gourmande, l'appétit qu'il avait d'elle décupla. Pour le moment, il fallait se contenter de ce qu'il avait dans l'assiette. Il s'empara de ses couverts et commença à manger de bon cœur.

— C'est l'idée que je me fais du paradis, commenta-t-elle entre deux bouchées. C'est divinement bon.

— Dans ce cas, la carte des desserts ne devrait pas te décevoir. Je te recommande même les Ailes d'ange.

— Pardon ?

— Puisque tu évoques le paradis, les Ailes d'ange me paraissent être le dessert le plus approprié. Ce sont des beignets d'une légèreté exquise et saupoudrés d'une fine couche de sucre. D'après ce qu'on m'en a dit, c'est un biscuit à la fois tendre et croquant. Une pure merveille ! Mais, avant, si nous allions danser ?

— Volontiers. Je me demande ce que dirait Sally si elle voyait ce qu'est devenu son établissement.

— Je pense qu'elle approuverait.

— Moi aussi.

— L'histoire dit qu'elle aimait tant son mari que lorsqu'elle l'a perdu elle ne s'en est jamais remise.

— Est-ce après sa disparition qu'elle a eu l'idée de ce bar clandestin ?

— Oui. Avant qu'il meure, Sally et lui fréquentaient ensemble ce genre d'endroits.

— Quelle belle histoire ! Merci encore de m'avoir emmenée ici.

— Je suis ravi que ce lieu te plaise.

Il appela une nouvelle fois le serveur mais ce fut pour lui murmurer quelque chose à l'oreille, de manière qu'elle n'entende pas ce qu'il avait à lui dire.

— Que lui as-tu dit ? s'enquit-elle aussitôt qu'il se fut éloigné.

— De demander au groupe de chanter une chanson tout spécialement pour nous.

— Comment la reconnaîtrai-je ?

— Tu la reconnaîtras, c'est certain.

Ils venaient juste de terminer leur plat lorsque le groupe attaqua les premières notes de *Could I Have This Kiss Forever* de Whitney Houston et Enrique Iglesias.

— C'est celle-ci, n'est-ce pas ? demanda-t-elle aussitôt.

— Oui, c'est bien celle que j'ai choisie pour nous.

Il se leva alors et s'inclina légèrement devant elle.

— Mademoiselle Quinn, m'accorderez-vous cette danse ?

— Celle-là et autant d'autres que tu le voudras.

Il l'escorta jusqu'à la piste de danse où aussitôt leurs corps se joignirent pour onduler dans une harmonie sensuelle semblable à celle qu'ils connaissaient lorsqu'ils partageaient le même lit.

Porté par les voix envoûtantes du duo et grisé par l'alcool, il prit ses lèvres dans un baiser auquel elle répondit avec une ardeur égale.

Ressentant sans doute la même émotion, elle se pressa un peu plus étroitement contre lui pour mieux lui faire sentir ses courbes affolantes.

Ils dansèrent ainsi quatre slows d'affilée, leurs bouches jointes jusqu'à la dernière note.

— Que dirais-tu d'aller prendre notre dessert ? proposa-t-il en s'écartant légèrement d'elle.

— Volontiers.

Ils finirent par se mettre d'accord sur la ronde des desserts qui proposait une petite portion de tout ce qui était présenté sur la carte.

— Je suis bien incapable de dire ce que j'ai préféré, tant tout était exquis, dit-elle sa dernière bouchée avalée.

— Je suis d'accord avec toi.

Elle observa quelques secondes de silence puis plongea dans son regard pour lui demander :

— Puisque nous avons décidé de donner un côté sérieux à notre relation, serais-tu d'accord pour venir passer la nuit chez moi quelquefois ?

— Bien sûr. J'en serais même ravi.

— Ivy sera si contente ! Est-ce que je pourrais aussi l'emmener chez toi, de temps en temps ?

— Évidemment. Je me réjouis d'avance de vous avoir toutes les deux à la maison.

Même si, dans l'immédiat, il ne rêvait que d'une nuit seul avec elle.

Elle leva devant lui le bout de ses doigts tout poisseux de sucre.

— J'en ai partout.

Il lui tendit le petit panier contenant deux serviettes humides que le serveur avait posé sur leur table.

— Tiens, c'est fait pour ça.

Il se pencha alors en avant pour lui dire tout bas, un sourire de connivence aux lèvres :

— Mais tu peux lécher tes doigts pour les nettoyer si tu préfères.

— Je n'oserais jamais. En revanche, ajouta-t-elle en adoptant le même ton complice, j'aimerais bien me rafraîchir un peu sous la douche en arrivant chez toi.

Le désir surgit, fulgurant, tant l'excitaient les images d'elle, nue sous l'eau dégoulinante.

— Je crois que moi aussi, rétorqua-t-il d'une voix rauque.

Un peu plus tard, tous deux se trouvaient dans la salle de bains de Garrett. Meagan retira ses bijoux, qu'elle plaça sur le rebord large du lavabo, sans quitter Garrett des yeux.

— Tu ne te déshabilles pas ? demanda-t-elle en le défiant du regard.

— Toi d'abord.

— J'ai déjà retiré mes escarpins et mes bijoux. Je n'irai pas plus loin tant que tu n'auras pas toi-même retiré quelque chose.

— Dois-je comprendre que tu me poses un ultimatum ?

— Tu as bien compris. Allez, c'est ton tour.

Elle le regarda enlever une chaussure puis se redresser, l'air triomphant.

— Voilà.

— Tu n'es pas sérieux ?

— Je n'ai jamais été aussi sérieux. À toi maintenant.

Il ne lui restait plus que sa robe et ses sous-vêtements. Le combat, inégal, était perdu d'avance.

— Ce n'est pas juste.

— À toi, répéta-t-il feignant de ne pas l'avoir entendue.

Elle défit les deux boutons qui fermaient sa robe dans le dos et la fit glisser à ses pieds. Elle pivota alors lentement sur elle-même pour se montrer à lui sous tous les angles.

— J'ai beaucoup de chance, l'entendit-elle murmurer.

— Tu as du retard, lui rappela-t-elle. Ou peut-être préfères-tu que je t'aide ?

Joignant le geste à la parole, elle avança en ondulant des hanches, le regard rivé sur lui. Toujours sans le lâcher des yeux, elle déboutonna sa chemise puis fit descendre la fermeture Éclair de son pantalon.

Le jeu était terminé. Aucun d'eux n'avait envie de le prolonger, trop impatients qu'ils étaient de sentir leur peau nue l'une contre l'autre. Ils retirèrent donc hâtivement les derniers vêtements qui leur restaient et se plaquèrent l'un contre l'autre, leurs bouches se cherchant fébrilement.

Lorsqu'il la poussa contre le rebord du lavabo, elle crut un instant qu'il allait la prendre là, mais il n'en fit rien. Il s'écarta d'elle pour aller faire couler l'eau de la douche. Visiblement, il n'avait pas oublié et souhaitait donner vie à son fantasme.

Il la guida sous la pomme de douche pendant qu'il sortait d'un tiroir un préservatif qu'il posa à proximité. Elle sentait avec délice l'eau ruisseler sur elle, s'inquiétant à peine de son maquillage qui allait couler. Lorsqu'il fut près d'elle, elle s'agenouilla devant lui mais il la fit se relever.

— Je ne pourrai pas me retenir, susurra-t-il contre sa bouche.

Puis, en même temps qu'il l'embrassait, il fit couler du gel dans la paume de sa main et entreprit aussitôt de la savonner, n'oubliant aucune partie de son corps, même les plus secrètes. Au comble de l'excitation, elle prit à tâtons le préservatif qu'elle sortit de son étui puis elle le déroula sur son sexe en érection. Il la fit reculer jusqu'à la paroi de la douche puis la souleva du sol, l'encourageant à enrouler ses jambes autour de ses hanches.

Il glissa en elle et ses poussées, accompagnées par leurs gémissements, devinrent de plus en plus profondes et précipitées.

Ils jouirent ensemble dans un éblouissement qui les vida de toutes leurs forces.

*
* *

Lorsqu'ils revinrent sur terre un long moment plus tard, encore haletants, ils restèrent serrés l'un contre l'autre, incapables de parler ni d'exprimer la moindre émotion.

Ressentant quelque chose de doux et fort en même temps, quelque chose qui ressemblait à de la plénitude, elle ferma les yeux pour mieux savourer ce moment privilégié.

- 12 -

Ce samedi-là, chez Garrett, Meagan s'affairait à lacer les chaussures de sa fille. D'un commun accord, ils avaient décidé d'emmener la petite déjeuner au restaurant.

— Que dirais-tu d'aller chez Burbank Billy's ? proposa-t-il.

— Tu es bien certain de vouloir manger dans un fast-food ?

— Oui. J'adore cet endroit. Ma mère m'y emmenait souvent quand j'étais petit. Et puis, là-bas, Ivy pourra jouer avec d'autres enfants.

— Je veux y aller ! Je veux y aller ! cria Ivy qui n'avait rien perdu de la discussion.

— Tu vois ? Je crains bien que nous n'ayons plus le choix.

— Cela me convient tout à fait. Tu connais mon goût immodéré pour les hamburgers frites.

— Et les milk-shakes. Le repas ne serait pas complet sans un bon milk-shake.

— Au chocolat ?

— En ce qui me concerne, ce serait plutôt à la fraise. J'ai aussi un petit faible pour leurs beignets aux pommes.

Elle éclata d'un petit rire joyeux, heureuse à l'idée d'avoir aussi en commun avec lui la gourmandise.

Quelques minutes plus tard, ils quittaient la maison pour monter à bord du pick-up Ford de Garrett, véhicule qu'il réservait aux sorties informelles comme celle qu'ils s'apprêtaient à faire. Il avait troqué son costume cravate contre une tenue plus décontractée — jean, chemise à carreaux et santiags.

Alors qu'il mettait le moteur en marche, elle repensa aux événements des dernières semaines. Depuis qu'ils avaient décidé de vivre leur relation au grand jour, ils se voyaient fréquemment, ne ratant jamais une occasion de passer un peu plus de temps ensemble. Évidemment, il n'avait pas fallu bien longtemps pour que les employés de Garrett soient au courant mais si, dans un premier temps, cette nouvelle avait fait grand bruit, les commérages avaient cessé assez rapidement. Même le directeur du cabinet comptable, déjà en place lorsqu'elle avait détourné de l'argent, avait fini par se faire une raison, sans doute pour ne pas prendre le risque de perdre des clients aussi prestigieux que Garrett Snow et ses frères d'adoption.

Ils venaient de s'arrêter à un feu rouge lorsqu'elle se tourna vers lui pour lui dire :

— J'ai vu le juge d'application des peines hier.

Aussitôt, une ride soucieuse se forma entre ses sourcils froncés.

— Tu lui as parlé de nous ?

— Oui.

Elle s'était rendue au rendez-vous à reculons, craignant la réaction du juge lorsqu'elle lui aurait appris qu'elle sortait avec son patron, celui-là même qu'elle avait escroqué trois ans plus tôt.

— Il n'a pas été particulièrement heureux d'apprendre la nouvelle mais, comme je me conduis de façon exemplaire, il n'a rien trouvé à me reprocher. Je crois que ce qui l'inquiète, ce sont les conséquences qu'une rupture pourrait avoir sur mon travail.

Elle exprimait ses propres craintes à travers ces paroles rapportées, et il dut le comprendre, car il posa sur la sienne une main qui se voulait rassurante.

— Ni ton travail ni notre relation ne sont remis en

question, Meagan. Pour le moment les choses se passent plutôt bien, non ?

Ses mots l'apaisèrent, et elle lui adressa un sourire reconnaissant. Il savait la mettre en confiance, et cela lui procurait un immense bonheur.

Une fois arrivés au fast-food et leur commande passée, ils choisirent la table la plus proche de l'aire de jeux afin de pouvoir surveiller Ivy sans l'empêcher d'aller et venir à sa guise.

Voir la joie de sa fille la fit sourire. Ivy avait déjà englouti tout son repas et s'en donnait à cœur joie dans le château gonflable quand eux venaient à peine de terminer leur double cheeseburger.

— Si nous passions au dessert, maintenant ? proposa-t-il, semblant ne jamais pouvoir apaiser son formidable appétit.

— Merci bien mais je vais faire l'impasse. J'ai déjà trop mangé. Mais, je t'en prie, va chercher ce beignet aux pommes que tu voulais.

Aussitôt qu'il se fut éloigné, quelqu'un s'approcha de la table. C'était Andrea Rickman, une belle blonde qui, à l'époque, sortait avec le meilleur ami de Neil.

Prise d'un mauvais pressentiment, Meagan aurait voulu fuir à toutes jambes, loin de cette fille qui lui rappelait un passé trop douloureux. Pourtant, elle ne fit que lui offrir un visage qu'elle voulait dénué de toute émotion.

— Cela fait un moment que je t'ai repérée, commença Andrea d'un ton mielleux, mais comme tu semblais en bonne compagnie, je n'ai pas osé venir te déranger. À vrai dire, j'ignorais que tu étais sortie de… prison.

Meagan avala sa salive avec difficulté, incapable de proférer le moindre mot.

— Je suis venue déjeuner.

Ce fut tout ce qu'elle trouva à dire tant elle ne supportait pas de se retrouver confrontée aussi brutalement à son passé.

— C'est ta fille ? s'enquit Andrea en pointant du menton Ivy qui jouait à présent avec un petit garçon de son âge.

— Oui, acquiesça-t-elle en se gardant bien de préciser qu'elle était aussi celle de Neil.

Mais, cela, Andrea devait le savoir.

— Elle est mignonne. C'est mon neveu qui joue avec elle. Le fils de ma sœur qui se trouve là-bas.

Elle pointa du doigt une table située au fond de la salle où une femme seule attendait, semblant s'ennuyer profondément.

— J'ai rompu avec Todd, enchaîna-t-elle. J'en avais marre qu'il me traite comme un paillasson. Un peu comme Neil le faisait avec toi. Ça m'a rendue malade d'apprendre que tu avais eu un enfant en prison et que, en plus, Neil vous avait laissées tomber toutes les deux. Évidemment, ce crétin de Todd était de son côté. Je les aperçois quelquefois mais je ne les salue même pas.

Andrea marqua une brève pause avant de poursuivre :

— Et toi ? Tu vas bien maintenant ?

— Oui.

— Je ne te demande pas si c'est grâce au canon qui t'accompagne. C'est évident que vous vous entendez bien.

C'est alors qu'arriva Garrett, dont le sourire chaleureux indiquait clairement qu'il n'avait aucune conscience du malaise ambiant.

— Garrett, je te présente Andrea, une vieille amie, expliqua-t-elle du bout des lèvres.

— Ravi de vous rencontrer.

Déjà sous le charme, Andrea lui adressa ce qu'elle considérait probablement comme son plus beau sourire.

— Je vous laisse, dit-elle néanmoins. Meagan, j'ai été ravie de te revoir.

— Moi aussi, répondit-elle par politesse.

Il la regarda s'éloigner puis demanda :

— Une vieille amie, disais-tu. Depuis quand vous connaissez-vous ?

— C'est Neil qui me l'a présentée. Elle sortait avec son meilleur ami. C'était bizarre de tomber sur elle comme cela.

Ils n'eurent pas le temps de s'étendre sur le sujet. Ivy se précipitait vers eux et grimpait sur les genoux de Garrett comme elle le faisait toujours. Il lui donna à boire un peu de son milk-shake et lui fit goûter à son beignet aux pommes.

Et soudain, face au tableau idyllique que formaient sa petite fille et l'homme qu'elle aimait, elle sut avec certitude que sa place était bien là, entre eux deux.

La semaine suivante, Meagan eut à encaisser une nouvelle qui la laissa sous le choc : Neil avait cherché à contacter Tanner.

— Que t'a-t-il dit ? s'enquit-elle alors qu'une boule d'appréhension se formait au creux de son ventre.

— Nous n'avons pas pu parler, je n'étais pas là. Il a laissé un message dans lequel il demande que tu le rappelles. Il a laissé son numéro au cas où tu ne l'aurais plus.

Elle sentit ses jambes flageoler.

— A-t-il donné la raison de son appel ?

— Non, mais j'imagine que ce ne doit pas être pour te féliciter.

— Il a dû apprendre que je sortais avec Garrett et il veut en savoir plus.

— Comment le saurait-il ?

— J'ai rencontré quelqu'un à qui je l'ai présenté.

Elle fit un résumé de sa rencontre avec Andrea avant de reprendre :

— Je ne la voyais pas comme une ennemie, mais l'information n'a pu parvenir à Neil que par son intermédiaire.

— Tu aurais peut-être intérêt à l'appeler. Il n'est pas du genre à abandonner facilement et, si tu ne te manifestes pas, il est bien capable de venir rôder par ici.

— Tu as raison. C'est plus sûr si je lui passe un coup de fil. Mais je ne me fais pas d'illusions. Je suis même prête à parier qu'il va essayer de me soutirer de l'argent parce que je sors avec Garrett.

— Si c'est ça, préviens-moi. Il trouvera à qui parler, tu peux me croire.

— Merci, Tanner. Je vais rentrer chez moi et l'appeler tout de suite. Tu peux garder Ivy ? Je ne veux pas qu'elle entende prononcer le nom de Neil. Sans compter qu'on ne sait jamais comment la discussion peut tourner.

— Oui, bien sûr. Comptes-tu mettre Garrett au courant ?

— Pas avant d'avoir parlé à Neil.

Munie du numéro de Neil, elle rentra chez elle en s'appliquant à respirer profondément. Après une dernière inspiration elle composa le numéro d'une main tremblante.

Aussitôt qu'elle entendit sa voix, elle fut prise par une vague de nausée.

— C'est moi, dit-elle aussi calmement qu'elle le pouvait. C'est Meagan.

— La petite amie du milliardaire, c'est bien ça ?

— Je ne suis la petite amie de personne, rétorqua-t-elle.

— Allons, à qui veux-tu faire croire ça ? J'ai vu Andrea l'autre soir. Elle était ivre, comme souvent. Il ne lui a pas fallu longtemps pour déballer ce qu'elle savait sur toi. Peu importe, de toute façon, j'ai vérifié par moi-même que le Garrett en question était bien Garrett Snow. Et bingo ! Visiblement, tu travailles pour lui, mais vous semblez quand même proches au point de déjeuner ensemble dans un fast-food avec notre fille.

Sentant la menace pointer, elle crut que son cœur allait s'arrêter de battre.

— Que veux-tu exactement ? parvint-elle à articuler d'une voix calme.

— Pendant toutes ces années, j'ai eu le temps de réaliser l'erreur que j'avais faite. Alors j'ai décidé de faire amende honorable et de rattraper le temps perdu. En bref, je veux être le père de ma fille.

— Ce ne sont que des mensonges auxquels toi-même tu ne crois pas, lança-t-elle avec mépris. Et tu le sais très bien.

— As-tu pensé une seconde qu'il pouvait chercher

à t'embobiner juste pour te faire payer ce que tu lui as fait ? poursuivit-il, feignant de ne pas l'avoir entendue. À moins que ce ne soit toi qui aies vu dans cette proposition d'embauche l'occasion de le rouler encore une fois ? Enfin, quoi qu'il en soit, je m'inquiète pour notre fille. À cause de toi, elle mène une vie instable et…

— Je ne te laisserai jamais, tu m'entends bien, jamais, approcher Ivy, gronda-t-elle d'un ton menaçant. Alors, je te conseille vivement d'arrêter ce petit jeu minable.

— Tu ne peux pas m'empêcher de voir ma fille si j'en ai envie. Je te rappelle que, en tant que père, j'ai des droits.

— Eh bien, ce sera au tribunal d'en décider.

— Si tu veux. Mais je crains bien que tu ne sois pas un modèle de mère universel. Souviens-toi que tu as fait de la prison et que, en plus, tu sors avec l'homme que tu as escroqué.

— Ma relation avec Garrett ne te regarde pas.

— Si tu n'as rien à te reprocher pourquoi sors-tu les crocs comme tu le fais ?

— Je n'ai rien à te dire. Sauf que je ne plaisantais pas au sujet d'Ivy.

— Nous verrons bien.

Sur ces mots, il raccrocha, la laissant dans un total désarroi. Un court instant plus tard, elle était en proie à une panique irraisonnée, et les larmes se mettaient à ruisseler sur ses joues sans qu'elle puisse les contenir.

Aussitôt que Meagan l'eut informé de la discussion qu'elle avait eue avec Neil, Garrett se précipita chez elle. Lorsqu'il arriva, elle était encore sous le choc et tremblait de tous ses membres.

— Tanner m'a conseillé d'appeler la police si je surprenais Neil à rôder autour de la maison, lui rapporta-t-elle aussitôt. Mais il ne le fera pas. Il ne voudra pas commettre la moindre erreur qui pourrait lui nuire en cas de procès.

Il l'attira à lui et caressa longuement ses cheveux pour la réconforter.

— Tu peux compter sur moi, Meagan. Je ne laisserai pas ce crétin s'approcher de ta fille ou vous chercher des noises.

— Je crois que, pour l'instant, il cherche juste à savoir quel genre de relation nous entretenons de manière à s'en servir contre moi.

— Je suis tellement désolé. Si je n'avais pas insisté pour rendre notre relation publique, Neil n'aurait jamais su que nous nous fréquentions.

— Tu n'y es pour rien, Garrett. Crois-moi, je ne regrette pas une seconde la décision que nous avons prise. Je suis seule responsable de ce chantage que Neil exerce sur moi. Je suis en liberté conditionnelle, je sors avec l'homme que j'ai escroqué, et j'ai dû confier ma fille à mon frère pendant que j'étais en prison. Neil a largement de quoi se retourner contre moi.

— Tout cela est derrière toi depuis longtemps et tu prouves depuis que tu es une très bonne mère. Quant à notre relation, je peux témoigner qu'elle relève de part et d'autre de sentiments sincères et qu'elle est dénuée de toute tentative de manipulation.

— C'est gentil mais Neil, lui, est blanc comme neige aux yeux de la loi. Personne ne sait qu'il était impliqué dans ce que j'ai fait, et il n'y a aucune preuve contre lui puisque je l'ai couvert.

— Il ne s'en tirera pas aussi facilement, ma chérie, je te le promets. Je vais charger mon avocat de s'occuper de son cas et, crois-moi, il va payer.

— Je n'ai pas les moyens de m'offrir un ténor du barreau.

— Moi je le peux.

— Il n'est pas question que tu paies pour moi.

— Dans ce cas, considérons que je te fais une avance

que tu me rembourseras plus tard. Meagan, je t'offre simplement de vous tirer, Ivy et toi, des griffes de cette ordure.

En guise de réponse, elle ferma les yeux pour empêcher les larmes de couler de ses yeux déjà rougis d'avoir tant pleuré.

- 13 -

Garrett, assis sur un banc devant un café, attendait Neil. Sur les conseils avisés de l'un de ses avocats spécialisés dans le droit à la famille, il avait opté pour une solution plus simple et qui allait sans doute s'avérer plus efficace pour se débarrasser définitivement de cet homme.

Il n'en avait pas parlé à Meagan, mais se promettait de le faire aussitôt qu'il pourrait pour lui assurer que Neil ne représenterait plus jamais un problème pour elle et pour la petite Ivy.

Dans l'attente de le voir arriver, il laissa son regard errer sur la plage toute proche. Quelques minutes plus tard, il vit s'approcher la silhouette dégingandée d'un homme qui ne pouvait qu'être Neil.

En effet, aussitôt arrivé à sa hauteur, celui-ci se laissa tomber sur le banc, à côté de lui.

— C'est Meagan qui vous a donné mon numéro ? s'enquit-il en guise de bonjour.

— Non. Je me suis débrouillé seul.

— Elle est au courant de ce rendez-vous ? demanda-t-il encore d'une voix pleine d'arrogance.

— Pas encore. D'ailleurs, je vous conseille vivement de ne pas ébruiter ce rendez-vous et de ne plus chercher à la contacter.

— Vraiment ? Comment comptez-vous vous y prendre ?

— En vous donnant de quoi rester éloigné d'elle et d'Ivy jusqu'à la fin de vos jours. J'ai là un document qui, lorsque vous l'aurez signé, sera la preuve que vous avez renoncé à tout droit de garde sur Ivy. Vous y trouverez également une clause de confidentialité qui vous obligera à garder pour vous nos accords en échange d'une somme d'argent indécente qui fera de vous un homme riche.

— Riche comment ? s'enquit Neil, visiblement intéressé.

En guise de réponse, il sortit de sa poche une feuille de papier qu'il déplia avant de la lui mettre sous le nez.

— Vous avez les documents avec vous ?

— Ils sont en sécurité chez mon avocat. Je vous communiquerai dans la journée l'endroit, le jour et l'heure du rendez-vous. Je vous invite à venir avec votre propre défenseur ; il lira pour vous les…

— Je sais lire, le coupa Neil. Je peux très bien…

— Venez avec votre avocat, l'interrompit-il à son tour.

Il imaginait assez bien ce fourbe revenir plus tard en les accusant de l'avoir embringué là-dedans contre son gré.

— Si je signe, qu'est-ce que je suis censé raconter à mes proches ? s'enquit Neil d'un air méfiant.

— Au sujet de tout cet argent ? Je ne m'inquiète pas. Vous saurez bien leur servir un de ces bobards dont vous avez l'habitude.

Vexé par cette pique, Neil releva le menton et afficha un air bravache.

— J'espère pour vous que ce n'est pas une manigance pour me faire tomber au tribunal une fois que j'aurai touché ce pot-de-vin. Vous risqueriez de le regretter.

— Cet argent n'est pas un « pot-de-vin » comme vous dites. Il s'agit d'un accord commercial.

— D'accord, champion. Mais qu'est-ce qui m'attend si je refuse les termes du contrat ? Si, par exemple, mon avocat déclare que ce sacrifice n'est pas assez cher payé ?

— Dans ce cas, le marché serait rompu.

Il replaça la feuille dans sa poche puis ajouta d'un ton sans appel :

— Et je ne renouvellerais pas mon offre.

— Je vois que vous avez pensé à tout.

— En effet. Alors à vous de voir : c'est à prendre ou à laisser.

Il connaissait déjà la réponse. Neil n'hésiterait pas à échanger son adorable petite fille contre l'argent qu'il lui offrait.

Assise dans un transat au bord de la piscine, Meagan écoutait Garrett lui faire un compte rendu de son entrevue avec Neil.

— J'ai parlé à Neil hier, et nous avons signé les papiers ce matin. C'est fini. Tu ne le reverras plus et n'entendras plus parler de lui.

Elle en resta sans voix tant l'émotion qui la submergeait la rendait incapable de proférer le moindre mot. En l'espace de quelques jours à peine, Garrett l'avait libérée de la menace que Neil avait fait planer sur elle et sa fille.

Restait que, pour cela, il avait payé Neil. Il avait usé de son argent et de son influence pour régler le problème. Cette aisance ne faisait qu'accentuer un peu plus les différences qui les séparaient. Elle était et resterait une ex-taularde qui couchait avec son patron. Une femme qui ne pourrait jamais prétendre à la vie que menait Garrett.

— Tu n'aurais pas dû faire cela, Garrett, trancha-t-elle.

— Faire quoi ?

— Tu n'aurais pas dû le payer sans m'en avoir parlé au préalable. Cette décision aurait dû m'appartenir à moi et à moi seule.

— Je voulais t'épargner toutes ces tracasseries, argua-t-il. Quelle importance que je lui ai donné de l'argent ou non ? Le principal, c'était de te débarrasser de cette ordure.

— Si tu ne m'en as pas parlé avant c'est parce que tu savais que je ne serais pas d'accord.

— Mais pourquoi, puisque c'était la manière la plus rapide de le voir décamper pour toujours ?

— J'ai mes raisons, rétorqua-t-elle. La première étant que j'aurais préféré remporter cette bataille devant un tribunal plutôt que de la voir réglée à coups de millions de dollars qui ne m'appartiennent pas. De plus, ce que tu as fait est illégal.

— Pas du tout.

— Si ! J'étais déjà mal à l'aise de devoir t'emprunter l'argent qui aurait servi à payer un avocat, mais ce que tu as fait dépasse mon entendement.

— Que veux-tu dire ? Que je t'ai fait du tort ?

— Tu as agi à ma place, qui plus est sans mon consentement. Tu me donnes l'impression d'avoir pris le contrôle de ma vie.

— Tu veux dire comme Neil le faisait ? C'est cela que je suis censé comprendre ? Tu me compares à cette ordure ?

— Non, je…

— C'est exactement ce que tu fais, la coupa-t-il.

Elle refoula tant bien que mal les larmes qui lui montaient aux yeux pour dire d'un ton qu'elle s'appliqua à garder calme :

— C'est toi qui le dis, Garrett. Pas moi. Et ce n'est pas ce que je pense.

— Sais-tu au moins le temps qu'aurait pris cette affaire devant un tribunal ? En agissant comme je l'ai fait, je n'ai pensé qu'à vous épargner, à toi et à ta famille, des semaines et des semaines de doutes et d'angoisse. Neil aurait fait tout son possible pour te laminer. Il n'aurait eu aucun scrupule à se servir de toi et de ta fille pour tenter de m'atteindre.

— En fait, tu l'as coiffé au poteau, c'est cela ?

— Que veux-tu que je te dise, Meagan ? Tu attends de moi que je te présente des excuses ?

Il se leva brusquement de sa chaise et se mit à faire les cent pas le long de la piscine, visiblement à cran.

— En lui donnant de l'argent, persista-t-elle désireuse de lui faire comprendre son point de vue, tu n'as fait que le récompenser de s'être mal comporté.

Il s'arrêta net de marcher pour lui lancer d'un ton cassant :

— Au moins, Ivy et toi êtes libérées d'un fardeau.

— Je t'en serai éternellement reconnaissante, Garrett, dit-elle d'une voix radoucie. Ce que je te reproche, c'est de tout régler à coups de millions de dollars alors que je t'ai dit à plusieurs reprises que je ne voulais pas qu'il soit question d'argent entre nous.

— J'ai fait ce que je pensais être juste.

— Ce qui est juste pour toi peut ne pas l'être pour moi. Je me suis débattue comme une folle pour tenter de m'en sortir seule. Et voilà que, maintenant, je te suis redevable pour ce que tu as fait. Comment vais-je pouvoir te rembourser cet argent ? Toute ma vie n'y suffirait pas.

— Tu ne me dois rien, Meagan.

— Je dois donc accepter que tu aies versé cette somme colossale à Neil sans broncher ?

En réponse, il se passa une main dans les cheveux, dans un geste qui exprimait une grande lassitude.

— Nous devrions peut-être cesser de nous voir, dit-il. Je crois que ça ne marchera pas entre nous.

Elle ressentit une pointe douloureuse lui transpercer le cœur. Au lieu de chercher à la comprendre, il lui opposait une fin de non-recevoir.

— Je ne veux pas…

Je ne veux pas te perdre ! aurait-elle voulu lui crier. Mais l'émotion qui la submergeait l'empêchait de terminer sa phrase.

— Tu ne veux pas quoi ? la pressa-t-il d'un ton tranchant.

Elle ne répondit pas. Si elle cédait à la pression, il ne resterait rien de la femme indépendante qu'elle se donnait tant de mal à essayer de devenir.

— Tu n'as pas à t'inquiéter pour ton travail, poursuivit-il. Tu peux le garder aussi longtemps que tu le voudras.

Elle inspira profondément pour se donner le courage de lui dire sans pleurer :

— Tu vas beaucoup manquer à Ivy.

— Elle aussi va me manquer. Je ne passerai plus la voir à la garderie, ajouta-t-il après s'être éclairci la gorge. C'est mieux. Cela pourrait la perturber de faire comme si de rien n'était.

— Continueras-tu à venir aux écuries même quand j'y serai ? demanda-t-elle d'une petite voix.

— Oui, bien sûr. Mais je ne pourrai plus...

Les mots qu'il ne prononça pas lui firent un trou énorme dans le cœur. C'en était fini de Neil, mais aussi de son idylle avec Garrett.

— Il faut que j'y aille, dit-elle, anxieuse de partir pour lui cacher ses larmes.

Aussitôt arrivée chez son frère, Meagan déversa son trop-plein d'émotions sur l'épaule compatissante de Candy.

— Je ne voulais pas l'éloigner de moi, hoqueta-t-elle entre deux sanglots.

— Tu as simplement essayé d'être honnête. C'est lui qui a mal réagi.

Elle ramena ses genoux sur sa poitrine. Candy et elle étaient assises sur un coin d'herbe du jardin. Ivy, à l'intérieur, jouait avec Tanner et le chien. Bien qu'entourée de sa famille, elle se sentait terriblement seule.

— Je sais qu'il pensait bien faire. Il s'est toujours imposé comme le sauveur des faibles et des opprimés. Il a toujours voulu protéger sa mère ; plus tard il a protégé ses frères d'adoption et il a voulu faire la même chose avec moi.

— C'est une belle qualité. Tant d'hommes en sont dépourvus !

— Quand je pense qu'il y a quelques jours à peine il me parlait des sentiments qu'il éprouvait pour moi.

— Il les éprouve toujours, Meagan.

— Je ne vais pas supporter de ne plus le voir, Candy, dit-elle en essuyant ses yeux rougis ; de ne plus partager avec lui ces moments merveilleux.

— Je voudrais tellement pouvoir t'aider.

Malheureusement personne ne pouvait l'aider. Ni Candy, pourtant si bienveillante, ni personne d'autre.

— Qu'est-ce que je vais dire à Ivy lorsqu'elle me demandera pourquoi nous ne voyons plus Garrett ? Comment lui faire comprendre sans la faire souffrir qu'il ne viendra plus à la maison et que nous n'irons plus chez lui ?

Elle renifla un peu puis reprit d'une voix plus ferme :

— Il faut que je sois forte pour elle. Que moi seule aie ma vie en mains. C'est ce que Garrett n'a pas compris.

— Il faut attendre que les choses se tassent un peu. Vous devriez discuter de tout cela une fois que vous ne serez plus dans l'émotion.

— En tout cas, ce n'est pas moi qui ferai le premier pas. Je ne veux pas me retrouver comme avec Neil, à quêter désespérément l'approbation d'un homme.

— Le bon côté de la chose, c'est que tu es débarrassée de ce crétin.

Grâce à Garrett, songea-t-elle. Même dans le maelström de sentiments qui la submergeait, elle avait conscience du fait que Garret n'avait agi que pour les protéger, elle et sa fille.

Garrett plaqua un sourire de circonstance sur ses lèvres et poussa la porte de la chambre d'hôpital. La petite fille de Jake et Carol était née le matin même, amenant avec elle son lot d'amour et de bonheur.

Carol tenait son enfant endormie dans les bras tandis que Jake, assis au bord du lit, affichait un visage rayonnant de fierté sous l'œil bienveillant d'« oncle Max ».

Il avait beau essayer, il était incapable de ressentir la moindre joie.

Cinq jours s'étaient écoulés depuis qu'il avait rompu avec Meagan. Contrairement à ce qu'il lui avait assuré, il s'était appliqué à l'éviter, s'épargnant ainsi la douleur de se retrouver en sa compagnie. Il ne comprenait toujours pas quelle erreur qu'il avait bien pu commettre. Avait-il franchi des limites qu'il n'avait pas su voir ? Il était bien trop perdu pour le dire. Il regarda ses frères couver le bébé de leurs regards débordants d'amour. Même à eux, même à sa mère, il n'avait pas encore annoncé la nouvelle.

— Puis-je la prendre un peu ? demanda-t-il en s'approchant enfin du lit.

— Bien sûr, répondit aussitôt Jake qui prit délicatement le bébé des bras de sa mère pour le lui tendre.

Nita avait hérité de son père ses cheveux noirs et de sa mère ses yeux verts.

— Bonjour Nita. Je suis ton oncle Garry.

Avoir ce bébé blotti contre lui lui fit ressentir avec encore plus d'acuité le grand vide que cette rupture laissait en lui.

— Elle est magnifique, ajouta-t-il. On peut dire que vous l'avez bien réussie.

Lorsque le moment fut venu pour Carol d'allaiter son bébé, il quitta la chambre en compagnie de Max.

— Je vais me chercher un café à la cafétéria, déclara celui-ci. Tu m'accompagnes ?

— Non. Je vais plutôt aller chercher une barre de céréales au distributeur automatique.

— À tout de suite, alors.

Finalement, il renonça à grignoter. Il n'avait pas faim. Il se rendit dans la salle d'attente la plus proche, un espace ouvert tapissé de couleurs pastel. Il se retrouva seul avec ses pensées sinistres.

Un court instant plus tard, il vit sa mère arriver, un paquet à la main. Il se leva aussitôt pour aller à sa rencontre.

— J'ignorais que tu devais venir aujourd'hui, dit-il. Je pensais plutôt que tu attendrais que Carol soit sortie de la maternité pour aller lui rendre visite.

— C'est en effet ce que j'avais prévu de faire, mais j'ai changé d'avis. Je suis tellement pressée de voir cette petite Nita.

— C'est un amour. Max et moi sommes sortis parce que c'était l'heure de la tétée.

— Eh bien, je vais attendre avec toi.

— Qu'y a-t-il dans ce paquet ? s'enquit-t-il lorsque tous deux se furent assis côte à côte.

— Des chaussons que j'ai tricotés moi-même. J'espère qu'ils plairont à Carol.

— Je n'en doute pas une seconde. Tu vas faire une merveilleuse grand-tante. Nita va t'adorer.

— Toi aussi, elle va t'adorer. Tout comme t'adorent la petite Ivy et sa maman.

Il sentit son cœur se serrer mais il ne dit rien.

— Tout va bien ? demanda sa mère qui voyait bien que quelque chose clochait chez lui.

— Rien de grave. Quelques soucis de travail.

— Veux-tu que nous en parlions ?

— C'est gentil, mais j'ai bien peur que cela ne fasse que t'ennuyer.

— Tu en es bien certain ? insista-t-elle.

Cette fois, il prit le temps de la réflexion. Il ne voulait pas charger quiconque de ces problèmes, surtout pas sa mère. Cependant, garder pour lui ce lourd fardeau le dévorait à petit feu.

— Si je te raconte, tu vas me dire que Meagan avait raison.

— Je ne te demande pas de te confier à moi pour te juger, Garrett.

Ainsi mis en confiance, il lui dit tout dans les moindres détails. Elle l'écouta patiemment sans chercher à l'interrompre.

— Alors, qu'en penses-tu ?

— À vrai dire, mon avis importe peu. Cette histoire ne regarde que vous. Néanmoins, je pense que tu n'as pas tout pris en considération. Par exemple, pourquoi en es-tu arrivé à une extrémité pareille pour te débarrasser de Neil ?

366

— Je te l'ai dit. Pour qu'il ne vienne plus jamais rôder autour de Meagan et de sa fille.

— Certes. Mais pour quelle raison ?

— Parce que je ne supportais pas l'idée que Meagan et Ivy puissent se sentir en danger à cause de ce crétin.

— Je te pose de nouveau la question : pourquoi ?

Pourquoi insistait-elle ainsi ? Vraiment il ne voyait pas où sa mère voulait en venir.

— Maman, pourquoi me mettre ainsi sur le gril ?

— Parce que je veux que tu réalises la véritable raison qui t'a poussé à agir comme ça. Je veux que tu réfléchisses à ce que tu ressens au plus profond de toi. Dans ton cœur et dans ton âme.

Il comprit soudain où elle voulait l'amener. La vérité lui apparut alors dans toute son évidence.

- 14 -

Impatient de retrouver Meagan, Garrett quitta l'hôpital sans tarder. Il se rendit directement aux écuries, se préparant à lui ouvrir son cœur.

Lui pardonnerait-elle ? L'aimait-elle ? Il n'y avait qu'un moyen de le savoir.

Il la trouva dans la sellerie, affairée à nettoyer des brides en cuir. Elle était si absorbée dans sa tâche qu'elle ne l'entendit pas arriver ni même s'approcher d'elle.

— Meagan, l'appela-t-il dans un souffle.

Elle leva vers lui un regard surpris mais où pointait une lueur d'espoir.

— Tu as raison, je n'aurais pas dû agir comme je l'ai fait, enchaîna-t-il. Je ne vais pas te mentir et t'assurer que je suis désolé que Neil ait débarrassé le plancher. Mais je n'avais pas le droit de le payer sans t'en parler. Et pour cela, je te présente mes excuses.

Elle mit de côté la bride qu'elle était en train de graisser.

— Tu m'as tellement manqué, Garrett, admit-elle simplement. Et voilà que tu es là, devant moi.

— Nita, la petite fille de Jake et de Carol, est née aujourd'hui. Lorsque je l'ai prise dans mes bras, j'ai compris que j'avais tout gâché.

Il marqua une courte pause avant de reprendre :

— Je ne veux plus être responsable de ta souffrance. Parce que te faire souffrir serait comparable à ce que t'a fait subir Neil, et je ne suis pas comme lui. En fait, j'ai laissé ma fierté prendre le dessus. Tes arguments étaient justes, mais je ne voulais pas les entendre.

Il fit un pas vers elle et poursuivit, le cœur battant :

— Je t'aime, Meagan.

En guise de réponse, elle combla l'infime distance qui les séparait encore et se blottit contre lui.

— Cela signifie-t-il que, toi aussi, tu m'aimes ?

— Oui, Garrett, je t'aime comme je n'ai jamais aimé et comme je n'aimerai jamais plus. Tu me rends immensément heureuse.

— Je veux t'épouser, Meagan, et adopter Ivy. Mais sache que je n'exercerai aucune pression sur toi, tu pourras prendre tout le temps dont tu as besoin pour décider et…

Elle leva sur lui un regard débordant d'amour.

— Je veux être ta femme et je veux que tu deviennes le père de mon enfant. Mais, avant, il est important pour moi de terminer ma période de liberté conditionnelle et de te rendre tout l'argent que j'ai détourné.

— Je comprends.

Ils restèrent un long moment silencieux, dans les bras l'un de l'autre, savourant ce merveilleux moment.

— Pourrais-je continuer à travailler aux écuries lorsque nous serons mariés ? demanda-t-elle soudain. J'aime tellement cet endroit !

— Tu feras comme tu voudras, répondit-il en caressant tendrement sa chevelure soyeuse.

— Seras-tu d'accord pour donner des petits frères et des petites sœurs à Ivy ?

— Tout à fait d'accord. J'ai toujours rêvé de fonder une grande famille.

Il imagina alors sa maison comme il l'avait si souvent rêvée, remplie d'enfants braillards mais débordant de vie et d'amour.

— Viendras-tu ce soir chez moi avec Ivy ?

— Bien sûr. Penses-tu que nous pourrons déjà lui

annoncer que nous allons nous marier et que tu vas devenir son papa ?

— Je pense, oui, que le moment sera bien choisi.

Le jour du mariage de Tanner et de Candy, Meagan s'émerveilla sur le moindre détail. Tout avait été réalisé comme la mariée l'avait prévu.

Elle regarda avec un mélange de fierté et d'amour sa fille qui marchait vers l'autel en se dandinant, Yogi à ses côtés. Elle était très mignonne dans sa robe en dentelle, avec sa couronne de fleurs dans les cheveux. Lorsqu'elle arriva à la hauteur de Garrett, qui était assis au premier rang, elle se hissa sur ses genoux et décida d'y rester. Yogi, en bon chien bien dressé, continua son chemin jusqu'à l'autel devant lequel se tenait le futur marié vêtu du smoking traditionnel, un bouton de rose blanche piquée à la boutonnière.

Lorsque ce fut son tour de remonter l'allée, Meagan prit le bras de Kade, son frère aîné. La femme et le fils de ce dernier étaient assis au même rang que Garrett, tout comme sa mère, Shirley. Puis, au son de la *Marche nuptiale*, arriva la mariée.

Un nœud d'émotion se forma dans la gorge de Meagan. Candy était tellement belle dans sa robe de sirène qui épousait merveilleusement ses formes harmonieuses.

Les époux prononcèrent les vœux qu'ils avaient écrits eux-mêmes. Ils étaient si touchants qu'elle en eut les larmes aux yeux. Bientôt, dans un avenir proche, c'est elle et Garrett qui se diraient oui pour la vie.

Après le repas, véritable festin gastronomique, Garrett l'invita à danser.

— C'est merveilleux de nous retrouver tous ici, dit-il.

— Oui. Tous les gens que nous aimons sont présents.

Ils virent Max qui faisait danser la petite Ivy, ravie de

ce cavalier qui tantôt la faisait tournoyer, tantôt la soulevait dans les airs, ce qui la faisait rire aux éclats.

La vie est si belle, songea-t-elle. *Si merveilleusement belle.*

Aussitôt rentrés chez eux, Garrett et Meagan allèrent coucher Ivy qui, épuisée, s'endormit aussitôt qu'elle eut la tête posée sur l'oreiller.

— Elle a eu une grosse journée, commenta-t-il en remontant la couverture sur elle.

— Je crois que nous sommes tous bien fatigués.

— Nous allons nous coucher ?

— Volontiers.

Aussitôt dans leur chambre, il l'attira à lui et lui retira sa robe.

— Tu étais très belle dedans, mais tu es tout aussi ravissante sans rien.

— Tu n'es pas mal non plus, le complimenta-t-elle tandis qu'il ôtait sa veste et dénouait sa cravate.

— Je n'ai cessé de penser à notre mariage pendant toute cette journée.

— Moi aussi. Il me tarde vraiment que toutes les conditions soient réunies pour que nous puissions enfin nous marier.

Sans dire un mot, il se dirigea vers une commode et en ouvrit le tiroir du haut.

— J'ai quelque chose pour toi, annonça-t-il. Je l'ai achetée il y a quelques semaines mais je l'ai gardée cachée dans un coffre jusqu'à aujourd'hui.

Elle s'approcha, intriguée. Il lui tendit alors un petit écrin carré.

— Je tiens à ce que nous soyons officiellement fiancés, dit-il.

Elle resta un long moment bouche bée devant le diamant qu'il avait choisi du même bleu que la rose de son bouquet.

— Garrett, Je suis si émue que je ne sais pas quoi dire.

Il avait dessiné la monture lui-même, simple et élégante, supposant que c'était ce qu'elle préférerait.

— Eh bien, dis simplement que tu seras heureuse de la porter.

— Comment pourrait-il en être autrement ?

Elle la glissa alors à son annulaire gauche et la fit miroiter devant elle.

— Je suis tellement fière d'être ta fiancée.

— J'ai pensé aussi à Ivy. Je lui ai acheté un petit pendentif qu'elle portera le jour de notre mariage.

— Garrett, tu nous gâtes trop.

— Je vous aime tellement toutes les deux.

Il la guida vers le lit où ils finirent de se déshabiller. D'une main fébrile, il ôta les pinces qui retenaient son chignon, laissant cascader sa chevelure luxuriante sur ses épaules.

Puis ils firent l'amour passionnément.

L'un dans les bras de l'autre, ils avaient enfin trouvé leur place.

Retrouvez en Février 2018,
dans votre collection

Passions

L'enfant de Wes Jackson, de Maureen Child - N°701

Père indigne... Wesley ne décolère pas. Comment ce simple tweet – l'œuvre de cette maudite Isabelle Graystone – a-t-il pu faire basculer sa vie à ce point ? Lui qui avait tout pour réussir, le voilà qui assiste désormais, impuissant, à la chute de Texas Toy Goods Inc., son entreprise de jouets. Certes, il a licencié Isabelle suite à la nuit de passion qu'ils ont passée ensemble, cinq ans plus tôt. Pour autant, pense-t-elle pouvoir détruire sa vie sans conséquence ? Wesley se le jure : non seulement il ne laissera pas Isabelle avoir le dernier mot, mais il mettra également un point d'honneur à laver l'odieux mensonge qu'elle diffuse au sujet de sa paternité...

Tout pour la séduire, de Stella Bagwell

Lorsque Sophie – sa plus proche amie, dont il est secrètement amoureux – lui demande de lui donner des leçons de séduction, Mason peine à cacher sa joie. Car même s'il sait que Sophie a pour seul but de séduire son patron, le charismatique Thom Nichols, Mason comprend qu'il tient là son unique chance de démontrer à la femme de ses rêves que ce goujat de Thom n'est qu'un séducteur à la petite semaine ! Mieux, n'est-ce pas l'occasion idéale de lui prouver qu'il est le seul à pouvoir la rendre heureuse ?

Ce fils dont tu ne sais rien, de Cat Schield - N°702

Harcelée par sa belle-famille – qui menace de lui faire retirer la garde de Dylan, son fils de dix-huit mois, si elle ne renonce pas à son héritage –, Savannah comprend qu'elle n'a plus le choix : elle va devoir accepter la protection que lui propose Trent Cadwell, son ex-fiancé. Trent, qu'elle a toujours passionnément aimé, mais qu'elle a quitté deux ans plus tôt sans un mot d'explication, pour épouser l'homme qu'elle vient d'enterrer. Sans un mot, et surtout sans lui dire qu'elle attendait un enfant de lui...

Une femme d'exception, de Shirley Jump

De longues boucles brunes et un regard pétillant : Katie Williams est belle à couper le souffle. Pourtant, Sam ne doit pas se laisser distraire par ces futilités, il le sait bien. Car Katie n'est ici que pour lui prouver qu'elle saura s'occuper de ses deux enfants, Henry et Libby, avec qui elle semble déjà s'entendre à merveille. Sam ne peut cependant s'empêcher de douter : ne serait-il pas plus raisonnable pour lui, qui s'est promis de ne plus jamais s'intéresser à une femme depuis la disparition de la sienne, de congédier Katie au plus vite ?

 HARLEQUIN

 *Passions*

Le prix de la tentation, de Christy Jeffries - N°703

SÉRIE COUP DE FOUDRE À SUGAR FALLS TOME 6/6

Et si, pour une fois, elle lâchait prise et se laissait tenter ? Charlotte hésite. Elle est coincée avec Alex Russell – un guide aussi séduisant que sexy – sous une tente jusqu'au petit matin, et il serait facile de céder au désir qu'il lui inspire… Mais en a-t-elle le droit, alors qu'elle a laissé ses deux filles entre les mains d'une nourrice qu'elle connaît à peine ? Et puis, elle ne doit pas perdre de vue ses objectifs. Car, si elle était d'accord pour tourner ce reportage sur le camping hautement glamour de Sugar Falls, sa mission devait rester purement professionnelle… et rien de plus.

Sous le charme d'un rancher, de Sarah M. Anderson

Comme si l'héberger durant le blizzard ne suffisait pas, Carlos Wesley veut maintenant lui faire découvrir la magie des fêtes de Noël… Natalie sent un doute irrépressible l'étreindre. Car bientôt elle devra trahir Carlos, cet homme altruiste et attirant qui se montre si attentionné envers elle, en révélant dans la presse à scandale qu'il est le fils illégitime des Beaumont, une célèbre famille fortunée de Denver. Incapable de repousser le désagréable sentiment de malaise qui l'a gagnée, Natalie s'interroge : doit-elle lui avouer la véritable raison de sa venue dans le Colorado ou renoncer à la mission que ses patrons lui ont confiée ?

Un époux sous contrat, de Joanne Rock - N°704

Depuis qu'elle vit avec Quinn McNeill, Sofia est totalement perdue. Car, à force de côtoyer jour après jour cet homme drôle et extrêmement séduisant, elle en est arrivée à la plus inattendue des conclusions : Quinn est le prince charmant dont elle a toujours rêvé… Sauf qu'il n'est autre que celui avec lequel elle a conclu un mariage de convenance ; une simple couverture lui permettant – à elle, la danseuse étoile du ballet de New York – de repousser ses admirateurs les plus insistants. Et qu'elle sait, au plus profond de son cœur, que Quinn ne l'aimera jamais…

Pour le sourire de Cody, de Sara Orwig

Nick est fou de rage ! Claire Prentiss – la femme qui a refusé de l'épouser cinq ans plus tôt et qu'il n'a jamais pu oublier – vient de lui annoncer qu'il est le père d'un petit garçon prénommé Cody. Comme si le quitter et lui briser le cœur n'avaient pas suffi, il aura aussi fallu que Claire vienne lui faire cette révélation fracassante au plus mauvais moment. N'est-il pas en passe de devenir un homme politique important ? Mais, quitte à ce que sa réputation soit ternie par ce scandale, Nick s'en fait la promesse : il récupérera la garde de son fils…

Entre les bras d'une inconnue, de Charlene Sands - N°705

À l'instant où il sonne à la porte de Sutton Winchester – le père qu'il n'a jamais connu –, Brooks se prend à regretter sa décision. Que va-t-il dire à Sutton ? Et comment régira-t-il si celui-ci refuse de lui parler ? Mais, lorsque c'est Ruby – la femme avec laquelle il a partagé une aventure d'un soir quelques mois plus tôt – qui apparaît, Brooks est sidéré. Que fait-elle ici, chez son père ? Leur nuit de passion n'était-elle qu'une machiavélique manipulation ?

Un cow-boy à aimer, de Caro Carson

Fuir Hollywood pour aller se réfugier dans le ranch texan de Travis Palmer est bien la pire idée qu'elle ait jamais eue, Sophia le sait à présent. Car, depuis son arrivée, Travis l'obsède au plus haut point. Pire, les regards brûlants qu'il lui lance lui inspirent un désir qu'elle ne peut plus taire. Dire que cette retraite à la campagne avait justement pour but de l'éloigner des hommes – ces lâches, ces traîtres qui lui ont toujours brisé le cœur ! Une seule solution semble alors raisonnable pour se protéger et veiller sur l'enfant qu'elle attend : quitter le ranch sans plus tarder...

L'étreinte d'un milliardaire, de Emilie Rose - N°706

Dès qu'elle rencontre son nouveau patron, Pierce Hollister, le fameux millionnaire qui vit en reclus, Anna sent l'inquiétude la gagner. Mais elle a désespérément besoin du travail de nounou qu'il lui offre, d'autant que ce poste lui permettra de prendre soin non seulement de l'adorable bébé de Pierce, mais également de son propre fils. Très vite, malgré la froideur manifeste de Pierce à son égard, Anna découvre chez lui une certaine... sensibilité. Et s'il n'était pas l'homme sans cœur qu'il s'ingénie à être ? Alors, peut-être, pourrait-elle s'abandonner au trouble qu'il lui inspire...

Noces sous condition, de Allison Leigh

Le jour où Melanie a proposé à Russ Chilton de l'épouser, elle n'imaginait pas que sa vie s'en verrait totalement bouleversée. Car il ne s'agissait entre eux que d'un mariage de pure convenance – garantissant à Russ la moitié du ranch Hopping H en échange de ses précieux conseils pour gérer la propriété. Mais ce que Melanie n'avait pas prévu, c'était que leur union prendrait un tour personnel, intime... Et que, pour braver le froid du Montana, elle ne verrait bientôt d'autre ressource que celle de se blottir dans les bras puissants de Russ...

OFFRE DE BIENVENUE

Vous êtes fan de la collection Passions ?
Pour prolonger le plaisir, recevez gratuitement

◆ 1 livre Passions gratuit ◆
et 2 cadeaux surprise !

Une fois votre colis de bienvenue reçu, si vous souhaitez continuer à recevoir nos romans Passions, cela se fera automatiquement. Vous recevrez alors chaque mois 3 volumes doubles inédits de cette collection au tarif unitaire de 7,50€ (Frais de port France : 1,99€ - Frais de port Belgique : 3,99€).

➡ ET AUSSI DES AVANTAGES EXCLUSIFS :

➡ LES BONNES RAISONS DE S'ABONNER :

Des cadeaux tout au long de l'année.
◆
Des réductions sur vos romans par le biais de nombreuses promotions.
◆
Des romans exclusivement réédités notamment des sagas à succès.
◆
L'abonnement systématique et gratuit à notre magazine d'actu ROMANCE.
◆
Des points fidélité échangeables contre des livres ou des cadeaux.

Aucun engagement de durée ni de minimum d'achat.
◆
Aucune adhésion à un club.
◆
Vos romans en avant-première.
◆
La livraison à domicile.

➡ REJOIGNEZ-NOUS VITE EN COMPLÉTANT ET EN NOUS RENVOYANT LE BULLETIN !

✂

N° d'abonnée (si vous en avez un) ⎵⎵⎵⎵⎵⎵⎵⎵⎵⎵

RZ8F09
RZ8FB1

Mme ☐ Mlle ☐ Nom : .... Prénom : ....

Adresse : ....

CP : ⎵⎵⎵⎵⎵ Ville : ....

Pays : .... Téléphone : ⎵⎵⎵⎵⎵⎵⎵⎵⎵⎵

E-mail : ....

Daté de naissance : ⎵⎵ ⎵⎵ ⎵⎵⎵⎵

☐ Oui, je souhaite être tenue informée par e-mail de l'actualité d'Harlequin.

☐ Oui, je souhaite bénéficier par e-mail des offres promotionnelles des partenaires d'Harlequin.

<u>Renvoyez cette page à</u> : **Service Lectrices Harlequin – CS 20008 – 59718 Lille Cedex 9 - France**

Rendez-vous sur notre nouveau site
www.harlequin.fr

Et vivez chaque jour,
une nouvelle expérience de lectrice connectée.

- ♥ **Découvrez** toutes nos actualités,
  exclusivités, promotions, parutions à venir...
- ♥ **Partagez** vos avis sur vos dernières lectures...
- ♥ **Lisez** gratuitement en ligne, regardez des vidéos...
- ♥ **Échangez** avec d'autres lectrices sur le forum...
- ♥ **Retrouvez** vos abonnements, vos romans dédicacés,
  vos livres et vos ebooks en pré-commande...

ebooks

Le mag'

Le Salon

Promotions

 L'application Harlequin
Achetez, synchronisez, lisez... Et emportez
vos ebooks Harlequin partout avec vous.

Suivez-nous !   facebook.com/HarlequinFrance
twitter.com/harlequinfrance

OFFRE DÉCOUVERTE !

Vous souhaitez découvrir nos collections ? Recevez **votre 1er colis gratuit* av** **2 cadeaux surprise !** Une fois votre colis de bienvenue reçu, si vous souhait continuer à recevoir nos livres, cela se fera automatiquement. Vous recevrez alo vos livres inédits** en avant première.

Vous n'avez aucune obligation d'achat et cette offre est sans engagement de durée

*1 livre offert + 2 cadeaux / 2 livres offerts pour la collection Azur + 2 cadeaux.
**Les livres Ispahan, Sagas et Hors-Série sont des réédités.

☛ **COCHEZ la collection choisie et renvoyez cette page au**
Service Lectrices Harlequin – CS 20008 – 59718 Lille Cedex 9 – France

Collections	Références	Prix colis France* / Belgique*
❏ **AZUR**	ZZ8F56/ZZ8FB2	6 livres par mois 28,19€ / 30,19€
❏ **BLANCHE**	BZ8F53/BZ8FB2	3 livres par mois 23,20€ / 25,20€
❏ **LES HISTORIQUES**	HZ8F52/HZ8FB2	2 livres par mois 16,29€ / 18,29€
❏ **ISPAHAN**	YZ8F53/YZ8FB2	3 livres tous les deux mois 23,02€ / 25,02
❏ **HORS-SÉRIE**	CZ8F54/CZ8FB2	4 livres tous les deux mois 31,65€ / 33,6
❏ **PASSIONS**	RZ8F53/RZ8FB2	3 livres par mois 24,49€ / 26,49€
❏ **SAGAS**	NZ8F53/NZ8FB2	3 livres tous les deux mois 26,19€ / 28,1
❏ **BLACK ROSE**	IZ8F53/IZ8FB2	3 livres par mois 24,49€ / 26,49€
❏ **VICTORIA**	VZ8F53/VZ8FB2	3 livres tous les deux mois 25,69€ / 27,6

N° d'abonnée Harlequin (si vous en avez un) | | | | | | | |

Mme ❏ Mlle ❏   Nom : _____

Prénom : _____   Adresse : _____

Code Postal : | | | | | | Ville : _____

Pays : _____   Tél. : | | | | | | | | | |

E-mail : _____

Date de naissance : _____

❏ Oui, je souhaite recevoir par e-mail les offres promotionnelles des éditions Harlequin.
❏ Oui, je souhaite recevoir par e-mail les offres promotionnelles des partenaires des éditions Harlequin.

Date limite : 31 décembre 2018. Vous recevrez votre colis environ 20 jours après réception de ce bon. Offre soumise à acceptation et réservée aux personnes majeures, résidant en France métropolitaine et Belgique, dans la limite des stocks disponibles. Prix susceptibles de modification en cours d'année. Conformément à la loi Informatique et libertés du 6 janvier 1978, vous disposez d'un droit d'accès et de rectification aux données personnelles vous concernant. Par notre intermédiaire, vous pouvez être amenée à recevoir des propositions d'autres entreprises. Si vous ne le souhaitez pas, il vous suffit de nous écrire en nous indiquant vos nom, prénom et adresse à : Service Lectrices Harlequin CS 20008 59718 LILLE Cedex 9. Service Lectrices disponible du lundi au vendredi de 8h à 17h : 01 45 82 47 47 ou 33 1 45 82 47 47 pour la Belgique.

Harlequin® est une marque déposée du groupe HarperCollins France – 83/85, Bd Vincent Auriol – 75646 Paris cedex 13. SA au capital de 1 120 000€ – R.C. Paris. Siret 318671591000069/APE5811Z.